Wanderer, kommst du nach Irland ...

Alle Personen und Ereignisse sind meiner Fantasie entsprungen … Doch begibt man sich auf die Suche nach dem Irland, welches hier beschrieben ist, kann man es finden. Ich übernehme allerdings keine Garantie für den Erfolg oder gar Verantwortung für eventuell daraus resultierende Konsequenzen.

Christian Bulwien

Wanderer, kommst du nach Irland …

Roman

Bibliografische Information der Deutschen Nationalbibliothek:

Die Deutsche Nationalbibliothek verzeichnet diese Publikation in der Deutschen Nationalbibliografie; detaillierte bibliografische Daten sind im Internet über http://dnb.dnb.de abrufbar.

Cover: **Design & Photos by Christian Bulwien, all rights reserved**

Herstellung und Verlag: BoD – Books on Demand, Norderstedt

ISBN: 978-3-7386-2952-1

Für meine Eltern und ihren unerschütterlichen Glauben an mich
Ich liebe Euch!

Für meine Freundin
Ich weiß, es war nicht immer leicht, aber: Ende gut, alles gut ;)

Für alle Liebenden da draußen
Es gibt eine Verbindung zwischen allem – geht ihr nach und gebt nicht
auf

Danke

... an alle, die mich unterstützt haben, an die zahllosen Probeleser – Ihr wisst, wer Ihr seid! Ohne Euch hätte ich es nicht geschafft.

... an das @, für Deine aufbauenden und klaren Worte!

... an Christine, für Deine wertvolle Zeit und alles drum herum!

... an Frau M., für Ihren Zuspruch, Ihre unendliche Geduld und Hilfsbereitschaft!

... an Irland: Du bist wunderbar!

... an Dich, der Du das Buch gekauft hast. Möge es Dir viel Freude bereiten.

Be kind to my mistakes ...

EIN BEBEN, untermalt von einem dumpfen Donnern, durchlief die Ulysses, als sie schließlich, nach etwas mehr als drei Stunden Überfahrt, im Hafen von Dublin Kontakt zu Irland aufnahm. Kurz darauf öffnete sich ihre riesige Bugklappe, und das eben noch relativ ruhig daliegende Autodeck erwachte zu regem Treiben. Rufe wurden begleitet vom Anlassen der zig Motoren, sowohl der LKWs als auch der vielen Privat-PKWs, die sich im Bauch des beeindruckenden Schiffes befanden. Sie wirkten wie eine Meute von Raubtieren, die nach einem langen Transport in einem Käfig spürten, dass ihre Entlassung in die Freiheit unmittelbar bevorstand.

Eine Blechschlange nach der anderen wurde durch das Bugtor geschleust. Schließlich war auch die an der Reihe, in der ich stand, und von der aus ich Zeuge des ganzen Vorgangs geworden war. Ein Crewmitglied in gelber Weste wedelte mit einem Stab, dessen Spitze orange leuchtete und bellte unverständliche Worte mit seiner rauen Stimme in Richtung der vor mir stehenden Autos. Sofort sprangen die Motoren an, und die Rücklichter flammten auf. Die Motorhaube meines Wagens wurde mit Rot überflutet, und für einen Augenblick sah es aus, als glühe sie. Ich atmete noch einmal tief durch, dann griff ich zum Schlüssel und zündete. Die acht Zylinder setzten sich brav in Bewegung, schüttelten sich aber einen Moment, als verspüre der Motor Unmut darüber, nicht frei laufen zu können, sondern wieder einmal die fast zwei Tonnen antreiben zu müssen, die mit ihm verbunden waren. Plötzlich tat es mir leid, dass ich mich schon sehr lange nicht mehr wirklich um meinen treuen Begleiter gekümmert hatte. Dennoch hatte ich ihn in dieser Zeit mehr geachtet als mich selbst, und ich hoffte, dass er dies zu würdigen wusste und mir auch weiterhin zur Seite stand.

Die Autos vor mir rollten an, und ich folgte ihnen die kurze Rampe hinauf, dann eine etwas längere hinunter auf das Hafengelände. Morgendämmerung lag bleiern über den Containern, Kränen und Waren, die sich nun, da mich das Schiff ausspuckte wie ein unverdauliches Stück Nahrung, in mein Blickfeld schoben. Zahllose, wässrig-orange strahlende Lampen, durchsetzt von kalt-weißen Flutlichtern und Markierungsleuchten, tauchten den Hafen in eine eigentümlich einsame Atmosphäre, die keine noch so rege Aktivität zu ändern vermochte.

Ich drückte auf den Knopf für den elektrischen Fensterheber auf meiner Seite, dessen Markierungsleuchte sich schon vor einer geraumen Weile verabschiedet hatte. Knirschend verschwand die Glasscheibe in der Tür und salzig-kühle Luft strömte in den Innenraum, mit ihr der Duft der großen weiten Welt und das Geschrei der Möwen, die trotz der frühen Stunde eifrig mit dem Metall der Schiffe und der Kräne um die Wette kreischten. Die anderen Fenster folgten, in der Hoffnung, dass der Fahrtwind meine Müdigkeit, die Kopfschmerzen, vor allem aber die leichte Übelkeit etwas vertrieb, welche die vier kräftigen Schlucke auf nüchternen Magen aus einer billigen, aber dennoch viel zu teuren Flasche Whiskey vom Duty Free Shop bei mir hinterlassen hatten, die jetzt im Beifahrerfußraum lag.

Ich ließ das Hafengelände hinter mir, und immer mehr meiner Begleiter nahmen eine andere Richtung und verloren sich in der noch schlafenden Stadt wie Insekten, die man aus einer Schachtel geschüttelt hatte, ihr Heil in allen Himmelsrichtungen suchend. Schließlich fuhr ich alleine auf der Whitworth Road, vorbei an den dunklen Häusern zu meiner Rechten und dem kleinen Kanal zu meiner Linken. Keine Menschenseele war auf der Straße zu sehen.

Die morgendliche Kühle ließ mich jetzt frösteln, daher schloss ich die Fenster wieder. Ein Fehler, wie sich herausstellte, denn die Übelkeit meldete sich mit aller Macht zurück. An der Ecke zur Prospekt Road riss ich die Tür auf und kotzte das, was noch in meinem Magen war, auf den Asphalt. Viel war es nicht, und es schmeckte hauptsächlich nach dem Inhalt der Flasche, die durch den abrupten Stopp mit einem gedämpften ›Pock‹ am vorderen Ende des Beifahrerfußraums angekommen war. Mit einem angewiderten ›Fuck‹, das dem ›Pock‹ nicht unähnlich klang, zog ich die Tür zu und setzte meinen Weg fort. Ausgerechnet als ich Gas gab, musste sich ein Frühaufsteher von rechts nähern. Nach einem ärgerlichen Hupen seinerseits und einer strafbaren Geste meinerseits schoss ich davon.

Immerhin kickte mich das Adrenalin, und so war ich hellwach, als ich mich auf die M50 South Bound einfädelte, die selbst um diese Uhrzeit schon stärker genutzt wurde. Nachdem ich meinen Platz zwischen zwei ›Lorries‹ gefunden hatte, schaltete ich das Radio ein, das mich zunächst mit weißem Rauschen empfing, weil es noch auf BBC Radio 2 eingestellt war. Ich suchte kurz, fand einen Folk-Sender und ließ mich eine Weile berieseln.

Zu den Klängen von Finbar Fury wechselte ich auf die M4 und war wieder allein. Der Himmel hatte mittlerweile seine Farbe von bleiern zu Basalt gewechselt und jetzt, da die Stadt hinter mir lag, säumten saftig dunkle Wiesen die Straße, durchzogen von kleinen Steinmauern, die eine ähnliche Farbe aufwiesen wie die Wolken, die über ihnen hingen. Ich musste auflachen, da ich plötzlich die Ironie darin realisierte, dass das Grau meines Wagens, trotz der Staubschicht und des Drecks, der ihn bedeckte, so ziemlich das Hellste war, was sich durch die Landschaft bewegte.

Gegen sieben meldete mein XJ mir, er habe Durst. Ich hielt eine Weile die Augen offen und fand schließlich eine kleine Tankstelle, die direkt an der Straße lag. Die Zapfpistole klickte und der Wagen machte ein kleines Bäuerchen, als mein Handy in meiner Jacke auf dem Rücksitz klingelte. Ich schaute auf das Display, obwohl ich schon beim ersten Ton gewusst hatte, wer es war. Es gab in der Regel nur eine Person, die mich um diese Zeit anrief: Leila. Diese Regel bestätigte sich ein weiteres Mal. Ich sah ihr Bild, seufzte, war einen Moment versucht, nicht dranzugehen, merkte, wie sich mein Magen meldete, und tat es doch – wie immer.

»Ahoi«, meldete ich mich. Meine Stimme klang fest, aber alles andere fühlte sich sehr zittrig an.

»Ahoihoi«, hörte ich ihre Stimme am anderen Ende so klar, als wäre sie mit mir auf der Insel und nicht tausend Kilometer entfernt. Sie klang fröhlich und unbelastet, und ich fragte mich wieder einmal, wie sie das schaffte. Ich bildete mir ein, dass meine Stimme, so fest sie auch klang, ein offenes Buch für sie war – klar.

»Na, wie geht es dir? Bist du gut angekommen?«

Ich schluckte. »Ja, bin ich.«

»Schön«, sagte sie und es klang ehrlich.

»Hat er dich wieder nicht schlafen lassen?«, fragte ich und bereute die Frage gleich wieder.

»Oah, nein«, kam die Antwort. »Ich bin so müde.« Sie lachte.

Ich biss mir auf die Zähne. Auch die nächste Frage konnte ich mir nicht verkneifen, ich Idiot. »Hat es wieder weh getan?«

»Ja, schon. Du weißt doch, morgens hab ich keine Lust.«

»Ach Mensch!«, sagte ich.

»Ach, schon okay«, sagte sie, und ich hörte, wie sie den Rauch ihrer Zigarette ausblies.

Mein Atem bahnte sich einmal stoßweise den Weg.

»Wo bist du gerade?«, fragte ich.

»Auf dem Weg nach Hause.«

»Aha«, brachte ich zustande.

»Ist was?«, fragte sie.

Ich kämpfte innerhalb von Millisekunden einen aussichtslosen Kampf und sagte dann: »Du weißt genau, was ist!«, allerdings sehr ruhig. Die Stille, die folgte, war mir allzu bekannt.

»Hm«, machte sie dann.

Ich merkte, wie sich mein Magen zusammenkrampfte.

»Bist du jetzt sauer?«, fragte ich.

»Nein!«

»Hm, schon klar«, sagte ich.

»Mann, es ist acht Uhr morgens, und du fängst an mit diesem Thema!«

»Du hast angerufen«, sagte ich bemüht beherrscht.

»Ja, war wohl ein Fehler!«

Ein Keuchen entrang sich mir, ohne dass ich es aufhalten konnte.

»Okay«, sagte ich.

»Okay«, äffte sie mich nach.

»Kannst du mich nicht verstehen?«, fragte ich leise mit einer vom Zusammenreißen leicht rauen Stimme.

»Nein, kann ich nicht!«

»Okay«, sagte ich.

»Okay«, kam es von der anderen Seite.

Nach einem kurzen, aber quälenden Schweigen hörte ich: »Na dann, hab noch 'ne gute Fahrt!«

»Danke«, sagte ich, und sie legte auf.

Ich kämpfte den Schwindel nieder, der mich ergriffen hatte und schleuderte das Handy auf den Rücksitz. Mit zitternden Fingern suchte ich mein Geld und stapfte in die Tankstelle, um das Benzin zu bezahlen. Danach ließ ich mich in den Fahrersitz fallen und angelte nach der Flasche im Fußraum. Ich setzte sie an, nahm vier tiefe Züge, riss die Tür auf und spie alles vor die Tanksäule. Dann stieg ich wieder aus, ging nochmal zu dem Tankstellenbesitzer und kaufte eine Flasche Cola.

Wieder im Auto angelangt trank ich daraus etwas, riss erneut die Tür auf und die Cola schoss zu dem Whiskey. Ich hörte noch, wie der Tankwart rief: »Yer know, yer s'posed ter mix this stuff in a glass, lad!«, dann haute ich die Tür ins Schloss und gab Gas.

Nach fünfzig schrecklich ereignislosen Minuten, in denen ich mit meinen Gedanken und mit meiner Wut alleine in diesem beschissen überdimensionierten Auto über die beschissen unterdimensionierte M4 und dann auf der einfach nur beschissenen N4 unterwegs war, ließ es sich mein Hunger schließlich nicht mehr gefallen, einfach ignoriert zu werden. Ich stoppte an einer weiteren Tankstelle und erwarb ein Sandwich für 3 Euro. Toast mit Käse und Gurke. Ich zog es jedoch vor, es auf der Weiterfahrt zu essen. Und zur Abwechslung blieb auch mal was in meinem Magen, obwohl ich es in diesem Falle beinahe bereute. Um ihn ein wenig zu provozieren, spülte ich den letzten Rest des ›Sandwichs‹ mit einem Schluck aus der Fußraumflasche herunter – die halbleere Cola steckte im Getränkehalter. Doch leider war mein Magen wesentlich weiser, als ich es am Telefon gewesen war, und überging die Provokation.

›Weil du gar nichts kannst!‹, hörte ich ›ihre‹ Stimme in meinem Kopf, und obwohl mir dadurch schlecht wurde, blieb mein Verdauungsorgan dabei, sich seiner eigentlichen Bestimmung zu widmen. Mieser kleiner Verräter!

Nach einer weiteren Stunde musste ich pinkeln, und es passte wunderbar, dass es vor zehn Minuten angefangen hatte, heftig zu regnen. Ich fuhr nach Ballinafad, das zu dieser Uhrzeit und bei diesem Wetter nicht sonderlich belebt war und suchte nach einer Gelegenheit, um mich zu erleichtern. Allerdings gab es in diesem Dorf keine einzige Bar oder ein Restaurant. Noch nicht einmal eine Tankstelle. Also hielt ich neben einem eingerüsteten Haus, dessen Gerüstbauteile mir wenigstens etwas Schutz boten. Ich fischte meine Jacke vom Rücksitz, und das Handy kam darunter zum Vorschein. Ich hielt in der Bewegung inne, spürte das Ziehen in meinem Magen, hob es wider besseres Wissen auf und drückte die Taste, die den Bildschirm aktivierte. Natürlich war da keine SMS und auch kein verpasster Anruf. Ich presste die Lippen aufeinander in einem verzweifelten Versuch, meine Energie anders abzuleiten, tippte dann aber doch in die SMS Zeile: Es tut mir leid! Die Verachtung, die mich überkam, ließ mich das Handy in den Fußraum flippen, als schmisse ich es ihr zu Füßen. Ich drehte mich um, stieg aus dem Wagen und positionierte mich vor der Hauswand. Natürlich trat genau in dem Augenblick, als ich losließ und die unendliche Erleichterung dabei genoss, eine alte Frau aus einem Haus weiter die Straße hinunter. Sie sah erst mein doch sehr auffälliges Auto, dann mich. Dann rief sie: »Ter hell with yer bloody English bastards! What duh yer think yer doing, coming here an' pissin' at our houses?«

Etwas in mir freute sich diebisch darüber, dass die Engländer die Schuld an diesem Vorfall zu tragen haben würden und nicht die Deutschen, und ich beschloss, noch etwas Öl ins Feuer zu gießen. Ob es der Whiskey war, der in mir schwelende Ärger oder was auch immer, ich wusste es nicht, und es war mir auch egal. Ich öffnete den Mund und rief mit einem herrlich gekünstelten Oxford-Akzent: »Well, if you'd rather like to suck my ol' English Dongelong, be my guest, fair maiden!«

Leider hatte ich übersehen, dass hinter der Frau ein Mann ebenfalls das Haus verlassen hatte. Und im Gegensatz zu der eher gebrechlich und langsam wirkenden Gestalt vor ihm, die mich nie im Leben rechtzeitig erreicht hätte, wirkte dieser sehr muskulös und durchtrainiert.

»What the fuck?«, hörte ich ihn schnauben, dann begann er auch schon zu rennen. Ich versuchte erst gar nicht, meinen kleinen Freund wieder in die Hose zu bekommen. Ich machte auf dem Hacken kehrt und sprang tropfenden Hahns ins Auto. In dem Moment, als ich den Motor anließ, knallten die Fäuste des Typen auf das Autodach. Gerade noch rechtzeitig legte ich den Gang ein, wodurch sich die Türen verriegelten. Die hochrote, wutverzerrte Fratze des stiernackigen Iren erschien neben mir. Speichel flog an die Scheibe, als er brüllte: »Get out of the car, you fucking English piece of shit!« Er riss vergeblich am Türgriff.

In einem surrealen Bruchteil einer Sekunde nahm ich wahr, wie ich mich darüber amüsierte, dass sein Gesicht in diesem Zustand dem einer englischen Bulldogge glich. Dummerweise konnte ich es mir nicht nehmen lassen, ihm die Schönheit meines gestreckten Mittelfingers zu zeigen und bezahlte dies mit der Unversehrtheit meines Außenspiegels. Gott sei Dank blieb er an den Drähten für die Heizung hängen. Und so baumelte er wild umher, als ich mit quietschenden Reifen die Alte, die Bulldogge und das Dorf hinter mir ließ.

———————

Wieder auf der N4 senkte ich das Fenster ab und zog den Spiegel wie einen Fisch an der Angel mit der Linken in den Wagen. Mit der Rechten hielt ich dabei mehr oder weniger den Kurs.

»Entschuldige, mein Guter«, murmelte ich, als ich mit einem Ruck die Drähte durchtrennte und den Spiegel hinter den Beifahrersitz beförderte.

Gleichzeitig musste ich grinsen, denn irgendwie hatte ich das Gefühl, dass der XJ ebenso Spaß an der Aktion gehabt hatte wie ich. Nach einer Weile erreichte ich Castlebaldwin, entschied mich aber dagegen, nach links abzubiegen und gleich nach Ballymote zu fahren. Ich musste so oder so noch einkaufen, und warum sollte ich dies nicht gleich in Sligo tun. Dort war es erstens billiger, und es gab ein Tesco mit wesentlich mehr Auswahl als in dem kleinen Spar-Markt in dem roten Haus in Ballymote. Und vor allem gab es dort Druids! Der Gedanke an den Cider zauberte unwillkürlich ein seliges Lächeln auf meine Züge. Druids! Dru-ids! Ich ließ die Silben in verschiedenen Betonungen in meinem immer noch leicht umnebelten Geiste auf und ab marschieren. Dann drückte ich auf den Knopf für den CD-Wechsler im Auto, und zu den Klängen von ›Within a mile of Dublin / The Old Blackthorn‹ brauste ich die N4 in Richtung Sligo entlang.

»Yeah, maybe later!«, kommentierte ich das Plakat ›Prepare to meet thy god‹, welches irgendjemand vor Jahren kurz vor Sligo, direkt an der Autobahn, auf einem Hügel platziert hatte und offenbar immer noch bezahlte.

Die Chieftains beendeten gerade ihr ›Donegal Set‹, als ich auf die Upper John's Street einbog, um mir außerhalb der Pay Zone einen Parkplatz zu suchen. Im Rosehill wurde ich fündig. Wie bestellt brachen die Basaltsteine auf, die den ganzen Morgen so getan hatten, als seien sie Wolken. Sonnenlicht flutete zwischen den Rissen hindurch. Helle Tupfen landeten auf den bunten Häusern und ihren gepflegten Rasenflächen und ließen die noch darauf befindlichen Regentropfen glitzern. Allerdings hatte mein Magen keinen Sinn für die Schönheit, die ihm die Natur zu bieten suchte und knurrte ungeduldig und lautstark. Ich rollte die Augen und senkte den Blick, um ihm zu sagen, dass er gefälligst den Rand halten solle, doch im gleichen Moment sah ich ein, dass ich ihm dankbar sein musste. Mein ›ol' English Dongelong‹ genoss immer noch seine unerwartet verlängerte Freiheit.

»Ups!«, entfuhr es mir, gefolgt von einem etwas debil wirkenden Kichern. »In you go, my friend!«

Als er sicher verpackt war, zog ich den Zündschlüssel ab und stieg aus. Die Luft war mild. Gierig sog ich sie in meine Lungen. *Hello again, Sligo*, dachte ich, als ich das Panorama mit dem eigentümlich abgeflachten Berghügel hinter dem kleinen Fußballplatz erblickte. *Did you miss me?*

Sligo blieb mir eine Antwort schuldig, und da ich keine Lust hatte, lange zu warten, kletterte ich noch einmal auf den Fahrersitz. Ich angelte die Flasche aus dem Beifahrerfußraum und schickte eine angemessene Menge der brennenden Flüssigkeit in Richtung des Schreihalses etwas weiter unten in mir.

»There you go«, murmelte ich. »Now shut the fuck up!«

›Schat du de fack ap‹, hörte ich ›sie‹ in meinem Kopf, und der Schmerz, den ich verspürte, kam nicht vom Whiskey in einem leeren Magen. Ich warf die Flasche wieder an ihren Platz und tastete, mich selber dafür verfluchend, nach dem Handy hinter dem Fahrersitz.

Mir auch, stand auf dem Bildschirm. Ich nahm die Erleichterung darüber mit gemischten Gefühlen zur Kenntnis und steckte das Handy in meine Arschtasche. Mit meiner schwarzen Kunstlederjacke unter dem Arm verschloss ich den XJ und machte mich auf den Weg in die Innenstadt.

———

Ich schritt Church Hill entlang der alten Mauer hinab, bis ich wieder auf die N4 traf. Ich überquerte sie brav an der Ampel. Das war zwar nicht rebellisch, doch wesentlich weniger anstrengend und sinnvoller, als über die Eisengitter zu klettern, die sie umgaben. Nachdem ich die Adeleide Street gekreuzt hatte, befand ich mich in der John Street und kam an der kleinen Abkürzung zum Parkplatz vor der Mall vorbei, die mein Ziel beherbergte. Ich entschied mich gegen sie. Es tat gut, nach so langer Zeit wieder die alten Wege zu laufen. Sligo hatte sich kaum verändert. Natürlich war der Boom der Celtic Tiger Era auch hier nicht spurlos vorüber gegangen, doch der Charme der Zeit, als ich die Stadt zum ersten Mal kennengelernt hatte, war noch deutlich zu spüren. Die alten irischen Häuser gab es noch immer, wenngleich viele von ihnen in neuem Glanz erstrahlten. Auch eine ganze Menge der alten Lädchen waren noch zu finden, und alleine die Enge der

Straßen sorgte dafür, dass sich die Atmosphäre einstellte, die ich so liebte. Selbst der unglaubliche Verkehr zwängte sich nach wie vor durch die hoffnungslos überforderte Infrastruktur.

Als ich in die O'Connell Street einbog, machte mein Herz einen kleinen freudigen Hüpfer. Auch hier hatte sich nicht viel verändert. Natürlich durfte der obligatorische Vodafone Shop nicht fehlen, doch sah ich ihn zwischen Mullaney Bros. mit ihrer prächtigen, braun-goldenen Fassade und Eason und Moffits. Es war schön, die Namen zu lesen. Warum alleine ihr Klang schon mehr Tradition und Klasse für mich trug, als alles, was ich in Deutschland sah und hörte, konnte ich nicht sagen. Und es beeindruckte mich, wie selbst eine Filiale des Body Shops zu einem ur-irischen Geschäft wurde, nur weil der untere Teil des Hauses mit grün gestrichenem und geschnitztem Holz verkleidet war.

Ich lief in die Passage, in der sich der Tesco Super Store befand und holte mir einen Wagen. Schon beim Betreten des Ladens nahm ich den Geruch wahr, der sich so deutlich von den deutschen Supermärkten unterschied. Von den Produkten und deren Anordnung ganz zu schweigen. Ich blieb kurz stehen, um dem wonnigen Gefühl, welches mich befiel, wenigstens einen Bruchteil des Raumes zu gönnen, welcher ihm meiner Meinung nach zustand. Ich atmete ein, seufzte ein ›Wonderful‹, kassierte einen wenig schmeichelhaften Blick einer Dame mittleren Alters und begann lieber mit dem Einkauf. Trotz des deutlich anwesenden Whiskey-Gefühls verspürte ich nämlich keine Lust, einen weiteren stiernackigen ›Irish fella‹ kennenzulernen. Außerdem wäre diese Frau durchaus in der Lage gewesen, ihre und die Ehre Irlands selbst zu verteidigen.

Wie immer beschloss ich, den Einkauf nach Prioritäten zu gliedern und begab mich schnurstracks zu den flüssigen Herrlichkeiten.

Vor mir erstreckte sich ein Regal meiner nicht so heimlichen Träume. Devil's Bit, Bulmers, Strongbow, Blackthorn … alle waren sie da, zusammen mit noch vielen anderen ihrer bernsteinfarbenen Brüder. Meine Mission war allerdings klar. Nach kurzer Zeit hatte ich fünf Sixpacks Druids in den Wagen geladen und war auf dem Weg zum Brotregal. Eine Tüte Donuts und eine Packung O'Haras of Foxford Weißbrot flog zu den Dosen. Trotz des Vorfalls ein paar Jahre zuvor, bei dem ein Freund und ich eine eiweißreiche Entdeckung zwischen zwei Scheiben gemacht hatten, wollte ich der Marke treu bleiben. Der Fuchs als Logo war einfach zu cool. Und es war ja auch nur einmal passiert.

Nun war es Zeit für die Meat Products. Ich stellte mich mit einem Fuß auf eine Querstrebe des Wagens und gab mir mit dem anderen Schwung. Weitere irritierte Blicke trafen mich, aber ich blieb brav. Wie ein Adler machte ich zielsicher meine Beute aus, und einige Sekunden später lagen jeweils zwei schöne pralle Rollen Shaw's Pudding in black und white bei meinen Sachen. Warum diese unglaubliche Köstlichkeit noch nicht ihren Weg in unsere Lande gefunden hatte, blieb mir weiterhin ein Rätsel. Dann kamen Butter, Nudeln, verschiedene Fertigsoßen, Cheddar und all dieser ganze Kram dazu. Schließlich noch drei Tafeln Cadbury's Fruit&Nut und eine Caramel. Priorität natürlich hoch, jedoch ungünstig am Ende des Ladens gelegen. Erst beim Einpacken in diverse Tüten wurde mir bewusst, dass ich das ganze Zeug ja hinauf zum Rosehill schleppen musste. Ich schürzte die Lippen nach links und ergab mich meinem Schicksal.

Ich verließ Tesco durch den Hintereingang zum Parkplatz, der auch zu der kleinen Abkürzung führte, die ich vorhin verschmäht hatte, und wurde von dem infernalisch lauten Klang schottischer Great Highland Pipes empfangen. Ein Mann in Kilt und Uniform spielte ›Scotland The Brave‹ in der beliebten Kombination mit ›The Black Bear‹. Ich liebte diese Musik, aber selbst ich musste mich in ungefähr fünf Metern Entfernung zu dem Dudelsack aufstellen, wollte ich keinen Tinnitus riskieren.

Ich beschloss, ein paar Minuten dem Piper zu lauschen und mir derweil zu überlegen, wie ich meine Steine den Rosehill hinaufgerollt bekam. Während ich so in respektvoller Distanz dastand, kam eine alte, gebeugt gehende Frau aus der Passage. Ohne eine Miene zu verziehen, nahm sie, auf einen Stock gestützt, langsamen Schrittes Kurs auf den Piper. Schließlich blieb sie direkt neben dem Dudelsack des Mannes stehen und beugte sich sogar noch ein wenig vor. Dann trat ein Lächeln auf ihr von Wind, Wetter und Leben gegerbtes Gesicht. Dem Piper fiel es sichtlich schwer zu glauben, was er sah.

Ein junger Mann, der neben mir stand, hatte die Szene ebenfalls beobachtet und schüttelte sich vor Lachen. Er bemerkte meinen Blick und rief mir zu: »There must be steam shootin' out of her ears any moment now, man!«

Die Vorstellung, wie dieser kleinen, hutzeligen Oma Dampf aus den Ohren schoss, brachte mich nun auch zum Lachen. Wir schauten dem Schauspiel noch einen Moment zu, dann ging der Kerl weiter. Er steuerte einen rostigen Ford Ka ganz in der Nähe an, und mir kam die Idee zu meiner Rettung. Ich ließ die insgesamt drei schweren Tüten stehen – ich hätte so oder so jeden eingeholt, der versucht hätte, sie zu klauen – und lief dem jungen Mann hinterher.

Nach einem kurzen Gespräch war Eamon, wie er sich vorgestellt hatte, bereit, meine drei Sisyphostüten und mich zum meinem Auto zu fahren. Nicht einmal zehn Minuten später war ich wieder bei meinem XJ und um eine Dose Druids ärmer.

Das war es mir allerdings wert gewesen. Um den Verlust des Alkohols gleich wettzumachen, gönnte ich mir einen kleinen Schluck aus der Fußraumflasche, nachdem ich die Tüten auf die Rückbank gewuchtet hatte.

Der kleine Verräter griff nun zu unfairen Methoden, denn er sorgte dafür, dass mir zitterig und schwummerig wurde. Ich murmelte ein genervtes »Schon gut, schon gut« und holte das Brot, Cheddarscheiben und Mayonnaise hervor. Ich klatschte den orangenen Käse in ein Bett von weißer Cremigkeit, bedeckte mein Werk mit einer zweiten fluffigen Weißbrotscheibe und biss herzhaft hinein.

»Pfo muff ein Pfändwipf pfmeckn, ihr Neppdeppn«, rief ich so laut ich konnte in die gefühlte Richtung der Tankstelle, die mir diese Toast-Käse-Gurke-Versündigung verkauft hatte. Da ich keine Lust hatte, einen weiteren Streit mit meinem Magen anzufangen, trank ich den Rest Cola. Dann holte ich das Handy aus meiner Hose, schaute mehr aus Gewohnheit als aus Notwendigkeit auf das Display und war überrascht, dass tatsächlich eine SMS gekommen war. Allerdings nicht von ›ihr‹, sondern vom Baby.

Na, was geht? ;)

Das Baby, wie mein Vater sie in seinem bewundernswerten, wenn auch gelegentlich nervenden Sinn für Simplifikation getauft hatte, war sechzehn und seit einem Schulliteraturprojekt tatsächlich eine Freundin von mir. Wir machten damals beide eine schwere Zeit durch. Ihr Freund hatte es für unglaublich nötig empfunden, ihr nichts weiter vorzumachen und die Beziehung zu beenden. Natürlich konnte er überhaupt nichts dafür, aber diese Erkenntnis war ihm ausgerechnet am Ende ihres Geburtstages gekommen. Und es war natürlich nur fair, dass man sofort die Reißleine zog, wenn einem so ein Licht aufgeht. Dem Partner etwas vorzumachen, ist ja das Schlimmste überhaupt. Dann doch lieber den Geburtstag, den man noch als wirklich schönen Tag zusammen verbracht hat, ruinieren.

Ich war zu diesem Zeitpunkt unglücklich über den Weg, den mein Leben eingeschlagen hatte und konnte mich gut in ihre Situation einfühlen. Ich brachte ihr Schokolade mit, und wir begannen, viel zu telefonieren und spazieren zu gehen. Ich half ihr bei ihren Beziehungskisten und sie mir, so absurd das vielleicht klingen mag. Junge Menschen haben manchmal eine erstaunlich weise und unverkorkste Sicht auf die Probleme anderer. Mein Leben haben sie jedenfalls immer bereichert.

Wie dem auch sei, aus diesem Anfang entwickelte sich eine Freundschaft, die sich nun schon über fast zwei Jahre erstreckte. Ich freute mich, diese Zeilen zu lesen, denn ich hatte schon länger nichts mehr von ihr gehört.

Nicht viel... mir fehlt ein Außenspiegel

Es dauerte nicht lange und sie antwortete.

Hä? Wieso?

Ich habe gegen ein Haus gepinkelt...

Aha, kam es zurück und dann: Wie läufts mit Ischi?

Ja, obwohl sie damals nicht sonderlich begeistert gewesen war, als sie erfuhr, wie mein Vater sie getauft hatte, stand sie ihm in nichts nach.

Schwierig, antwortete ich. Interessanterweise ging sie nicht darauf ein.

Seht ihr euch heute?

Eher nicht, gab ich offen zu.

Warum?

Ich bin in Irland

WAS? ECHT? Krass! Warum?

Ich freute mich kurz über diese wunderbar vorbereitete und genau ins Ziel gesteuerte Pointe, dann schrieb ich:

Ich brauchte einen Tapetenwechsel! Wie läuft's mit Malde? Wir hatten uns eigentlich mal darauf geeinigt, dass ich Malte nicht mehr ›Malde‹ nannte, wenn sie auf Ischi verzichtete, aber offensichtlich war alten Gewohnheiten selbst in jungen Jahren schwer beizukommen.

Mit malTe ist alles gut!, kam es zurück. Viel spaß in irland!

Danke :)

Meine Laune war nun sichtlich besser. Ich schwang mich auf den Fahrersitz und verließ Sligo zu Kate Bushs ›Running Up That Hill‹.

———————

›Your son's coming out‹, sang Kate und der Dampf des Cloudbusters zischte, als ich um ein Haar die Abfahrt in die kleine Straße verpasste, die mich zum vorläufigen Ziel meiner nun beinahe zwei Tage andauernden Reise bringen sollte. Ich stieg auf die Bremse, der XJ protestierte mit einem heftigen Lenkradzittern, und die Flasche pockte ein weiteres Mal gegen die Fußraumbegrenzung und dann gegen den Mitteltunnel, während ich nach rechts abbog.

Eine angenehme Euphorie regte sich in mir, als ich an dem kleinen, halb verfallenen Friedhof vorbeikam, mit seinen teilweise offenen Gräbern, seinen Knochenfunden und den zahllosen Kobolden, die auf ihm wohnen mochten. Ich hatte ihn schon oft besucht und würde es wieder tun, das schwor ich mir. Zunächst aber ließ ich ihn links liegen und setzte meinen Weg fort. Ich kam an der Farm vorbei, auf der mein Freund und Sohn der

Besitzer meines Zielortes, Moritz, bei meinem ersten Irlandbesuch – er sechs, ich vierzehn – beim Spielen in die Mulde eines Kipplasters gefallen war. Ein Schmunzeln trat auf mein Gesicht, als ich daran dachte. Ich hatte mich auf das Schlimmste vorbereitet, als ich gesehen hatte, dass seine Unterlippe blutete, doch er spielte weiter. Auf dem Nachhauseweg lobte ich ihn dann, wie tapfer er gewesen war. Kaum hatte ich den Satz beendet, fing er bitterlich an zu weinen und war, bis wir das Haus erreicht hatten, nicht mehr zu beruhigen. Mann, hatte ich mich blöd und schlecht gefühlt.

Dann kam das Haus in Sicht – oder vielmehr das Grundstück, denn es war mittlerweile so zugewachsen, dass ich das Haus erst sehen konnte, als ich mich praktisch genau daneben befand. Ich stoppte den Wagen und spähte durch das Seitenfenster. Da war es. Klein und verwunschen lag es da. Das rostige Tor versperrte noch immer den ›Weg‹ zum Eingang, jedoch mehr schlecht als recht, denn es hatte erheblich Schlagseite bekommen. Das Dach war jetzt beinahe bis zur Hälfte von der riesigen Pflanze überwuchert, die ich nur ›den Wurz‹ nannte. Ob es einer war, spielte für mich keine Rolle. Sie hatte das Haus von links her ergriffen wie eine pelzige, grüne Hand, deren Finger nun auf den Schindeln ruhten, während die Querwand in ihre Handfläche gekuschelt war. Die längs gelegene weiße Fassade mit den blauen Fensterrahmen war jedoch noch gut zu erkennen. Der Strauch rechts neben dem kleinen vorspringenden Windfang war beeindruckend groß geworden und verbarg die Eingangstür hinter einigen seiner Zweige, als wolle er sie vor allzu neugierigen Blicken schützen.

Ich parkte den XJ an der Ecke des kleinen Feldwegs, der eine Straße zu sein versuchte, und der zum Haus der ehemaligen Besitzer des Grundstückes führte, das ich im Begriff war für eine unbestimmte Zeit in Beschlag zu nehmen. Dann stieg ich aus. Der vertraute Geruch nach Moos, Torf und Kuh stieg mir in die Nase und ich seufzte, als ich die Tür zuschlug. Ich kramte die schon angerosteten Schlüssel aus meiner Jackentasche hervor und begab mich zu dem Gartentor.

Da es keinen Sinn mehr hatte, das Schloss an der Eisenkette aufzuschließen, stieg ich einfach darüber hinweg. Nach mehreren vergeblichen

Versuchen, die Tür zum Haus zu öffnen, gab diese schließlich ihren Widerstand auf und ließ mich ein. Das Erste, was ich sah, war die alte Sense, die das Zeitliche gesegnet hatte, als ich mir bei einem Urlaub zusammen mit meinem guten Freund Thorben in den Kopf gesetzt hatte, ein wenig Ordnung in den ›Garten‹ zu bringen. Die Gummistiefel standen ebenfalls da. Alles bedeckte eine Schicht weißer Flocken, die im Laufe der Jahre von der Decke gerieselt waren und sich über den ohnehin schon vorhandenen Staub gelegt hatten.

Die zweite Tür quietschte, und nun stand ich in dem Raum, der sowohl als Küche als auch Wohnzimmer vorgesehen war. Düsteres Licht fiel durch die vermoosten und von Spinnweben ebenso wie von kurzen, ehemals weißen Vorhängen behangenen Fenster. Die Bodendielen knarrten, als ich mich positionierte, um den Blick schweifen zu lassen. Auch hier war alles bedeckt von den allgegenwärtigen Flocken der abblätternden Deckenfarbe, allerdings nicht ganz so stark wie in dem Vorraum. Zu meiner Linken, neben der Tür, die in den Schlafraum führte, bildete der offene Kamin mit seinen bequemen Leinentuchstühlen davor das Herz des Raumes. Die Asche des Feuers der letzten Besucher lag noch in ihm. Der alte Kühlschrank rechts daneben stand noch immer an seinem Platz und auf ihm der Wasserkocher. Auch das Radio gab es noch auf dem kleinen Sims über dem Tisch, der sich vom Fenster gegenüber in den Raum erstreckte. Daneben die Hintertür. Mein Blick wanderte weiter nach rechts an der Tür zum Waschzimmer mit dem Torfeimer vorbei und erfasste den hölzernen weißen Bauernhofküchenschrank, der mindestens schon seit den Sechzigern hier gestanden haben musste – die darin befindlichen Putzmittel seit den Achtzigern. An seiner Seite begann der viel modernere, aber dennoch abenteuerliche Küchenblock mit eingelassenem Spülbecken, dessen Abfluss aber mitten in der Luft endete. Glücklicherweise stand der schwarze Plastikeimer immer noch darunter. Der Gasherd bildete den Abschluss der Kücheneinheit. Dann kam noch eine Tür in die Rumpelkammer, wie ich sie nannte. Über allem lag ein moderiger, aber vertrauter und tröstender Geruch.

Die Dielen knarrten erneut, während ich meinen Weg ins Schlafzimmer fortsetzte, als wunderten sie sich über Schritte auf ihnen nach so langer Zeit.

Zwei Feldbetten ohne Matratze begrüßten mich, die alte Elektroheizung und die Couch, die früher einmal zum Schlafen gedient hatte, bevor sich ein Tier auf ihr erleichtert hatte, als sie ausgeklappt zurückgelassen worden war. Zusammengeklappt konnte man aber immer noch Sachen auf ihr lagern. Ich zog die Vorhänge des Fensters zur Straße ein wenig zur Seite, denn der Wurz hatte das andere stark in seinem Zweck reduziert. Die einsickernde Helligkeit floss über den Boden zu den immer noch schwarz-grünen Betonwänden, die Moritz und ich bei unserem letzten Besuch mit Schimmelkiller im Schweiße unseres Angesichts abgewaschen hatten. Zu meiner Rechten befand sich das Gegenstück zum Kamin im Wohnzimmer, unbenutzt seit Jahrzehnten, aber mit Wurzeln und einem alten Spiegel dekoriert. Trotz des eher unwirtlichen Zustandes freute ich mich sehr, wieder hier zu sein und fühlte mich, als sei ich nach Hause gekommen. Allerdings war es das erste Mal, dass ich alleine an diesen Ort gekommen war.

Das Ziehen in meiner Herzgegend überfiel mich schnell und heftig. Die Erinnerungen an die Umstände, die mich zu dieser Reise getrieben hatten, rissen die hauchdünnen Schutzmembranen ein, die sie von meinem Denken ferngehalten hatten und begannen sofort damit, meine gute Laune aufzufressen wie ein Schwarm Heuschrecken.

Schnell öffnete ich die anderen Vorhänge und trug mein Gepäck ins Haus. Nach drei Zügen aus der jetzt Küchentischflasche begab ich mich wieder nach draußen an die Straße, um das Wasser anzustellen. Der Haupthahn befand sich in einem kleinen, in den Boden eingelassenen Plastikkasten. Ich nahm den Deckel ab und zuckte instinktiv zurück. Vier große, merkwürdig bleiche Nacktschnecken klebten an seinen Wänden und zogen sich zusammen, als das Licht sie traf. Sie mussten ihr gesamtes Leben in Dunkelheit verbracht haben, denn sie waren viel zu groß, als dass sie durch den kleinen Spalt hätten kriechen können, der sich oben im Deckel befand. Wahrscheinlich hatte irgendwann mal eine Schnecke in dem Kasten abgelaicht, als während eines Besuches der Deckel offen gewesen war. Ich fragte mich, ob ich eine neue, mutierte Spezies entdeckt hatte, ließ aber von dem Gedanken ab, als ich realisierte, dass ich in das schwarze, blickdichte Wasser würde greifen müssen, das unter ihnen stand. Den Haupthahn konnte man nicht mal erahnen. Ich schluckte dreimal zur Vorbereitung und hielt die Luft an. Meine Hand näherte sich langsam der Oberfläche. Ein paar Blasen stiegen auf. Fluchend zog ich die Hand zurück. Meine Schneidezähne bearbeiteten meine Unterlippe, während ich einen zweiten Versuch unternahm. Eiseskälte kroch in meine Fingerspitzen. Es war, als ob sie in den Ort eintauchten, in dem der Winter seinen Sommerschlaf hielt. Ein Schauer lief mir über den Rücken, und ich zwang mich, nach dem Hahn zu tasten. Gott sei Dank fand ich ihn schnell, und er ließ sich ohne weiteres öffnen. Ich war erleichtert, als ich meine Hand wieder bei mir im beginnenden Sommer hatte, nachdem der Gartenschlauch angeschlossen war, der mir für meine Zeit hier als Wasserleitung diente. Noch einmal blubberte es aus der schwarzen Brühe, und ich beeilte mich, den Deckel provisorisch wieder an seinen Platz zu legen.

Zurück im Haus, betätigte ich den Hauptschalter der Stromversorgung, der sich über der Hintertür befand und begann mit meiner Lieblingsaufgabe. Ich holte einige der Torfbriketts, die immer in dem Haus vorrätig waren und schichtete sie zu einem kleinen Kamin im Kamin. In diesen füllte ich etwas trockenes Kleinholz, welches neben der Feuerstelle lag und etwas Zeitungspapier. Nach dem Anzünden dauerte es nicht lang, und der Raum füllte sich mit dem wunderbaren Geruch, auf den ich mich schon seit meiner Abfahrt gefreut hatte. Dann verstaute ich die Lebensmittel im Küchenschrank, den Regalen und in dem nun zu brummig-zischendem Leben erwachten Kühlschrank. Nachdem ich Nudeln aufgesetzt hatte, war es Zeit für den ersten Druids. Kaum berührte der erste Tropfen der fruchtig herben Köstlichkeit meine Zunge, folgte auch schon die Hälfte der Dose. Die andere folgte beim Essen. Nudeln mit Fertigsoße und Käse.

›The road opens wide, there's space here for two of us‹, sang Jim Kerr aus den kleinen Aktivboxen im Regal, als ich mich mit einer weiteren Dose Druids in einen der Sessel fallen ließ. Ich starrte in die beginnende Glut.

Wie recht er doch hatte. Es war nicht richtig, dass sie nicht hier war. Es war so deutlich zu spüren, dass ich nicht anders konnte, als die Dose drei Viertel ihres Inhalts zu berauben.

›What state then, I'm stuck in a hollow shell‹

Ich leerte die Dose und griff zur nächsten. Als auch diese nichts mehr hergab, begann es draußen bereits zu dämmern. Die Basaltsteine waren zurückgekehrt und somit war es dunkler, als es eigentlich sein müsste. Ich hörte den Wind durch die Bäume rauschen, und trotz der Musik war es still. Ich erhob mich kurz, holte eine Pfeife und stopfte sie mit Gawith & Hoggarth's Rum Flake. Bedächtig entzündete ich sie und blickte den silbernen Fäden hinterher, die durch den Raum schwammen.

Der Klingelton meines Handys überraschte mich, und meine Eingeweide krampften, die eigentlich betäubende Wirkung des Alkohols völlig ignorierend. Missbilligend ob ihres Versagens funkelte ich die Dose in meiner Linken an, leerte sie dennoch und feuerte sie in eine Ecke. Dann hob ich ab.

»Ahoi!«

»Ahoihoi.« Ihre Stimme klang neutral wie immer nach einem Streit. Einen Moment war nichts zu hören als unser beider Atem.

»Na? Was machst du gerade?«, fragte sie dann.

»Ich sitze vor dem Kamin, rauche ein Pfeifchen und trinke Druids«, antwortete ich wahrheitsgemäß.

»Das klingt schön«, sagte sie.

»Hmh. Und du?«, fragte ich, die eigentliche Antwort runterschluckend.

»Ich sitze auf meinem Bett und schaue ›Die Nanny‹.«

»Oh Gott!« Ich stieß etwas Luft in halb ernst gemeinter Verachtung aus.

»Ey«, quäkte sie mit kindlich pikierter Stimme. »Die Nanny ist witzig! Und du magst sie auch. Hast du selber gesagt.«

Ein Schmunzeln schlich sich auf meine Züge und betrog meine ursprünglichen Intentionen.

»Was man nicht alles sagt, um bestimmte Ziele zu erreichen«, schickte ich durch die Leitung.

»Du Arsch!«, kam es prompt zurück. Wir lachten beide.

»Das ist nicht lustig«, spielte sie beleidigt. Ich lachte absichtlich laut und hörte das erhoffte ›Oah‹. Ich wollte gerade noch etwas ickern, aber sie kam mir zuvor: »Na ja, du, ich muss jetzt mal duschen.«

Meine gute Laune verschwand gurgelnd und strudelnd in einem schwarzen Loch wie gebrauchtes Waschwasser im Abfluss. Ich wusste nur zu gut, was das bedeutete, hatte aber absolut keine Lust auf einen weiteren Streit.

»Ok, viel Spaß«, sagte ich und hörte an ihrem Atem, dass ihr das auch nicht so ganz recht war. Wie immer. Sie rang sich dennoch zu einem ehrlichen: »Dir auch!«, durch, dann legten wir auf.

Seufzend ließ ich das Handy neben den Stuhl fallen und angelte nach einer weiteren Dose Druids. Ich befeuerte meine Pfeife, die während des Gesprächs ausgegangen war, und blies kleine Rauchringe in Richtung des Kamins. Majestätisch waberten sie auf die Glut zu, bis sie vom heißen Luftstrom erfasst und in den Schornstein gesogen wurden wie Quallen in eine Meeresströmung. Endlich tat der Alkohol seine Wirkung. Meine Gedanken verlangsamten ihr wirres Treiben, und schließlich war alles in eine bernsteinfarbene Watte gepackt, die mich einfach nur dasitzen und rauchen ließ. Zwei Stunden gingen so dahin. Dann war die Pfeife tot und ich auch. Mit einer letzten Kraftanstrengung suchte ich die Matratze, die in der Rumpelkammer gelagert wurde. Sie war angeschimmelt.

»Oh fuck!« murmelte ich. Ich taumelte mehr als ich ging in das Schlafzimmer und legte meinen Schlafsack auf das blanke Federgitter des rechten Feldbettes. Zurück in der Wohnküche setzte ich die Tischflasche an, trank, soviel es mir möglich war, löschte das Licht und fand gerade noch zurück in meinen Schlafsack, bevor es herrlich warm und schwarz wurde.

———————

Ich wachte in meinem eigenen Sabber wieder auf. Ein dünner, aber penetranter Schmerz hatte es sich während der Nacht hinter meinen Augen bequem gemacht und verfiel in freudige Aktivität, als ich sie aufschlug und die Helligkeit ihn traf. Gott sei Dank wurde das Licht durch die Vorhänge gedämpft. So blieb es bei ein paar Nadelstichen anstelle von Zaunpfählen. Und sollte man mich jemals fragen, wie viele Federn und Streben ein Feldbett hatte – ich würde die Antwort ohne zu zögern geben können.

»Uuuuuh, ja«, murmelte ich und brachte mich in eine Sitzposition. Ein dumpfes, pulsierendes Drücken gesellte sich zu dem Schmerz, und die beiden verstanden sich prima. Freundlicherweise fühlte sich der kleine Verräter ganz wohl und ersparte mir Übelkeit. Ich schälte mich aus dem Schlafsack, erhob mich, schlurfte hinüber in den Wohnraum und dankte es ihm mit einem Schluck aus der Tischflasche. Das hatte ich schon immer einmal machen wollen. Das Ergebnis war zwiespältig. Meine beiden Gäste im Kopf wurden etwas eingelullt und reduzierten ihr Treiben, mein Magen allerdings fühlte sich plötzlich doch verpflichtet, einer umherstreunenden Flauheit ein Heim zu gewähren.

»Pfff... Arschloch«, sagte ich und schüttete dem neuen Besuch noch etwas Whiskey ins Gesicht. Dann öffnete ich die Hintertür. Angenehm kühle Luft begrüßte mich zusammen mit dem Duft nach feuchtem Gras, Moos, Bäumen und Kuh. Ich holte meinen kleinen ›englischen‹ Freund raus und düngte den Brombeerstrauch links neben der kleinen Treppe, die in den ›Garten‹ führte. So entblößt in der freien Natur zu sein, machte ›Johnny‹, wie ich ihn einmal ihr zuliebe genannt hatte und wir es dabei belassen hatten, plötzlich neugierig, und er streckte sich wohlig. Ich half ihm gerne dabei.

Uuuuund schwubbeldiwub … hörte ich sie in meinem Kopf, als er vor lauter Freude die Brombeerhecke bespuckte. Ich musste grinsen und es war schön, dass zur Abwechslung einmal der Schmerz ausblieb, den ihre Stimme sonst hervorrief.

Nun war es definitiv Zeit fürs Frühstück. Ich setzte Wasser auf, und nach ein paar Minuten brutzelten Eier, Bacon und Pudding in der großen Pfanne. Während ihr unglaublich leckere Düfte entströmten, schnitt ich den Cheddar und schmierte die Butter auf vier Foxford-Scheiben.

»Yessssssssssssss«, zischten die Baked Beans, als ich sie in die eben ge-
leerte Pfanne gab. Zusammen mit dem Tee wurden sie fertig, und ich begab
mich an den Tisch, auf dem schon der Teller mit den gebratenen Köstlich-
keiten auf mich wartete. Ich schichtete Bacon, Pudding, die ›geflippten‹
Eier und Beans auf die Brote. Zur Abrundung gesellte sich noch der Cheddar hinzu. Ich genoss einen Moment den Anblick, dann versenkte ich voller
Wonne meine Zähne in dem ersten der beiden kleinen Kunstwerke. Die
Flauheit nahm sofort Reißaus, als sie diesen Gegner auf sich zukommen
sah. Ich seufzte erleichtert und fühlte mich zum ersten Mal seit Tagen wieder richtig wohl. Ich schickte zwei Löffel Zucker in ihr braun-feuchtes Grab
und schlürfte nach dem Umrühren etwas vom Barry's Green Label Tea, der
in meiner Tasse dampfte. Perfekt!

Ich hatte das erste Sandwich gerade vernichtet, als sich das Handy meldete. Ich registrierte erstaunt, dass der übliche Krampf ausblieb und meldete
mich voller guter Laune: »Good morning, Starshine! Sie örs sääs hellooo!«

»Hallooo«, meldete sie sich freudig zurück. »Na, wie war deine erste
Nacht?«

»Ach, ich fühle mich recht ›drahtig‹«, antwortete ich.

»Oh, so gut?«, fragte sie erstaunt.

»Nein, so ohne Matratze«, gab ich zurück und hörte, wie sie prustete.
Das war ein schönes Geräusch. Ich hatte aber keine Lust danach zu fragen,
wie ihre Nacht und vor allem der Morgen verlaufen war, und deshalb sagte
ich nichts weiter.

»Was machst du denn heute noch Schönes?«, fragte sie, nachdem eine
kleine Pause entstanden war.

»Keine Ahnung«, antwortete ich wahrheitsgemäß. Ich hatte mir tatsächlich noch keine Gedanken darüber gemacht. Jetzt, da ich endlich angekommen war, entschleunigte sich alles in sehr angenehmer Weise, und ich hatte
das Gefühl, alle Zeit der Welt zu haben, was in gewisser Weise ja auch
stimmte. »Vielleicht versuche ich, ein wenig zu schreiben.«

»Schön!«

»Oder ich fahre etwas durch die Gegend.«

»Hm, okay, viel Spaß dabei.«

»Und du?« Ich gab mir eine innerliche Ohrfeige für meine Unfähigkeit, alte Automatismen endlich zu kontrollieren, aber es war zu spät.

»Ich fahre jetzt erst mal nach Hause, um zu duschen und etwas zu essen.«

Ich spürte, wie ich sauer wurde, weil der Typ immer noch nicht dafür gesorgt hatte, dass sie die speziellen Dinge, die sie für ihre Ernährungsweise brauchte, im Haus hatte, obwohl sie ihm schon mehrfach gesagt hatte, was dafür nötig war.

»Hmh«, machte ich, was sie aber überging.

»Und heute Abend gehen wir zu einem Kindergarteninformationsabend.«

»Aha«, machte ich. »Wolltest du dich nicht eigentlich mal wieder mit Evi treffen?«

»Ja, schon.«

»Na ja, das kannst du dann ja auch morgen machen.«

»Hm … nein, ich glaube nicht«, druckste sie.

»Warum nicht?«, fragte ich härter als gewollt.

»Weil wir für drei Tage mit dem Wohnwagen wegfahren«, kam es aus dem Lautsprecher. »Hat er mir heute Morgen angeboten.«

»Oh wie schön«, sagte ich, doch es klang leider nicht sehr freundlich. »Kommt sein Sohn mit?«

»Nein«, antwortete sie, und ich hatte Mühe, mein Frühstück bei mir zu behalten. Scheiß kleiner Verräter!

»Tja, dann viel Spaß und pass auf dich auf.«

»Mhm«, machte sie. »Danke.«

»Okay, dann bis dann!«

»Ja, tschau!«

Ich nahm das Telefon vom Ohr und starrte es an. Drei Tage. Wieder einmal. Ich bekämpfte die Bilder, die aus den Tiefen meiner Fantasie heraufflogen, um sich wie Aasgeier am Kadaver meiner guten Laune zu laben, mit einem Schluck aus der Tischflasche, doch es half nichts. Erst zwei wei-

29

tere stutzten ihnen die Flügel, und sie trudelten zurück in die Abgründe, aus denen sie gekommen waren, wo sie jedoch weiter gierig hin und her flatterten. An Schreiben war so nicht mehr zu denken, und ich beschloss, einen kleinen Spaziergang zu machen. Ich steckte zwei Dosen Druids in meine Jackentaschen und verließ das Haus.

Draußen empfing mich erfrischende Luft, die sofort meinte, zusammen mit dem strahlenden Sonnenschein, die Alkoholwatte freundlich, aber bestimmt meines Kopfes verweisen zu müssen, um ihrem guten Freund namens Klarheit Einzug zu gewähren.

»Oh nein, ihr Lieben«, murmelte ich, »das läuft so nich«, und lieferte der Watte sogleich Schützenhilfe aus einer der Dosen. Ziemlich bald resignierten die beiden und ich stolperte über ein paar Äste, die im hohen Gras verborgen lagen, auf die Straße hinaus. Da mein gewünschter Zustand nun wiederhergestellt war, konnte ich mich tatsächlich über den wunderschönen Frühlingstag freuen, der sich mir offenbarte. Die Straße lag ruhig und friedlich im Sonnenschein. Tau und Reste eines frühmorgendlichen Regengusses glitzerten auf den Büschen, Bäumen und Wiesen. Ich wendete mich nach rechts und schlenderte die Straße hinauf, vorbei an dem winzigen Haus auf der linken Seite, in dem ich noch nie Menschen gesehen hatte, und den Weiden zu der rechten, gegenüber dem ›Collie-Haus‹, wie ich es genannt hatte. Dort lebten seit meinem ersten Besuch in den Neunzigern immer ein oder auch zwei Collies, die aussahen, als hätte man sie über die Jahrzehnte geklont. Auch diesmal kam einer von dem Grundstück gelaufen und umrundete mich leicht ebsch schauend. Dann entschied er sich, dass ich harmlos sei, ließ sich einen Augenblick streicheln und legte sich, nachdem er an den Straßenwall gepinkelt hatte, wieder vor die Eingangstür.

»Prost, mein Collieklon«, sagte ich und führte die angebrochene Dose an meine Lippen. Nun hatten mich die Kühe entdeckt, und auch hier wiederholte sich das ewig gleiche Ritual meiner Besuche. Sie hoben die Köpfe und starrten mich an, als hätten sie noch nie in ihrem Leben einen Menschen gesehen. Dann liefen sie an den Weidezaun, formierten eine Gruppe und starrten mich weiter an. Ich blieb stehen und glotzte zurück. Zitternd und schnaubend standen die Viecher da. Dann – warum auch immer – wandten sie sich ab und rannten davon. Ich rollte mit den Augen und setzte meinen Weg fort. Die Sonne strahlte durch ein paar Bauschwolken und scheckte das Land hinter mir. Alles hier erinnerte an Kühe, dachte ich, als ich über die sanften Hügel blickte. Kein Mensch war auf der Straße. Auch Autos fuhren nicht. Wahrscheinlich saßen sie alle beim Mittagessen.

Ein Klingeln aus meiner Tasche kündigte mir das Eintreffen einer SMS an, und ich fischte mit einem Seufzer das Handy heraus. Im Gegensatz zu meiner Erwartung las ich ›Malone‹ als Überschrift.

Hope u had a safe trip. Dinner tomorrow at 7? Xxx Deirdre

Jetzt schien auch in meinem Herzen die Sonne. Ich tippte sogleich zurück: Sure thing! Thank you so much! Lots of love!

Mit einem Gefühl des Überschwanges leerte ich die Dose und überlegte nun wesentlich positiver, was ich mit dem angebrochenen Tag noch so anstellen wollte. Mein Blick fiel auf die Kreuzung weiter die Straße hinauf, an der das alte, efeubewachsene Haus mit der presbyterianischen Kirche in seinem gepflegten Garten stand. Und noch etwas stand da: ein Wegweiser. Neben den üblichen Richtungsangaben für die umliegenden Dörfer befand sich daran ein Metallschild mit der Aufschrift: Lough Na Leibe. Und obwohl dies nicht mein eigentliches Ziel war, war dieses Schild untrennbar mit dem Ort verbunden, dem ich jetzt einen Besuch abstatten wollte: den Höhlen von Keash. Ich machte kehrt und lief frohen Mutes zurück zum Haus. Warum war ich nicht schon früher drauf gekommen? Es gab keinen besseren Ort, um seine Gedanken zu ordnen und ein Gefühl der Freiheit zu erlangen. Zumindest nicht in dieser Gegend. Nachdem ich die Tür aufgerüttelt hatte, packte ich schnell die Gummistiefel, meine Pfeife plus Tabak, einen Regenmantel und vier weitere Dosen Druids ein, rüttelte die Tür zu und begab mich zum XJ, der die Nacht neben dem Parkbusch verbracht hatte. Voller Elan schwang ich mich hinter das Lenkrad und ließ den Motor an. Kraftvoll erwachte er zum Leben. Ich roch das kühle Leder und freute mich ein weiteres Mal darüber, dieses Auto zu besitzen. Eine Minute später überquerte ich die Kreuzung und fuhr die schmale Straße hinauf, während Angelo Branduardi zum ›Cantico delle Creature‹ ansetzte. Mühelos überwand der schwere Wagen die Steigung und tanzte um die Kurven. Kühe glotzten mir nach, und nach ungefähr zehn Minuten hatte ich mein Ziel erreicht. Zumindest das, bis wohin mich der XJ begleiten konnte. Ich setzte den Blinker und fuhr in die kleine Parkbucht vor der wirklich winzigen Ruine dahinter. Mir fiel erst jetzt auf, dass ich mir nie Gedanken darüber gemacht hatte, wozu dieses kleine Haus mal gedient haben mochte. Falls es denn überhaupt je ein Haus gewesen war. Ich ließ den XJ soweit es ging vorrollen, damit das Heck auch ja nicht auf die Straße hinausragte – wer wusste schon, welcher Landwirt eventuell mal damit prahlen wollte, mit seinem Traktor ›aus Versehen‹ einen Jaguar zu Klump gefahren zu haben – dann stellte ich den Motor ab und begab mich zum Kofferraum, um mir für den Aufstieg die passende Kleidung anzulegen. Die Höhlen von Keash befanden sich nämlich, im Gegensatz zu dem, was man vielleicht vermuten würde, am Ende eines ziemlich steilen Hanges in ungefähr siebzig Metern Höhe. Vorher galt es, eine Kuhweide und eine übermannshohe Ginsterhecke zu überwinden. Mit den Gummistiefeln an den Füßen, der weißen Regenhaut über der Kunstlederjacke und meinen ›Schätzen‹ in einem Jutebeutel, begab ich mich zu meinem ersten Hindernis: dem Tor der Kuhweide. Unter den irritierten und mit einer Mischung aus Furcht, Neugier und Überforderung gefüllten Blicken der ›Bewohner‹ erklomm ich das wackelige Metallgatter, balancierte einen Moment mittig auf seinem ›Gipfel‹ und machte mich dann wieder an den Abstieg.

›Das wäre schon mal geschafft‹, dachte ich erleichtert, als meine Füße den weichen Boden berührten.

Die Kühe ignorierend, überquerte ich die Weide zu der kleinen Steinmauer. Dort überwand ich mit einer dem Alkohol angemessenen Trotteligkeit den Stacheldraht und stand nun vor der ›Dornröschenhecke‹ aus Ginster, die den Berg tatsächlich wie ihr märchenhaftes Pendant umgab. Sie stand in voller Blüte und ich genoss einen Moment den imposanten Anblick des gelben Meeres, das den Hang hinaufbrandete. Schafe waren dieses Mal nicht zu sehen, obwohl ihre Hinterlassenschaften bezeugten, dass auch diese für Irland sehr typische Tierart sich regelmäßig hier aufzuhalten pflegte. Heute mussten sie sich jedoch mit der nicht kleinen, aber doch wesentlich kleineren Weide als das Berg-Areal neben den muhenden Nachbarn begnügen.

Natürlich hatten die vergangenen Jahre die Hecke verändert, und so musste ich einen Augenblick suchen, bis ich schließlich den Eingang zu dem kleinen Trampelpfad fand, der durch sie hindurchführte. Der nächtliche Regenguss hatte den Boden aufgeweicht, und es verlangte einiges an Konzentration von mir, nicht auf dem Schlamm auszurutschen. Dementsprechend verschwitzt war ich, als ich schließlich aus der knorrigen und verwunschen wirkenden Blütenpracht wieder hinaustrat. Ich blieb stehen und atmete tief durch. Der honigsüße, liebliche Duft der Ginsterblüten mischte sich mit dem des nassen Grases und der Schafsköttel. Wundervoll! Ich hob den Kopf und da waren sie: Über mir in einer lotrecht zum Hang aufsteigenden, kalkweißen Felswand gähnten die sieben großen Eingänge zu dem Höhlen- und Gangsystem. Was auch immer sie in den Fels getrieben hatte, vermochte ich nicht zu sagen, aber es hatte unglaubliche Arbeit geleistet. Die Sonne streichelte die harschen Felsen und ließ die Höhlen trotz ihrer Schwärze einladend aussehen.

Mit neuer Motivation machte ich mich an den restlichen Aufstieg und erreichte schließlich schweißgebadet den größten der Felsenschlünde. Ich hatte es vermieden, mich während meiner Kraxelpartie umzusehen. Diese Belohnung wollte ich mir bis zum Schluss aufheben. Nun war es soweit. Ich holte eine Dose des flüssigen Goldes aus dem Jutebeutel, öffnete sie und drehte mich um. Weit und satt öffnete sich Irland vor mir. Seen glitzerten in den endlosen Wiesen, als wäre Quecksilber aus Gottes Thermometer direkt auf seinen samtigen Bettvorleger gefallen. Bauschwolken dümpelten im Himmel und tupften ihre Schatten über die Hügel und Wäldchen, zwischen denen weiße Cottages aufblitzten wie Schaumkronen auf einem smaragdenen Ozean. Vor dem Horizont erleichterten sich einige der Wolken, und hätte ich eine Postkarte oder ein Bild mit dieser Landschaft gesehen, inklusive des obligatorischen Regenbogens, ich hätte meine Augen gerollt ob der offensichtlichen, kitschigen, klischeebeladenen Fotomontage. Aber es war tatsächlich so. Ich konnte ihn mit eigenen Augen sehen.

»Prost, Irland!«, rief ich aus Leibeskräften und mit erhobener Dose. »Wuuuuhuuuuuuu!« Dann nahm ich einen herzhaften Schluck. An der frischen Luft schmeckte Cider nochmal so gut!

Ich legte den Jutebeutel auf einen Felsvorsprung und begab mich in das Innere der Höhlen. Vor mir wölbte sich der Stein in faszinierenden Schichtstrukturen von unterschiedlichstem Grau. Hier und da trug er Bordüren aus grünen Moosen und Farnen. Der lehmig-erdige Boden wies die Spuren zahlloser, meist oviner Besucher auf, die das Netz der Höhlen als Unterschlupf vor Wind und Wetter nutzten. Aber auch Abdrücke von Stiefeln waren zu sehen. Ich begann damit, mich durch die schmalen Gänge zu zwängen und die Höhlen zu ›erkunden‹, wie ich es damals mit Moritz getan hatte. Teilweise waren sie so niedrig, dass ich mich einmal sogar mit meinem Knie am Kinn stieß. Quitschend und quatschend wühlten sich meine Stiefel durch den Matsch, und ich hatte einen Heidenspaß dabei. Irgendwann war ich wieder in der größten der Höhlen angelangt, deren Boden nach hinten etwas anstieg und durch ein Loch in eine weitere Höhle dahinter führte. In diesem Teil war ich noch nie gewesen. Erstens war es nicht ganz so leicht, den angeschrägten Lehmboden zu erklimmen, und zweitens erreichte nur noch wenig Tageslicht die Höhle dahinter. Und natürlich war es auch heute wie jedes Mal, wenn ich eine Tour zu den Höhlen unternommen hatte: Die Taschenlampe lag im Häuschen auf dem Küchenregal. Ich starrte das Höhlenmaul an und überlegte einen Augenblick. Dann zuckte ich mit den Schultern und ging das Wagnis ein, auch ohne entsprechende Beleuchtung einen Blick zu riskieren. Ich hatte gute Laune, und der Cider tat sein Übriges. Ich hangelte mich an der Wand entlang, bedächtig einen Schritt vor den anderen setzend, bis ich schließlich am Eingang der hinteren Höhle stand. Ich schnaufte kurz, dann betrat ich den Raum. Es dauerte etwas, bis sich meine Augen an den Lichtwechsel gewöhnt hatten. Nach und nach erkannte ich, dass die Höhle größer war, als ich es erwartet hatte. Sie war gerade hoch genug, dass ich darin stehen konnte, aber nach links und rechts dehnte sie sich erheblich aus. Ich beschloss, in den nächsten Tagen mit einer Taschenlampe zurückzukehren. Zeit hatte ich ja genug. Mit einem selbstbestätigenden Nicken drehte ich mich um und begann mit dem Abstieg. Leider erwies sich dieser als etwas schwieriger als gedacht. Ob es nun an dem Cider lag oder einfach an einer kleinen Unaufmerksamkeit, konnte ich nicht sagen. Das Resultat war jedoch, dass ich ausrutschte und mit wild rudernden Armen rücklings in den Matsch schlug. Ich fluchte laut und konnte förmlich das Kichern der Feen und Kobolde hören, die diese Höhle bewohnten. Einmal dort unten angekommen zog ich es vor, den letzten Teil auf meinem Hintern rutschend zurückzulegen und stand erst wieder in der Haupthöhle auf. Dort begutachtete ich die Misere. Gott sei Dank hatte der Regenmantel den Großteil der braunen Pampe abbekommen. Ich hatte aber trotzdem erst mal genug von irgendwelchen Abenteuern. Ich begab mich zu meinem Beutel und fischte die Pfeife plus Tabak und eine weitere Dose Cider heraus. Die andere war ausgelaufen. Dann setzte ich mich auf einen Felsvorsprung, stopfte die Pfeife und schaute in das weite Land zu meinen Füßen. Unweigerlich kamen die Gedanken. Dieses Mal ließ ich sie zu.

›Ich könnte niemals mit dir zusammen sein‹, echote ›sie‹ in meinem Kopf. Mein Herz krampfte sich schmerzhaft zusammen. Nicht nur, weil diese Worte an sich schon weh taten, sondern weil es nicht möglich war, zu verstehen, was hinter ihnen lag.

›Warum?‹, hörte ich meine Stimme.

›Weil du keiner geregelten Arbeit nachgehst. Ich brauche einen Mann, der arbeitet.‹

›DAS ist dir wichtig?‹

›Ja!‹

›Wichtiger, als das, was wir haben? Wichtiger, als zusammen lachen, gemeinsame Interessen und nicht zuletzt hervorragender Sex?‹

›Du kommst immer mit dem Sex. Was soll das? Außerdem will ich jetzt nicht reden!‹

›Ich komme überhaupt nicht ›immer mit dem Sex‹! Aber das ist doch auch wichtig! Jemand, der dich respektiert!‹

›Oah Mann! Ich bin aber nun mal mit IHM zusammen!‹

›Also hast du doch Gefühle für ihn?‹

›NEIN!‹

›Aber irgendwas muss dich doch bei ihm halten!‹

›Ich kann nicht Schluss machen. Ich habe ein schlechtes Gewissen! Wie oft soll ich das noch sagen? Und jetzt hör auf damit! Akzeptier' einfach, dass ich nicht so weitermachen kann!‹

›Ach, mit mir kannst du Schluss machen, oder was?‹

›Ja! Das ist etwas anderes. Ich will nicht reden! Ich gehe jetzt!‹

›Aha‹

Ich spürte, wie ich den Kopf schüttelte. Ich nahm einen tiefen Zug aus der Pfeife und danach aus der Dose. Rum Flake und Cider mischten ihre Aromen und dämpften die Hilflosigkeit in mir wie ein Schleier aus Silber und Gold.

›Ich versteh echt nicht, warum wir nicht trotzdem Freunde bleiben können?‹, fragte mich ihre Stimme durch diesen hindurch. Der Vorwurf darin war ebenso deutlich wie dreist in meinen geistigen Ohren.

›Weil es nicht das ist, was ich will.‹

›Toll!‹

›ABER‹, schnitt ich ihrer Stimme das Wort ab, bevor sie eine weitere Ungeheuerlichkeit loslassen konnte, ›das ist nicht der Hauptgrund. Der Hauptgrund ist der, dass ich ganz genau weiß, dass du eigentlich auch was anderes willst!‹

›Und tschüss!‹

Ich hörte die Zimmertür schlagen und nahm einen weiteren Schluck Cider. Er schwemmte die Gedanken fort, doch gerade als ich erleichtert aufatmen wollte, meldete sich das SMS-Glöckchen meines Handys. Ich seufzte und leerte die Dose in einem Zug, bevor ich unter den Regenmantel fingerte, um das blöde Ding aus meiner Jackeninnentasche zu ziehen.

Jetzt geht es gleich los :-/

Ich starrte das Display an. Typisch!

Es juckte mir sehr in den Fingern, etwas wie ›selbst schuld‹ oder dergleichen zu schreiben, besonders nach den Gedanken, die sich mir gerade aufgedrängt hatten, aber ich riss mich zusammen und schrieb: Das wird vielleicht ganz nett. Warte es mal ab.

Mh, ja, vielleicht. Zumindest freut sich Ronny.

Ich rollte die Augen, als ich ein weiteres Mal diesen Namen las. Wie konnte man seinen Sohn heutzutage nur so nennen?!

Ich bemerkte die Zeitanzeige.

Ist es nicht noch ein wenig früh für einen KindergarteninformationsABEND?

Ich verfluchte mich innerlich in dem Moment, als ich den Sendebutton gedrückt hatte!

Er hat frei und hat gefragt ob ich schon früher kommen möchte bevor Ronny gebracht wird, **bekam ich auch gleich die Quittung.** Ich muss jetzt auch los. Bis dann und dir noch viel Spaß!

Danke! Mehr konnte und wollte ich nicht schreiben. Wieder stürmten Bilder auf mich ein, die jenen, die mich am Morgen heimgesucht hatten, verblüffend ähnelten. Ich widerstand jedoch eisern der Versuchung, eine weitere Dose Cider zu öffnen, um die goldene Flutwelle des Vergessens auf die Heimsuchungen loszulassen. So schön es auch gewesen wäre, die Bilder, um Hilfe rufend, in einem Strudel aus äpfeliger Köstlichkeit ertrinken zu sehen, der Abstieg wäre es dann nicht mehr gewesen. Das hatte mir der Sturz eben schon eindrücklich bewiesen. Und seitdem waren ja noch weitere fünfhundert Milliliter meine Kehle hinunter geflossen. Ich wollte meinen Besuch hier oben aber dennoch mit etwas Angenehmem beenden, also stand ich auf und sog nochmal die Schönheit und die Weite dieses wunderbaren Landes in mich auf. Dann packte ich meine Pfeife und die leeren Dosen ein und machte mich auf den Heimweg. Ich musste mich zwar etwas mehr konzentrieren, aber ich gelangte ohne gefährliche Zwischenfälle wieder hinunter. Die Kühe auf der unteren Weide glotzten mich an, als hätten sie mich noch nie in ihrem Leben gesehen. Ich tippte mir zum Abschied – oder zur Begrüßung, je nachdem ob sie sich nun an mich erinnerten oder eben nicht –

an die Schläfe. Eines der Rindviecher hob den Schwanz und entleerte seinen Darm laut furzend auf die Wiese.

»Kackreiz!«, rief ich dem zusammenzuckenden Tier zu, in Erinnerung an einen lieben Kollegen, der dieses herrliche Wort in einem selbstgeschriebenen Theaterstück über eine Band in einer Irrenanstalt untergebracht hatte. Kichernd überwand ich das Gatter und verstaute den Jutebeutel, den verschlammten Regenmantel und die ebenso zu beschreibenden Gummistiefel im Heck des Jag. Ein paar Minuten später fuhr ich durch Keash an der kleinen Kirche vorbei. Wie immer war kein Mensch zu sehen. Es war mittlerweile Brauch für mich geworden, nicht in der Richtung zurückzufahren, aus der ich gekommen war, sondern den Berg, in dem sich die Höhlen befanden, zu umrunden. Die Straße wurde teilweise so schmal, dass niemals zwei Autos aneinander vorbei gepasst hätten. Oft wurde sie von mit Moosen und Gras überwucherten Steinmauern gerahmt oder von Brombeer- und Fuchsien-Sträuchern.

Ich erreichte das Steilstück, an dem ich vor einigen Jahren noch gebetet hatte, dass ich nicht würde anhalten müssen, da ich damals noch nicht so viele PS unter der Haube gehabt hatte und noch dazu eine manuelle Schaltung. Der XJ hatte keine Probleme damit. Angelo spielte ›Divina Commedia, Paradiso, Canto XI‹, als ich den zu meiner Linken liegenden Bauernhof passierte und Lough Na Leibe rechts in Sicht kam. Wieder einmal stellte sich mir die Frage, wie es wohl sein musste, sein Leben hier zu verbringen, abgeschieden von der Hektik und dem Lärm der Stadt. Als Urlaub war es unbestritten hervorragend. Aber wie mochte es wohl sein, wenn man ein Haus in der Einsamkeit sein Zuhause nannte? Tag für Tag. Allein. Soweit ich zurückdenken konnte, war das Alleinsein niemals etwas gewesen, wovor ich mich gefürchtet hatte, wenn man mal von der Angst, als kleines Kind alleine im Dunkeln zu schlafen, absah. Ich war immer schon in der Lage gewesen, mit mir etwas anzufangen, egal ob jemand dabei war oder nicht. Auf Klassenfahrten hatte ich niemals Heimweh, und in den USA, mit sechzehn, war auch wirklich nur die erste Zeit schwierig gewesen, als die Schule noch nicht begonnen hatte und mein Gastvater erst um sechs nach Hause kam.

Aber auch in dieser Situation hatte mir das Telefon gereicht. Keinen einzigen Augenblick hatte ich auch nur in Erwägung gezogen, lieber wieder nach Deutschland zurückzukehren. Später, als der halbe Tag mit Schule ausgefüllt wurde, genoss ich es sogar, den Rest für mich zu haben. Die relative Isolation half mir, mich auf die Hausaufgaben zu konzentrieren und erwies sich als hervorragender Nährboden für meine Kreativität. Allerdings wusste ich ja die ganze Zeit in einem hintersten Winkel meines Hirns, dass ich wieder nach Hause kommen würde, in meine Heimatstadt, zu meinen Eltern und Freunden. Wie aber würde ich mich fühlen, wenn ich meinen Lebensmittelpunkt wirklich dauerhaft in die Fremde, und vor allem in die Einsamkeit verlegte? Wenn meine Eltern nicht mehr in Deutschland auf mich warteten?

Ich hing diesen Gedanken noch nach, als ich die Kreuzung an der Kirche überquerte und schließlich den Wagen wieder an der Parkhecke abstellte. Auf dem Weg ins Haus wünschte ich mir, mein Kopf hätte die Disziplin gehabt, einfach mal eine Weile bei einem Thema zu bleiben, denn nach einem gewohnheitsmäßigen Blick auf die Handy-Uhr fiel ihm natürlich nichts Besseres ein, als mir zu sagen: 14.33 … wir haben vor ungefähr einer halben Stunde geschrieben, dann ist sie jetzt bei ihm.

Der gerade eben noch zaghaft aufkommende Appetit bedankte sich für diese Vorschlaghammerbehandlung mit sofortigem Rückzug. Ich verzog das Gesicht und stapfte missmutig durch den ›Vorgarten‹. Ich ärgerte mich darüber, wie ich es immer wieder schaffte, mich selbst zu überrumpeln. Drinnen erwarteten mich die Rieselflocken überall, die Spinnweben, der Herd und die benutzten Teller. Ich beschloss, den Spieß umzudrehen. »Pech gehabt!«, sagte ich zu meinen Gedanken. »Wir putzen jetzt!«

Ich setzte Wasser auf und holte den borstigen Besen aus dem Windfang. Sein Stiel war schwarz vom Schimmel, aber auch das hielt mich nicht auf. Ich hatte doch irgendwo hinten im Schrank eine Flasche Desinfektionsmittel gesehen. Voller Tatendrang kramte ich in den Putzmitteln, und tatsächlich hatte ich mich nicht getäuscht. Darauf erst mal einen Druids! Die Dose zischte und so taten es die Gedanken.

Das Zeug stank zwar fürchterlich hygienisch, aber es erfüllte seinen Zweck. Nach zehn Minuten war der Wohnraumboden gefegt und der ›Garten‹ um einige Partikel Farbe und Staub reicher. Mittlerweile war das Wasser heiß geworden, und nachdem ich es in einem Eimer auf eine angenehme Temperatur gemischt hatte, schrubbte ich Tisch, Stühle, Fensterbänke, Fenster, Spüle und Herd. Sollte sie doch machen, was sie wollte. Sollte sie sich doch ficken lassen. Klar, das waren Gedanken, musste ich mir eingestehen, doch durch die körperliche Tätigkeit fanden sie keinen Halt in mir. Es gelang ihnen nicht, sich in mir festzubeißen. Ihre Energie wurde abgeleitet und konnte nicht in mir schwelen wie ein Torfbrand. Sollte sie doch Spaß daran haben, keinen wirklichen Spaß zu haben. Sie wollte es ja so. Ja, sie wollte es so!

Aber warum?

»Neeee nee nee!«, rief ich, als ich bemerkte, dass mich mein Arschhirn überlisten wollte. Gedankenkreise = Energiestau. Schnell kippte ich mehr Druids nach. Um die Putzroutine zu unterbrechen und somit die Gefahr des Automatismus und der Gedankenfalle zu mindern, begab ich mich zur Feuerstelle. Ich spendete ihr neues Leben und legte meine Wut zu den Briketts. Die Flammen züngelten und leckten ihr Orange langsam aber sicher an das kalte Schwarz. Ein Lächeln stahl sich auf mein Gesicht und ich leerte die Druids-Dose. Jetzt konnte ich mein Putzwerk vollenden.

Es war später Nachmittag geworden, als ich endlich damit fertig war. Ich ließ den Blick – so gut ich es noch konnte, denn noch zwei weitere metallische Schatztruhen waren ihres Inhaltes beraubt worden – durch den Wohnraum schweifen, nicht ohne einen gewissen Stolz. Durch die Fenster konnte man nun wieder hindurchschauen, Tisch und Stühle luden zum Sitzen und Essen ein, und Herd und Spüle verdienten ihre Namen wieder. Die Spinnweben waren weitestgehend Geschichte, und ich hatte Hunger! Ich feuerte den Herd an – Heherd! Heherd! Heherd! – lachte über diesen dummen Gedankenscherz und machte mir ein paar Nudeln, die ich in der Pfanne anbriet und mit Pesto verfeinerte. Käse drüber, lecker! Beim Essen lauschte ich dem Regen, der eingesetzt hatte, während ich kochte. Es dämmerte und ich löschte das elektrische Licht. Nur ein paar Kerzen und der Schein des Feuers erhellten den Raum. Die Stille kroch aus den Winkeln des Hauses, in denen sie tagsüber geschlafen hatte. Sie umhüllte mich, als triebe ich unter Wasser. Jedes Knacken des Kamins, jedes Anschwellen des Regens war deutlich und laut zu hören und gleichzeitig surreal. Ich nahm meine Pfeife und meinen Druids und setzte mich vor die Feuerstelle. Ich stellte mir vor, ich sei in einer alten Burg. Der einsame Herrscher über dieses Land, gebeugt von den Bürden des Regierens, den Intrigen und der ... Liebe. In diesem Moment wünschte ich mir einen ›Riesennasenhund‹ an meine Seite. Irische Wolfshunde waren meine Lieblingshunde, seit ich denken konnte. Diese Wesen strahlten eine Ruhe, Eleganz und Urtümlichkeit aus, die mich vom ersten Augenblick an fasziniert hatte, als ich einem begegnet war. Zwar war es mit der Eleganz vorbei, sobald sie anfingen herumzutollen, aber das geschah nur selten. Wenn dies jedoch geschah, fiel mir unweigerlich Mozarts Begründung ein, die er einmal geäußert hatte, als er gefragt wurde, warum er nicht mehr für Hörner komponiert hatte: Der Klang des Horns hätte in seinen Stücken immer etwas von der Anmut einer herumtollenden Kuh.

So verhielt es sich ebenfalls mit Riesennasenhunden. Allerdings waren sie ebenso geschickt wie tollpatschig. Ich beobachtete einmal, wie eines dieser Riesenviecher mit gespitzten Lippen Brombeeren von einem Strauch pflückte. Nicht ein Ästchen wurde gebrochen. Nicht ein Dorn verletzte den Hund. Ich schmunzelte, als ich mir die Bilder ins Gedächtnis rief.

Die Dose war leer, und ich stand auf, um mir eine weitere zu holen. Ich schwankte ein wenig. Der Cider hatte endlich seine volle Wirkung entfaltet. Ein herrliches Gefühl. Gerade als ich mich wieder voller Wonne in den Leinenstuhl plumpsen lassen wollte, klingelte das Telefon. Ich seufzte. Ich beneidete die Herrscher der alten Zeit um die Abwesenheit moderner Kommunikationsmittel und den daraus resultierenden Schutz vor unwillkommenen Nachrichten ihrer ›Liebschaften‹. Obwohl: Bote oder Handy, wo war der Unterschied? Wohl nur in der Unmittelbarkeit. Die Störung war die gleiche.

»Hey!«, meldete ich mich und spürte, dass mir die Zunge schwer geworden war.

»Hey«, kam es vom anderen Ende.

»Schon ssurück?«

Ich hörte ein leises Lachen. »Du bist betrunken.«

»Mag sein«, schaffte ich es einigermaßen klar zu sagen, zumindest für mein Gefühl.

»Du bist süß, wenn du betrunken bist.«

»Maagauch sein«, sagte ich und schnaufte. »Wo biss... bist du?«

»Auf seinem Balkon. Ich rauche gerade eine.«

»Hch«, machte ich. »Wie war der Kinnergardeninformasionsaabend?« Der Cider ließ die Frage sarkastischer klingen als gewollt.

»Langweilig«, gab sie zu. Allerdings blieb keine Zeit für mich, ein wenig Schadenfreude zu empfinden. »Aber Ronny war so süß! Er hat allen gesagt, ich sei seine Freundin.«

»Oh, wie schöön«, sagte ich alkoholbissig. »Vielleich sagta ja bald Mama!«

»Bloß nicht!«, sagte sie und lachte unsicher.

Wieder einmal fragte ich mich, was sie dachte, wo das eigentlich hinführen sollte. Ob sie wirklich dachte, sie könne die ›Unkompliziertheit‹ in dieser ›Beziehung‹ beibehalten. Aber ich hatte keine Lust auf Streit. Eher schon auf Selbstzerfleischung.

»Und der Nachmittag?«

»Er hatte noch Besprechungen.«

»Oh«, machte ich angesichts der unerwarteten Überraschung. Warum immer Hoffnung in mir aufkeimte wie Schimmel, der auch mit dem giftigsten Fungizid nicht totzukriegen ist, war mir nicht klar. Sie tat es jedes Mal. Und jedes Mal folgte das Fungizid, nur, um trotzdem ein paar Sporen übrig zu lassen.

»Ja. Das will er auf dem Trip nachholen.« Ihre Stimme klang wie vor einem Zahnarztbesuch.

»Hm«, machte ich. Die Bilder schwammen allerdings in einer goldenen Flüssigkeit und schafften es nicht an die Oberfläche. Danke, Druids!

»Na ja, die Zigarette ist zu Ende. Ich muss mal wieder rein. Ich wollte dich vor dem Trip einfach nochmal hören«.

»Dassist schön«, sagte ich und meinte es auch so. »Wardes mal ab. Ffielleicht wirdes ja auch gans nedd.« Auch das meinte ich, wie ich es gesagt hatte.

»Danke!«, sagte sie und legte auf.

Ich saß da und es sah aus, als würde ich das Display anstarren. In Wirklichkeit starrte ich nirgendwo hin. Alles war unfokussiert und verschwommen. Nach und nach leerte sich die neue Dose. Die Gedanken waren nicht mehr fassbar. Alles war eine Suppe aus Bildern, Satzfetzen, Regenrauschen und Cider.

———————

Eine nervende innere Unruhe ließ mich nicht los und trieb den Schlaf hartnäckig zurück, der irgendwann über mich gekommen war. Der Übergang war fließend gewesen, im Gegensatz zum Aufwachen, das abrupt und unerbittlich geschah. Einen Augenblick lang wusste ich nicht, wo ich war, und riss die Augen auf. Ich befand mich immer noch in dem Stuhl vor dem Kamin. Es war bereits hell, und ich hörte Vögel zwitschern. Der Regen hatte aufgehört. Offenbar schien die Sonne, aber so ganz konnte ich das noch nicht ausmachen. Ein Traktor fuhr die Straße entlang, und ich hörte Hundegebell. Meinem Kopf ging es erstaunlich gut. Wahrscheinlich, weil ich die Finger von der Tischflasche gelassen hatte. Die Unruhe steckte im Körper und bestand aus einem Gefühl, nicht aus Gedanken. Diese waren verebbt und ich beschloss, sie vorerst nicht zu wecken. Das Handy war auf den Boden gefallen. Ich hob es auf, deckte den Bereich, in dem die Nachrichten angezeigt wurden, mit der Hand ab und schaute nach der Uhrzeit: 10:03. Dann legte ich es auf den Tisch. Auch das Aufstehen war recht sauber gelungen und hatte keine unangenehmen Konsequenzen. Ich öffnete die Hintertür und erleichterte meine Blase. Der kühle Morgenhauch rückte der Unruhe zu Leibe. Ich atmete tief durch. Ein neuer Tag in Irland! Jetzt erst mal Tee!

Ich ließ die Tür offen und setzte Wasser auf. Dann legte ich den ›Common Ground‹ Sampler in den CD-Player und begann mit der üblichen Frühstücksroutine. Bacon – the maple kind, yeah – Eier, Pudding, Beans. Der Tee vertrieb den Rest der Plagegeister der Nacht, und nach dem ersten Sandwich fühlte ich mich frisch und voller Kraft. Heute Abend stand das Dinner mit Deirdre an. Da es bereits mein zweiter Tag hier war, hieß das für mich: waschen. Ich wusste zwar, dass ich bei Deirdre duschen konnte, aber ich fühlte mich nicht wohl, so wie ich war, und morgen war ja auch noch ein Tag. Also setzte ich nach dem Frühstück Wasser auf und holte die Wanne aus dem Raum neben dem Küchenschrank. Dann breitete ich Mülltüten vor dem Kamin aus. Als ich mit Moritz in dem Haus gewesen war und mit meinen anderen Freunden, hatte ich mich immer in dem Raum gewaschen, der auch den berühmten Torfeimer beherbergte. Mit meiner Ex-Freundin allerdings tat ich dies vor der Feuerstelle, und es hatte sich als wesentlich angenehmer herausgestellt. Nachdem ich das Feuer entfacht hatte, war auch genügend Wasser erhitzt, dass es losgehen konnte. Ich entledigte mich meiner Kleidung und begann, mich mit einem Waschlappen abzuseifen. Sofort bekam ich eine Gänsehaut, aber nachdem ich mich abgetrocknet hatte, fühlte sich die Wärme des Kamins wunderbar an. Das war immer mein liebster Moment: Wärme auf der sauberen Haut. Ich wusch mir noch die Haare in der Wanne, spülte sie mit klarem Wasser nach, dann war ich fertig. Hatte auch lange genug gedauert. Eine Stunde, stellte ich fest, als ich auf das Handy schaute. Und ich stellte fest, dass ich keine Nachrichten hatte. Ich war erleichtert, und dennoch krampfte sich mein Herz zusammen. Eine Nachricht hätte bedeutet, dass sie an mich gedacht hatte. Oder zumindest hätte sie mir es gezeigt. Es war kurz vor elf Uhr. Sie waren bestimmt schon losgefahren. Vielleicht auch schon angekommen. Wo auch immer die Reise hingeführt hatte. An einen einsamen Platz, wo man ungestört war. Wo man …

Ich legte das Handy fest auf den Tisch und holte mir den Fön. Nachdem meine Haare trocken waren, zog ich mich an und wusste nicht, was ich mit der Zeit anfangen sollte, die ich noch hatte, bis ich zu Deirdre fahren konnte. Einen Augenblick überlegte ich, ob ich versuchen sollte, etwas zu schreiben, verwarf aber den Gedanken gleich wieder, als ich das Gefühl in meinem Magen spürte, welches diese Idee begleitete. Es war ein leeres, völlig uninspiriertes, nur Quälerei versprechendes Ziehen. Also: Bloß nicht!

Die zweite Idee war, ein paar Briefe zu schreiben. Aber ich war erst einen Tag hier. Was hatte ich schon groß erlebt?

›Hallo Mama, hallo Papa! Bin gut angekommen, habe die Höhlen gesehen und gesoffen.‹ Eher nicht.

Schließlich kam ich zu der Erkenntnis, dass es wohl nichts anderes für mich gab, als erst mal spazieren zu gehen. Ich war ja noch nicht in die andere Richtung gelaufen, weg vom Collie-Klon. Also zog ich meine Jacke an und machte mich auf den Weg.

Ein Stückchen die Straße hinunter sah ich gleich zwei Relikte aus der Celtic-Tiger-Zeit. Auf dem angrenzenden Grundstück zu ›meinem‹ stand ein brandneues Haus. Allerdings war es noch unbezogen, und ein ›For Sale‹-Schild stand im Vorgarten, der noch mehr einer Baustellenzufahrt glich als irgendetwas anderem. Ich mochte falschliegen, aber in der Regel bedeutete dies, dass dem Besitzer nach dem Platzen der Immobilien-Blase das Geld ausgegangen war. Keinerlei Baumaschinen waren zu sehen. Ich begab mich auf das Grundstück. Ein Blick durch die noch mit Klebebandkreuzen versehenen Fenster bestätigte mir meinen Verdacht. Es gab keine Fußböden. Türen fehlten auch. Die Wirtschaftskrise hatte Irland wirklich hart getroffen. Nicht, dass es nicht absehbar gewesen wäre in einem System, das daraus besteht, sich gegenseitig Häuser immer teurer zu verkaufen. Dennoch bedrückte es mich.

Die zweite Bauruine – gleich das nächste Haus auf der selben Seite, nämlich links – war allerdings ein Kuriosum. Früher, schon bei meinem ersten Besuch vor 20 Jahren, war das Haus nur eine Ruine gewesen. Niemand hatte dort gelebt. Nur Kühe hatten das weitläufige Grundstück und die halb verfallenen Stallungen dahinter bevölkert. Dem Haus selber hatte ein Dach gefehlt, und Teile des gemauerten Giebels waren eingestürzt gewesen. Innen hatte es Löcher in den Decken gegeben und Müll. Das hatte aber in der Boomzeit jemanden offenbar nicht davon abgeschreckt, es wieder aufbauen und erweitern zu wollen. Die fehlenden Mauerteile waren nun durch neue Betonsteine ergänzt und ein Dachstuhl aus Holz darauf errichtet worden. Es gab einen halbfertigen Windfang und einen ebenso halbfertigen Anbau. Aber alles zeigte bereits Zeichen des erneuten Verfalls. Niemand war auf dem Grundstück, nur das ›For Sale‹-Schild. Was für eine Tragik. Das Haus tat mir leid. Ich bezweifelte stark, dass irgendjemand in diesen Zeiten und in denen, die noch kommen mochten, Geld in ein derartiges Projekt stecken würde. Allerdings hatte die Krise auch ihr Gutes. Das Irland, in welches ich nun gekommen war, hatte wieder wesentlich mehr Ähnlichkeit mit dem, auf das ich zum allerersten Mal den Fuß gesetzt hatte. Die Hektik und die Aufbruchstimmung, der ich damals bei meinem zweiten Besuch nach 10 Jahren und den darauffolgenden begegnet war, Baumaschinen und Geräusche selbst außerhalb der Dörfer und Städte, waren verschwunden. Die Ruhe und die Gelassenheit waren zurück.

Ein Auto kam die Straße hinauf, und der Fahrer hob zum Gruß zwei Finger vom Lenkrad. Ich grüßte zurück. Wie bei meinem ersten Besuch. Damals hatten sich Autofahrer noch auf allen ›Backroads‹, wie sie genannt wurden, gegrüßt. Ich war fasziniert gewesen. Irgendwann hatte ich Moritz' Vater gefragt, ob er all diese Leute denn kennen würde, weil ich mir nicht vorstellen konnte, dass dies normal war – normale Freundlichkeit. Tatsächlich hatte mich das so beeindruckt, dass ich meinem Freund George schon auf der Hinfahrt meiner zweiten Reise davon vorschwärmte. Und kaum waren wir aus Ballymote hinausgefahren, um zum Haus zu gelangen, begann ich die entgegenkommenden Fahrzeuge zu grüßen. Das erste war ein moderner Geländewagen gewesen, und der Fahrer zeigte keine Reaktion. Ich hatte nur ›hm‹ gemacht und vermutet, dass er nicht aus der Gegend sei. Nach dem vierten Wagen musste ich einsehen, dass sich ›mein‹ Irland in den damals vergangenen zehn Jahren sehr verändert hatte. Erst später sah ich die vielen Neubauten und Wohnparks, die man in und um Ballymote errichtet hatte. Mit dem Geld und den Zuwanderern war auch die Anonymität gekommen. Nur in der Straße, in der das Haus stand, wurden wir noch gegrüßt. Das hatte sich bis heute nicht geändert.

Ich lief weiter, vorbei an der Farm, auf der ich mit Moritz gespielt hatte und die jetzt keine mehr war. Eine wütende Schlummerrolle, die wohl ein Hund sein wollte, und ein Jack Russell Terrier stürmten herbei und kläfften, was das Zeug hielt. Die Besitzerin erschien hinter einem der Fenster und winkte mir zu. Ich winkte zurück und setzte meinen Weg fort. Neben dem Grundstück der ›Schlummerrolle des Todes‹ und ihrem Freund schloss sich eine Weide an. Hinter einer fast völlig überwucherten Steinmauer und einigen Bäumchen und Büschen grasten friedlich ein braunes Pony und ein Esel. Neugierig kamen sie herbei, um mich zu begutachten. Zuerst dachte ich, ihr Interesse gelte lediglich der Möglichkeit eines Leckerlis, doch waren sie mit Streicheleinheiten mehr als zufrieden. Beider Mähnen waren über und über mit Kletten gespickt. Wahrscheinlich noch vom Vorjahr, denn sie waren braun und trocken. Sah es beim Esel schon etwas komisch aus, so übertraf das Pony alles. Zwischen den Ohren hatte sich eine regelrechte Tolle gebildet, und durch den leicht viereckig wirkenden Kopf sah es aus wie Little Richard! Wirklich! Ich musste lachen.

»Good golly, Miss Molly!«, rief ich und machte ein paar Fotos. Den Rockstar unter den Ponys musste ich einfach ablichten. »Da hast du dich aber mächtig fein herausgeputzt!« Ich streichelte beide nochmal und wanderte weiter. Als nächstes passierte ich einen Bauernhof. Neben dem geweißten kleinen Haupthaus standen ein paar einfache, unverputzte und mit Wellblech gedeckte Stallungen. Tiere waren keine zu sehen, aber als ich an dem kleineren der beiden Ställe vorbeilief, ›mähte‹ es ein paarmal. ›Aha, Schafe‹, dachte ich. Nichts Ungewöhnliches für dieses Land.

Zu meiner Rechten erstreckte sich nun eine Ginsterhecke auf einem kleinen Wall neben der Straße. Ich stoppte kurz, um meine Nase in den gelben Blüten zu vergraben. Der Duft war wirklich betörend. Ich beschloss, auf dem Rückweg ein paar Zweige für zu Hause mit zunehmen. Das Laufen hatte dieselbe Wirkung auf mich wie das Putzen, nur sanfter. Ich spürte, wie mein Körper sich entspannte und ich sogar so was wie sexuelle Lust empfand. Ich grinste. Die freie Natur hatte schon immer so eine Wirkung auf mich gehabt. Besonders im Frühling. Daran änderten auch die grauen Wolken nichts, die in der Zwischenzeit aufgezogen waren. Im Gegenteil: Ich bewunderte ihre Formen und ihr perfektes Zusammenspiel mit der vor Leben strotzenden, rauen und doch sanften Landschaft. Schließlich erreichte ich mein Ziel, von dem ich, bis zu seinem Auftauchen auf der rechten Seite, kurz hinter der kleinen Biegung, nicht gewusst hatte, dass es überhaupt mein Ziel gewesen war. Jetzt aber war es klar: Der kleine verfallene Friedhof gegenüber der buckeligen Weide. Still und mystisch lag er hinter der schulterhohen, teils mit Efeu überwucherten Mauer. Der hochgewachsene Baum an seinem Tor wirkte wie ein Wächter und eine Eingangshalle zugleich. Seine Krone überspannte die ersten Gräber und auch das kleine Mausoleum auf der rechten Seite. Ich schob den Riegel zur Seite. Mit einem stilechten Quietschen öffnete sich die alte Gittertür.

›Thrilleeer, Thriller at night!‹, hörte ich Michael Jacksons Stimme, dann nur noch das Rauschen eines Windstoßes, der sich in den Kronen der Bäume fing. Eigentlich gab es auf dem Friedhof nichts, das ich nicht schon kannte, dennoch betrat ich ihn. Ich war noch nie alleine hier gewesen, aber irgendwie hatte ich das Gefühl, dass dies eine Notwendigkeit war, auch wenn ich nicht erklären konnte, warum. Vorsichtig, bedacht darauf, nicht auf Gräber zu treten, wenn es nicht zwingend erforderlich war, begab ich mich zu dem zweiten Mausoleum ziemlich in der Mitte. Es glich mittlerweile mehr einem Grashügel mit einer Steinfront. Ich versuchte das Grab ausfindig zu machen, das ich im Jahr 2000 meinem Freund Thorben gezeigt hatte. Damals war die Grabplatte eingestürzt gewesen, und in seinem Inneren hatte man Knochen und einen Schädel sehen können. Thorben, der alte Draufgänger, war hineingeklettert und hatte tatsächlich überlegt, den Schädel mitzunehmen. Gott sei Dank hatten ihn dann doch Skrupel gepackt. Dennoch hatte ich das dringende Bedürfnis verspürt, noch kurz an dem Grab zu verweilen und in einer Art Gebet den Toten um Verzeihung zu bitten für die Störung seiner Ruhe. In Irland konnte man nie wissen. Auch jetzt entschuldigte ich mich innerlich für jedes Betreten eines Grabes.

Ich suchte intensiv und meinte auch, eines entdeckt zu haben, das dem in meiner Erinnerung zumindest noch halbwegs in Lage und Zustand entsprach, doch lagen keine Knochen oder sonstigen menschlichen Überreste mehr darin. Ob sie ein Tier herausgeholt hatte oder eventuell Jugendliche mit weniger Respekt als wir damals, war nicht zu sagen. Ich schaute in jedes eingestürzte Grab, das ich finden konnte, aber in keinem sah ich etwas außer Steinen, Moos, Wurzeln und Erde. Allerdings fand ich darum herum Hinweise auf meine Respektlosigkeits-Theorie: leere Bierdosen und einen alten 5-Liter-Wasserbehälter. In Irland war es üblich, stilles Mineralwasser in diesen Einheiten zu verkaufen. Allerdings beschlich mich der Verdacht, dass dieser, bevor er achtlos und leer liegengelassen wurde, zum Mischen und Transportieren eines alkoholischen Getränks benutzt worden war.

Hinter dem Mausoleum begann eine Fläche mit hohem Gras, und man konnte deutlich erkennen, dass dieser Teil weit weniger frequentiert wurde als der vordere, auf dem es tatsächlich noch ein paar gepflegte Gräber gab. Dort befand sich auch die kleine verfallene Kapelle, von der nur noch die Mauern standen. Ihr Dach musste schon vor sehr langer Zeit eingestürzt sein. Wenn man durch eines der glaslosen Fenster schaute, konnte man sehen, dass selbst darin Gräber angelegt worden waren. Vermutlich aus Platzmangel. Aber auch diese waren völlig überwuchert und ihre Kreuze hatten Schlagseite. Neben der Kapelle stand der so ziemlich größte Lebensbaum, den ich je gesehen hatte. Eigentlich waren es mehrere, aber sie wuchsen so dicht zusammen, dass sie wie eine Pflanze wirkten. Auf den ersten paar Metern waren die Äste braun und wirkten abgestorben, wie es auch bei Tannen vorkam, doch darüber bauschte sich die Krone. Der Wind hatte ihn schief wachsen lassen und verlieh ihm die Anmutung einer grünen Flammenwolke. Das Besondere aber befand sich auf seiner Rückseite. Wie in einer Grotte aus Ästen und Immergrün standen dort zwei Grabsteine. Der ältere von beiden neigte sich zu dem wohl erst vor ein paar Jahren angelegten, als sei der dort Ruhende froh, endlich seine Liebe von einst wieder bei sich zu haben. Dahinter wachte ein keltisches Kreuz. Ich verweilte kurz und ein sanftes Lächeln huschte über meine Züge. Dieser Friedhof war ein so unglaublich zauberhafter und verwunschener Ort, wie ich es selten erlebt hatte: so klein und doch so voller Geschichten.

Irgendwann spürte ich, dass es Zeit war zu gehen. Ich lief die Straße zurück, allerdings blieben meine Gedanken noch eine Weile bei den Toten. Was sie wohl erlebt hatten, in einer Zeit, in der Irland noch so völlig anders war als der Rest Europas? In der Zeit des Potatoefamine, des Easter Rising, der IRA. Oder in den Siebzigern und Achtzigern, als Irland immer noch beinahe als Entwicklungsland galt, Einwanderer vom Bürgermeister persönlich begrüßt wurden und einen Artikel in der lokalen Zeitung wert waren.

Die Sonne hatte den Wolken wieder gezeigt, wer der Chef war. Mit ihrer Wärme auf der Haut kam ich erneut an der kleinen Farm vorbei. Auf Höhe des Stalls rief ich: »Määäh, ihr Schafe!« Die ›Schafe‹ antworteten mit einem heiseren Bellen. Ich starrte das Häuschen an. Sollte dort der sprichwörtliche Wolf im Schafspelz wohnen? Ich machte, dass ich weiterkam.

Little Richard hatte sich wieder auf den hinteren Teil der Weide zurückgezogen. Der Esel allerdings stand noch vorne auf dem Wall und reckte den Hals, um an die Blätter des dort wachsenden Baumes zu kommen. Ich zog ihm einen Ast herunter. ›Die Schlummerrolle des Todes‹ ließ es sich nicht nehmen, mich die gesamte Länge des Grundstückes zu verfolgen und mich dabei anzukläffen. Dabei überrannte sie mehrfach ihren Jack-Russell-Partner, aber das kümmerte sie wenig. Auch J.R., wie ich diesen nun nannte, lernte nicht wirklich aus seinen Fehlern, also ging ich davon aus, dass sie eine Übereinkunft getroffen haben mussten, sich gegenseitig Narrenfreiheit einzuräumen.

Bei meinem kleinen Haus angekommen, beschloss ich, das gute Wetter auszunutzen und im ›Garten‹ neues Anfeuerholz zu sammeln, damit es die nächsten Tage trocknen konnte. Ich streifte über das Gelände und sammelte alles ein, was auch nur halbwegs brauchbar erschien. Ein wenig kam ich mir dabei vor wie beim Ostereiersuchen. Auch ein paar dickere Äste und Holzstücke hob ich auf. Das Torffeuer brannte zwar in der Regel sehr gut, doch kosteten die Briketts Geld, und das Holz war umsonst. Zusätzlich sah es manchmal ganz schön aus, wenn das Feuer etwas heller brannte. Bepackt mit meiner ›Beute‹, wollte ich das Haus betreten und stellte jetzt erst fest, dass ich vergessen hatte, die Tür vorher zu öffnen. Ich rollte die Augen und lud alles im Gras ab. Unter dem üblichen Ruckeln schloss ich auf. Nachdem ich das Holz endlich neben den Kamin verfrachtet hatte, setzte ich nochmal Teewasser auf. Während ich wartete, schaute ich auf mein Handy: 13:13. Schnell machte ich einen Screenshot. Ich hatte es mir vor einer Weile zur Aufgabe gemacht, sämtliche ›Schnapszahlen‹ der Uhr auf dem Handy als Fotos zu sammeln. Ich hatte schon einige: 14:14; 16:16; 17:17; 21:21; 23:23; 00:00 … Ich lauerte aber nie darauf. Wenn es durch Zufall passte, machte ich ein Foto. Eigentlich war es völlig bescheuert, aber aus irgendeinem Grund hatte ich Spaß daran. In dem Moment kam die Nachricht:

Bin gut angekommen. Kochen gerade was.

›Immerhin‹, dachte ich und legte das Handy beiseite.

Ich goss den Tee auf und schaute den Teebeuteln zu, wie sie an der Wasseroberfläche vor sich hin dümpelten. Genauso fühlte ich mich auch gerade: Dahin dümpelnd in der Zeit. Ich hoffte, dass diese, wie das Wasser das Aroma aus den Teebeuteln, meine Gefühle aus mir waschen würde. Langsam, aber sicher. Sie hatte eine große Aufgabe vor sich. Andererseits: Wer hatte mehr Zeit als die Zeit?

Ich befüllte meine braune Tasse, die ich immer nahm, wenn ich in dem Haus war, ließ den Tee aber noch einen Moment abkühlen.

Letztes Jahr um diese Zeit hatte alles angefangen. Und eigentlich sollte gar nichts daraus werden. Eine Nacht, noch nicht mal Sex. Nur ein wenig Spaß. Zwei Jahre nach meiner Ex. Zwei Jahre! Ohne irgendetwas! Und endlich, nach all dieser Zeit, hatte ich nach viel Rum-Cola und einer spürbaren Bereitschaft ihrerseits den berühmten ›wenn nicht jetzt, wann dann?‹-Scheideweg erreicht gehabt. Ich wusste, dass sie einen Freund hatte und es war mir – zum ersten Mal in meinem Leben – völlig egal! Einmal war ich mir selbst der Nächste gewesen. Und sie sich offenbar auch. Wenn ich ehrlich war, dann fand ich den Reiz des Verbotenen sogar recht prickelnd. Fast mein ganzes Leben, bis zu diesem Tag, hatte ich das getan, was gemein hin als ›vernünftig‹ und ›richtig‹ angesehen wurde. An diesem Abend war ich es einfach satt gewesen. Nicht soweit, meine Prinzipien ganz über den Haufen zu werfen – daher ging es nicht bis zum Äußersten – aber dennoch an dem Punkt, ein kleines Abenteuer einzugehen. Und eigentlich hätte es das auch bleiben sollen. Ich war glücklich gewesen, wieder was erlebt zu haben und darüber, dass der Mensch, mit dem es geschehen war, sympathisch und unkompliziert schien. Ich bestand zwar darauf, den nächsten Morgen noch so zu verbringen, wie ich das für richtig hielt – Frühstück und eine vernünftige Verabschiedung – danach aber war die Geschichte eigentlich für mich gegessen gewesen. Ich hätte es gut bei einer Freundschaft belassen können. Zu diesem Zeitpunkt. Warum überhaupt so etwas wie eine Freundschaft? Weil ich es nicht leiden kann, wenn eine komische Atmosphäre herrscht, wenn man sich wiedersieht. Zumindest nicht, wenn klar ist, dass dies über das übliche ›Sich-mal-auf-der-Straße-Treffen‹ hinaus gehen wird, eben weil man gemeinsame Freunde hat.

Wir verbrachten eine schöne Nacht und einen noch schöneren Morgen zusammen. Noch schöner, weil wir uns selbst ohne Alkohol sympathisch und anziehend fanden. Das böse Erwachen blieb für uns beide aus. Und dass dies nicht die Regel war, wusste selbst ich. Ich brachte sie noch fast bis nach Hause, denn es war ein herrlicher Tag zum Spazierengehen gewesen. Natürlich hatte ich ihr versichert, dass ich niemals bis vor ihre Haustür mitkommen würde. Sie hatte ziemlich klargemacht, dass sie überhaupt nicht der Beziehungsmensch war und am liebsten nach solchen kleinen Geschichten noch in der Nacht aufbrach. Sie selber fand es ungewöhnlich, dass sie bei mir länger geblieben war.

Mein Tee war inzwischen trinkbar. Fast schon ein wenig zu kühl. Mit ihm versuchte ich die Gedanken runterzuschlucken. Es funktionierte nicht. War ja auch kein Cider.

Drei Tage hatte ich mich nicht bei ihr gemeldet. Dann hatte ich die glorreiche Idee, ihr einen Schrecken einzujagen. Ich schickte ihr eine E-Mail mit ›Wieso rufst Du nicht an???‹ in der Betreff-Zeile. In der eigentlichen E-Mail schrieb ich dann: ›:P Scheeeerz! Wollte Dich nur erschrecken. Hoffe es geht Dir gut. Bis irgendwann mal.‹

Keine zwei Stunden später klingelte mein Handy. Sie hatte nur die Be-treff-Zeile gelesen. Wir lachten und verabredeten uns zum Kaffee bei mir …

Ruckartig stand ich auf, um aus dem Gedankentümpel aufzutauchen und lief rüber zum Vorratsregal. Das gelb-lila Plastik-Papier lächelte mich an und ich nahm die Cadbury's Caramel Tafel mit zum Tisch. ›Sie‹ aß Schokolade, wenn sie sich nicht wohlfühlte oder unglücklich war, warum sollte ich es nicht auch mal probieren? Zumindest, wenn Alkohol gerade ausschied. Mit einem leisen ›ssssid‹ öffnete ich die Folie und beförderte ein Stück in meinen Mund. Die süße Cremigkeit verteilte sich und überzog alles ›Weh und Ach‹ mit einer karamellig-schokoladigen Sonnenbrille. Viel bes-ser als ›unser‹ lila Sorgenbrot. Auch hier fragte ich mich, warum von dieser Marke so gut wie nichts bei uns zu finden war. Ich lehnte mich zurück und entfesselte drei weitere Aroma-Wellen. Ab und an nippte ich am Tee und er bewies sich als würdige Addition. Jetzt ließ es sich wieder aushalten. Ich legte U2s ›All You Can Leave Behind‹ in den CD-Player.

›Your heart is a bloom, shoots up through the stony ground
But there's no room, no space to rent in this town
You're out of luck and the reason that you had to care,
The traffic's stuck, you not moving anywhere,
You'd thought you found a friend to take you out of this place
Someone you can lend a hand in return for grace‹

Ich hörte die Worte Bonos und war wieder einmal überrascht über mein Talent, die richtige Musik im richtigen Moment auszuwählen. Ich hatte mir nicht gemerkt, was er sang, war nur nach meinem Empfinden gegangen und hatte den pulsierenden Anfang hören wollen. Mein Herz war damals, in der Zeit kurz vor ihr, tatsächlich aus seinem steinigen Kokon heraus erblüht, auf der Suche nach etwas Neuem. Doch nirgendwo fand es ein Zuhause. Mein Liebesleben bewegte sich nicht vorwärts. Und dann kam sie, offenbar auch frustriert, und wir halfen uns gegenseitig. Ich bekam meine Würde zurück und sie Befriedigung.

»It's a beautiful daaaaay«, sang ich aus vollem Halse mit. »Don't let it get away!«

›You're on the road but you've got no destination

You're in the mud, in the maze of her imagination‹

Ja, so fühlte es sich an mit ihr. Wir beschritten zusammen einen Weg, doch wohin? In unseren Diskussionen wühlte ich mich durch undurchsichtigen Schlamm. Ich war völlig orientierungslos in ihrer Gedankenwelt. Hinter jeder Biegung erwartete mich eine Abzweigung, die in eine völlig andere Richtung führte, als ich erwartete. Ich endete in Sackgassen oder ich kam plötzlich wieder an einer Stelle heraus, von der ich gedacht hatte, sie endlich hinter mir gelassen zu haben, weil ich einen neuen, unbekannten Weg gewählt hatte. Und kaum hatte ich dies realisiert, erglomm ein Licht in einem anderen Gang ihres Gedankenlabyrinthes und suggerierte mir, dass es dort weiterginge. Und ich lief los in der Hoffnung, dieses Mal hinauszufinden. Doch heute war ein schöner Tag. Das durfte ich nicht vergessen.

Ich wollte gerade erneut den Chorus anstimmen, als es klopfte. Ich erschrak fürchterlich. Mit heftig schlagendem Herzen machte ich leiser und lief zur Tür. Wer könnte etwas von mir wollen? Stand mein Jag im Weg? Hatte ich etwas falsch gemacht? Ich öffnete und blickte in das freundlich runde Gesicht eines Mannes, vielleicht Anfang vierzig, mit einer ebenfalls runden Brille auf der Nase, die ihm ein jungenhaftes Aussehen verlieh. Seine Haare waren kurz und leicht lockig.

»Hi«, sagte ich verwundert und etwas zurückhaltend. »How can I help you?«

Der Mann lächelte und stellte sich als ›Chuck Noland‹ vor. Er entschuldigte sich für sein Hereinplatzen, aber er hätte mich singen gehört, und nach all den Jahren des Leerstandes hätte es ihn einfach brennend interessiert, wer in das fast schon berühmte ›German House‹ eingezogen sei. Ich spürte, wie ich etwas errötete, und gleichzeitig musste ich über die Bezeichnung ›German House‹ lächeln und darüber, was es wohl für einen Eindruck von ›den Deutschen‹ vermitteln musste. »Oh boy!«, murmelte ich verlegen und entschuldigte mich meinerseits für das Gegröle.

»Uh, not at all«, antwortete Chuck und versicherte mir, dass er es tatsächlich ›quite nice‹ gefunden hatte. Er erzählte, dass er mit seiner Familie neben der Kirche wohne, und wenn ich Lust hätte, würden sie sich sehr freuen, wenn ich mal auf einen Tee vorbeischaute. Anmelden sei nicht nötig, da seine Frau Rita meistens da sei. Und wenn nicht, würde halt keiner öffnen. Ich lachte.

»Sounds nice and easy«, gab ich zu. Es war also abgemacht. Chuck hob zum Abschied die Hand und suchte seine Weg aus dem ›Garten‹. Mit einem breiten Grinsen schloss ich die Tür und freute mich über die unerwartete Einladung. Irland war einfach toll! Ich erinnerte mich an den Tag, als ich mit Thorben draußen im Garten gewesen und zwei ältere Damen mit einem Hund vorbeigekommen waren. Natürlich hatte man sich gegrüßt und war kurz ins Gespräch gekommen. Tatsächlich hatte ich sie dann zum Tee eingeladen. Wenn ich daran zurückdachte, konnte ich es selbst kaum glauben. Damals aber war ich jung und dachte einfach, es sei höflich. Und sie akzeptierten! Weil mir das Haus im Inneren nicht präsentabel schien, hatten Thorben und ich den Tisch und Stühle hinausgetragen, und wir verbrachten eine sehr vergnügliche Teestunde unter freiem Himmel. Worüber wir genau gesprochen hatten, vermochte ich nicht mehr zu sagen. Ich wusste nur noch, dass es natürlich darum ging, was wir studierten und was uns nach Irland geführt hatte. Aber ich erinnerte mich sehr genau daran, dass alle Spaß hatten an der ungewöhnlichen Teerunde. Fast wie beim verrückten Hutmacher.

»Viel Glück zum Nichtgeburtstag«, sang ich leise vor mich hin. Zurück am Tisch schaute ich auf mein Handy.

14:32

Verdammt, die Zeit kroch förmlich in diesem Land. Zumindest für mich. Was sollte ich in der Zeit bis zu meinem Aufbruch nach Roscommon, wo Deirdre und ihre Familie wohnte, noch mit mir anfangen? Über das Drama meiner Beziehung nachdenken? Oder ›Nicht-Beziehung‹, wie sie das merkwürdige Gebilde nannte, das uns verband und nicht locker ließ, egal was zu geschehen schien? ›Gut‹, hatte ich gesagt, ›dann halt ›Affäre‹. Ganz, wie du willst.‹ Es war ihr so unglaublich wichtig gewesen, dass unser Ding keine ›Beziehung‹ war. Dabei war es tausendmal mehr eine, als die, die sie mit ihrem ›Raphael‹ führte. Aber das stritt sie vehement ab.

›Du weißt doch gar nicht, was für eine Beziehung ich mit ihm habe‹, hatte sie hilflos trotzig geantwortet, als ich ihr diese Tatsache einmal in einem unserer wiederkehrenden Streits über dieses Thema an den Kopf geworfen hatte. Dabei hatte sie das B-Wort ausgesprochen, als schmecke es widerlich auf ihrer Zunge.

›Stimmt‹, hatte ich gesagt. ›Ich weiß es nicht. Ich weiß nur das, was du mir erzählst. Zugegeben, das ist nicht wirklich viel, aber nichts davon klingt schön!‹

Der Klang ihres Abgangs in Form der schlagenden Eingangstür echote erneut durch meinen Kopf. Diskussionen zwischen uns waren selten lang. Zumindest nicht, wenn ich ihr in diesen Momenten nicht nachlief. Ich seufzte und verbat meinem Kopf, genau dies zu tun. Der Tee war inzwischen kalt geworden. Ich trank die Tasse leer und schüttete den Rest aus der Kanne direkt in die Brombeerhecke hinter dem Haus. Um den süßen Lockgesang der Ciderdosen zu übertönen, wechselte ich die CD und holte wider besseres Wissen meinen Computer hervor.

›I have my fears, but they do not have me‹, sang Peter Gabriel, als der Computer hochgefahren war und mir eine leere ›Word‹-Seite entgegenstarrte. ›Schön wär's!‹, dachte ich und starrte zurück. In meinem Kopf regte sich rein gar nichts. Es war, als säße ich vor einer Mauer, die nur noch stärker, höher und undurchdringlicher wurde, je mehr ich versuchte – ja sogar nur darüber nachdachte – wie ich sie durchbrechen konnte. Irgendwann lehnte ich mich zurück und mein Blick löcherte für eine Weile die Decke, dann die Feuerstelle. Eine Amsel ließ sich in einem der Büsche vor dem Fenster zu meiner Rechten nieder. Es war ein Männchen, wie ich an seinem gelben Schnabel erkennen konnte. Ich beobachtete es eine Weile und lauschte seinem Gesang, der sich über Herrn Gabriels hinwegsetzte. Ich hatte irgendwo mal gelesen, dass Stadtamseln angefangen hatten, Handy-Klingeltöne zu imitieren. Hier war das mit Sicherheit nicht der Fall. Auch brauchten sie sich nicht der Tricks zu bedienen, die Großstadtvögel noch so gelernt hatten, um den Lärm zu übertönen, der ihren Lebensraum befallen hatte wie eine Seuche. Hier war ihr Gesang rein und unverfälscht. Schon als kleines

Kind hatten mich die Lieder der Amseln melancholisch gestimmt, wenn ich im Zimmer meiner Eltern zum Hof hinaus geschlafen und an lauen Sommerabenden die Balkontüre offengestanden hatte. Im Dämmerlicht hatte ich ihnen gelauscht, allein, weil meine Eltern noch nicht zu Bett gegangen waren. Ich lag da und lauschte den Geräuschen, die durch die Fenster der anderen Häuser drangen, den Stimmen, ab und zu unterbrochen von Lachen, leiser Musik, oder dem Klappern von Töpfen und Tellern. Und über allem lag das Lied einer Amsel. Kein Vogel klang einsamer, kein Vogel machte mir meine Einsamkeit mehr bewusst. Es war nicht die Einsamkeit, die man verspürte, wenn man sich irgendwo alleine, weit weg von liebenden Menschen befindet. Für mich gab es zweierlei Einsamkeiten. Die eine eben, wenn man einen Menschen vermisst oder bedauert, keine Freundin zu haben. Und die andere, die einen befällt, wenn man realisiert, dass letztendlich jeder Mensch alleine ist und alleine bleiben wird, egal, wen er in sein Leben lässt.

Die Amsel verließ den Busch, und ich klappte den Computer zu. Immerhin hatte ich ihn schon mal offen gehabt. Ein Fortschritt. Zögerlich, fast schon ein wenig ängstlich, griff ich zum Handy, um nach der Uhrzeit zu schauen. Mich hätte nicht gewundert, wenn auf dem Display: 14:33 gestanden hätte. Oder sogar: 14:01 Fuck you :P

Zu meiner wirklichen Freude stand dort jedoch: 16:08

»Yesssss«, sagte ich und ballte meine rechte Hand zur Siegesfaust. Da ich noch Gastgeschenke zu kaufen hatte, war es eine gute Zeit, um jetzt aufzubrechen. Schnell packte ich ein paar Sachen für die Nacht zusammen, verstaute den Computer und begab mich zum XJ.

»Na, mein Guter?«, begrüßte ich ihn. »Jetzt geht es auf zu Deirdre und Guv! Mal sehen, was die zu dir sagen!« Bei Deirdre wusste ich nicht unbedingt, wie sie reagieren würde. Guvs Reaktion hingegen konnte ich mir sehr gut vorstellen.

»Arrr, whaddaya bring that English piece uf shite into my yard for?«, hörte ich sein raues, durch zahllose Zigaretten und Alkohol zerfurchtes Organ. Das Faszinierende an ihm war, dass er nur so klang, wenn er getrunken hatte. Nüchtern war seine Stimme sanft und melodisch. Guv hieß eigentlich

Gaimhreadhán, was ›Gaweroan‹ ausgesprochen wurde, mit einem kurzen e und soviel wie ›winterliche Person‹ bedeutete. Schwer zu erraten, in welcher Jahreszeit Guv (Gaf) geboren worden war. Guv war ein Ire, wie er im Buche stand. Er liebte Musik, sein Land und die Kunst, Zigaretten und ›the drink‹! In seinem von eben diesen Vorlieben gezeichneten Gesicht trug er einen wilden Vollbart. Sein langes, ebenso wie sein Vollbart haselnussbraunes Haupthaar war meist zu einem Pferdeschwanz zusammengebunden. In seinen graugrünen Augen blitzte selbst unter heftigstem Alkoholeinfluss der berühmte ›Irish wit‹, die irische Schläue. Nüchtern war er voller Würde und zurückhaltend. ›Feierte‹ er, wie er es selbst nannte, dann gab es kein Halten mehr. Ich freute mich riesig auf ihn.

Ich ließ den Motor an, und zehn Minuten später bog ich auf die N4 Richtung Dublin ein. Ich trat aufs Gaspedal und der Achtzylinder trompetete los. Bei den erlaubten Hundert lupfte ich den Fuß allerdings wieder, da ich keine Lust hatte, mich mit irischen Polizisten zu unterhalten. Egal! Rebell für sechs Sekunden war doch auch schon was.

Im Licht der Nachmittagssonne führte mich die Straße vorbei an Cottages, einem Wäldchen und einigen Blicken auf Lough Arrow.

»YEEEEEHAAAAA!«, machte ich, als ich Ballinafad passierte und griff mir an den Sack. »Want some more? Eh?« ›Ihr‹ Gesicht, vergraben in ihrer rechten Hand, zusammen mit einem ›Uh‹ erschien in meinem Geiste, und ich grinste breit. Kurz darauf sah ich das silberne Glitzern, auf das ich schon gewartet hatte. Zu meiner Linken, auf einem Graswall, stand der metallene Reiter mit seinem Pferd, die Straße überwachend, wie einst ein Ritter über einen dort reisenden Tross. Er war stilisiert aus Dreiecken, aber gerade das verlieh ihm eine majestätische und mächtige Aura. Fast wie ein Cylon. Hinter ihm erstreckte sich Lough Key in einer Senke. Oben bei ihm gab es einen kleinen Parkplatz, von dem man eine fantastische Aussicht über den See hatte. Er war also nicht beliebig in irgendeine Richtung, sondern ganz bewusst die Straße überblickend aufgestellt worden. Unweit der Grenze zum County Sligo. Als wolle er kontrollieren, wer County Roscommon betritt und auch verlässt. Ich hob grüßend die Hand und entschuldigte mich, ihn bei meiner Anreise zwei Tage zuvor übersehen zu haben. Waren wohl der Alkohol und die Gedanken gewesen. Und die volle Blase.

Zwei Minuten später bog ich nach rechts ab, auf die N61 nach Boyle. Die Straße machte eine langgezogene Linkskurve und führte mich vorbei an dem Sportplatz zu einem Kreisel. Dort nahm ich die dritte Ausfahrt, die mich auf die Straße durch das Town Center lotste. Von den Mauern des King House auf der rechten Seite beargwöhnte mich ein ›Pappkamerad‹, vermutlich aus Sperrholz, in blauer Uniform und schwarzem Soldatenhut. Ich nickte ihm zu, setzte meinen Weg über die Main Street fort und bog an der Kreuzung in die Bridge Street ein. Dieser folgte ich über ihre namensgebende Brücke und hielt mich an deren Ende rechts. Vorbei ging es an ›Moriarty's‹ – ah, da hatte sich Mr. Holmes Gegenspieler also niedergelassen – und an dem kleinen Platz mit dem Uhrtürmchen links. Schließlich erreichte ich mein erstes Ziel: den Super Value Markt in der Elphin Street.

Ich stellte den XJ auf dem Parkplatz davor ab, holte mir einen Einkaufswagen und begab mich ins Innere. Am Eingang stand eine Kuriosität, die ich noch nie zuvor gesehen hatte: ein DVD-Automat! Auf einem Monitor konnte man sich den jeweiligen Trailer zu den angebotenen Filmen anschauen und dann eine Nummer eingeben wie an einer Snack-Maschine. Fasziniert beäugte ich das Teil einen Moment, dann betrat ich den Verkaufsbereich. Ich kaufte einen Schokoladenkuchen für Fiontán, kurz: Fin, Vienetta-Eis für Órla, Chocolate Chip Cookies für Sneachta (Schnechta mit rauem ch) und Cadbury's Caramel für Loughna (Luna), die Älteste. Ich kannte die vier schon seit ihrer frühesten Jugend. Loughna war zwölf gewesen bei meinem ersten Besuch. Jetzt studierte sie und stand kurz vor ihrem Abschluss. Genau wie Fin: Neun Jahre damals und jetzt auf dem besten Wege, ein Filmemacher zu werden. Unglaublich! Nicht die Tatsache, dass sie es zu etwas bringen würden, sondern dass es jetzt schon beinahe so weit war. Sneachta, die so genannt wurde, weil sie im tiefsten Winter zur Welt gekommen, an einem der wenigen Tage in Irland, an dem Schnee gefallen und liegengeblieben war, hatte sich entschlossen, den Weg ihrer Eltern zu beschreiten und eine bildende Künstlerin zu werden. Und Órla, das Nesthäkchen, machte ihrem Namen alle Ehre. Nicht, weil sie zickig war oder besonders verwöhnt, sondern weil nichts sie wirklich trüben konnte. Auch sie interessierte sich für Kunst, allerdings mehr für die Malerei. Schon als kleines Kind hatte sie angefangen, Gemälde im Scheunenatelier ihres Papas zu malen, auf einer richtigen Staffelei. Alle vier waren sie großartig!

Ich schob den Wagen weiter zu den alkoholischen Getränken. Zwei Eight-Packs Druids, zwei weitere von Bulmers – Deirdres Lieblingscider – und die gleiche Menge Amstel Bieres für Guv. So gerüstet fuhr ich zur Kasse und stellte mich an. Natürlich hatte vor mir eine Frau gerade einen Großeinkauf erledigt, und ihre Waren türmten sich auf dem Förderband. Die Kassiererin zog alles in Seelenruhe über den Scanner und half dann sogar noch der Frau beim Einpacken. Erst als alles in diversen Tüten verstaut war, verkündete sie den Preis. Jetzt begann die Frau, umständlich in ihrem Portemonnaie zu kramen. Während dieser Prozedur unterhielt sie sich beiläufig mit der Kassiererin: Wie lange sie denn noch heute arbeiten müsse, wie es John ginge und so weiter. Die so Angesprochene gab bereitwillig Antwort. Als das Geld endlich die Hände gewechselt hatte, fiel ihr ihre Pflicht ein, Kunden nach Rabattkarten zu fragen. Und, na klar, die Frau hatte natürlich eine. Mit einer nicht sehr schnellen Bewegung wurde sie durch einen Schlitz an der Kasse gezogen, und nun bekam die Frau wieder etwas Geld zurück. Auch das dauerte seine Zeit. Ich stieß die Luft aus, während meine Augen den Weg zur Supermarktdecke fanden. Es würde hart werden, sich vom deutschen auf das irische Zeitempfinden in solchen Lebenslagen einzustellen. Kurz vor dem Punkt, an dem ich die Frau eigenhändig aus dem Laden geschleift und ihre Einkaufstüten fliegen gelernt hätten, verabschiedete sie sich und begab sich aus der Gefahrenzone. Ich versuchte ein Lächeln, das mir auch ganz passabel gelang, wartete, bis die Kassiererin fertig gescannt hatte und bezahlte in deutscher Geschwindigkeit. Ein paar Minuten später verließ ich mit quietschenden Reifen den Parkplatz.

Wieder auf der N61, fuhr ich bis ans Ortsende, wo die Hauptstraße einen Linksknick machte und beschleunigte den XJ auf ungefähr achtzig Sachen. Dieses Tempo stellte auf der vor sich hin mäandernden Straße einen angenehmen Kompromiss zwischen Vorwärtskommen und Sicherheit dar, ohne sich zu stark konzentrieren zu müssen. Meine Hand wanderte in Richtung Radio, und nachdem ich es eingeschaltet hatte, wählte ich RTÉ. Fürchterliche Chart-Musik ergoss sich in den Innenraum des Jag, wie die Kotze des Gottes des schlechten Geschmacks, aber ich blieb dabei. Ich mochte die Moderatoren. Ihre Art, mit Anrufern in der Show zu sprechen, gefiel mir. Eine Weile lang ließ ich mich berieseln und erfuhr, was Seamus O'Connor aus der Nähe von Dublin heute getan hatte, um seinen Schulbus nicht zu verpassen, dass Anne Flagherty heute verschlafen hatte und ungeduscht zur Schule gegangen war, ständig betend, dass niemand es bemerken möge, Brian Colby sich immer auf den Gitarrenunterricht freute, statt in ›Economics‹ aufzupassen und Niamh Maguire ihre Mathebücher zu Hause vergessen hatte, weil sie nach dem Erledigen der Hausaufgaben einen Anruf ihrer besten Freundin erhalten hatte und darüber vergaß, die Bücher wieder in die Schultasche zu räumen. Offenbar ging es in der Sendung um die Freuden und Leiden der Jugend im Schulalltag. Der Moderator scherzte mit den Jugendlichen und verhalf ihnen durch geschicktes Nachfragen zu einigen Pointen. Natürlich durften die Kids sich auch Musik wünschen. Bis auf wenige Ausnahmen ein ›Hit‹ schlimmer als der andere. Aber das machte sie nicht unsympathischer. Ich lauschte den mehr oder weniger lustigen Geschichten und den unmöglichen Musikwünschen, bis ich nach ungefähr einer halben Stunde Tulsk erreichte. Dort lenkte etwas anderes meine Aufmerksamkeit auf sich. Wo vor sechs Jahren noch freies Feld gewesen war, standen nun Häuser und zwar eine Menge von ihnen, und alle sahen sie gleich aus. Es war ein regelrechter Wohnpark. Doch sie standen alle leer. Das weitläufige Gelände, auf dem sie errichtet worden waren, hatte man eingezäunt. Keine Baumaschinen waren darauf zu sehen. Eine kleine Geisterstadt. Ich hob unwillkürlich die Augenbrauen. Die Wirtschaftskrise hatte ein Geisterstadtviertel geschaffen. Ein ganzes Viertel, das wahrscheinlich niemals bewohnt werden würde. Zumindest nicht in absehbarer Zeit. Aber was mit Häusern in Irland geschah, die nicht bewohnt wurden, sah ich an dem, in welchem ich mein Lager aufgeschlagen hatte, sehr deutlich. Die Feuchtigkeit setzte ungeheizten Gebäuden unglaublich schnell zu. In zehn Jahren würde niemand mehr diese Häuser kaufen oder bewohnen wollen. Wahnsinn.

Ich stoppte kurz an der Kreuzung zur N5, überquerte sie und setzte meinen Weg fort. Ich spannte mich unwillkürlich an, als ich die S-Kurve ansteuerte, die sich ein paar hundert Meter hinter der Kreuzung befand. Zwar gab es den Hund, der sich dort noch vor zehn Jahren einen Spaß daraus gemacht hatte, am schmalen Straßenrand zu liegen und urplötzlich bellend hervorzuschießen, schon seit meinem letzten Besuch nicht mehr – ich vermutete stark, dass ihm sein Hobby zum Verhängnis geworden war – dennoch blieb ich immer wachsam an dieser Stelle und war erleichtert, wenn ich sie hinter mir gelassen hatte.

Der weitere Weg blieb ereignislos. Ich genoss es einfach, durch die Landschaft zu fahren, die Häuschen immer wieder aufs Neue zu bewundern und mich am grüngrauen Zusammenspiel der Weiden und Mauern zu erfreuen. Ich passierte die New-Holland-Baumaschinen-Vertretung zu meiner Rechten, kurz darauf McSharry Bros. Ltd. zur Linken. Dies war das Zeichen, dass es nicht mehr weit war bis zur Derrane Road, wo Deirdre mit ihrer Familie wohnte. Noch bis in die 2000er hatten sie in der Racecourse Road direkt in Roscommon gewohnt. Doch der Keltische Tiger hatte beschlossen, auf ihrem Grundstück Appartementblocks zu errichten, und so hatten sie das Haus dort verkauft. Das neue Haus war viel schöner mit seinen alten Stallungen, die jetzt als Atelier dienten, dem riesigen Garten und der Ruhe, aber es lag außerhalb, und somit verlängerten sich natürlich die Wege zum Einkaufen. Ich erreichte die Abzweigung und spürte ein leichtes Ziehen der Aufregung in meinen Eingeweiden. Sechs Jahre war es her, seit ich sie mit Moritz zusammen besucht hatte. Es fühlte sich aber auch ein Stück an wie ›nach Hause kommen‹. Seit unserer ersten Begegnung, bei einem Spin-Off-Projekt der Documenta, hatte sich zwischen uns eine tiefe Freundschaft entwickelt, der für mich eine Selbstverständlichkeit innewohnte, die ich mit Familie gleichsetzte.

Ich beschleunigte den Jaguar auf viel zu schnelle hundert Stundenkilometer und brauste die Derrane Road hinab. Natürlich ließ ich mich auch dieses Mal von einer Ansammlung einiger Bäume täuschen, die jenen beinahe bis auf den Zweig glichen, hinter denen sich Deirdres Haus ein paar hundert Meter weiter versteckte. Ich lachte: The same procedure as every year!

Schließlich war es doch so weit und ich hatte mein Ziel erreicht. Ich fädelte den XJ in die schmale Einfahrt und rollte die letzten Meter hinauf zum Tor, welches auf den kleinen betonierten Hof führte. Ich hatte noch ein Bein im Auto, als die Tür schräg links vor mir aufging und Guv, seine verwitterten Zähne zu einem breiten Grinsen gebleckt und einen Hammer in der rechten Hand, hinaustrat.

»Ooooh, it's you! I thought the fuckin' Brits were invading my home now!«, begrüßte er mich und ließ den Hammer sinken. Lachend fielen wir uns in die Arme. Der Einfachheit halber werde ich nun die meisten Gespräche ins Deutsche übersetzen. Einmalige ›Guv-Redewendungen‹ bleiben aber Englisch.

»Siehst großartig aus. Hattest du eine gute Reise?«, fragte er mich. Ich nickte.

»Zumindest in den Teilen, an die ich mir erinnern kann«, gab ich zurück. Guv lachte herzhaft.

»Ein Wunder, dass dich dieser Schrotthaufen bis hierher gebracht hat.«

»Oh shut up, Guv!« Deirdre war aus dem Wohnhaus auf der anderen Seite getreten und kam mit ausgebreiteten Armen auf mich zu. »Hello, luv! Schön, dich zu sehen. Hör nicht auf ihn! Das ist ein schönes Auto!« Sie küsste und herzte mich. Deirdre war eine ungewöhnlich aussehende Frau. Zumindest für die, die bei der irischen Weiblichkeit an rote Haare und Sommersprossen dachten. Sie war recht klein und sehr schlank. Ihr Gesicht hatte eine eher dreieckige Form, und ihr Haupt zierten schwarze Locken, leicht von grau durchzogen, als hätte sich Raureif darin gebildet. Tatsächlich war sie somit aber ur-irischer, denn sie hatte mir mal erklärt, dass vermutet wurde, die ersten Einwanderer in Irland wären aus Äthiopien gekommen. Tausende Jahre vor den Kelten, die das Klischee-Bild des Iren bis heute prägten. Ihr Gesicht war durchzogen von kleinen feinen Linien, die sie sympathisch und auf eine gewisse Art wild aussehen ließen.

»Wie ist das Haus? Steht es noch? Du musst Hunger haben, luv! Dinner ist gleich fertig«, sagte sie und hielt dabei mein Gesicht in ihren Händen.

»Jaaaa«, gab ich zu. »Aber erst müsst ihr mir beim Ausladen helfen!« Ich öffnete den Kofferraum.

»Ts, du bist verrückt!«, entfuhr es Deirdre, als sie die Mitbringsel erblickte. »You shouldn't have!«

»Aber sicher!«, entgegnete ich und drückte ihr die Packungen Bulmers in die Hand. »Und das hier ist für dich«, übergab ich das Amstel an Guv.

Deirdre verdrehte die Augen. »Da werden wir wohl feiern heute«, sagte sie. Ich schnappte mir die Tüte mit den Sachen für die Kinder und klemmte mir meinen Druids unter den Arm.

»Komm rein«, lud Deirdre mich ins Haus ein. Wir gingen durch die Tür in den kleinen Flur und dann rechts in die Küche.

»Pass auf die Stufe auf«, sagten Deirdre und ich gleichzeitig und lachten.

»Du erinnerst dich«, stellte sie erfreut fest.

»Oh ja«, sagte ich und grinste.

»Setz dich, setz dich! Pack die Sachen auf den Tisch«, bemutterte sie mich. »Möchtest du etwas Tee?«

»Ja gerne«, antwortete ich wahrheitsgemäß, »aber ich …«, und wollte aufstehen.

»Nein, bitte! Setz dich«, unterbrach sie mich mit sanfter Bestimmtheit. »Guv kann den Tee machen.«

Ich lächelte und gab meine Widerstand auf. »Danke!« Ich machte mich daran, die Tüte auszupacken. »Hier, das ist für Órla und es muss ins Eisfach, das hier ist für Fin, die Cookies für Sneachta und die Schokolade für Loughna.«

»Oh my God, you are unbelievable! Vielen, vielen Dank!«, sagte Deirdre, während sie die Mitbringsel, die nicht in den Kühlschrank mussten, auf die Anrichte gegenüber dem Herd legte. Die Küche hatte sich nicht verändert. Noch immer stand der Tisch, wenn man rein kam, gleich rechts unter dem ersten Fenster. Dann folgte der Kühlschrank, der Küchenblock mit

Herd und Arbeitsflächen, Hängeschränke, ein zweites Fenster und vor Kopf die Spüle mit Waschmaschine und Spülautomat darunter, plus noch weitere Hängeschränke nebst drittem Fenster, von dem man in den weitläufigen Vorgarten blicken konnte. Auf der linken Seite standen die besagte Anrichte im gleichen Stil und ein weiterer Schrank mit Fotos und kleinen Kunstgegenständen. Der Boden bestand aus kleinen braunen Kacheln, die Wände waren bis Hüfthöhe in einem geschmackvollen Grün gehalten, darüber weiß. Schränke und Türen waren aus dunklerem Holz, ebenso wie Tisch und Stühle. Sehr gemütlich.

»Ich liebe eure Küche«, sagte ich, während ich den Blick schweifen ließ, glücklich darüber, wieder da zu sein.

»Thank you, luv«, antwortete Deirdre. »Aber jetzt erzähl: Wie war deine Reise? Wie ist das Haus? Hast du alles, was du brauchst?«

Guv war mittlerweile mit einer kleinen Metallkanne, einer Tasse und etwas Zucker zum Tisch zurückgekehrt. Er stellte die Dinge vor mir ab, zwängte sich in seine Ecke und ließ die erste Amsteldose zischen. Ich bedankte mich und begann zu erzählen, wie es mir ergangen war, seit ich den Fuß auf die grüne Insel gesetzt hatte. Ab und zu ließ Deirdre ein ›Oh brother‹ oder ›oh no, you didn't‹ hören. Guv hingegen amüsierte sich königlich. Besonders die Stellen, bei denen es um wiedererscheinende Mageninhalte ging, bereiteten ihm Spaß. Als ich von dem Erlebnis in Ballinafad berichtete, konnten sich allerdings beide nicht mehr halten vor Lachen.

»You bloody bastard«, rief Guv und seine Augen blitzten. »Ol' english dongelong? That's fuckin' brilliant!«

»Shut up, Guv! That's awful!«, versuchte Deirdre den Anschein zu waren, aber auch sie verfiel immer wieder in Kichern. Ich trank etwas von dem Tee, um den beiden Zeit zu geben, sich wieder zu fangen. Dann setzte ich meinen Bericht fort. Bei der alten Lady neben dem Piper war es erneut um Guv geschehen. Die zweite Amsteldose bekam die Chance zu atmen, und er rollte sich eine Zigarette. Ich holte für mich und Deirdre Cider und Guv hob seinen Drink.

»Here's to booze 'n' fags and ol' ladies!«

»Jeez, Guv«, stöhnte Deirdre und rollte die Augen. Wir stießen an, dann erzählte ich weiter. Als ich zu der Nacht auf dem drahtigen Feldbett kam, bot Deirdre mir sofort an, eine Matratze von ihnen mitzunehmen. Ich lehnte ab mit der Begründung, dass das Haus feucht und nicht gerade sauber sei, aber sie ließ sich nicht beirren. Und auch Guv war ganz auf ihrer Seite.

»Shut up and take the freakin' thing«, krächzte er. »Sonst hört sie nie auf damit.«

Also gab ich ein weiteres Mal klein bei: »Okay, okay, ihr habt gewonnen. Aber ich werde mir was als Dank einfallen lassen.«

»Besser ist das«, sagte sie streng, blinzelte mir aber zu. »So, und nun hilf mir mal, den Tisch quer zu stellen, Dinner ist fertig.«

Ich lächelte und assistierte ihr bei ihrem Vorhaben. »Soll ich die Teller holen?«, fragte ich, als der Tisch seinen neuen Platz hatte, damit alle an ihm sitzen konnten.

»Jeez, if you must!«, seufzte Deirdre und rollte die Augen. »Dass du nicht einfach mal still sitzen kannst!«

»Yeah, I know, I'm awful!«, grinste ich und begab mich zum Schrank. »Wo sind eigentlich die Kinder?« Ich nahm die beinahe viereckigen ›plates‹, die ich schon bei meinem letzten Besuch so schön gefunden hatte, heraus. Sie sahen aus, als hätte man ein quadratisches Blatt Papier genommen, die Ecken abgerundet und etwas hochgebogen.

»Loughna ist noch an der Arbeit und kommt etwas später. Sneachta ist bei meiner Mutter und müsste gleich da sein. Fin ist mit Freunden in der Stadt und Órla mit ihrem Freund unterwegs. Aber sie müssten jede Minute kommen«, antwortete Deirdre, während sie den Backofen öffnete und eine Auflaufform herausholte.

»Sieht lecker aus«, bemerkte ich und verteilte die Teller.

»Ach, das ist nichts Besonderes. Es ist eine Art traditionelles irisches Gericht: verschiedene Sorten Fisch und Gemüse in einer hellen Soße mit Kartoffelbrei überbacken.

In diesem Moment fuhr ein Auto draußen vor. Ich hörte Türen schlagen und die Stimmen von jungen Männern. Dann verließ das Auto den Hof wieder. Einen Augenblick später betrat Fin die Küche. Abgesehen davon, dass seine Züge erwachsener wirkten, hatte er sich kaum verändert. Immer noch das leicht wuschelige Haar, der blasse Teint, den er von seiner Mutter hatte und die intensiven Augen, die hinter einer ihm sehr gut stehenden Brille nichts von ihrem Ausdruck verloren.

»Hey, my Irish Tim Burton, how are you!«, begrüßte ich ihn unter Bezugnahme auf sein künstlerisches Vorbild.

»Hey, my crazy Germanian«, kam die Antwort prompt. »Mir geht's gut, und dir?«

»Kann nicht klagen«, antwortete ich, etwas an der Wahrheit vorbei, aber ich wollte ihn nicht gleich mit allem überfallen. Und vor allem hatte ich selber überhaupt keine Lust auf *dieses* Thema. »Deine liebe Mutter hat das Dinner fertig. Da kann es mir ja nur gut gehen.«

»Warte, bis du es gekostet hast«, feixte Guv von seinem Stuhl.

»Trink dein Bier! Es kann gut sein, dass es das einzige ist, was du heute an ›Nahrung‹ bekommst!«, herrschte Deirdre ihn an und Guvs Kopf verschwand kichernd zwischen seinen Schultern. »Das war sehr nett von dir, luv«, wandte sie sich an mich.

»Oh, hier, ich hab dir etwas mitgebracht«, rief ich Fin zu und holte den Schokoladenkuchen. »Get ready for some serious cake ownage!«

»Thanks, man«, sagte Fin und strahlte.

»NACH dem Essen«, ermahnte Deirdre liebevoll. »Und jetzt setzt euch.«

Gerade, als mein Hintern wieder auf dem Aufliegekissen angekommen war, betrat Órla die Küche.

»Little One!«, rief ich. »Schön, dich zu sehen!«

»Oh hi, Charlie«, zwitscherte sie lächelnd und schlug die Augen nieder. Ein leichtes Rosa zierte ihre Porzellanwangen. »Hattest du eine gute Fahrt?«

»Och ja«, sagte ich und musste schmunzeln. »Aber das erzähle ich dir nachher.«

»Oh no, you won't«, kam es von Deirdre. Ihr Gesicht war freundlich, aber bestimmt. Sofort sprang Órla darauf an.

»Was? Was ist ihm passiert? Och, bitte, sagt es mir!«

»He showed his penis to an old woman«, sagte Guv trocken.

»GUV!«

»WHAT?« Órlas Augen weiteten sich in Unglaube und Fin, der gerade getrunken hatte, prustete in sein Glas.

»Dude, im Ernst?«, fragte er, als er wieder sprechen konnte.

»Na ja …«, setzte ich an. In diesem Augenblick kam Sneachta zur Tür herein.

»Charlie showed his penis to an old lady«, riefen Órla und Fin wie aus einem Munde, als sie ihre Schwester erblickten. Ihre Reaktion glich der von Órla.

»Sit! All of you!«, haute Deirdre dazwischen. »And no more penis-talk, for Christ's sake!«

Guv kringelte sich vor Lachen, und auch die Kinder konnten sich nur mit Mühe zurückhalten.

»Okay, okay«, sagte Fin, »aber die Story **muss** ich hören!«

»NACH DEM ESSEN«, rief Deirdre streng. Als alle sie erschrocken anschauten, fügte sie grinsend hinzu: »Nobody wants to hear about Charlie's shrivelled dick while eating!« Um Guv war es geschehen.

»Oh, danke Deirdre«, sagte ich indigniert. »Wie überaus lieb von dir.«

»You're welcome, luv«, flötete sie und küsste mich auf die Wange. »Jetzt nimm dir endlich und reich dann die Kasserolle weiter, sonst wird es noch kalt.«

»Yes Ma'am!«, salutierte ich und beeilte mich, mir den Teller vollzuschaufeln.

»Brav«, lobte Deirdre.

Als alle hatten, begannen wir zu essen und ich erzählte, was ich sonst noch so mit meiner Zeit angefangen hatte. Die Kids liebten die Geschichte mit der Dudelsack-Oma und Deirdre meine Erlebnisse mit den Kühen.

»Die Höhlen von Keash sind ein wundervoller Ort«, schwärmte sie, als meine Geschichte bei ihnen angelangt war. Draußen dunkelte es, und Deirdre hatte Kerzen entzündet. »Cormac MacAirt wurde der Legende nach dort von einem weiblichen Wolf großgezogen. Und eine Sage aus dem Ulster-Zyklus hat dort ihren Schauplatz.«

Ich liebte Deirdres Stimme, wenn sie von der alten Zeit erzählte, von den Mythen und Geschichten, die das Land so berühmt gemacht hatten. Sie wusste unglaublich viel darüber, sowohl aus der Zeit, als Irland noch den Feen und Fabelwesen gehörte wie auch danach, als die Menschen die Oberfläche übernommen und in Königreiche aufgeteilt hatten. Sie hatte das unglaubliche Talent, die Mythologien so zu erzählen, dass man nicht eine Sekunde zweifelte, ob sie tatsächlich so stattgefunden hatten. Auch Guv hatte diese Fähigkeit, allerdings verstand man ab einem gewissen Amstel-Level nicht mehr so viel.

»Die Sage heißt ›The Death of Diarmuid in the Boar Hunt‹«, erklärte Deirdre. Ein wohliger Schauer überkam mich: Gutes Essen, Cider und die erste Geschichte von Deirdre im Kerzenlicht. Genüsslich schob ich mir eine volle Gabel in den Mund.

»Diarmuid, Sohn des Donn, oder ›The Dark One‹, war ein junger, außergewöhnlicher Held. Es heißt, er habe alleine neunhundert Mann in einer Schlacht getötet und damit Fin MacCoul und die Fianna gerettet, einen Kriegerverband unter der Führung MacCouls. MacCoul selbst war ein alternder Mann, als das Schicksal die einstigen Kameraden zu Feinden machen sollte. Und wie so oft, trat es in Form einer schönen jungen Frau in Erscheinung. Gráinne, Tochter des High Kings von Irland, wurde von diesem an Fin MacCoul versprochen, nachdem dessen letzte Frau gestorben war. Gráinne aber dachte, sie solle Fins Sohn oder einen seiner Enkelsöhne heiraten, nicht aber den alten Mann selbst und so willigte sie ein. Sie war furchtbar enttäuscht, als sie erfuhr, dass ihr zukünftiger Ehemann ihr eigener Großvater, ja, sogar Urgroßvater hätte sein können und beschloss, mit einem der jüngeren Männer am Tag ihrer Hochzeit zu fliehen. Sie versetzte den Wein für die Gäste mit Schlafmittel. Den für die jungen Männer ließ sie unberührt. So konnte sie gefahrlos mit ihnen sprechen. Zunächst fragte sie Oisín, den Sohn Fins, aber er wies sie zurück. Auch Gráinnes zweite Wahl, Diarmuid, weigerte sich, ihrem Plan Folge zu leisten, denn Fin war ein

Freund und sein Anführer. Doch Gráinne ließ sich dies nicht noch einmal gefallen. Sie belegte Diarmuid mit einem ›Gesch‹, einem Fluch, der ihn an sie band, und er musste einwilligen, mit ihr zu gehen. Er reiste ab mit dem Wissen, dass er dem Tode geweiht war, denn Lebensretter hin oder her: Fin würde ihn für diesen Betrug an ihm jagen und zur Strecke bringen.«

»Das ist so gemein«, protestierte Órla und rührte fahrig in ihrem Essen. »Er konnte doch gar nicht anders. Was hätte er denn tun sollen?«

»Ablehnen und gleich sterben«, sagte Fin. »Das wäre wenigstens ehrenvoll gewesen.«

»Oah, nein«, quengelte Órla. »Erst will MacCoul so ein junges Mädchen heiraten, und dann will er auch noch seinen Freund umbringen, weil sie mit ihm abhaut, obwohl der gar nichts dafür kann!«

»Ja, ich finde auch, sie hätte den alten Knacker heiraten müssen. Sie hat schließlich eingewilligt«, befand Fin.

»Eww, that's so gross! Shut up Fin! Das sagst du nur, weil du so heißt wie der!« Órla bedachte ihren Bruder mit einem angewiderten Gesichtsausdruck. »Ich finde, MacCoul hätte nicht so reagieren müssen«, schmollte sie.

»Das fanden sein Sohn und Oskar, sein Enkel, auch«, verkündete Deirdre. »Und auch seine Freunde waren von der heftigen Reaktion Fins überrascht. Trotz ihrer Loyalität zu ihrem Anführer halfen sie Diarmuid, der auch ihr Freund war, und Gráinne bei ihrer Flucht.«

»Immerhin«, murmelte Órla.

»Mehrmals wurden die beiden beinahe gefasst, doch immer wieder entkamen sie. Diarmuid tötete sieben Krieger Fins. Dies beeindruckte Oskar so sehr, dass er verkünden ließ, dass jeder, der Diarmuid etwas antäte, seinen Zorn zu fürchten hätte. Schließlich fanden Diarmuid und Gráinne Zuflucht in den Höhlen von Keash. Doch bald spürte sie MacCoul auch dort auf. Als er Keash jedoch erreichte, wurde er von drei Frauen aus der anderen Welt, Hexen, in die Höhlen gelockt. Er wurde von ihnen verzaubert, als er ihre Spindeln aus Winterbeere berührte, mit denen sie Übel und Missgeschick spannen. Er verlor all seine Kraft und erst sein Krieger mit dem flammend roten Haar, Goll MacMorna, der Einäugige, konnte ihn befreien. Er tötete die Hexen in einer gewaltigen Schlacht. Doch noch immer brannten die Rachegedanken in MacCoul, und so reiste er in das Land des Versprechens, um seine alte Amme Bodhmall zu suchen. Auch sie war eine Hexe, und sie sollte nun endlich seine Rache vollenden.«

»Jeez«, sagte Órla und verdrehte die Augen.

»So flog sie auf einer Wasserlilie heran, als Diarmuid eines Tages am Fluss Boyne jagte, und beschoss ihn mit Giftpfeilen, die sein Schild und seine Rüstung durchdringen konnten. Er durchlebte undenkbare Qualen, doch schaffte er es, den ›Gae derg‹, seinen roten Speer, zu schleudern und tötete Bodhmall. Erst als Aonghus Og, Ziehvater Diarmuids und ein Thuatha Dé Danann, sich für seinen Sohn einsetzte, fand Fin MacCoul es in seinem Herzen, ihm zu vergeben.«

»Wurde aber auch Zeit«, grummelte Órla.

»Shut up, already«, meckerte Fin. »Lass Mam doch mal die Geschichte zu Ende erzählen.«

»Diarmuid und Gráinne lebten einige Jahre friedlich in den Höhlen und bekamen fünf Kinder, vier Söhne und eine Tochter. Da sie über die Zeit weder ihre Freunde noch Gráinnes Vater gesehen hatten, schlug diese vor, alle zu einem Fest einzuladen, auch Fin und die Fianna. Fin akzeptierte und eines Abends lud er Diarmuid zur Wildschweinjagd ein. Dieser aber nahm nur seine kleinen Waffen mit. Seinen mächtigen roten Speer und auch sein Schwert Móralltach, ein Geschenk seines Ziehvaters, ließ er zu Hause. So kam es, wie es kommen musste. Der Eber, den sie verfolgt hatten, verletzte Diarmuid schwer, und obwohl Fin ihm das Leben hätte retten können, indem er ihn Wasser aus seinen Händen hätte trinken lassen, ließ er es zweimal absichtlich hindurch rinnen. Sein Sohn und sein Enkel drohten ihm und ermahnten ihn zur Fairness, und da er ihren Zorn fürchtete, holte er ein drittes Mal Wasser, doch es war zu spät: Diarmuid starb. Von all seinen Freunden war Fin der Einzige, der Diarmuids Tod nicht beweinte. Aonghus Og holte den toten Körper seines Ziehsohnes zu sich nach Brugh, und dort hauchte er ihm Leben ein, wann immer er jemanden zum Reden brauchte.«

Stille trat ein und für einen Augenblick hörte man nur den Regen, der irgendwann während der Geschichte eingesetzt hatte.

»Great story, mam«, sagte Fin mit gedämpfter Stimme.

Auch Órla nickte. »Ich mag das Ende zwar nicht, aber trotzdem.«

Ich hing einen Moment meinen Gedanken nach. Wie jedes Mal nach einer von Deirdres Erzählungen lag eine eigentümliche Atmosphäre im Raum. Als flösse etwas von der anderen Welt durch ihre Stimme in unsere.

»Als ich in den Höhlen ausgerutscht bin, hatte ich das Gefühl, ich werde ausgelacht«, sagte ich in das kerzenerleuchtete Gold meines Ciders blickend, den ich aus Anstandsgründen in ein Glas gefüllt hatte. »Und ich habe mich nicht allein gefühlt.«

»Hm«, machte Deirdre. Mehr war nicht aus ihr herauszubekommen.

»Wir sollten ein Taxi rufen«, verkündete Guv, begleitet vom Zischen einer Amstel-Dose.

»Oh ja, richtig«, gab Deirdre ihm Recht, und der letzte Rest der anderen Welt verschwand wie Nebel durch eine Windböe. »Peter, Mary und Jenn erwarten uns ja nachher im Pub. Sie freuen sich schon, dich wiederzusehen, luv.«

»Oh, wie schön!«, rief ich. Die drei waren ebenfalls Teil der Documenta-Gruppe gewesen und als durchaus feierfreudig in meiner Erinnerung geblieben.

»Aber erst …«, sie erhob sich und ging zum Kühlschrank, »der Nachtisch!«

»Vienetta!«, quiekte Órla, als sie das Eis erblickte. »Das hast du dir gemerkt?«

»Klar«, gab ich mich souverän. »Und für das ›poor forgotten middle child‹« – damit war natürlich Sneachta gemeint, die in meinen Augen immer etwas überrannt wurde von den großen Problemen ihrer älteren Schwester und der gedoppelten Energie der jüngeren – »Cooookiiiiees!«

Sneachta, die während der ganzen Geschichte keinen Laut von sich gegeben hatte, errötete etwas und lächelte. »Thanks, Charlie!«

Guv und Deirdre drehten sich eine Zigarette. Ich liebte das Geräusch, das ihre Tabakbeutel verursachten. Ich bekam jedes Mal Lust, selber eine zu rauchen, wenn ich es hörte. Es hatte in meinen Augen so viel mehr von der Art, wie Tabak einmal gemeint gewesen war. Fertige Zigaretten hatten keine Klasse, keine Atmosphäre. Selbstgedrehte hingegen beinhalteten ein Ritual und die Pflicht, innezuhalten und sich auf den Genuss einzustimmen. Ähnlich wie bei einer Pfeife.

»Wo bleibt eigentlich Loughna?«, fragte ich, auch, um mich von der Lust des Rauchens abzulenken.

»Sie arbeitet zur Zeit sehr lange«, erklärte Deirdre. »Wahrscheinlich wird sie auch schon morgen fort sein, bevor du aufgestanden bist.«

»Ach ja«, fiel mir schon die nächste Frage ein: »Wo schlafe ich eigentlich? Wieder auf der Ausziehcouch im Wohnzimmer?«

»Yes, dear, if you don't mind?«

»Nein, im Gegenteil«, versicherte ich. »Das ruft schöne Erinnerungen wach.« Ich schmunzelte in mich hinein, als kurz die Bilder eines völlig besoffenen Moritz vor mir auftauchten, der versuchte, neben mir auf die Couch zu gelangen. Mal sehen, wie es mir heute Nacht ergehen mochte.

»Das Taxi ist da«, verkündete Guv, der von seinem Platz aus die Einfahrt im Blick hatte.

»All right, then«, rief ich und stand auf. »Wirst du mitkommen, Fin?« Dieser schüttelte den Kopf. »Nein, ich werde nachher noch von einem Freund abgeholt. Den habe ich schon länger nicht mehr gesehen.«

»Das gilt ja wohl auch für mich«, spielte ich beleidigt, zwinkerte ihm aber zu. »Viel Spaß dann und bis morgen. Tu' nichts, was ich nicht auch tun würde!«

»Und noch weniger!«, ermahnte Deirdre ihren Sohn im Hinausgehen. Ich lachte und gab ihr Recht.

Deirdre und Guv bestanden drauf, dass ich vorne saß und schon ein paar Minuten später waren wir wieder auf der Straße nach Roscommon. Der Fahrer trat aufs Gas, und der Mondeo jagte der Stadt entgegen. Die faszinierend genauen Schilder vor den Kurven, die dem Individuum überließen, was es unter ›slow‹ und ›slower‹ verstand, ignorierte er geflissentlich. Soviel war selbst bei diesen vagen Angaben klar, denn die Reifen heulten in den Biegungen ein Klagelied der Überbeanspruchung. Am Kreisel verlangsamte sich der Wagen dann doch und bog in die Castlestreet. Vor einer mit rotbraunem Holz verschalten Eingangsfront kam das Taxi zum Stehen. ›J. C. Doorly‹ prangte in goldenen Lettern über der Tür. Ach, hätten doch die Kasseler Kneipen eine solche Klasse, dachte ich und bezahlte den Fahrer unter Protest von Deirdre.

Gleich nachdem wir den recht niedrigen und verwinkelten Gastraum betreten hatten, wurde Guv von zwei Männern an der Bar lautstark begrüßt. Er grüßte ebenso lautstark zurück, lupfte seinen bogardesken Hut, sein Markenzeichen, ohne das er niemals ausging, und gesellte sich zu ihnen. Deirdre versuchte, in dem gut besuchten Pub die anderen auszumachen, und ich nutzte kurz die Zeit, um die Eindrücke zu verarbeiten. Der Wirt hatte sich bemüht, auf dem wenigen Platz, den es baubedingt gab, so viele Tische wie möglich unterzubringen. Dennoch gab es mehr Menschen als Plätze, und viele der Besucher standen, ihre Gläser in der Hand haltend, während sie sich unterhielten. Tische, Theke, Hocker und Stühle bestanden aus dunklem Holz. Die rostroten Wände zierten Guinness-, Kilkenny- und verschiedene andere Alkohol bewerbende Poster und Metallschildchen, zwischen denen immer wieder gerahmte Schwarzweißfotos aus längst vergangenen Zeiten hingen. Ich saugte die Atmosphäre in mich auf wie ein Schwamm. Immer wieder beäugte mich der ein oder andere des buntgemischten Publikums. Es war krass, wie schnell die Menschen hier merkten, dass man ein Fremder war. Ihre Blicke waren verschlossen, aber nicht unfreundlich und so lächelte ich.

»Da sind sie«, rief Deirdre und deutete nach links in einen Bereich, der durch einige wunderschöne Balken vom Rest der Gaststube abgetrennt war. Peter, Mary und Jenn hatten noch einen Tisch ergattert und winkten uns fröhlich zu.

»Charlie«, begrüßten sie mich. »So good to see you! How are you?« Wir umarmten uns und tauschten kurz Nettigkeiten aus. Peter war ein kleiner, eher unscheinbarer Mann mit einem runden und freundlichen Gesicht. Er trug immer weiß-graue Hemden, was dazu beitrug, dass er nicht auffiel. Mary hingegen fiel auf. Sie war füllig und verpackte ihre Rundungen meist in schwarze Kleider, deren Ausschnitt mit Spitze besetzt war. Ihre ebenfalls schwarze, leicht lockige Mähne trug sie offen, bis auf eine Klammer am Hinterkopf und alles an ihr machte deutlich, dass sie Männer liebte. Jenn war da das komplette Gegenteil, aber nicht minder faszinierend. Sie hatte eine sehr schlanke Figur und ein schmales Gesicht, dem eine leichte Strenge innewohnte und aus dem sie ihre roten Locken mit einem Reif zurückhielt. Aber gerade diese Strenge verlieh ihr eine gewisse Unnahbarkeit, die kurioserweise dazu verführte, sie zu studieren. Sie trug beige Hosen und ein beige-grünes T-Shirt. Alle drei waren Ende vierzig, was aber vor allem Mary versuchte zu verschleiern. Sie trug als einzige Lippenstift und Augen-Make-up.

»Was wollt ihr trinken?«, fragte Deirdre, noch bevor ich Platz genommen hatte.

»Bulmers«, grinste ich. Peter bestellte ein Guinness und die Frauen Rotwein. Deirdre verschwand und ich antwortete auf die Fragen, die auf mich einstürmten. Nach einer Weile erschien Deirdre wieder mit den Getränken.

»Die Band sitzt schon am Nachbartisch«, verkündete Peter mit einem Nicken zu seiner Rechten, nachdem er sich bedankt hatte.

»Die Band?«, frohlockte ich und schaute in die Richtung seines Nickens. Dort erblickte ich einen Mann, ungefähr siebzig, schlank, mit grauem Vollbart und einer fast viereckigen, großen Brille. Neben ihm saß ein Typ, vielleicht Ende zwanzig und ein weiterer mit Schnäuzer, so Anfang vierzig. Eine Frau war ebenfalls am Tisch. Sie mochte Mitte dreißig sein. Allesamt saßen sie hinter einem Glas Guinness, auch die Frau.

»Ja«, sagte Deirdre. »Heute Abend ist hier Session.«

»Das ist ja super!«, freute ich mich. »Auf einen schönen Abend und gute Freunde«, erhob ich meine Flasche. Wir prosteten uns zu und nahmen tiefe Züge aus den jeweiligen Gefäßen.

»Wie läuft es denn mit Paul?«, fragte Deirdre Mary, was sofort ein seliges und stolzes Lächeln auf ihre Züge zauberte.

»Faaantaaastisch«, sagte sie gedehnt. »Es ist, als hätte ich mein fehlendes Puzzleteil gefunden.« Sie warf einen bedeutungsschwangeren Blick in die Runde. »Wir kommen so gut miteinander aus und ergänzen uns hervorragend in sehr wichtigen Bereichen, wenn ihr versteht, was ich meine?« Ihr Gesicht bekam eine anzügliche Note, als sie zwinkerte.

»Mary hat Paul vor ein paar Wochen bei einem Kunstfestival in Athlone kennengelernt«, erklärte Deirdre mit einem leichten Anflug von Amüsement in der Stimme.

»Oh wirklich? Das ist toll«, kommentierte ich.

»Jaaaa«, jubilierte Mary. »Es war unglaublich! Ich sah ihn und er mich und: BAM! Sofort war da eine tiefe Verbindung!«

»Ja, die ging sehr tief, die Verbindung, an diesem Abend, nicht wahr?« Guv war an den Tisch getreten und kicherte schmutzig. Ich musste ein Schmunzeln unterdrücken. Mary hob eine Augenbraue und sah Guv schräg von unten an.

»Nicht nur an diesem Abend, mein Freund«, konterte sie und wendete sich wieder der Runde zu. »Es ist wirklich unglaublich, wie gut alles passt. Ich habe das noch nie vorher erlebt. Besonders in ›diesem‹ Bereich. Und alles ist vollkommen unkompliziert!«

›Ja, das habe ich am Anfang auch mal gedacht‹, murmelte es in meinem Kopf. Gott sei Dank entschied sich meine Zunge, diesem Impuls nicht Folge zu leisten.

»We call that: fits like ass on bucket«, sagte ich stattdessen.

»Charming«, säuselte Mary. Guv ließ ein weiteres kehliges Lachen erklingen. Er beugte sich an mein Ohr, während Jenn etwas zu Mary sagte, und sie einen Moment abgelenkt war.

»Must be one hell of a bucket in her case, eh?«, raunte er in meinen Gehörgang. »Supersize me!« Nur mit Mühe gelang es mir, die Fassung zu wahren. Mein Glück war es, dass er schräg hinter mir stand, und ich sein Gesicht dabei nicht sehen musste.

»Auf die Liebe!«, rief ich schnell. Der Cider spülte das Kitzeln in der Kehle fort. »Wo ist denn dieser Superman heute Abend? Ich würde ihn gerne mal kennenlernen.«

»Oh, er musste heute nach Dublin«, erklärte Mary. »Aber wir schreiben uns jede freie Minute, wenn er nicht da ist.« Ihre Augen leuchteten verzückt.

›Auch das will nix heißen‹, grummelte es etwas oberhalb meiner Augen, doch auch dieses Mal gelang es mir, die Energie anderweitig abzuleiten.

»Wie wäre es denn damit«, meldete sich Jenn zu Wort. »Nächste Woche schmeißen Roger und ich wieder eine Party zu Ehren von Charlie. Dann kann er ihn dort kennenlernen.«

»Was? Im Ernst?«, fragte ich etwas überrumpelt, aber mit nicht minderer Freude. Jenn und Rogers Partys waren legendär. Zweimal hatte ich schon in den Genuss kommen dürfen, und jetzt waren sie erneut bereit, den Aufwand auf sich zu nehmen?

»Sicher! Es ist ja nicht so, dass du jede Woche in Irland vorbeischaust, oder?« Dem konnte ich wahrlich schwer widersprechen.

»Tausend Dank, Jenn! Das wäre wirklich unglaublich.«

»Ich werde Roger heute Abend fragen und Deirdre dann den Termin mitteilen, ist das okay für dich?«

»Mehr als nur ›okay‹«, versicherte ich.

»Gut, dann wäre das auch geklärt.« Jenn lächelte zufrieden.

Einen Moment lang hing ich der Erinnerung nach, als Moritz bei der letzten Party etwas von Rogers hausgemachtem Cider probieren sollte. Das Gebräu hatte ihn gehörig überrascht. Fest in der Annahme zu wissen, was ihn erwartet, war er Roger in die Garage gefolgt, um dort mit ihm ein Glas zu trinken. Als er nach einer Weile wieder zum Vorschein kam, hatte sein Gesicht einen merkwürdigen Ausdruck. ›Das Zeug ist staaark‹, war das Letzte, was ich für eine Weile an diesem Abend von ihm zu hören bekam, dann verschwand er auf die Terrasse.

Musik drang vom Nebentisch an mein Ohr und holte mich wieder zurück. Die Band hatte während unseres Gespräches ihre Instrumente ausgepackt und setzte nun zu einem Reel an. Welches, konnte ich nicht sagen, aber es klang wunderschön. Der graubärtige Mann entpuppte sich als Querflötenspieler, die Frau als Fiddlerin. Der Mann um die Zwanzig spielte Gitarre und der mit dem Schnäuzer Bodhran. Jedes Mal wieder faszinierte mich die Ruhe, welche die Musiker beim Spielen bewahrten. Vielleicht wippte mal ein Fuß, das war aber auch schon alles. Sämtliche Energie, sämtliche Freude floss in die Musik – und übertrug sich auf die Gäste im Pub. Immer wieder waren ›yeahs‹ und ›all rights‹ zu hören, wenn die Musik eine besonders intensive Wendung genommen hatte oder ein Set besonders gut gefiel. In den kurzen Pausen, die von begeistertem Applaus gefüllt waren, tranken die Musiker einen Schluck Guinness, und eventuell nickten sie einmal in die Runde, dann ging es auch schon weiter. Den Querflötenspieler fand ich besonders faszinierend. Er sah aus wie aus einer anderen Zeit mit seiner großen Brille, dem grauen Jackett und dem weißen, fein-karierten Hemd darunter. Aus einer Zeit, in der diese Musik so ziemlich das Einzige war, was den Abend nach dem harten Alltag, an den Feuerstellen im Haus und in den Arbeiterpubs versüßte. Und er spielte sie auch so: absolut uneitel. Nicht eine Note war bedeutungslos oder bloßes Füllmaterial. Man brauchte ihn nicht sehen, um zu wissen, dass dieser Mann diese harten Zeiten in Irland miterlebt hatte und mit jeder Faser seines Körpers die Seele Irlands atmete, wenn er spielte. Er ließ seine gesamte Lebenserfahrung in seine Musik fließen. Und nicht nur seine, sondern das gesamte Lebensgefühl dieser Generation. Und das Fantastischste war, dass es sich durch die Musik auf seine jungen Kollegen übertrug. Es ermöglichte ihnen, so zu spielen, als seien sie dabeigewesen, und dennoch ihre eigenen Stile mit einzuweben.

»Der Flötenspieler ist unglaublich«, rief ich Deirdre zu, während wieder einmal Applaus durch den Pub fegte und der Graubärtige sich den Guinnessschaum aus eben demselben wischte.

»Das ist Patsy Hanley, ein All-Ireland-Flute-Player«, erklärte mir Deirdre. »Er ist ziemlich bekannt in Irland und hat auch schon einige CDs eingespielt. Er stammt aus Roscommon.«

»Was? Echt?«, fragte ich etwas verdutzt. »Und er sitzt einfach da und spielt hier in einem kleinen Pub? Bezahlt der Wirt etwas dafür, dass er hier auftritt?«

»Seine Bezahlung fließt gerade seine Kehle hinunter«, meldete sich Guv grinsend zu Wort.

»Wow«, sagte ich anerkennend. »Das heißt, nach all den Jahren als erfolgreicher professioneller Musiker, spielt er immer noch aus Leidenschaft und Freude in Sessions?«

»Jupp«, nickte Guv. »Und jeder, der mitspielen will, kann mitspielen.«

Ich war tief beeindruckt. All das, was seine Musik ausdrückte, hatte sich bestätigt. Dieser Mann lebte die Musik.

»Das ist völlig normal hier«, lächelte Deirdre. »Mat Molloy, von den Chieftains, macht es genauso. Und viele andere auch.«

»Darauf eine Runde!«, rief ich. Ich nahm die Bestellung auf und begab mich an die Bar. Ich zwängte mich an den Tresen, und während ich auf die Getränke wartete, sprach mich ein etwa fünfzigjähriger Ire an: »Hey, where are you from, lad?« Er trug ein Tweed-Jackett und eine dazu passende Mütze. Sein leicht gerötetes Gesicht war gegerbt, voll grauer Bartstoppel, seine Hände knorrig.

»Deutschland«, antwortete ich wahrheitsgemäß, obwohl ich mich immer ein wenig unwohl fühlte, meine Herkunft einem völlig Fremden in seinem Land preiszugeben.

»Aw, that's lovely«, entgegnete der Mann mit einem herrlichen irischen Akzent. »Ich war noch nie dort, aber ihr habt gute Schokolade und vor allem gutes Bier!« Normalerweise hätte ich das als klischeebehaftete Freundlichkeit abgetan, doch in diesem Moment hob er sein Glas und prostete mir zu: »Krombakker!« Ich lachte. Er nahm einen Schluck. »Und, wie gefällt dir Irland?«

»Ich liebe Irland«, gab ich unumwunden zu. »Besonders die Musik und den Cider!« Der Mann grinste. »Und ihr habt schöne Frauen!« Ich zwinkerte ihm zu.

»Well, you haven't met my wife then, have ya«, sagte er trocken. Ich starrte ihn an, absolut unfähig, irgendwie zu reagieren, aber gerade in dem Moment, als die Stille unangenehm zu werden drohte, ließ er ein herzhaftes Lachen erklingen. »John, two shots o' whiskey«, rief er dem Wirt zu. Dieser nickte und ein paar Sekunden später stießen wir an. »To the beautiful women all over the world! I am Paddy Gleeson«, stellte er sich vor.

»Charlie«, erwiderte ich, »nice to meet you, Mr. Gleeson.«

»Ah, die deutsche Höflichkeit«, lachte er. »Paddy will do fine.«

»Ok then, Paddy«, akzeptierte ich das Angebot. »Still nice to meet you, though!«

Paddy lachte erneut. »Du lernst schnell«, lobte er mich.

Ich bestellte ebenfalls zwei Shots, und nachdem wir auf den ›Irish Wit‹ getrunken hatten, erhielt ich die Runde für meinen Tisch.

»Well, hab eine schöne Zeit hier, Charlie«, wünschte er mir. Ich bedankte mich und begab mich wieder zu den anderen.

»What took you so long, I am dying of thirst«, begrüßte mich Guv, noch bevor ich ein einziges Getränk abgestellt hatte.

»Ein Typ an der Bar hat mich angesprochen. Paddy Gleeson«, entschuldigte ich mich.

»Ah, der Stadtmillionär. Nice fella, but butt-ugly wife«, feixte Guv.

»Ja, er deutete so was an«, grinste ich. »Der Kerl ist Millionär?«

»Oh, ja«, bestätigte Deirdre. »Er besaß die größte Farm hier im Umkreis. Während der Boomzeit hat er sie verkauft und lebt jetzt von den Zinsen.«

»Der sieht völlig normal aus«, wunderte ich mich.

»Ist er auch«, antwortete Deirdre. »Bis vor kurzem kam er immer noch in seinem alten Pick-Up zu Town-Council-Treffen. Nur sein Haus ist fantastisch. Aber auch da vermute ich, dass seine Frau ihn dazu genötigt hat. Ihr hatte er das Kapital zu verdanken, mit der er seine Farm aufgebaut hat.«

»Das erklärt wohl einiges«, schmunzelte ich. Der Whiskey stieg bereits in meinen Kopf und gesellte sich zu dem Cider, der dort schon auf ihn wartete. Noch ließ der eine den anderen in Ruhe jeweils seine Aufgabe verrichten, aber ob das so blieb, war abzuwarten. Mr. W. hatte nämlich manchmal die Angewohnheit, andere Alkoholika zu Missetaten anzustiften, die sich sonst nur in seinem Repertoire befanden. Bilder aus Bremen blitzten in meiner Erinnerung auf: McDonalds, eine Beinahe-Prügelei vor einer roten Ampel, quietschende Reifen und eine Kloschüssel. Ich kippte schnell noch etwas Cider nach, in der Hoffnung, der Whiskey würde sich angesichts der Übermacht friedlich verhalten. Die Musik setzte wieder ein, und ein weiterer Jig, den ich nicht kannte, beflügelte meine Laune. Ich wippte mit und spendete am Ende kräftigen Applaus. Guv hatte sein Bier bereits wieder geleert, und auch in meiner Flasche war nicht mehr viel. Also trank ich sie aus, signalisierte ihm, dass ich für den Nachschub sorgen würde und verließ den Tisch erneut. Leicht schwankend kämpfte ich mich durch die Pubbesucher. Kurz vor der Theke spürte ich, dass Johnny Verlangen nach einem Porzellanbecken hatte. Ich wurschtelte mich zu den Toiletten durch und schloss mich in einer Kabine ein. Ich war zwar schon angetrunken, dennoch wollte ich nicht das Risiko eingehen, vor dem Pissoir zu stehen und nicht zu können, während sich neben mir die Leute abwechselten. Ich holte Johnny hervor und ließ ihn mit der Abwasserverklappung beginnen. Wie spät war es eigentlich? Ich nutzte die Zeit und zog mein Handy aus der Tasche. 22.10 stand dort. Und in einer blauen Blase mit weißer Schrift:

Vier Mal bis jetzt!!! :-/

Der Alkohol dämpfte den Einschlag, trotzdem war ich einen Moment versucht, das Handy ins Klo zu schmeißen. Hätte ich nur nicht drauf geschaut.

Dann hättest du es am Morgen gesehen, auch nicht besser, oder?

»Halt's Maul«, knurrte ich, packte Johnny und das Handy weg und verließ die Kabine. Ein Typ mit Nickelbrille und übergekämmten Haaren warf mir einen befremdeten Blick zu.

»What?« konterte ich. »You guys don't talk to your wieners?«

Er schaute schnell wieder weg, und zu meiner Befriedigung hörte ich, wie sein Strahl versiegte, er aber noch vor dem Becken stehenblieb. Wieder an der Theke bestellte ich gleich zwei Bulmers für mich und gesellte mich zu den anderen. Die Band spielte mittlerweile eine Slow Air, und alle lauschten andächtig den sehnsuchtsvollen Klängen. Als der Applaus einsetzte, stand plötzlich ein grobschlächtiger Mann in einer sandfarbenen Weste mit weißem Hemd darunter auf und begann mit kräftiger, fast schon opernhafter Stimme zu singen:

»Some people are known by the company they keep.
If a man takes the flu, it doesn't mean he's a sweep.
I'm always seen out with my own family.
That's the missus, her mother, the bulldog and me.
We're all quite homely. Don't think it a boast.
Just see us on Sunday when we're at a roast.
You cannae tell who's growling the most,
The missus, her mother, the bulldog or me.«

»Oh, das wird lustig«, freute sich Guv. »I really like that bloody song!«

»Ist der ausgebildeter Sänger?«, fragte ich Deirdre. Diese schüttelte den Kopf. »Oh nein, nicht im Geringsten. Er liebt es einfach zu singen.«

Der Mann fuhr fort, während die Besucher lauschten, amüsiert ob des sehr witzigen Textes, der im krassen Gegensatz zu der wohlklingenden Stimme stand. Er sang, als priese er die Schönheit Irlands an, seine saftigen Hügel und seine weiten Seen. Tatsächlich aber lauteten die Worte:

»Now, when we went a-courting, we had such a lark!
Each evening we'd go for a stroll in the park
And sit there for hours 'neath some shady tree,
The missus her mother the bulldog and me.
We'd sit there as peaceful as peaceful could be, And the birds up above

sang their sweet melody, But then they'd start dropping things down from
the tree on the missus, her mother, the bulldog and me.

Well, we went and got wed as most couples have done,
And we found three could live just as cheaply as one.
The registrar said, »Who'll stand security?«
»Oh,« says I, »the wife's mother, the bulldog and me.«
But the night we were wed we'd to part company.
There was only one bed and it wouldn't hold three;
But we soon got over that difficulty.
The wife slept with her mother and the bulldog with me.

We had photographs taken as newlyweds do.
You'd have seen nothing like it inside any zoo.
We stood in a group and we smiled gracefully,
The missus, her mother, the bulldog and me.
The photos were lovely. There wasn't a hitch.
You could easily tell that the dog was a ...«

Der Mann machte eine Millisekunde Pause, in der sämtliche Gehirne
im Lokal automatisch das passende Wort ergänzten, nur um dann völlig unbeeindruckt: »pup« hinzuzufügen, was für großes Gelächter sorgte. Dann
sang er weiter:

»But you'd have had to look closely if you'd wanted to see
Who was the missus, her mother, the bulldog or me.«

»Jetzt kommt das Finale«, rief Guv mir zu und saugte sein Bier leer.
Ich tat es ihm gleich mit meiner Cider-Flasche.

»Ten years have elapsed since I wed Mary Ann,
And I've finally proved that I'm really a man,
For inside the bedroom stood oul nurse Magee,

And outside the door stood the bulldog and me.
The nurse she came out all smiling with glee.
Says I, »What is it, nurse?« »Oh,« she answered. »It's three.
Could you tell me who caused all this anxiety?«
»Oh,« says I, »the wife's mother, the bulldog and me.««

Die Menge johlte und applaudierte lautstark, als der Mann zum Ende gekommen war. Als wäre nichts geschehen, nahm er wieder Platz und trank einen Schluck aus seinem Glas.

»Sehr lustiges Lied«, lachte ich Deirdre an. Guv war gerade damit beschäftigt, seine Begeisterung kundzutun.

»Well«, sagte sie und lächelte indifferent. Ich wollte noch etwas sagen, doch ein weiterer Mann stand auf, dieses Mal schwarzhaarig und mit Vollbart in einen blauen Seemannspulli gekleidet. Im Gegensatz zu dem Sänger eben, hob er mit einer sehr rauen, aber warmen Stimme an. Er hielt die Augen geschlossen beim Singen und gab eine Version von ›The Fields of Athenry‹ zum Besten, wie ich sie noch nie gehört hatte. Etwas in seiner Stimme ließ alles in mir hochkochen, was ich versucht hatte, durch Alkohol und Landflucht in mir zu begraben. Ihr Gesicht tauchte vor mir auf und ließ sich weder durch einen Schluck Apfelgold noch durch Kopfschütteln vertreiben. Sie lächelte mich an, und ich spürte ihren Körper an meinem. Ich sah uns zusammen frühstücken und lachen. Und ich sah sie aufs Handy schauen … ihr Gesicht veränderte sich, jegliche Freude wich daraus. »Ich muss los«, hörte ich sie sagen. Entfernt vernahm ich den Applaus, der das Ende des Liedes verkündete. Ruckartig setzte ich die Bulmersflasche an, leerte sie in einem Zug, stand auf und begann zu singen. Kate Bushs Version von ›My Lagan Love‹ kam einfach so aus mir raus und ich legte rein, was auch immer während des Liedes nach oben gespült wurde:

»When rainy nights are soft with tears,
And Autumn leaves are falling,
I hear her voice on tumbling waves
And no one there to hold me.

At evening's fall she watched me walk.
Her heart was mine.
But my love was young, and felt
The world was not cruel, but kind.
Where Lagan's light fell on the hour,
I saw her far below me--
Just as the morning calmed the storm--
With no one there to hold her.
My loves have come, my loves have gone,
And nothing's left to warn me,
Save for a voice on the traveling wind,
And a glimpse of a face at morning.«

Stille. Es war absolut still im Raum, als ich die Augen wieder öffnete und wie durch Nebel in die starrenden Gesichter schaute. Dann begann einer weiter hinten im Raum zu klatschen. Dann ein weiterer. Und dann setzten alle ein. Der Applaus brandete mir entgegen wie eine gewaltige Flutwelle, und ich spürte, wie mir schwindelig wurde. Ich hielt mich an der Lehne meines Stuhls fest und erhaschte eine Blick in Deirdres Gesicht. Sie schaute freundlich, hatte aber eine Augenbraue hochgezogen.

»I think, we need to talk, luv«, sagte sie.

»Uhu«, nickte ich zustimmend. Dann taumelte ich in Richtung der Bar. Ich weiß nicht, wie viel Hände mir auf dem Weg dorthin und zurück auf die Schultern geklopft hatten und wie oft auf mein Wohl getrunken wurde. In diesem Moment zählte nur, zwei weitere Flaschen Cider zu ergattern und eine davon gleich an der Theke zu leeren. Die Band setzt zu einem Reel an, und ich begann mit der Flasche in der Hand zu tanzen. Irgendwann tauchte Guvs Gesicht auf, und wir tanzten zu zweit. Der goldene Ciderschleier legte sich wohlwollend über alles. Bald bestand meine Wahrnehmung nur noch aus Bruchstücken, die herauftrieben und wieder versanken wie Trümmer nach einem Schiffsunglück. Mal sah ich mich mit Guv draußen vor dem Pub stehen, eine Zigarette mit ihm rauchen und lallend mit ihm philosophieren, dann mit einem Kerl trinken, der mir irgendwas von Deutschland erzählte. Irgendwann tauchten Marys große Brüste vor mir auf, wie sie dahin gekommen waren, vermochte ich nicht zu sagen. Schwarzer Ozean … Oh, wieder eine Scholle: Guv und ich singen ›Oh Danny Boy‹ und laufen zu einem Imbiss. Strudeldiduuu, weg isse … Tschüss Scholle, willkommen, schwarzes Wasser aus goldener Quelle. Uiii, Fisch 'n' Chips! Lecker! Und zurück in den Sog des Alkohols. Das Letzte, was sich im Pub zeigte, war ein Bild von Guv in meinem linken Arm, Deirdre in meinem rechten und eine Menschenmenge, die mit uns zusammen ›Whiskey in the Jar‹ sang. Dann war ich plötzlich in einem Taxi. Guv krakeelte etwas von ›Great Boogie‹, und ich hörte Deirdre flehen: »Please let the man drive.«

»Great Boogie!«, rief ich und schickte ein »Hihihihi«, hinterher, was ein »Oh Jeez«, zur Folge hatte. Als nächstes tauchte die Schlafcouch vor mir auf, der Geruch der frisch gewaschenen Kissen und die Wärme der Decke. Kurz bevor mich der Schlafhammer erlöste, hörte ich ein helles Lachen. Ja, lacht mich nur aus, ihr Feen Irlands.

———————

Quälender Durst weckte mich. Mein Mund fühlte sich an, als hätte jemand Sand reingeschüttet und schmeckte, als hätte sich in eben diesem eine Katze erleichtert. Es war noch immer dunkel draußen, aber in der Küche brannte noch Licht. Ich setzte mich auf, kämpfte die leichte Übelkeit zurück, ließ den Kopfschmerzen ihren Raum und verließ mein Lager. Gemessen an der getrunkenen Menge ging das gar nicht mal so schlecht. Ich hangelte mich von der Couch zum Treppengeländer, dann zur Tür und in die Küche. Mit dem Licht dort funktionierte auch das Gleichgewicht besser. Als ich um die Ecke bog, sah ich auch, warum das Licht noch brannte. Auf einem Stuhl, völlig in sich zusammengesunken, eine Amsteldose vor sich, saß Guv und schnarchte leise. Von Deirdre fehlte jede Spur. Sie hatte es wohl noch ins Bett geschafft. Ich nahm eine Tasse vom Haken eines kleinen Ständers, weil ich nichts besseres fand und füllte sie mit Wasser. Nachdem ich es in mir hatte, ging es mir schon etwas besser, und nachdem ich meine Blase geleert hatte, ließ ich mich wieder in mein Bett und einen traumlosen Schlaf fallen.

Aus diesem erwachte ich mit aufgerissenen Augen. Mein Schädel drückte, als sei er in einem Schraubstock gefangen, den jemand zwar in Watte gepackt, aber dafür extra fest angezogen hatte. Leider führte dies nicht dazu, dass ich nicht klar denken konnte. Im Gegenteil: Meine Gedanken rasten! Was hatte ich getan? In Windeseile versuchte ich, die Geschehnisse der letzten Nacht zu rekapitulieren und suchte sie nach Peinlichkeiten und Blamagen ab. Es fielen mir keine ein, was aber nicht zur Erleichterung führte. An mir nagte das sehr unangenehme Gefühl, etwas Entscheidendes nicht mehr zu wissen, und es hatte sich fest in meiner Magengrube eingeklebt. Natürlich kannte ich diesen Zustand, und eine Stimme in mir sagte, dass dies nicht bedeutet, dass auch tatsächlich etwas Peinliches geschehen war, trotzdem war es furchtbar. Ich registrierte nebenbei, dass ich es wieder einmal vollbracht hatte, noch die Kontaktlinsen abzulegen und auch die Hose und den Pullover. Beides zog ich nun wieder an und begab mich in die Küche. Guv war verschwunden, und auch sonst war niemand da. Mein Blick suchte die Uhr. Kurz vor acht. Mein Körper war so bleiern wie der morgendliche Himmel, aber mein Geist war von einer Unruhe gepackt, die weiterschlafen völlig unmöglich machte. Ich setzte Wasser auf und füllte etwas Instantkaffee in meine Tasse aus meinem nächtlichen Intermezzo. Mir fiel die Nachricht aus der Toilette wieder ein. Oh Gott, hatte ich was zurückgeschrieben? Ich suchte meine Jacke, fand sie im Vorraum ordentlich aufgehängt, dankte Deirdre im Geiste und holte mein Handy hervor. Hastig ging ich auf die SMS'. Nichts. Ich hatte nichts geschrieben. Erleichtert seufzend nahm ich das Telefon mit in die Küche. Ich überlegte einen Moment, ob ich jetzt etwas antworten sollte, doch mir fiel nichts ein. Schließlich entschied ich mich, das Geschreibsel zu ignorieren und tippte nur:

Guten Morgen. Wie geht's?

Die alkoholinduzierte Übelkeit verstärkte sich angesichts meiner Unfähigkeit. Ich legte das Handy auf den Tisch. Das Wasser hatte gekocht, und ich konnte mich wesentlich angenehmeren und vor allem notwendigeren Dingen zuwenden: der Kaffeezubereitung. Das Wasser gurgelte in die Tasse und wirbelte das Granulat durcheinander. Einen Moment erinnerte es mich an was, aber der Gedanke wurde von dem Duft, welcher der Tasse entströmte, zu schnell vertrieben. Schon alleine dieser belebte meinen müden Körper, und nach dem ersten Schluck sah die Welt gleich wieder etwas besser aus. Kaffee: das Lebenselixier des Zechers. Ich pflanzte mich auf einen der Küchenstühle und schaute hinaus auf den Hof. Das Ticken der Küchenuhr füllte die Stille und gab dem Summen des Kühlschrankes einen Rhythmus. Mann, mann, mann, das mit dem Alkohol klappte wirklich gut hier. Ich rieb mir die Schläfen. Die Augen hielt ich dabei geschlossen, was einen Flashback von Marys Ausschnitt zur Folge hatte. Johnny regte sich trotz meines desolaten Zustandes, was mich ehrlich gesagt etwas verwunderte. Ich hatte eigentlich nie etwas für große Brüste übrig gehabt, aber etwas an dem, wie sie so plötzlich vor mir auftauchten, weckte Johnnys Lebensgeister. Schnell öffnete ich die Augen wieder, um nicht mit einem Steifen am Tisch zu sitzen. War einfach unbequem. Jemand kam die Treppe herunter. Ich hörte die Hintertür, die eigentlich die Vordertür war und sah, wie Sneachta in den Garten trat. Sie ließ sich einen Moment lang die Sonne, die es tatsächlich geschafft hatte, ein Gewirr von Rissen in die Wolken zu brechen, auf ihr Gesicht scheinen, dann setzte sie sich auf die kleine Bank, die im Vorgarten stand. Der Wind zauste etwas in ihren Haaren, und die Finger ihrer rechten Hand spielten unbewusst daran. Ein Maler hätte die irische Melancholie nicht schöner auf Leinwand bannen können. Ich erhob mich, nutzte den Rest heißen Wassers, um einen Tee aufzubrühen und brachte ihn ihr.

»Good morning«, grüßte ich sie noch im Gehen. »Care for some tea?« Sie hatte mich nicht kommen hören, und ich sah ihr an, dass es ihr etwas unangenehm war, in einem Moment gesehen worden zu sein, in dem sie sich unbeobachtet wähnte. Sie lächelte unsicher und nahm mir die Tasse aus der Hand.

»Thanks Charlie, das hättest du nicht tun brauchen.«

»Ich weiß«, sagte ich. »Aber ich wollte es.« Ich zwinkerte ihr mit beiden Augen zu. »Ich will dich auch nicht lange stören. Möchtest du was zum Frühstück? Wenn du mir zeigst, wo die Sachen sind, dann mache ich uns was.« Sie lachte dankbar, aber schüttelte den Kopf.

»Das ist wirklich schrecklich lieb von dir, aber Pa macht bestimmt gleich Frühstück.«

Ich schaute sie ungläubig an. »Meinst du?«

»Ja, er steht immer recht früh auf.«

Mir fiel meine eigene alkohol-senile Bettflucht ein und ich hatte keinen Grund mehr, ihre Aussage als pure Höflichkeit abzutun. »Na gut«, gab ich nach. »Dann werde ich mich mal wieder nach drinnen begeben.« Und mit gespielter Heimlichtuerei fügte ich hinzu: »Ich bin noch nicht an die irischen Temperaturen gewöhnt.« Sneachta, die wie ich selbst in einem Sweatshirt dasaß, schmunzelte und ließ mich ziehen. Wie immer, wenn ich mit ihr zu tun hatte, konnte ich nicht einschätzen, was sie eigentlich von mir hielt. Aber genau das machte es interessant.

Gerade als ich wieder am Tisch saß, erschien Guv leicht ataktisch in der Wohnzimmertür. Ein breites Grinsen trat auf sein bärtiges Gesicht, als er mich sah.

»Gooooood morning!«, rief er. »Back from the dead?«

»Nun, so irgendwie«, antwortete ich ehrlich. Guv ließ ein pfeifendes Lachen hören.

»Great, so let's eat! Waddayawant for breakfast?«

Ich brauchte nicht lange überlegen. »Pudding, Spiegeleier, Beans und Brot, bitte, wenn es nicht zu große Umstände macht.«

»Ah, not at all!«, wiegelte Guv ab. »Some sausages too?«

Hier musste ich doch einen Moment lang nachdenken. Es war nämlich nicht so, dass diese ›Sausages‹ irgendetwas mit den Würstchen zu tun hatten, die man bei uns so findet. Sie hatten ungefähr die Länge von Nürnbergern, doch waren sie wesentlich dicker. Außerdem waren sie so rosig, als hätte man das ganze Schwein einfach unglaublich fein püriert. Ein wenig wie Kalbsleberwurst, nur noch rosiger. Auch wurden sie nicht aufs Brot gestrichen, sondern in der Pfanne gebraten, obwohl ihre Konsistenz durchaus Streichfähigkeit aufwies. Ihr Geschmack war eigen, aber ich hatte Lust auf die volle Breitseite und nickte schließlich: »Yes, please!«

Guv holte eine gusseiserne Pfanne aus einem der Schränke und befüllte sie mit Öl. ›Befüllte‹ war in diesem Fall tatsächlich das angebrachte Wort, denn als er fertig war, stand es mehrere Millimeter hoch darin. Es war so viel, dass die beiden Eier, die Guv am Rand aufschlug, beinahe gänzlich darin versanken.

»Wow«, staunte ich. »Noch nicht mal die Amerikaner nehmen so viel Öl für ihre Spiegeleier!«

»Die wissen ja auch nicht, was gut ist«, konterte Guv und begann damit, die heiße, zischende Flüssigkeit über die Stellen der Eier zu schöpfen, die bis dahin gerade noch so fettfrei gewesen waren. Dann ließ er die Würstchen und den Pudding baden gehen. Als er mit kochen fertig war, türmten sich auf dem Teller, den er mir hinstellte, zwei buchstäblich frittierte Spiegeleier, vier Pork-Sausages, fünf Scheiben Pudding, drei ebenfalls frittierte Scheiben Tomaten und ein Haufen Baked Beans. Dazu reichte er selbstgebackenes Weißbrot. »Wohl bekomms«, wünschte er, setzte sich mit seinem Kaffee, den er nebenher zubereitet hatte, an den Tisch und rollte sich erst mal eine Zigarette.

»Isst du nichts?«, fragte ich ihn, während ich Messer und Gabel nahm.

»Nah«, er zuckte desinteressiert mit den Schultern, »too early in the day!« Er bleckte die Zähne und zog an seiner Fluppe. Ich lachte und ließ es mir schmecken. Guv hatte Recht: Die frittierten Eier hatten wirklich etwas. Besonders nach dieser Nacht. Als hätte er meine Gedanken gelesen, blies Guv genüsslich den Rauch aus und sinnierte: »Ah, that was great boogie last night, eh?«

Ein dünner Schmerz zuckte hinter meiner Stirn, als mein Körper sich an den Alkohol erinnerte, aber ich stimmte ihm zu: »Great boogie it was!« Allerdings klang ich dabei nicht ganz so entspannt wie er.

»Was hast du denn heute so geplant?«, fragte er mich.

»Hm, ich habe ehrlich gesagt noch nicht wirklich drüber nachgedacht«, gab ich zu. »Wo ist eigentlichen Deirdre?«, fragte ich schnell, um mich nicht weiter mit Planungen beschäftigen zu müssen.

»Bei ihrer Mutter«, antwortete Guv und schlürfte seinen Kaffee. »Sie hilft ihr im Haushalt.«

»Oh, tatsächlich? Ich habe sie gar nicht aufstehen hören!«

»Tote hören nichts«, nuschelte Guv in seine Zigarette und sog gierig den Rauch ein.

»Ach komm, soooo betrunken war ich nun auch nicht«, unternahm ich einen verzweifelten Versuch, das Offensichtliche noch zu kaschieren, aber Guv blieb stur.

»Oh doch, warst du«, sagte er gnadenlos. Wie er das überhaupt noch hatte registrieren können, war mir ein absolutes Rätsel. Er lehnte sich zu dem kleinen CD-Radio, welches auf der Fensterbank stand und drückte ›play‹. Die mexikanischen Trompeten von Johnny Cash's ›Ring Of Fire‹ ertönten, und Guv trat ein seliges Lächeln aufs Gesicht. »Ich liebe diesen Typen.«

»Ich weiß!«, lachte ich und rollte die Augen. »Ich hatte überlegt, heute zu der ›Cave Of The Cats‹ zu fahren«, kehrte ich zu seiner eingangs gestellten Frage zurück.

»Ah, gute Idee«, sagte er.

»Was ist eine gute Idee?«, hörte ich eine Stimme aus Richtung der Wohnzimmertür. Órla stand in Jogginghose und Hemdchen da und rieb sich die Augen, die unter den leicht verwuschelten Haaren hervorblickten.

»Charlie will zur Cave of the Cats fahren«, antwortete Guv.

»Oh no!«, rief Órla. »Da möchte ich auch hin!«

»Du kannst gerne mitkommen«, bot ich an.

»Nein, das geht nicht«, quengelte sie. »Ich muss heute mit einer Freundin lernen!«

»Tell you what«, sagte Guv, »warum machen wir das nicht nächstes Wochenende? Deirdre würde bestimmt auch gerne mit und ich auch.«

»Au ja, bitte Charlie!«, rief Órla. »Vielleicht finden wir dann wieder stinkende Blümchen!« Ich lachte, als ich mich daran erinnerte. Ich hatte den Ausdruck ihres Gesichts genau vor mir, als sie an einer der kleinen blauen Blüten gerochen hatte, die auf der zweiten Weide des Höhlensystems wuchsen.

»Na gut, weil du es bist«, stimmte ich dem Plan zu. »Ich finde bestimmt was, das ich heute unternehmen kann.«

»Yesss«, freute sie sich.

»Abgemacht«, grunzte Guv. »Was willst du zum Frühstück?«

»Scrambled Eggs!«

Guv wurschtelte sich hinter dem Tisch hervor und schlurfte zum Herd.

»Ich werde dann mal duschen«, erklärte ich. Das pekige Post-Sauftour-Gefühl war zu stark geworden, als dass ich es weiter tolerieren konnte. Je nüchterner ich wurde, desto unangenehmer kam es mir vor.

»Gute Idee!«, frotzelte Guv vom Herd aus und rümpfte die Nase demonstrativ. »Deirdre hat den Wassererhitzer schon angestellt.«

Ich stieß verächtlich die Luft aus und verzog mich mit meinen Sachen ins Bad. Ich zog mich aus und begutachtete den Apparat, der an der Wand in der Badewanne hing. Die irischen Duschen waren, zumindest in den alten Häusern, eine echte Besonderheit. Man musste eine Art Pumpe anstellen, die einen Heidenlärm machte und mich jedes Mal um mein Leben fürchten ließ. Sie sah eher aus, wie das Bedienelement einer Trockenhaube oder eines Schwimmbad-Föns, jedenfalls bestimmt nicht so, als sei es sicher, sie in nasser Umgebung zu betreiben.

»Denk dran, nur zehn Minuten maximal, sonst geht sie kaputt!«, ermahnte mich Guv durch die geschlossene Tür.

»Yeah, I know«, murmelte ich und stellte das Wasser an. Trotz der Angst tat es gut, eine warme Dusche zu bekommen. Ich hielt mein Gesicht in den Strahl und genoss, wie simpel und stressfrei Körperpflege sein konnte. Nach den erlaubten zehn Minuten verließ ich brav die Wanne und trocknete mich ab. Deirdre hatte mir zwei Handtücher mit einem Zettel darauf bereitgelegt. Ich gönnte mir frische Unterwäsche und ein frisches T-Shirt,

Hose und Pulli mussten nochmal ran. Frisch gewaschen fühlte ich mich wesentlich besser. Der Kopf operierte schon beinahe wieder auf Standardlevel und das Blei, das sich um meine Glieder gelegt hatte, war im Abfluss verschwunden.

»So, ihr Lieben«, verkündete ich, als ich meine Sachen gepackt hatte. »Zeit für mich zu gehen. Es hat mir sehr viel Spaß gemacht und ich denke, wir sehen uns bald wieder.«

»Kein Grund, uns zu drohen!«, versetzte Guv und lachte sein kehliges Lachen. Wir umarmten uns zum Abschied.

»Grüß Deirdre ganz lieb und auch die anderen, ja?«, bat ich.

»Yeah, yeah, now get the hell out of here!«

»Bye, Charlie«, flötete Órla und drückte mich kurz.

Der Kies knirschte unter den Reifen des XJ, als ich die Einfahrt verließ und auf die Derrane Road einbog. Ich sah Guv im Rückspiegel auf der Straße stehen und winken, dann drehte er sich ab und ging zurück zum Haus. Die Leere, die sich in meiner Magengrube auftat, hatte nichts mit Hunger zu tun. Die Sonne hatte den Kampf gegen die Wolken am Himmel gewonnen, und ich versuchte mich mit der herrlichen Landschaft abzulenken, die sich mir darbot. Kühe grasten friedlich auf den Weiden links und rechts neben der N61, und es gab wenig Verkehr. Es fiel mir immer schwer, diese Familie zu verlassen, aber heute war es besonders schlimm. Der kleine Verräter hatte kein Interesse an der Schönheit der Natur, und die Vorstellung, allein in mein Haus zurückzukehren, machte es nicht besser. Das war die Kehrseite von Gesellschaft. Sie machte einem deutlich, wie alleine man war ohne sie. In Tulsk wurde es mir zu bunt. Ich hielt an der Tankstelle und kaufte mir einen Boost-Riegel, jene knusprig-zähe Köstlichkeit, die laut Hersteller schnelle Energie spenden sollte. Die gelangweilte Kassiererin nahm das Geld entgegen und wünschte mir einen ›schönen Tag‹ in einem Tonfall, der mich hoffen ließ, dass dieser Wunsch nicht in Erfüllung gehen würde. Gerade, als ich wieder in den Wagen steigen wollte, hörte ich das SMS-Glöckchen. Ich erstarrte in der Bewegung, presste die Lippen aufeinander und schloss für einen Moment die Augen. Mühsam holte ich das blöde Teil hervor und schaute auf das Display.

Du fehlst mir

Freude und Wut sprangen gleichzeitig aus ihrer Deckung hervor und versuchten, in einem rasanten Wettlauf die Oberhand zu erlangen. Die Wut gewann.

›Das bringt mir auch nichts‹, brüllte sie in meinem Kopf. ›Das hättest du dir mal früher überlegen können! Ich war nicht derjenige, der nicht wollte! Was soll ich damit anfangen?‹

›Vielleicht mich darüber freuen, dass es doch noch weitergeht?‹

Die Freude war ebenfalls angekommen.

›Sie merkt es doch immerhin und gesteht es sich ein. Solange ist doch noch Hoffnung da.‹

›Ja! Schön! Will ich denn überhaupt noch Hoffnung? Es war doch genau diese hoffnungsvolle Hoffnungslosigkeit, die mich in den Wahnsinn und nach Irland getrieben hat! Immer dasselbe! Genau diesem Kreislauf wollte ich doch entkommen! Und immer in den unpassendsten Momenten!‹

Meine Finger bewegten sich, als hätten sie ihr eigenes Leben, und die Wut registrierte unter bohrenden Blicken, ohne irgendetwas tun zu können, wie sie Du mir auch tippten und absendeten.

Bevor ich noch eine weitere Tankstelle Irlands vollkotzte, schloss ich lieber die Tür und trat aufs Gas. Ein paar Meter die Straße hinunter bemerkte ich, dass ich immer noch das Handy und den Schokoriegel in der Hand hielt. Einen Augenblick war ich versucht, beides einfach nach hinten zu feuern, aber ich entschied mich, dies nur mit dem Handy zu tun. Dann riss ich den Riegel auf und haute meine Zähne hinein. Unter wildem Kauen schoss ich die Straße entlang. Wut und Freude keiften sich in meinem Hirn an. Mittlerweile hatten sie die Stimmen von ihr und mir angenommen.

»Es ist wahrscheinlich besser, wenn wir uns erst mal zwei Wochen nicht sehen. Ich kann das so nicht mehr. Ich habe so ein schlechtes Gewissen!«

»Warum machst du dann nicht mit ihm Schluss?«

»Weil ich das nicht kann! Ich habe noch nie mit jemandem Schluss gemacht. Außerdem bedeutet das nicht, dass **wir** dann zusammenkommen!«

»Tolles Argument! Und das weiß ich! Wir müssen ja auch nicht gleich zusammenkommen. Wir können das doch auch locker halten. Hat doch mit ihm auch geklappt! Aber wenn du unbedingt willst, dann sehen wir uns halt zwei Wochen nicht. Aber dann zieh es auch durch!«

Zwei Tage später kam die SMS: Wie fühlst Du Dich?

Sie hatte es keine zwei Tage ausgehalten! Schlecht, das kannst Du Dir doch denken! schrieb ich zurück. Und Du?

Ich fühle mich furchtbar!

Möchtest Du vorbeikommen?

Jaaaa!

Dreißig Minuten später stand sie vor meiner Tür, und zweiunddreißig Minuten später waren wir im Bett. Zwei Stunden später der Satz: »Oh, ich muss los. Wir gehen heute ins Kino.«

Es war vollkommen absurd. Sie wollte Abstand, hielt ihn aber nicht aus. Sie liebte ihren Freund nicht, wollte aber nicht mit ihm Schluss machen. Sie wollte keine Affäre, wollte aber nicht mit mir zusammen sein. Aber sie wollte auch nicht auf mich verzichten. Sie verhielt sich absolut unlogisch und irrational. Und ich machte es mit. Selbst jetzt, hier in Irland. Warum? War es der großartige Sex, den wir hatten? Konnte ja eigentlich nicht sein, denn hier in Irland hatte ich ja keinen mit ihr, und es sah auch nicht danach aus, als würde sich das in absehbarer Zeit ändern.

Weil du sie liebst, du Vollpfosten!

Danke! Arschhirn!

Bitte! Ich habe einfach keine Lust, wegen Dingen zermartert zu werden, die vollkommen klar sind und die wir schon hunderttausend Mal durchgekaut haben. Diese Erkenntnis bringt dir nichts. Frag dich lieber, wie du damit umgehen willst! Ansonsten lass mich in Ruhe, wenn du mich schon nicht mit Cider betäubst. Danke. Tall and tanned and young and lovely the girl from Ipanema goes walking …

So ungern ich es auch zugab: Mein Hirn hatte Recht. Immer wieder stellte ich mir Fragen, auf die ich schon längst die Antwort kannte oder Fragen, die ich mir nicht beantworten konnte. Es war ebenso ein ständiger Kreislauf, wie unsere … ja, was auch immer. Na ja, zumindest hatte ich eine Konsequenz gezogen. Ich war jetzt hier, tausend Kilometer von ihr entfernt.

Aber nicht von dem Problem, wie du siehst!

»Aaaaaah! Schnauze! Wenn du willst, dass ich dich in Ruhe lasse, dann lass du mich gefälligst auch in Ruhe! TALL AND TANNED AND YOUNG AND LOVELY!!!!!«

Ich stopfte mir den Rest des Boost-Riegels in den Mund, in der Hoffnung, uns beide damit endlich zum Schweigen zu bringen. Zum Glück kamen ein paar schärfere Kurven, und ich musste mich zusätzlich zum Kauen auch noch auf die Straße konzentrieren. Als diese hinter mir lagen, schaltete ich das Radio ein und sang jeden bekloppten Song mit, den sie spielten. So schaffte ich es tatsächlich, auch ohne Alkohol nicht weiter meinen Gedanken nachhängen zu müssen. Nach etwas über einer fürchterlichen dreiviertel Stunde parkte der XJ wieder am Parkbusch, und ich hatte das Problem, in ein leeres Haus zurückzukehren. Ich füllte die Stille, die mich erwartete mit dem Zischen einer Druids-Dose, die ich mir in zwei Zügen einverleibte und war froh, dass ich jetzt nicht mehr singen musste. Die zweite leerte ich zur Hälfte und stellte sie entschlossen auf den Küchentisch. Dann öffnete ich die Hintertür und alle Fenster und genoss den lauen Wind, der den muffigen Geruch und meine Gedanken vertrieb.

Das Handy klingelte. Klar!

»Hi«, meldete ich mich so neutral ich konnte.

»Hallooo.« Ihre Stimme klang wie die eines schüchternen Mädchens.

»Na, bist du wieder zurück?«, fragte ich in der Hoffnung, dass es so wäre.

»Nein«, vernichtete sie sie. »Aber er schläft gerade.«

»So so«, rang ich mir ab.

»Mhm.« Ein Pause trat ein, in der wir uns beide nur atmen hörten. »Ich fehle dir?«, fragte sie schließlich mit kindlich gespielter Naivität. Am liebsten hätte ich sie angebrüllt, aber ich sagte erstaunlich ruhig: »Das kannst du dir doch denken.«

»Kann ich das?«, fragte sie in einem traurigen Tonfall. »Schließlich bist du einfach abgehauen.«

»Leila, ich bin nicht **einfach** abgehauen«, sagte ich gepresst. »Und das weißt du ebenfalls.«

Ich hörte sie den Rauch ihrer Zigarette ausblasen. »Ich will mich nicht mit dir streiten«, sagte sie müde. »Ich verstehe einfach nicht, warum wir nicht Freunde sein können?«

Ich verdrehte die Augen und gab der Wut, die schon in den Startlöchern stand, eine Keule aus der Tischflasche auf den Kopf. »Das habe ich dir doch schon hunderte Male erklärt!«, sagte ich mit vom Whiskey angerauter Stimme.

»Dann erklär's halt nochmal!«, sagte sie trotzig.

Ich ließ den Whiskey noch einmal draufhauen und schaffte so tatsächlich, sachlich zu sagen: »Weil es nicht das ist, was ich will! Ich will keine Freundschaft mit dir!«

»Warum nicht, hm? Was ist daran denn so schlimm?«

Ich ließ mich nicht provozieren. Wenn sie es hören wollte, bitte! Ich würde es immer wieder sagen! »Daran ist gar nichts schlimm. Ich hätte nichts gegen ein Freundschaft mit dir, wenn die Voraussetzungen stimmen würden. Aber nicht so. Nicht wenn ich genau weiß, dass wir beide eigentlich was anderes wollen. Nicht wenn ich zurückstecken soll, für einen Typen, den du nicht liebst. Wenn du mir sagen würdest: ›Charlie, ich liebe Raphael nun mal, und ich weiß, dass ich mit ihm eine Zukunft haben, bitte lass uns nur Freunde sein‹, dann wäre ich der Letzte, der sich nicht dazu durchringen könnte. Aber so ist es nicht. Ich will keine Freundschaft mit dir, weil ich weiß, dass du auch keine mit mir willst!«

»Ich muss jetzt auflegen!« Es folgte das Tuten einer abgebrochenen Verbindung. Wie immer. Ich hielt mich nicht damit auf, das blöde Handy anzustarren, wie die allgegenwärtigen Kühe es mit mir zu tun pflegten, sondern legte es auf den Tisch, mit dem Display nach unten. Dann setzte ich die

Flasche an und vernichtete den Rest darin. Der Alkohol flutete mein Bewusstsein und verdünnte es zu einem besser erträglichen Grad, aber es reichte mir noch nicht. Ich begab mich leicht schwankend zum Nachschub im schwarz-goldenen Blechgewand. Verdammt nochmal! Wieso fragte sie mich immer wieder? Wieso kapierte sie das nicht? Ich trank drei Schlucke, ergriff die leere ehemals Fußraum-, dann Tisch- und gleich Im-Garten-Flasche, ging zum Hintereingang und schleuderte sie nach rechts in die Hecken. Nachdem ich mein verlorenes Gleichgewicht wiedergefunden hatte, das mich beinahe Bekanntschaft mit den Pieselbrombeerranken hatte machen lassen, knallte ich die Tür zu und tat dasselbe mit der Eingangs- und der Zwischentüre. Ich saugte die Dose leer, ließ sie einfach fallen, kämpfte eine sich urplötzlich zu mir gesellende Übelkeit mit den Worten »Tut mmir llleid, ich will allein sssein«, nieder und schloss die Fenster, so gut ich noch konnte. Dann taumelte ich zurück in die Wohnküche, holte mir einen Vorrat an Alloholtorpedos und ließ mich in den Leinensessel fallen. Es brauchte aber nichts mehr, denn mein Hirn beschloss, nach dieser vollen Breitseite, direkt nach einer durchzechten Nacht, die Segel zu streichen. Kaum hatte ich mich niedergelassen, wurde es schwarz.

Ein ohrenbetäubender Knall holte mich aus meinem Koma. Ich riss die Augen auf und es blitzte. Mein Schädel explodierte, als hätte der Blitz direkt in ihm eingeschlagen. Ich war umgeben von ständigem Klappern und Rauschen. Ich hörte die Bäume draußen und ein dumpfes Wummern im Kamin. Mein Herz ließ den Schmerz pulsieren. Ich brauchte einen Moment, um mich zu orientieren und zu begreifen, was eigentlich vor sich ging. Ganz allmählich drang in mein alkohol-gepeinigtes Bewusstsein, dass ich lange geschlafen hatte, es bereits dunkel war und draußen ein Sturm tobte. Das Rauschen kam vom Regen, der heftig niederprasselte und das Klappern und Wummern rührte von den Windböen her, die um und über das Haus fegten. Ich beruhigte mich etwas. Jetzt, nach dem ersten Schrecken, hatte ich leider

Zeit, meinen Körper noch deutlicher wahrzunehmen. Mein Rücken schmerzte von dem Sessel – hätte ich doch bloß daran gedacht, die Matratze von Deirdre mitzunehmen! – und die vorhin noch vertriebene Übelkeit hatte meine Bewusstlosigkeit genutzt, um in meinem Magen ihr Lager aufzuschlagen und groß, stark und dominant zu werden. Sie machte mir sofort ziemlich deutlich, was sie von einem Versuch aufzustehen hielt, und da ich keine Lust hatte, mich mit ihr anzulegen, rollte ich mich so gut es ging und sehr vorsichtig zusammen, um meine Qualen an Ort und Stelle zu verschlafen. Ich befand mich genau an der Grenze zum erlösenden Schlaf, als ein Schlagen an mein Ohr drang. In unregelmäßigen Abständen hämmerte etwas gegen die Eingangstür. Verdammt! Das durfte doch nicht wahr sein! Trotzig beschloss ich, es einfach zu ignorieren, aber es war zu spät. Mein Geist hatte sich bereits darauf eingeschossen. Obwohl er stark beeinträchtigt war, **das** funktionierte hervorragend. Ich fluchte! Irgendein Ast vom Baum neben der Tür musste vom Wind dagegengeweht werden, und ich würde keinen Schlaf finden, bis ich das Scheißteil nicht abgeknickt oder weggebogen hatte. Ich bat die Übelkeit mehr als höflich um einen temporären Waffenstillstand, damit ich diese Aufgabe hinter mich bringen konnte, aber sie hatte kein Interesse dran, sich mit mir gutzustellen. Gleich als ich auf den Beinen war, machte sie ihrem Ärger Luft, und ich stürzte zum Abwassereimer unter der Spüle, den ich gerade noch so erkennen konnte. Eine Mischung aus Apfel, Whiskey und Galle passierte meine Geschmacksknospen und ergoss sich plätschernd in das Behältnis. Nach der ersten Attacke zog sich die Übelkeit zurück, um Kraft für eine zweite Angriffswelle zu sammeln. Diese Zeit wollte ich nutzen. Ich hangelte mich zur Eingangstür, an die es immer noch hämmerte, riss sie auf und erschrak so heftig, dass ich zwei Schritte zurück taumelte. Vor mir stand jemand! Erst auf den zweiten Blick erkannte ich, dass es ein Mädchen war. Mein Nacken kribbelte vom Schreck und ich musst erst einmal Luft holen.

Das Mädchen hatte sich nicht gerührt, was ihr, zusätzlich zu den ohnehin schon geisterhaften Bedingungen, etwas Unheimliches verlieh. Der Regen prasselte auf sie nieder, und ich sah im Licht der Straßenlaterne, dass sie nur eine einfache Sommerjacke trug. Darunter lugte ein Kleid hervor, das ihr an den Beinen klebte, wie ihre langen Haare am Kopf.

»Mann!«, herrschte ich sie an. »Hast du mich vielleicht erschreckt! Was willst du?« Im gleichen Moment tat mir meine Unhöflichkeit leid, aber ich sagte nichts dazu.

»Es tut mir sehr leid, dass ich dich erschreckt habe. Mein Name ist Ashling. Ich wollte dir etwas wiedergeben, das du verloren hast.« Ihre Stimme klang zerbrechlich in dem tobenden Sturm.

Ich starrte die Kleine an, während ich versuchte, das Gehörte zu verarbeiten. Ein Windböe peitschte ihr eine Ladung Regen und ein paar Blätter ins Gesicht und holte mich aus meiner Erstarrung.

»Komm erst mal rein!«, rief ich gegen ein Donnern und machte eine dementsprechende Geste. Sie huschte an mir vorbei in die dunkle Wohnküche. Kopfschüttelnd schloss ich die Tür und folgte ihr. Ich betätigte den Lichtschalter, aber es blieb dunkel. Wahrscheinlich war der Sturm dran schuld. Es regnete so stark, dass das Wasser durch das Dach im Windfang tropfte. Vielleicht waren Leitungen nass geworden oder irgendwo im Land etwas ausgefallen.

»Mist«, murmelte ich. »Warte bitte einen Augenblick.« Dann tastete ich mich zum Tisch vor. »Tut mir leid, das Haus ist alt, wie du siehst«, entschuldigte ich mich bei dem Mädchen, das sich jetzt zwar in der Mitte des Raumes befand, sonst aber wieder genauso dastand wie vor der Tür. Ob sie reagierte, konnte ich in der Dunkelheit nicht erkennen. Sie sagte zumindest nichts. Ich tastete auf der Fläche nach meinem Feuerzeug, was in meiner Verfassung wesentlich länger dauerte, als es eigentlich sollte. Endlich fand ich es, und die zwei Kerzen auf dem Tisch erstrahlten in warmem Glanz. Etwas sichereren Schrittes begab ich mich zum Kaminsims und entzündete noch die drei Teelichter darauf, dann drehte ich mich zu meinem ungewöhnlichen Gast. Sie stand noch immer an derselben Stelle und schaute sich neugierig um. Zum ersten Mal konnte ich etwas mehr von ihr erkennen. Sie war vielleicht zwölf oder dreizehn, hatte eine blasse Haut und schwarze Haare, soweit man das in ihrem durchnässten Zustand sagen konnte. Ihre Augen hingegen waren von heller, graugrüner Farbe. Sie wanderten zügig, aber nicht hektisch umher und schienen jedes Detail zu registrieren, als hätte sie noch nie ein Haus von innen gesehen. Nun, so eine Bruchbude bestimmt noch nicht! Mir fiel der Inhalt des Eimers unter der Spüle ein, und ich beeilte mich, ihn schnell vor die Hintertür zu stellen. Auch das beobachtete die Kleine ohne erkennbare Regung. Ich spürte, dass die Übelkeit nicht mehr weit von einer zweiten Attacke entfernt war.

»Möchtest du einen Tee?«, fragte ich, um mich abzulenken. Ashling, wie sie sich nannte, nickte. »Okay, okay«, nuschelte ich, füllte den Wasserkocher und verbiss mir ein unflätiges Wort, als er natürlich nicht funktionierte. Ich goss seinen Inhalt in den alten Kessel. Nachdem ich den Herd befeuert hatte, fiel mein Blick wieder auf das Mädchen. Unter ihr hatte sich eine regelrechte Pfütze gebildet, die stetig größer wurde von den hereinfallenden Tropfen aus ihrer Jacke, den Haaren und dem Kleid. Mein Kopf war überhaupt nicht zum Denken bereit. Mir war schwindelig und der Schmerz, den der Blitz von vorhin wachgerufen hatte, fühlte sich pudelwohl hinter meinen Augen. Aber wie ich sie so dastehen sah, nass bis auf die Knochen, das Rütteln des Windes und das Prasseln des Regens in meinen Ohren, drängte sich mir doch eine Frage auf.

»Du hast was für mich?«, fragte ich mühsam mit gedämpfter Stimme, um weder Übelkeit noch Schmerz zu provozieren. Das Mädchen nickte. »Konnte das nicht bis morgen warten, um Himmels Willen?« Meine Stimme klang ungehaltener, als es eigentlich gemeint war. Das Mädchen schüttelte den Kopf, und es sah so aus, als wolle sie was sagen, aber mit einem Male fingen ihre Zähne heftig an zu klappern.

Ich verdrehte die Augen. »Oh Mann«, stöhnte ich. »Hör mal, du musst aus den nassen Sachen raus, sonst holst du dir den Tod! Und warum, um alles in der Welt, hast du keine Schuhe an?« Sie war tatsächlich barfuß! Wieder versuchte sie etwas zu sagen, und wieder vereitelten ihre klappernden Zähne, dass etwas Verständliches aus ihr rauskam.

»Okay! Das reicht! Ich bin kein Morsespezialist! Pass auf, nimm dir die Kerze da und geh ins Nebenzimmer. Da findest du einen Koffer. Nimm dir ein Handtuch und trockne dich ab. Dann nimmst du dir einen Pulli und eine Jeans von mir und ein paar Socken und ziehst sie an! Verstanden? Ich mach in der Zeit ein Feuer.« Das Mädchen nickte, nahm eine der Kerzen und verschwand im Schlafraum. Ich schloss die Tür hinter ihr, schon alleine, um das Geklapper und Gebibber nicht mehr hören zu müssen und machte mich am Kamin zu schaffen. Meinen Schädel unter die Linie des Magens zu bringen und dann auch noch zu pusten, war eine fürchterlich bescheuerte Idee, und ich verfluchte die Kleine. Was, um alles in der Welt, suchte sie mich mitten in der Nacht und bei einem Höllengewitter auf, um mir was zu geben, von dem ich noch nicht mal wusste, dass ich es überhaupt verloren hatte? Speichel sammelte sich in meinem Mund, vom Würgereiz aus meinen Drüsen getrieben, aber ich schluckte ihn tapfer runter. Fremd oder nicht, ich wollte das Mädchen nicht mit einem vollgekotzten Kamin konfrontieren. Das Haus war schon so unrepräsentabel genug. Gerade, als das Feuer einigermaßen brannte, quoll ein Schwall Rauchs aus dem Kamin. Der Sturm drückte ihn ins Haus. Ich hustete und wedelte ihn so gut es ging im Zimmer herum.

Toll, ersticken statt erfrieren, ickerte mein Gehirn. *Du bist ein Held!*

Ich hoffte, dass sich dieses Problem löste, wenn das Feuer heiß genug brannte und weniger Rauch produzierte und widmete mich der Teezubereitung. Ich hatte den Deckel auf die Kanne gesetzt, als sich die Tür zum Schlafzimmer öffnete. Ich musste mich beherrschen nicht laut aufzulachen, als ich sie sah. Sie hatte die Jeans mindestens fünfmal umgekrempelt, damit ihre Füße überhaupt zum Vorschein kamen. Da sie keinen Gürtel hatte hielt sie sie mit ihren Händen, die irgendwo in der Mitte der Ärmel des Pullovers steckten. Der Rest des Stoffes schlumpelte bei jedem ihrer Schritte vor ihr hin und her wie kleine Elefantenrüssel. Ihre schwarzen Haare hingen ihr strähnig ins Gesicht.

»Kennst du ›The Ring‹?«, fragte ich grinsend.

»Welchen?«, fragte sie, und zum ersten Mal hörte ich ihre Stimme deutlich. Sie war sanft und zurückhaltend, aber nicht ängstlich oder verunsichert.

Ich stutzte kurz, dann schüttelte ich den Kopf. »Vergiss es«, murmelte ich. »Komm hier herüber.« Mit diesem Worten nahm ich einen der Stühle und stellte ihn vor Kopf des Tisches, damit sie dichter vor dem Feuer sitzen konnte.

»Danke, für die Sachen«, sagte sie, während sie zum angebotenen Platz schlumpelte.

»Nichts zu danken«, entgegnete ich trocken. »Ging ja nicht anders, wenn wir uns unterhalten wollen.« Eine weitere Rauchwolke waberte aus dem Kamin. Ich verteilte sie im Raum und goss ihr Tee ein.

»Trink einen Schluck und dann erklär’ mir bitte, was du hier machst.« Ashling, oder wie sie hieß, nippte an der Tasse.

Ich setzte mich zu ihr an den Tisch. »Besser?« Sie nickte. »Gut, dann schieß los.« Ihre graugrünen Augen lugten fragend hinter den Strähnen hervor. Ich zog die Stirn kraus. »Äh, fang an«, versuchte ich es erneut. Dieses Mal schien sie zu verstehen.

»Du hast etwas verloren, und ich wollte es dir wiedergeben«, sagte sie.

»Aha«, sagte ich mit einem Anflug von Sarkasmus in der Stimme, den sie aber nicht wahrzunehmen schien. »Und das konnte nicht warten, bis es hell ist?« Sie schüttelte den Kopf.

»Nein. Ich war schon mal da, aber du warst nicht zu Hause. Und jetzt stand dein Auto da, und meine Eltern haben gesagt, ich soll jetzt gehen, bevor du vielleicht wieder weg bist.«

Mit einer gewissen Erleichterung registrierte ich, dass ihre Eltern zumindest wussten, wo sie war. Allerdings verwunderte mich die Aussage im gleichen Maße. »Deine Eltern«, echote ich. »Warum sind die denn nicht gekommen? Ich finde nicht, dass dies ein Wetter ist, in das man Kinder hinausschickt, wenn ich das mal sagen darf.« Ich legte meinen Kopf in meine Hand und ließ sie durch meine Haare zu meinem Nacken fahren, um mich dort ein wenig zu massieren. Diese verhörartige Konversation strengte mich an.

Ashlings Gesicht blieb ernst, aber nicht unfreundlich. »Weil ich es gefunden habe, und sie meinten, dass ich es dir deshalb auch zurückgeben muss. Außerdem sagen sie, dass es wichtig ist, dass du es so bald wie möglich zurückbekommst«, erklärte sie in einem Tonfall, der keinen Zweifel daran ließ, dass sie von den eben gesprochenen Sätzen absolut überzeugt war. Ich hingegen konnte die Logik darin nicht ganz nachvollziehen. Aber was wusste ich schon von irischen Erziehungsmethoden?

»Hm«, machte ich, weil ich nicht wusste, was ich sonst dazu sagen sollte. »Und was ist es nun, das ich so dringend wieder haben muss?« Ich versuchte erst gar nicht, meine Ungeduld zu verbergen. Ashling zog den Ärmel des Pullovers hoch, und ihre Hand kam zum Vorschein. Dann erhob sie sich, langte damit in die Tasche meiner Jeans und legte etwas auf den Tisch. Es war ein Foto. Mit einem Male war ich hellwach. Die Übelkeit und der Kopfschmerz zogen sich schüchtern zurück im Ansturm des Unglaubens und der Verwirrung, die über mich hereinbrach. Das Foto zeigte mich und Leila. Wir standen vor einem wunderschönen Busch mit einer Unzahl von rosa Blütenkaskaden und küssten uns. Die Liebe und Zuneigung zwischen uns war so deutlich und innig, dass ich es mir seit längerer Zeit nicht mehr anschauen konnte, weil es einfach zu weh tat. Und jetzt lag es vor mir. Hier in Irland. Ich konnte mich noch nicht mal daran erinnern, es mitgenommen zu haben!

»Wo hast du das her«, flüsterte ich und funkelte die Kleine an.

»Ich habe es gefunden«, wiederholte sie und schaute mich dabei an, als dächte sie, ich hätte sie beim ersten Mal nicht verstanden.

»Wo?«, blaffte ich. Das Mädchen blieb unbeeindruckt.

»In den Höhlen«, antwortete sie. Ich starrte sie an.

»Das kann überhaupt nicht sein!«, versetzte ich und spürte, wie ich wütend wurde.

»Aber es war so«, behauptete die Kleine und schaute mich aus ihren merkwürdigen Augen unverwandt an. »Du bist hingefallen, und dabei hast du es verloren.«

»Ach so! Schön, nehmen wir mal an, es war so, warum hast du es mir nicht schon da oben wiedergegeben, hm? Ich war schließlich noch eine Weile da!«

»Weil ich es erst gefunden habe, als du schon weg warst«, antwortete Ashling. »Warum bist du böse?« Sie überraschte mich mit ihrer direkten Frage ein wenig.

›Weil es weh tut!‹, hätte ich ihr am liebsten entgegengeschleudert. »Weil ich nicht gerne angelogen werde!«, biss ich schnell, um mir den Treffer nicht anmerken zu lassen. »Ist es nicht eher so, dass du hier ins Haus gekommen bist, als ich nicht da war und es einfach mitgenommen hast?« Ashling schaute mich aus unergründlichen Augen an.

Oh Mann, was machte ich hier eigentlich? Ich schrie ein völlig fremdes Mädchen an, dass sich durch einen Sturm gekämpft hatte, um mir etwas wiederzubringen, weil sie dachte, es sei wichtig für mich. Noch dazu saß sie in meinen viel zu großen Klamotten da und musste sich wahrscheinlich ohnehin schon sehr unwohl fühlen, so albern angezogen und in einem nicht wirklich vertrauenerweckenden Haus. Und jetzt schrie sie ein ihr fremder Mann an, mit dem sie alleine war und bezeichnete sie als Lügnerin und Diebin. Und sie blieb. Hart im Nehmen war sie schon mal. Aber ich beschloss, diese Tatsache nicht weiter auf die Probe zu stellen.

»Tut mir leid«, seufzte ich. »Ashling, bitte verzeih. Es ist nur nicht leicht für mich, dieses Bild zu sehen. Ich wusste nicht, dass ich es dabei hatte, und es hat mich etwas aus der Bahn geworfen, dass es hier ist.«

»Ist nicht schlimm«, sagte das Mädchen. »So was hat man manchmal.« Sie lächelte flüchtig, als ob sie sich an etwas erinnere, dass sie amüsierte, dann nippte sie wieder am Tee.

Ich spürte den schweren Kopf aus seinem Exil zurückkehren. Um mich zu beschäftigen, fragte ich: »Möchtest du vielleicht etwas essen?« Ashling schüttelte den Kopf. »Schokolade vielleicht?« Sie lächelte, aber verneinte erneut. »Nun gut, ich brauche jetzt erst mal einen Cider«, verkündete ich. Ich fühlte mich immer noch zittrig nach diesem gemeinen Fotoüberfall. Ich holte mir eine Dose, ließ mich wieder in den Stuhl fallen, ließ die Dose zischen und nahm vier tiefe Züge. Den beleidigten Aufschrei der Übelkeit ignorierte ich. Ich atmete tief durch und senkte den Blick auf das Foto. Da war sie. Aber das war nicht das Schlimme. Das Schlimme war: Da waren **wir**.

»Sie ist wunderschön«, riss mich Ashlings leise Stimme wieder in den Raum, bevor ich ganz abdriften konnte. Ich trank noch etwas.

»Ja, das ist sie«, sagte ich und blies die Kohlensäure aus.

»Warum ist sie nicht bei dir?«, fragte Ashling und schlürfte etwas Tee. »Ihr liebt euch doch.«

Ich stieß ein freudloses Lachen aus.

»Ist das so deutlich, ja?«, fragte ich das Mädchen halb rhetorisch und halb interessiert. Ich fand es faszinierend, dass offenbar jeder es sehen konnte, nur Leila nicht.

»Ja.«

Eine besonders starke Windböe erfasste das Haus und sorgte für einen kühlen Zug im Raum. Mich fröstelte, und ich nutzte diesen Anlass, um vom Thema abzulenken. Blöde Kinder mit ihrer furchtlosen Direktheit.

»Komm, wir setzen uns vor den Kamin. Da ist es wärmer und bequemer«, sagte ich und befreite den zweiten Leinenstuhl von Staub und Deckenfragmenten. Ich warf dem mittlerweile recht anständig brennenden und nicht mehr so qualmenden Feuer etwas Nahrung in den dunkel orange glühenden Rachen und holte mir noch zwei Dosen, während Ashling zu ihrem Sessel stolperte. Sie hatte nur eine Hand frei, um die Hose zu halten, in der anderen trug sie die Teetasse. Ein ohrenbetäubender Donnerschlag krachte über dem Haus zusammen, als ich mich ebenfalls setzte, und das Prasseln des Regens schwoll an, als wolle der Himmel die arme Hütte wegspülen.

»Was für eine Nacht«, murmelte ich.

»Ich liebe es, wenn es stürmt«, flüsterte Ashling. Sie hatte die Beine angezogen und hielt sie mit ihren Armen umschlungen. Ihr Blick war ins Feuer gerichtet, und sie schien ganz weit weg zu sein mit ihren Gedanken.

»Das hat sie auch immer gesagt«, kam es aus mir raus. Eigentlich hatte ich es gar nicht sagen wollen. Ich setzte meine Dose an, damit mein Mund beschäftigt war und nicht noch mehr Unheil anrichten konnte, aber es war zu spät. Ashling hatte es gehört.

»Warum ist sie nicht hier?«, fragte sie, ohne den Blick von der wabernden Glut zu nehmen. Ich seufzte.

»Das ist eine lange Geschichte.«

»Aber ihr liebt euch.«

Ich beobachtete, wie sich ein Stück Brikett löste und in die darunter wartende Asche fiel. »Ich weiß es nicht«, murmelte ich. »Ich liebe sie, das kann ich auf jeden Fall sagen.« Ich spürte, wie dieses Thema den letzten Rest Energie in mir aufzuzehren begann, und meine Lider schwer wurden.

»Das ist schön«, hörte ich Ashling flüstern. Sie klang plötzlich fern.

»Hm«, machte ich in die Schwärze hinter meinen Augen. Die Geräusche des Sturms hüllten mich ein, als wären sie bei mir im Zimmer. Ich ließ mich in sie fallen, und sie trugen mich fort.

Die Amsel war zurück und flötete ihr Lied vor dem Küchenfenster. Gab es eine schönere Art, geweckt zu werden? Der Sturm hatte aufgehört, und die Stille um mich schaffte Raum für ihre Melodie. Ich ließ meine Augen geschlossen und lauschte ihrem Gesang genau bis zu dem Punkt, als mir die Ereignisse der letzten Nacht einfielen. Ashling! Ich fuhr hoch und drehte den Kopf ruckartig zum Stuhl neben mir. Er war leer.

»Oh fuck!«, grunzte ich, als mir plötzlich klar wurde, was für ein kapitaler Fehler diese Bewegung gewesen war, sprang aus dem Sessel, schaffte es gerade noch, die Tür aufzureißen und spuckte einen Strahl aus Galle und Apfelrest auf den Absatz. Etwas davon fiel in den vollgeregneten Abflusseimer und versetzte die mit Schlieren und Bröckchen versehen Oberfläche in Aufruhr. Der Anblick der gelblichen Überreste des Nachtkotzens erzeugte ein erneutes Würgen, und ich erbrach ein weiteres Mal. Oh Gott, hoffentlich war das Mädchen nicht im Schlafzimmer nebenan. Von den Kotzgeräuschen eines Mittdreißigers aus dem Schlaf gerissen zu werden, rangierte wohl so ziemlich am Ende auf der Liste von Dingen, die man am Morgen hören möchte. Amsel ganz oben, gleich hinter: Guten Morgen mein Schatz, ich liebe dich, lass uns miteinander schlafen. Gut, für eine Zwölfjährige war der erste Platz ein anderer, aber das änderte nichts am Letzten. Ich spuckte den Rest schleimigen Speichels aus und begab mich wieder ins Innere. Obwohl es ein schöner frischer Tag war, schloss ich die Tür, damit nichts von den Gerüchen, die ich draußen verteilt hatte, ins Haus zog.

»Ashling?«, rief ich vorsichtig fragend, doch es blieb still. Die Tür zum Schlafzimmer stand offen, also betrat ich es mit einem Klopfen am Rahmen. Dieses erwies sich jedoch als unnötig, denn auch dieser Raum war leer. Mit einer Mischung aus Erleichterung und Verwunderung begab ich mich zu meinem Koffer, der geschlossen auf der ehemals Schlafcouch lag. Ich öffnete ihn und fand darin ordentlich zusammengelegt meine Jeans und den Pullover, den sie in der Nacht getragen hatte. Es sah beinahe so aus, als wären sie nie benutzt worden. Mit gerunzelter Stirn nahm ich den Pullover und roch daran. Er roch nach Torffeuer. Aber auch etwas anderes nahm meine Nase wahr: einen leichten Duft nach Erde, Ginsterblüten und Kräutern wie eine Sommerwiese am Morgen. Unentschlossen platzierte ich ihn wieder im Koffer und ging zurück in die Wohnküche. Wahrscheinlich war sie aufgewacht, hatte mich schlafen lassen und war einfach gegangen. Es tat mir leid, dass ich ihr nicht wenigstens ein Frühstück gemacht hatte. Ich war wirklich ein undankbarer und schäbiger Gastgeber gewesen. Und das im so gastfreundlichen Irland. Ich wollte mir gar nicht ausmalen, was ihre Eltern jetzt von mir dachten. Ich hatte gerade den Teekessel in der Hand, um mit den Vorbereitungen für das Frühstück zu beginnen, als es an der Tür klopfte. Mein Herz sank in meine Unterhose und meine Augäpfel rollten nach hinten. Da waren sie schon, um sich über die Behandlung ihrer Tochter zu beschweren.

›Und zurecht!‹, hörte ich Leilas Stimme, verwies sie aber gleich wieder meines Kopfes. Ich hatte genug Stress. Ich stellte den Teekessel wieder auf den Herd, nahm all meinen Mut zusammen und öffnete die Tür. Es war Chuck.

»Oh, hey, Chuck!«, begrüßte ich ihn überschwänglich vor lauter Erleichterung. »Schön, dich zu sehen! Wie geht es dir?« Es war deutlich, dass

Chuck nicht mit einer solchen Euphorie bezüglich seiner Person gerechnet hatte, und dass diese ihn etwas überforderte, aber dies war ihm offenbar nicht unangenehm. Ein Lächeln trat auf sein ohnehin schon freundliches Gesicht.

»Good Morning, Charlie. Na, du hast ja gute Laune«, freute er sich, während ich seine Hand etwas heftiger als gemeinhin üblich schüttelte. »Das trifft sich gut, denn ich wollte dich fragen, ob du Lust hast, mit uns zu frühstücken? Ich habe heute frei und Rita würde sich ebenfalls sehr freuen, wenn wir dich begrüßen dürften.«

Jetzt war ich es, der freudig überrumpelt war. Was für eine glückliche Fügung des Schicksals! Ich war nämlich gerade überhaupt nicht in der Stimmung, alleine zu sein. Und außerdem war ich so für ein oder zwei Stunden aus dem Haus und damit unerreichbar für wütende Eltern kleiner Mädchen.

»Wow, gern! Vielen Dank!«, nahm ich die Einladung an.

»Wundervoll! Sagen wir in einer halben Stunde?«

»Perfekt«, strahlte ich.

»Great! Bis dann.« Damit kämpfte er sich wieder aus dem Dschungel, der den Garten darstellte.

Ich schaute ihm nach, um sicherzustellen, dass er es heil auf die Straße schaffte und nicht etwa unterwegs einen Dr. Livingstone hinlegte. Auf dem Asphalt angekommen, winkte er mir nochmal zum Abschied, und ich schloss beruhigt die Tür. Erst jetzt fiel mir ein, dass ich mir ja noch nicht die Zähne geputzt hatte. Mein Gesicht wurde warm von der einschießenden Röte. Mein Atem musste fürchterlich sein! Hoffentlich hatte Chuck nichts mitbekommen. Na ja, zumindest war er nicht umgekippt oder hatte die Flucht ergriffen. Ich war froh, dass unser Gespräch draußen stattgefunden hatte. Schnell füllte ich ein Glas mit Wasser und holte das Versäumte nach. Ich spülte gründlich aus, reinigte, während ich das Wasser im Mund umher schwurbeln ließ, die Zahnbürste im Glas und leerte beides, Mund und Glas gleichzeitig, in die Spüle. Es gab ein platschendes Geräusch und meine Schuhe wurden von einer schaumig-speicheligen Flüssigkeit bespritzt. Ich hatte vergessen, dass der Eimer immer noch draußen vor der Hintertür seinen unappetitlichen Inhalt umfasste. Da es mich selber allmählich nervte ständig ›fuck‹ zu sagen, sagte ich gar nichts und wischte mir nur meinen verkniffenen Mund ab. Na, zumindest wusste ich jetzt, was ich die verbleibende Zeit bis zum Frühstück zu erledigen hatte. Ich setzte Wasser auf, dann zog ich mir eine frische Jeans und frische Socken an und wechselte die Schuhe. Mir graute es, auf das Handy zu schauen, um die Uhrzeit in Erfahrung zu bringen, aber mir blieb keine andere Wahl, wenn ich nicht zu spät zu Chuck und Rita kommen wollte. Ich bereitete mich auf etwaige SMS' vor, die mir entweder Vorwürfe machten oder sonst ein Unheil verkünden würden und fand keine. Nur die Uhrzeit. Es war halb zehn. Natürlich hatte sie nicht geschrieben, um sich zu entschuldigen. Machte sie ja nie. Ich konnte an einer Hand abzählen, wie oft sie das von sich aus getan hatte. Toll, jetzt nervte es mich schon wieder, wenn sie nicht schrieb, obwohl ich auch nicht wollte, dass sie es tat. Gott sei Dank kochte das Wasser und lenkte mich von dem Impuls ab, eine Dose Cider zu öffnen. Ich wollte keine Fahne haben, wenn ich bei Chuck und Rita auflief. Trotz der Trinklegenden, die sich um das Volk der Iren rankten und von denen einige nicht übertrieben waren, war ich sicher, dass dies nicht gerade einen guten Eindruck auf die beiden machen würde. Ich legte das Handy auf den Tisch, sah das Foto aus dem Augenwinkel und drehte es einfach um. So! Ende!

Ich leerte den Eimer, spülte ihn mit heißem Wasser aus und platzierte ihn wieder an seine angestammte Stelle. Dann fiel mir ein, dass ich ja gar kein Gastgeschenk hatte. Ich begab mich zu dem Vorratsregal und erspähte die Tüte Donuts. Unglücklicherweise war sie ja nun schon ein paar Tage alt und der Inhalt angeschimmelt. Er fand seinen Weg in den Garten zu der Flasche, und ich ergriff eine der Cadbury Tafeln. Besser als nichts, seufzte es in meinem Hirn. Ich zog meine Kunstlederjacke an. Sie unterstrich wenigstens den verwegenen Look meiner Haare. Ein paar Minuten später lief ich durch die kühle Morgenluft auf dem nassen und von abgerissenen Blättern übersäten Asphalt der Straße in Richtung der Kreuzung. Mein XJ war grün gesprenkelt, und ich musste zugeben, dass es ihm stand obwohl ich bedauerte, dass er diese Nacht ungeschützt draußen verbracht hatte. Der Collie begrüßte mich mit seinem immer leicht pikiert dreinschauenden Gesicht. Er wirkte ein wenig wie ein Grenzbeamter, der sich dadurch belästigt fühlt, dass Menschen über die Grenze wollen. Er ließ mich passieren.

»Himmel nochmal, ich bin's!«, rief ich den glotzenden Kühen zu. Die Information prallte jedoch ohne Wirkung an ihnen ab. Konnte ja jeder behaupten!

Im Vorgarten des letzten Hauses auf der linken Seite saß ein Husky. Er saß am unteren Ende des Grundstücks und starrte die Straße hinunter, mir entgegen. Er wirkte weder besonders aufgeregt noch wachsam, er saß einfach nur da und schaute in meine Richtung. Das änderte sich auch nicht, als ich an ihm vorbei lief. Nur sein Kopf bewegte sich mit mir. Dann, als ich ihn ungefähr drei Meter hinter mir gelassen hatte, sprang er auf, rannte wie vom Affen gebissen an mir vorbei, setzte sich in die Mitte des recht langen Grundstückes und schaute mich wieder an. Wieder passierte ich ihn und wieder wartete er, bis ich an ihm vorbei war, nur, um wieder aufzuspringen, an mir vorbeizupreschen und sich ans obere Ende des Grundstückes zu setzen und auf mich zu warten. Das war alles, was er tat. Er bellte nicht, er wedelte nicht, er knurrte nicht.

»Ihr Tiere habt doch alle einen Knall hier«, murmelte ich im Vorbeigehen, aber er schien es zu überhören.

An der Kreuzung wendete ich mich nach rechts, passierte die Kirche und das angrenzende schöne alte Haus und erreichte kurz darauf die Auffahrt, an deren Ende auf einem Hügel Chuck und Ritas Haus thronte. Es war nicht sonderlich pompös, aber seine Lage ließ es erhaben wirken. Sie mussten einen Wahnsinns-Ausblick haben. Ich lief den mäandernden Schotterweg hinauf und wurde auf der Parkfläche vor dem Gebäude von einem altersschwachen, aber immer noch neugierigen und freundlichen Hündchen begrüßt. Ich streichelte ihm den Kopf, dann klingelte ich. Ein zweiter, wesentlich aktiverer Hund begleitete mit seinem Gekläffe die Schritte von Rita, die mir mit einem warmen und herzlichen Lächeln öffnete. Sie war nicht besonders groß, etwas rundlich und hatte halblange, schwarze Haare.

Ihre Haut zeigte einen eher südländischen Teint und ihr schwerer Akzent wies ebenfalls auf diese Herkunft hin.

»Hello!«, begrüßte sie mich strahlend. »Du musst Charlie sein. Ich bin Rita. Schön, dass das geklappt hat. Komm rein, achte nicht auf den Hund!« Sie begleitete ihre Einladung mit eine Geste und betrat das Haus. »Du musst die Unordnung entschuldigen. Das Haus befindet sich noch im Bau. Wir machen alles selbst. Deshalb dauert es länger, und es steht alles voll mit Material.

»Das macht nichts«, beeilte ich mich zu sagen. Sie führte mich durch einen kurzen Flur und durch eine Tür in einen großen, hellen Raum, dessen eine Hälfte die Küche war und in der anderen ein großes Sofa nebst ein paar Sesseln und einem Couchtisch vor einem gusseisernen Ofen stand. Im Küchenteil stand neben der über Eck gebauten Arbeitszeile ein schöner Holzschrank und ein Esstisch mit Stühlen, ebenfalls aus Holz. Die Wände waren in einem freundlichen Gelb gestrichen. Auf dem Tisch befanden sich drei Teller, ein Brotkorb, eine Schüssel mit Früchten, diverse Marmeladen, Käse, Wurst und zwei Kannen. Ich überreichte ihr die Schokolade, nachdem ich meine Jacke über den Stuhl gehängt hatte.

»Oh, vielen Dank«, lachte sie. »Das wäre nicht nötig gewesen. Setz' dich, Chuck kommt gleich, er ist noch im Bad.« Ich kam der Aufforderung nach und nahm an dem Teller Platz, der einzeln stand. »Tee oder Kaffee?«

»Kaffee, wenn es nichts ausmacht. Ich liebe Tee, aber am Morgen brauche ich einen kleinen Kick«, erklärte ich entschuldigend. Rita lachte.

»Oh ja. Für mich ist es dasselbe. Tee am Nachmittag ist in Ordnung, aber am Morgen …« Sie goss uns ein. »Ich bin das aus Deutschland einfach gewöhnt.«

»Aus Deutschland?«, fragte ich verwundert.

»Ja, ich bin in Deutschland aufgewachsen. Hättest du nicht gedacht bei dem Akzent, was?«

»Nicht wirklich«, musste ich zugeben.

»Ich bin in Ecuador geboren und habe dort gelebt, bis ich ungefähr acht war. Dann ist mein Vater, der Deutscher ist, mit uns nach Deutschland gezogen. Aber leider kann ich kein Deutsch mehr. Verstehen ja, aber sprechen ist etwas schwer.«

»Das ist ja toll«, freute ich mich. »Wo habt ihr denn gewohnt?«

»In Gifhorn.«

»Da ist es sehr nett.« Chuck hatte die Küche betreten und schüttelte mir zur Begrüßung die Hand. »Kennst du Gifhorn?«

»Ich war noch nie dort, aber ich bin zig mal an den Schildern vorbeigefahren, auf meinem Weg nach Bremen und dann Berlin. Während meines Zivildienstes kam eine Kollegin dorther.«

»Ritas Eltern und ihre Schwester leben immer noch da. Wir besuchen sie regelmäßig.«

»Ach wie schön, ich komme aus Kassel, das ist vielleicht hundertfünfzig Kilometer entfernt.«

»Ach ja«, freute sich Chuck. »Da ist doch die Autobahn so steil.«

»Das weißt du?« Ich war immer wieder überrascht, bis wohin es die Berühmtheit der Kasseler Berge geschafft hatte.

»Natürlich! Mit einem Wohnmobil vergisst man das nicht so schnell«, antwortete Chuck mit einem Grinsen.

»Oh ja«, sagte ich mitfühlend. »Das glaube ich!«

»Lasst uns essen«, rief Rita.

»Daher auch das Frühstück«, stellte ich fest, während ich mir ein Brötchen nahm.

»Ja, die sind von Aldi«, sagte Chuck stolz. »Die haben gute Sachen da.«

»Allerdings«, stimmte ich zu. Ich fühlte mich ein wenig wie nach einer unserer Zivi-Partys, bei denen diese Brötchen uns am nächsten Morgen das Leben gerettet hatten. Die Menge Restalkohols in meinem Blut verstärkte diesen Eindruck.

Ich biss herzhaft in mein nun mit Salami belegtes Brötchen. Es tat gut, nach den zahlreichen Bacon-, Pudding- und Beans-Orgien, mal wieder ein deutsch-artiges Frühstück zu mir zu nehmen. Chuck und Rita freuten sich sichtlich über meinen Appetit. Wir unterhielten uns eine Weile über

Deutschland, und es stellte sich raus, das Chuck dem Land durchaus wohlgesonnen und auch in gewisser Weise fasziniert davon war. Besonders begeistert war er als Heimwerker von der unglaublichen Auswahl und den ›little gadgets‹, wie er sie nannte. Für jedes Problem schien es ein mehr oder weniger kleines Gerät zur praktischen und schnellen Lösung zu geben. Alleine die Unzahl von verschiedenen Schrauben und den dazugehörigen Drehern ließ seine Augen leuchten. Erst mit dem Boom der letzten Jahre hatte dies auch in Irland angefangen. Deswegen hatte er die Besuche bei Ritas Familie schon immer dazu genutzt, sich mit Werkzeug einzudecken, was ihm natürlich jetzt zugute kam. Erst vorhin hätte er sich mit einem super ausbalancierten Hammer auf das Dach begeben, um nach eventuellen Sturmschäden zu schauen.

»Das war aber auch eine Nacht«, sagte ich, immer noch beeindruckt.

»Oh ja, fürchterlich«, befand Rita. »Erst konnte ich durch den Lärm nicht schlafen, dann, weil drei Kinder bei uns im Bett Schutz suchten!« Sie lachte und rollte die Augen.

»Ich musste auch einem Kind Unterschlupf gewähren«, erzählte ich, als mir Ashling wieder einfiel. »Zwar nicht in meinem Bett, aber in meinem Haus. Sie hat mitten in der Nacht und völlig durchgeweicht an meine Tür geklopft, um mir ein Foto wiederzubringen, dass ich verloren hatte. Unglaublich, oder?« Rita und Chuck nickten beipflichtend. »Kennt ihr sie vielleicht? Ungefähr zwölf Jahre, schwarzes Haar, blasse Haut, graugrüne Augen? Sie sagt, sie heißt Ashling.« Rita und Chuck überlegten kurz, schüttelten dann aber den Kopf.

»Nein«, antwortete Chuck, während er noch nachdachte. »Ist mir nicht begegnet. Sie ist auch keine Tochter oder Enkelin von einem meiner Patienten. Dir, Rita?«

»Nein, also nicht persönlich. Es ziehen auch immer noch Menschen hier in die Gegend. Obwohl …«, ihre Augen schauten nach oben links, als sie nochmal nach verschiedenen Anhaltspunkten in ihren Erinnerungen suchte. »Könnte die Tochter von Rick und Barbara O'Mally sein. Sie wohnen ein paar Kilometer die Straße nach Keash hinunter.«

»Ach ja«, gab Chuck ihr Recht. »Das mag sein. Die habe ich vergessen. Die sind erst kürzlich hierher gezogen.«

»Wisst ihr zufällig, wo genau die wohnen? Ich würde mich gerne auch bei den Eltern bedanken …«, und entschuldigen, dass ich völlig besoffen neben ihrer Tochter eingepennt bin und das Mädchen seinem Schicksal in meinem Haus überlassen habe. Aber das sagte ich natürlich nicht.

»Fahr einfach die Straße Richtung Keash. Auf der rechten Seite kommen irgendwann, etwas nach hinten versetzt, ein paar Scheunen oder Lagerhallen. Davor das Haus müsste es sein.« Rita nickte.

»Gut, vielen Dank.« Wir unterhielten uns noch eine Weile über Ecuador und wie es für Rita war, nach Deutschland zu kommen. Natürlich sprachen wir auch darüber, wie es war, in dem ›German House‹ hier in Irland zu leben. Besonders die Tatsache, dass es kein Klo und keine Dusche gab, amüsierte die beiden. Auch wenn sie selbst durchaus Campingfans wahren, empfanden sie das Leben in diesem Haus als etwas vollkommen anderes. Ich erklärte ihnen, dass es einfach etwas von Abenteuerurlaub hatte und ich es durchaus liebte, erst einmal den Kamin anfeuern zu müssen, um es warm zu haben. Die Reduzierung auf das Wesentliche im Leben tat manchmal gut. Chuck lachte freundlich über diese Aussage.

»Auch wenn ich dir im Prinzip zustimme, möchte ich dir doch ein wenig Stress ersparen. Wir haben mehr als genug Torf. Nicht das gepresste Zeug sondern direkt vom Feld. Ich schenke dir einen Sack. Ich muss heute Abend sowieso noch einmal deine Straße hinunter, ich bringe ihn dir vorbei.«

Immer noch nicht an die Großzügigkeit der Iren gewöhnt, wollte ich völlig überrumpelt den Mund öffnen, um natürlich abzulehnen, aber Chuck ließ mir keine Chance. Er wackelte mit dem Zeigefinger und sagte: »Ah, ah, ah, ich bestehe darauf. Es ist überhaupt kein Problem.« Und auch Rita sprang sofort an seine Seite.

»Keine Widerworte, es ist uns ein Vergnügen.« Also blieb mir nichts anderes, als die Hände in einer aufgebenden Geste zu heben.

»Na gut! Vielen herzlichen Dank. Auch für dieses wundervolle German Breakfast.«

»Aber nicht doch«, wehrte Rita ab. »Was hältst du davon, wenn du am Mittwoch Abend zum Abendessen kommst. Chucks Mutter würde dich bestimmt auch sehr gerne kennenlernen.«

»Also wenn es euch nichts ausmacht, würde ich diese Einladung sehr gerne annehmen«, gab ich unumwunden zu. »Es ist immer schön, ab und an ein wenig Zeit in netter Gesellschaft zu verbringen, wenn man alleine reist.«

»Deswegen sagen wir es doch«, sagte Chuck beruhigend.

»Okay, dann ist es abgemacht. Vielen, vielen Dank!«

»Gern, und zöger nicht, vorbeizukommen, wenn du irgendetwas brauchst oder Lust auf einen Tee hast. Ich bin vormittags immer da«, rief mir Rita winkend hinterher, als ich die Auffahrt zur Straße hinablief. Dann verschwanden die beiden im Haus. Satt und glücklich machte ich mich auf den Heimweg. Ich fühlte mich unglaublich privilegiert, so nette und warmherzige Menschen kennenlernen zu dürfen. Mick O'Briens wunderbare Version von ›Higgin's Hornpipe‹ erwachte in meinem Kopf und bahnte sich ihren Weg auf meine Lippen. Mit ›Duddeldidaddels‹ die von ihm so meisterhaft gespielten Uilleann Pipes imitierend kam ich an dem Husky vorbei und lieferte mir ein kleines Rennen mit ihm. Ich bewunderte mein Gehirn für die Leistung, mal eben den Übergang zu ›Cuckoo's Nest‹ hinzubekommen. Die Musik floss einfach aus mir heraus, ohne dass ich darüber nachdenken musste. Und das nach den Misshandlungen, die ihm schon widerfahren waren, noch bevor meine Reifen diese Insel berührt hatten. Ob ich nun genau die Melodielinie sang, die auf Micks CD ›May Morning Dew‹ verewigt war, konnte ich nicht sagen, aber viele der Verzierungen und Juchzer hatten sich unauslöschlich in meine graue Masse geprägt. Ich hatte das Gefühl, die Kühe glotzten noch blöder, als ich singend und hüpfend an ihnen vorbeikam, aber das mochte ich mir auch einbilden. Manchmal gab es einfach keine Steigerung.

Ich war froh, keine wütenden Eltern oder einen Zettel, der auf solche hinwies, an meiner Tür zu finden und betrat meine geliebte Bruchbude.

Vollgefressen wie ich war, verspürte ich das Bedürfnis nach einer Pfeife, nahm meine alte Butz-Choquin, die mir mein Vater einmal zu Weihnachten geschenkt hatte und stopfte eine schöne Portion Rum Flake hinein. Ich hatte ja seit einigen Tagen nicht mehr geraucht, und so war die Vorfreude besonders groß. Als ich die Pfeife zur Seite legte, um sie einen Moment ruhen zu lassen, damit die Oberfläche des Tabaks ein wenig antrocknen und in der Pfeife expandieren konnte, fiel mein Blick auf das umgedrehte Foto, dass mir Ashling unter Einsatz ihres jungen Lebens vorbeigebracht hatte. Ich war schon so daran gewöhnt, einen Stich zu verspüren, wenn es um ›sie‹ und mich ging, dass ich zusammenzuckte, obwohl er ausblieb. Ich nahm es und setzte mich mitsamt der Pfeife vor die Haustür. Nachdem ich ihr Feuer gegeben und genüsslich die erste Rauchwolke in Richtung des strahlend blauen Himmels geschickt hatte, betrachtete ich das Bild. Und zum ersten Mal seit langem freute ich mich darüber, es zu sehen. ›Aber ihr liebt euch‹, hörte ich Ashlings Stimme flüstern. Ja, das taten wir. Zumindest auf diesem Bild. Das war ganz deutlich. Und ich liebte sie noch immer. War es nicht das, was zählte? Was bedeuteten denn die ganzen Schwierigkeiten und Streits? Waren die wichtig? In dem Moment, als das Foto entstanden war, waren wir glücklich zusammen gewesen, und so wollte ich uns in Erinnerung behalten.

Ich stand auf und ging hinein, um mein Handy zu holen. Was sollte es, dass ich wieder derjenige war, der sich zuerst entschuldigte? Machte mich das zu einem schlechteren oder schwächeren Menschen? Eher im Gegenteil. Ich hob es auf und drückte auf den Knopf für das Display.

Du weißt überhaupt nicht, wie es für mich ist! Du behauptest immer, ich will auch mit dir zusammen sein, aber das stimmt nicht. Ich will nicht mit dir zusammen sein. Frag doch mal Evi oder Katharina, wie ich über dich denke, dann weißt du bescheid. Lass mich einfach in Ruhe!!!

Da war er, der Stich und zwar heftiger als jemals zuvor, wenn ich das blöde Foto angeschaut hatte. Ich flippte das Bild irgendwo hin, legte die Pfeife auf den Tisch und holte den Stuhl rein. Ich empfand noch nicht einmal Wut. Ich empfand gar nichts. Meine Arme und Beine fühlten sich an, als ob sie zittern wollten, aber selbst dazu war ich nicht fähig. Ich setzte mich an den Tisch und starrte auf die Holzplatte vor mir. Meine Augen verfolgten die Linien der Maserung. Manchmal blieben sie an einem Astloch oder einer Einkerbung hängen, die irgendwann mal ein Messer hinterlassen hatte. Kein einziger Gedanke ließ sich in meinem Kopf blicken. Es gab nur mich und den verdammten Tisch. Irgendwann stand ich ruckartig auf, steckte die Schlüssel ein und ging zum Jag. Der Motor heulte auf und eine Fontäne von Matsch und Steinen regnete in den Parkbusch, als ich aufs Gas trat und Richtung Ballymote davonbrauste. Die Eindrücke der Landschaft erreichten mich nur soweit, wie ich sie zum navigieren brauchte. Ich parkte vor der kleinen Kirche und lief in den Super Value Markt. Dort packte ich zwei Eight-Packs Druids und eine Flasche Connemara Peated Whiskey in den Korb. Wie ein braver Roboter bezahlte ich und wünschte einen schönen Tag. Kurz darauf jagte ich die Strecke zurück. An der Kreuzung bog ich allerdings nicht zum Haus ab, sondern fuhr weiter in Richtung Castlebaldwin. Kurz bevor ich den Ort erreichte, bog ich nach rechts ab. An alten Cottages und Celtic-Tiger-Häusern vorbei, brauste mein silberner Freund die schmale Straße entlang. Die Ginsterbüsche wurden zu gelben Blitzen an den Fenstern. Das dritte Schild, das mir meinen Weg zu meinem Ziel wies, kam in Sicht und ich trat auf die Bremse. Das Lenkrad tanzte seinen Mambo, und ich bog nach links. Um ein Haar verpasste ich den vierten Wegweiser. Ich haute den Rückwärtsgang rein, setzte mit quietschenden Reifen zurück und bog wieder nach rechts. Ich verfluchte die kleinen Straßen, die keine geistdurchpustenden Geschwindigkeiten zuließen. Aber zumindest musste ich mich dadurch konzentrieren. Das war auch schon mal was im Vergleich zu der verzweifelten Leere, die mich heimgesucht hatte. Endlich kam das Gatter in Sicht, das mir zeigte, dass es nicht mehr weit war. Ich kam ein wenig zur Ruhe und konnte jetzt schon wieder mehr von der Umgebung wahrnehmen. Die Vegetation hatte sich verändert. Bäume und Hecken waren verschwunden und Wiesen mit Sumpfgras und Schafen gewichen. Zu meiner Rechten erhob sich etwas, das man durchaus als bergähnliche Erhebung bezeichnen konnte. Es war wirklich interessant: Das Gatter bildete genau die Grenze zur ›Bergwelt‹. Davor wuchsen noch Büsche und ab und zu ein

118

Bäumchen. Dahinter sah man schroffe Steine durch die Grasnarbe brechen und steil ansteigende Hänge. Irland konnte sich innerhalb von ein paar Metern komplett verwandeln. Noch nirgendwo hatte ich das so stark wahrgenommen. Eben noch sanfte grüne Hügel, dann plötzliche karge und nebelige Berglandschaft und plötzlich Strand. Das konnte man alles innerhalb einer Stunde Autofahrt erleben, wenn man die richtige Route nahm.

Ich hielt vor dem Tor, ließ den Motor laufen während ich es öffnete und setzte über die Stahlrollen, die verhindern sollten, dass Huftiere jeglicher Art hindurchliefen, falls jemand mal vergaß, es zu schließen, und hielt dahinter, um nicht genau derjenige zu sein. Dann folgte ich dem sanft geschwungenen Rechtsbogen der Straße und hielt schließlich auf einer kleinen geteerten Fläche am Fuße eines Hanges. Einen Moment überlegte ich, ob ich nicht die letzten paar hundert Meter auch noch fahren sollte, aber schon das letzte Mal, als ich hier gewesen war, hatte die Strecke meinem damaligen Auto SUV-Fähigkeiten abverlangt, die es eigentlich nicht hatte. Das wollte ich dem Jag nicht zumuten. Außerdem war die Luft frisch und kühl, und das war genau das, was ich jetzt brauchte. Ich schnappte mir die Whiskeyflasche und zwei Dosen Cider und machte mich auf den Weg.

Bald endete die befestigte Oberfläche und ich folgte dem Weg nach links über die kleine Brücke mit dem verwitterten Betongeländer, in dem man viele kleine Steine sehen konnte, die durch Wind und Regen freigewaschen worden waren. Ich setzte die Flasche an und nahm einen Schluck zur Stärkung. Warm und wohlig rann das Wasser des Lebens meine Speiseröhre hinunter und deckte die harte Leere in mir ab wie das weiche Moos und Heidekraut die eigentlich felsige Landschaft.

Ohne von einem Gedanken gestört zu werden, marschierte ich den Weg entlang, balancierte an Pfützen vorbei und sah Schafpopos, die mir in ›ovine ignorance‹ zugedreht worden waren. Sie tupften die braun-grün-grauen Berghänge neongrün und neonrosa. Jemand hatte dort Farbe zur Wiedererkennung aufgesprüht. Wahrscheinlich war das auch der Grund, warum sie Menschen nur mit dem Arsch anschauten. Wenn mir jemand den Hintern anmalen würde – und noch dazu in diesen Farben – ich würde es genauso machen. Talseitig trieben dunkle Wolkeninseln durch das blaue Meer des Himmels und zogen Regen wie Schleppen unter sich her. Ich atmete tief durch und spürte, wie die klare Luft das klebrig schwarze Gefühlsharz in mir zu lösen begann. Ich atmete mir die Beklemmung und die Wut von der Seele, und es geschah ganz von alleine durch die körperliche Anstrengung.

Auf dem kleinen Parkplatz vor dem letzten Aufstieg, der nur noch über Trampelpfade führte, gönnte ich mir noch einen Schluck Connemara. Dann erklomm ich den ersten kleinen Absatz. Der Regen und zahlreiche Füße hatten über die Zeit kleine und größere Stufen in den Hang gegraben, der eigentlich nicht sonderlich steil war, dadurch aber eine gewisse Geschicklichkeit forderte. Zusätzlich war die Erde nass und schlammig, und die teilweise freigelegten Wurzeln des Heidekrauts boten mannigfaltige Ausrutschmöglichkeiten. Aber es weckte auch meinen Kampfgeist. Tüchtig stiefelte ich über Stock und Stein, riskierte mal hier, mal dort einen Sprung über eine Ansammlung Regenwassers, und schließlich kam das erste Steinhaufengrab in Sicht. Mitten aus der bräunlichen Umgebung ragte es weiß-grau empor, ein Fremdkörper und doch integriert. Ein scharfer Wind blies hier oben, zog an meinen Klamotten, zerzauste meine Haare, kühlte meinen Kopf und mein Gesicht. Was ich nicht durch schnelles Fahren geschafft hatte, besorgte nun der Wind. Ich konnte die dunkle Aura förmlich sehen, die er von meinem Körper pustete. Ich drehte mich talwärts, breitete die Arme aus und schaute in das weite Land. Das Pfeifen und Fauchen der Windböen und das Flattern meiner Jacke erweckten in mir das Gefühl, als segelte ich als Galionsfigur des Fliegenden Holländers über die grüne Insel. Einen Augenblick lang wollte ich ein: »Ich bin der König der Welt! Wuhuhuhuhuuuuu« loslassen. Aber innerhalb weniger Sekunden liefen vor meinen Augen Bilder von mindestens zehn unbekannten Personen ab, hintereinander geschnitten wie ein Internetfilmchen, die alle eben genau dies taten und sich dabei total originell und witzig fanden. Dies führte dazu, dass ich es mir ohne größere Probleme verkniff. Nichtsdestotrotz sog ich die Eindrücke in mich auf. War schon der Blick von den Höhlen aus unglaublich gewesen, so schien hier Irland noch einmal richtig beweisen zu wollen, dass die Postkarten und Bildbände nicht das Ergebnis geschickter Touristen-Agenturen waren. Unten, etwas weiter ins Land hinein, lag ein See mit einer Insel darin, auf der tatsächlich ein weißes Cottage halb versteckt von ein paar Baumkronen stand. Doch damit nicht genug: Tatsächlich überspannte das Ganze auch noch ein Regenbogen. ›Angeber‹, dachte ich und musste grinsen. Ich drehte mich um und sah einen weiteren Regenbogen.

»Okay, okay! Ich hab's ja verstanden«, rief ich lachend und machte mich daran, das Steinhaufengrab näher zu betrachten. Der schräg hineinführende Eingang war immer noch zu passieren, wenn auch mit einigen Verrenkungsübungen, wollte man sich nicht nasse Knie holen. Zwar war die Öffnung eigentlich groß genug, um in der Hocke hindurchzukommen, doch befand sich kurz davor eine Art Querstrebe, wie ein Türbalken. Also vollführte ich eine Art Limbo und schlängelte mich darunter hindurch, die Flasche in der einen Hand, die andere am Felsbalken, um meinen Hintern nicht in die Pfütze darunter zu dippen. Innen war der Haufen geräumiger, als man von außen vermuten mochte. Die Decke ließ ein gebeugtes Stehen zu, und es gab Ausbuchtungen in den Seitenwänden, wie kleine Alkoven. Mit Moritz waren wir damals tatsächlich mal in eine hinein geschlüpft, aber darauf verzichtete ich jetzt. Ich genoss einen Moment die Stille. Von dem starken Wind war hier drin nichts zu hören. Ob nun absichtlich oder aus Zufall, nichts hatte hier die Totenruhe gestört. Nicht einmal Wind und Wetter. Nur an blöde Touristen wie mich und ein paar Jugendliche, die hier oben Partys feierten, hatte man damals nicht gedacht. Aber das wäre wohl auch etwas zu viel der Wahrsagerei gewesen. Aber vielleicht freuten sich die Seelen der Verstorbenen auch über ein wenig Leben in der Bude. Ich hatte zumindest nicht das Gefühl, fehl am Platz zu sein oder ein Eindringling. Nicht mehr als bei dem Besuch bei Chuck und Rita. Ich setzte mich auf einen etwas größeren Stein, öffnete den Whiskey und trank auf das Wohl der Unbekannten, die hier lagen und die mich anscheinend freundlich aufnahmen. Wer waren die Menschen gewesen, für die man diesen erheblichen Aufwand betrieben hatte? Schon alleine das Grab auszuheben und die Steine drumherum aufzuschichten, musste Zeit und eine Menge Kraft gekostet haben. Dann aber musste ja auch noch der oder die Toten hierher geschafft werden. Es hatte wohl ein Dorf etwas weiter unten am Hang gegeben, aber in Anbetracht der relativen Unwegsamkeit des Geländes, waren selbst ein paar hundert Meter mit einem Toten schon ein Kunststück. Und es war ja nicht das einzige Grab hier. Es gab ja noch mindestens drei weitere. Hatte es einen Fackelzug gegeben? Rituale mit Gesang und Zeremonien? Was Menschen schon 3200 vor Christus zustande gebracht hatten, war bewundernswert. Also trank ich auch auf sie. Auf die Dauer wurde es aber hier drin zu unbequem. Ich erinnerte mich an den Platz, an dem ich mit meiner Exfreundin damals eine kurze Rast gemacht hatte. Von dort aus hatte man einen schönen Blick auf den kleinen ›Berg‹, vor dem mein Auto stand. Man konnte sich in einen ›Sessel‹ aus Moos und Heidekraut pflanzen und die Natur bewundern … oder sein Geschäft verrichten, wie sie es getan hatte. Ich musste auflachen, als ich an die Geschichte dachte. Wir hatten uns absolut alleine und sicher gefühlt. Erotische Gefühle stellten sich ein, und wir feixten darüber, ob wir ihnen nicht nachgehen sollten. Sie zog gerade ihre Hose wieder hoch, um zu mir zu kommen, da erschien etwas weiter oben ein Mann aus dem Nichts und grüßte uns freundlich. Das war es dann gewesen, mit Sex unter freiem irischem Himmel.

Ich fädelte mich aus dem Ausgang und schritt über die auf- und abfallenden Heidehügel, vorbei an den anderen Steinhaufen, bis ich den Hang erreichte. Es war nicht gut gewesen, über meine Exfreundin nachzudenken. Auch das war ein Thema, welches Fragen in mir hochkochte, auf die ich keine zufriedenstellenden Antworten fand und die das alte Merry-Go-Around Spiel nur zu gut beherrschten. Nicht zuletzt war sie ein Grund, warum ich von Freundschaften nach dem Beenden der Beziehung nichts mehr hielt. Ich war eigentlich von Anfang an dagegen gewesen, gleich eine Freundschaft anzuschließen. Immer wieder hatte ich ihr, noch während wir zusammen gewesen waren, gesagt, dass ich, wenn sie Schluss machen würde, erst einmal Abstand bräuchte und keinen Kontakt wollen würde. Sie empfand das als Erpressung. Als sie dann die Beziehung tatsächlich beendete, kam es mir, nach immerhin acht Jahren, schäbig vor, nicht auf ihren

Wunsch einzugehen. Man hatte sich ja schließlich mal geliebt. Also überwand ich mich und schmiss mich mit allem was ich hatte in eine Freundschaft. Ich war der beste Freund, den man nur haben konnte. Ich half ihr sogar bei Problemen mit ihrer neuen Beziehung. Ich schluckte meinen Stolz herunter, denn ein Freund muss für einen anderen auch mal selbstlos sein. Sie konnte mich jederzeit anrufen und forderte sogar manchmal das Gespräch, obwohl es mir gerade nicht passte, was ich ihr auch sagte. Aber für sie war es dringend. Das lief ein Weile, bis sie merkte, dass ich immer noch der gleiche Mensch war wie in der Beziehung. Ich hatte mich natürlich nicht verändert. Was sich verändert hatte, war unser Status und mit ihm die Art, wie man mit dem anderen und seinen Macken umzugehen hatte. Das war zumindest meine Meinung. In einer Freundschaft versucht man nicht, den anderen zu ändern. In einer ›Beziehung‹ auch nicht, aber da ist die Versuchung größer, und außerdem will man ja zusammen leben und da fallen gewisse Dinge einfach stärker ins Gewicht. In einer Freundschaft kann man viel leichter über die störenden Elemente hinwegsehen. Man ist viel ungebundener. Aber das schien sie anders zu sehen. Nach einem Streit am Telefon über mein angeblich so unmenschliches Verhalten meinen Eltern gegenüber, das sie ja schon immer gestört hatte, legte ich auf. Sie schrieb dann noch, sie wolle jetzt nicht mehr telefonieren, melde sich wieder, wenn sie nicht mehr so sauer wäre, aber es kam nie etwas. Nach ein paar Monaten schickte sie mir Post nach und schrieb, sie wünsche mir alles Gute. Daraufhin meinte ich, ich könne auf solche Floskeln gut verzichten. Sie hätte sich nicht gemeldet, was ein Zeichen wäre, dass sie noch sauer sei und somit brauche sie auch keine Freundlichkeiten auszutauschen. Ich sah nämlich durchaus noch Redebedarf, und dieses Bedürfnis ignorierte sie völlig. Was dann kam, fasste ich bis heute noch nicht. Sie schrieb allen Ernstes, dass sie mir eine SMS gesendet hätte, in der sie meinte, dass es besser wäre, wenn jeder sein eigenes Leben lebe und den anderen erst mal in Ruhe ließe. Ich hatte das verdammte Ding nie erhalten! Und was war das auch für eine Art? Per SMS? Nach acht Jahren und meiner Bereitschaft, für sie meine Prinzipien und Bedürfnisse hintenanzustellen, schaffte sie es nicht, mich für die Beendigung unserer Freundschaft anzurufen oder zumindest einen Brief zu schreiben? Ich schrieb zurück, dass ich mich nicht gemeldet hätte, weil ich ihren Wunsch nach Abstand respektierte. Aber was war mit meinen Wünschen? Mit meinen Bedürfnissen? Wenn sie mir etwas zu sagen hätte, dann solle sie doch gefälligst anrufen! Das war jetzt zwei Jahre her. Ohne ein weiteres Wort. Und jetzt wollte schon wieder eine Frau, dass ich meine Gefühle ihr zuliebe ignorierte. Damit sie mit einem Typen zusammen sein konnte, den sie nicht liebte. Konnte sie ja, aber warum um alles in der Welt sollte ich dabei zusehen? Es war ja nicht so, dass es nicht funktionierte zwischen uns. Eigentlich war es blendend verlaufen. Ich hatte mit ihr so viel Spaß innerhalb weniger Monate, wie ich in den zwei Jahren zuvor nicht gehabt hatte. Wir lachten über dieselben Dinge, ergänzten uns in vielerlei Hinsicht und hatten sogar dieselbe Vorstellung von Freiheit und idealer Beziehung. Es passte schon fast perfekt! Es gab nur Stress zwischen uns, wenn Raphael sich mal wieder meldete. Manchmal in Form ihres schlechten Gewissens, dann wieder als Anruf oder SMS. Nicht, dass ich nicht bereit gewesen wäre, bestimmte Kompromisse einzugehen. Ich hatte viel Zeit zum Nachdenken gehabt in den Anfängen unseres ›Dings‹, viel Zeit, um einige meiner Meinungen über Partnerschaft und Beziehung zu hinterfragen. Mir wurde klar, dass es mir letztendlich darum ging, eine schöne Zeit mit der Person zu verbringen, die mir was bedeutet. Was sie tat, wenn sie nicht bei mir war, wurde zweitrangig für mich, solange es sie glücklich machte. Die Konsequenz daraus war, dass ich ihr ehrlich sagte, dass es mir nichts ausmachte, wenn sie nebenher noch was mit Raphael hätte, solange die Zeit, die sie bei mir war, auch mir gehörte. Und man müsse es ihm ehrlicherweise sagen, damit er eine Chance hätte, sich dazu zu positionieren. ›Ganz bestimmt nicht!‹, keuchte ihre Stimme im Raum meiner Gedanken. ›Warum denn nicht‹, hörte ich mich fragen. ›Niemals‹, kam die Nichtantwort. Wie immer, wenn es mal darum ging, ein tatsächliches Argument zu hören.

Ich seufzte und setzte mich auf eine kleine, moosbedeckte Erdfelsstufe. Der Wind ließ augenblicklich nach und machte es mir möglich, die Weite zu genießen, ohne zu frieren. Die Flasche wanderte an meinen Mund, und der eigentlich kühle Bernstein-Sturzbach brachte mein Inneres zum Glühen wie ein Torffeuer, nach dem er schmeckte. Ich ließ den Kopf in den Nacken fallen und starrte in den Himmel. Peter Gabriels Worte formten sich ohne mein Zutun in meinem Kopf, als das Blau und Weiß in meine Augen fiel:

›You have to imagine lying on a field of grass and looking up to the sky long enough that you start to see the sky as down, as an ocean below you.‹

Ich folgte seinem Rat, und bald darauf schwebte ich über einem weiten Ozean. Eisberge trieben auf seiner Oberfläche, und ab und zu sah ich fliegende Fische auf ihrer Reise. Ein Flugzeug schob sich von schräg rechts in mein Blickfeld und wurde zu einem Unterseeboot. Ich fragte mich unwillkürlich, welches Ziel es wohl hatte. Was war die Geschichte der Menschen an Bord? Was war der Anlass ihrer Reise? Wollten sie Urlaub machen? Hatten sie geschäftlich zu tun? Flohen sie vor irgendetwas? Wer würde sie am Zielort erwarten? Würde einer von ihnen alleine in ein Auto steigen und in sein leeres Appartement zurückkehren, um sich ein Mikrowellenessen warm zu machen und den Tag einsam vor dem Fernseher zu beenden? Während das U-Boot aus dem Bild verschwand, setzte ich die Flasche an. Einen Moment stellte ich mir vor, wie ich sie losließ, und sie in die Tiefe stürzte. Immer kleiner wurde sie, bis sie nur noch ein Punkt war und schließlich ganz verschwand, geschluckt vom endlosen Blau des Himmelsmeeres. Und ich flog weiter auf einer Reise ohne Ziel. Durch den Whiskey spürte ich den Boden in meinem Rücken nur noch vage. Irgendwann schloss ich die Augen und trieb nun auf der Oberfläche des Ozeans, der eben noch unter mir gewesen war. Sanft schaukelten mich die Wellen, während die Sonne in mein Gesicht schien und mich von außen wärmte, wo die Glut des Whiskey nicht hinstrahlte. Ich fühlte mich wie ein Ast, den ein Sturm irgendwo auf der Welt abgerissen und ins Meer gespült hatte. Noch voller Leben und doch so ohne jede Hoffnung, je wieder Wurzeln schlagen zu können, das Wasser trinkend, dass seinen quälenden Durst stillte und ihn am Leben hielt und doch gleichzeitig umbrachte.

Ich setzte mein Meerwasser an die Lippen und saugte gierig daran, ohne die Augen zu öffnen. Natürlich war es ein wenig melodramatisch, einen solchen Vergleich zu ziehen, aber mir war es egal. Sollte es doch, ich war Schriftsteller, verdammt nochmal! Auch egal war mir, wie ich jemals in diesem Zustand, der sich noch in der progressiven Phase befand, wieder unbeschadet zurück zum Jag, geschweige denn mit ihm heile nach Hause kommen sollte.

›Mir's egal‹, hörte ich Wielands vertraute Stimme sich zu mir gesellen. Es blieb bei diesem kurzen Besuch, aber er reichte, um mir ein seliges Lächeln auf mein vom Connemara-Bernstein leicht betäubtes Gesicht zu zaubern. Was der wohl gerade jetzt so trieb? Unter Umständen war er gerade eben erst aufgestanden, so wie es sich für einen echten Rockmusiker gehörte. Er war allerdings nicht nur ein begnadeter Pianist und Whiskey-Connaisseur, nein, er war auch überaus belesen und wusste mehr über seine Heimatstadt als manch ein Stadtführer. Er hätte seinen Spaß hier, dessen war ich mir sicher. Ich hob die Flasche mit geschlossenen Augen, prostete ihm über tausend Kilometer hinweg zu und machte mir sein gespieltes Lebensmotto zu eigen. Er schaffte es tatsächlich, nach außen hin oft eine stoische und unerschütterliche Ruhe zu vermitteln, die mit dem Spruch hervorragend in Worte verpackt wurde. Allerdings wusste man, wenn man ihn etwas besser kannte, dass genau das Gegenteil zu diesem Satz der Wahrheit entsprach. Es gab sehr wenig Dinge, die Wieland wirklich egal waren. Diese jedoch konnten einem echt leidtun. Denn hatte man es mal zu diesem Status gebracht, dann hatte man einen loyalen, höchst professionellen und kreativen Freund, Arbeitskollegen oder auch nur Bekannten verloren. Man oder eben auch es, was auch immer es sein mochte, was ihm egal war, war abgeschrieben. Das dauerte ewig, bis es passierte, aber wenn es dann eingetreten war, konnte man es nicht mehr so leicht rückgängig machen.

Aber genau das war jetzt bei mir eingetreten bezüglich meiner Heimfahrt. Sie war mir absolut und vollkommen egal. Ich ließ das flüssige Sonnenlicht meine Kehle hinunterfließen, um meinen Gedanken und Gefühlen einen spektakulären Sonnenuntergang zu liefern. Ich kicherte kurz über dieses blöde Wortspiel, fand mich unglaublich genial und dümpelte auf den sanften Wellen davon, die mittlerweile von Blau zu golden gewechselt hatten. Egal war ein schönes Gefühl. Egal war genau das Richtige für mich jetzt. Egal bedeutete Ruhe und Freiheit und loslassen. Im Gegensatz zu der hoffnungslosen Leere war die Egal-Leere warm und einlullend. Immer weiter ließ ich mich auf dem bernsteinfarbenen Egalischen Ozean davontragen. Irgendwann hörte ich mich selber schnarchen. Für einen kurzen Augenblick holte mich das wieder an die Oberfläche, nur, um gleich darauf ganz abzutauchen in die schwurbelnden Fluten.

›Moving liquid, yes, you are just as water. You flow around all that comes in your way. Don't think it over, it always takes you over and sets your spirit dancing‹, lockte mich Kate Bushs elfengleiche Stimme in den Schlaf. Was machte es, dass sie etwas völlig anderes besungen hatte als Connemara-Whiskey? Nichts! Es war egal. Egaaaaaaaaaaaaaaal …

Zumindest bis zu dem Zeitpunkt, als ich die Augen wieder aufschlug. Über mir spannte sich ein graublauer Pastell-Himmel mit ein paar zartrosa Wolkenschleiern und machte mir deutlich, dass es nun an der Zeit war, diesen Ort zu verlassen, wenn ich noch heilen Fußes bei meinem Auto ankommen wollte. Aber wollte ich das überhaupt? Ja, denn den Tod würde ich mir hier nicht sonderlich schnell holen. Einen Moment überlegte ich, ob ich nicht einfach hier oben übernachten sollte, unter freiem Himmel, aber mir war jetzt schon kalt genug. Und bei meinem Glück würde ich mir nur eine schwere Lungenentzündung einfangen und nicht etwa einfach sanft entschlafen. Darauf hatte ich nun wirklich keine Lust. Ich rappelte mich auf, und eine Wolke des Connemara-Whiskey-Aromas dünstete mir in den Mund. Mein Körper schien sich langsam an meine Exzesse zu gewöhnen, denn außer einem leichten Drücken im Schläfenbereich hatte ich keine Anzeichen eines Katers. Allerdings war ich vielleicht auch einfach noch nicht nüchtern genug. Schwindelig war mir nämlich noch immer, und meine Schritte waren alles andere als sicher. Ich machte mir einen Spaß daraus, durch die Heidekraut-Dünung zu laufen wie ein Schiff durch die Wellentäler auf dem Meer. Ich war froh, als ich den offiziellen Weg erreicht hatte, denn minütlich schwand das Licht. Ich realisierte mit einem Male, dass ich ganz alleine in der hereinbrechenden Dunkelheit auf einem Feldweg in der

Nähe einer mystischen Grabanlage in Irland war, dem Land der Feen, Kobolde und weitaus unfreundlicheren Kreaturen. Meine eigenen Schritte klangen unwirklich laut, als ich leicht tapsig weiterlief. Mein Herz begann, schneller zu schlagen, und eine unangenehme Beklemmung befiel mich. Ich hörte mich schwer atmen. Plötzlich hatte ich das Gefühl, nicht anhalten oder mich umdrehen zu dürfen. Ich hielt den Blick starr vor mich gerichtet und versuchte, meine Schritte zu beschleunigen, was angesichts der erheblichen Menge Restalkohols und der suboptimalen Lichtverhältnisse nur dazu beitrug, die Gefahr des Umknickens oder eines Sturzes zu erhöhen und nicht in einem schnelleren Vorwärtskommen resultierte. Nichts stellte ich mir schlimmer vor, als mir jetzt einen Knöchel zu verstauchen. Das Gefühl, von etwas gehetzt zu werden, war auch so schon schlimm genug. Um mich herum raschelte es, und ich bildete mir ein, das Knirschen von Steinen auf dem Weg hinter mir zu hören. War da noch jemand? Sollte ich es riskieren, mich umzudrehen? Die Angst schlug langsam aber sicher in Panik um. Unendlich langsam kam ich voran. Es war fast wie in einem Albtraum, in dem man rennt, aber sich nicht von der Stelle bewegt. Plötzlich quatschte es. Ich war in eine Schlammpfütze getreten. Fassungslos starrte ich in die Richtung meines Fußes, den ich gerade noch so erkennen konnte. Das Lachen kam so spontan, dass ich es nicht kontrollieren konnte. All meine Angst und Anspannung entlud sich über diese groteske Situation. Ich stellte mir vor, wie ein Kobold oder ein Feenwesen sich genau zu diesem Zweck an mich herangepirscht hatte, um sich einen Spaß daraus zu machen, wie der German-City-Oaf voller Panik in den Schlamm läuft.

»Oh Mann«, rief ich in die niederfließende Dunkelheit. »Stets zu Diensten!« Ich lachte noch einmal. Meine Angst war verschwunden, und ich fühlte mich sicher und frei. »Mäh?« kam es zurück.

»Ich rede nicht mit dir, schlaf' weiter!«, entgegnete ich, worauf das Schaf nichts mehr sagte. Entweder war es beleidigt oder es folgte meinem Rat.

»Auf euch alle hier«, murmelte ich, nahm einen Schluck Whiskey und träufelte etwas auf die Erde unter mir. »Wohl bekomms!« Dann zog ich den

Fuß aus dem Schlamm und setzte meinen Weg fort. Jetzt war ich sogar in der Lage, den nächtlichen Spaziergang zu genießen. Trotz des nasskalten Schuhs. Ohne die Panik gewöhnten sich meine Augen an die Dunkelheit, und ich konnte die Schatten und Umrisse der Landschaft erkennen, die mich umgab, und die so ganz anders aussah, als bei Tage. Wovor sollte ich mich hier fürchten? Außerdem wusste ich doch, wie man mit Wesen aus der anderen Welt umgehen musste. Ich erreichte die kleine Brücke und beschloss einfach, mich nicht ansprechen zu lassen, falls ein Kobold darunter wohnte. Das war das Beste: Einfach weitergehen und bloß keinen Handel abschließen. So gewappnet setzte ich meinen Fuß darauf. Entweder die Strategie hatte Erfolg gehabt oder der Kobold war schon im Bett, wie auch immer, es geschah nichts, und bald darauf hatte ich den XJ erreicht.

»Hallo, mein Guter«, begrüßte ich ihn, als ich auf den Knopf der Zentralverriegelung drückte, und er mich mit warmem Licht aus dem Innenraum empfing. »Du glaubst nicht, was ich alles erlebt habe!« Ich öffnete den Kofferraum und setzte mich auf die Kante, um beide Schuhe auszuziehen. Auch der andere wies Spuren auf, die ich nicht unbedingt im Passagierabteil haben wollte. Noch dazu fühlte es sich komisch an mit nur einem Treter, wenn man sowieso schon Gleichgewichtsprobleme hatte. Die Socken flogen dazu. Nachdem ich vorsichtig zurück zur Fahrertür gelaufen war, setzte ich mich hinters Steuer. Eine Millisekunde war ich versucht, den Motor anzulassen und einfach nach Hause zu fahren, doch trotz des Alkohols überwog die Vernunft. Zumindest was das Fahren unter Alkoholeinfluss betraf, nicht aber in Bezug auf den Alkoholeinfluss selber. Denn ich setzte die Flasche an und trank, so lange es mir möglich war. Ich stellte mir vor, wie sich eine Stahlplatte über meinen Mageneingang schob und den Bernsteinfreund darin einschloss, um nicht zu kotzen. Funktionierte erstaunlicherweise sehr gut. Ich schaffte es gerade noch, den Sitz in die Liegeposition zu bringen, dann seufzte ich und knallte auf das Leder.

———————

Stimmen weckten mich irgendwann, als es wohl schon lange wieder hell geworden war. Irgendwer lief um mein Auto herum. Aber das war erst mal zweitrangig. Viel dringender war, die Tür aufzureißen, meinen Mund zu öffnen und die Dämonen, die sich unter der sorgsam angebrachten Stahlplatte aus der Mischung von Whiskey und Magensäure gebildet hatten, freizulassen. Mein Geist schaute mehr oder weniger unbeteiligt zu, wie mein Körper sie auf den schwarzgrauen Asphalt spie, und sich die Flüssigkeit in den zahllosen kleinen Kanälchen und Rissen des Teers ausbreitete. Dann erst fielen mir die Stimmen wieder ein. Sie waren verstummt. Nichts Gutes ahnend, hob ich langsam den Kopf. Neben meinem XJ stand ein Reisebus. Nicht groß, aber doch groß genug für eine Gruppe von ungefähr zwanzig Männern, Frauen und einigen Kindern, die ihn soeben verlassen hatten. Ihre Blicke machten deutlich, dass ihr Geist nicht ganz so unbeteiligt zuschaute, wie meiner es getan hatte. Von Ekel bis Entsetzen war alles dabei. Ein fantastische Studie über die Mimik-Vielfalt des menschlichen Antlitzes.

Trotz all dem, was ich ihn hatte durchmachen lassen, signalisierte mir mein Kopf blitzschnell, dass es an der Zeit war, den Zündschlüssel zu betätigen. Der Motor heulte auf und ich gab Gas. Da der Sitz noch in Liegestellung verharrte, musste ich mich am Lenkrad festhalten und der Wagen schlingerte leicht, als ich auf das Gatter zuraste. Barfuß wie ich war, entsprang ich dem XJ, öffnete es, fuhr hindurch, wiederholte das Spiel, schloss es, trat auf's Pedal und rief ein »So long, suckers!« aus dem heruntergelassenen Fenster, in der Hoffnung, sie würden mich nicht mehr hören. Aber mein Ego hatte Genugtuung verlangt.

Die Hälfte des Rückweges lachte ich mich scheckig, als ich mir die ganze Geschichte aus der Perspektive der Reisegruppe vorstellte. Alleine der Anblick des taumelnden XJ musste großartig gewesen sein. Sie hatten bestimmt nicht damit gerechnet, so viel für ihr Geld geboten zu bekommen. Daraus ließe sich bestimmt was machen.

›Einmal die Carrowkeel-Tour, bitte‹

›Gern. Nehmen sie doch das Deluxe-Paket! Es beinhaltet einen Deutschen, der ihnen aus einem britischen Luxusauto direkt vor die Füße kotzt! Wird immer wieder gern gebucht.‹

Wenn ich es recht überdachte, hatte es sogar schon etwas von Performance-Kunst. Eine gedämpfte Stimme schwafelte in meinem Gehirn los: ›Interessant. Im Akt des Übergebens eines Deutschen aus einem britischen Luxuswagen heraus auf irische Erde sehe ich eine Kritik am Finanzstandort Großbritannien und dem Verhalten Deutschlands in der Finanzkrise.‹

Am liebsten hätte ich das Leila geschrieben. Sie hasste alles, was mit moderner Kunst zu tun hatte. Das ehrfurchtsvolle Getue vor einem Haufen Altmetall, der irgendwo in der Stadt aufgeschichtet und zu Kunst erklärt wurde, das wissende Nicken in einem leeren Raum, in dem es einfach zog und ansonsten gar nichts passierte. Sie hasste es aus tiefster Seele, und wir hatten schon die ein oder andere hitzige Debatte darüber gehabt.

›Nein, Charlie, versuch's erst gar nicht! Kunst kommt von Können! Und das kann ich auch!‹

›Also erstens kommt Kunst nicht von Können, das ist schlichtweg falsch, und zweitens hast du dich doch gerade selbst widerlegt, oder? Wenn Kunst von Können kommt, wie du sagst, und du dann anführst, dass du das auch kannst, einen Haufen Schrott in die Stadt kippen, dann **konnte** das der Künstler doch auch, und es kam von Können, also ist es Kunst, oder nicht?‹

›Oooooah, mach mich nicht aggressiv!‹, hörte ich sie zwischen den Zähnen hervorpressen. Ich sah sie vor mir, die kleine Faust geballt, das Gesicht wenige Zentimeter vor meinem, die Augen blitzend, während ich breit grinste und versuchte, sie zu küssen.

›Neeeeee!‹, bockte sie. Sie konnte einfach nicht verlieren. Unter keinen Umständen. Das war unerträglich für sie. Und auch wenn sie oftmals bei solchen Auseinandersetzungen lachte, so konnte sie nicht aufhören oder etwas einsehen. Sie blieb bei ihrem Standpunkt oder befahl mir, mit der Argumentation aufzuhören. Auf der Stelle!

Ich musste tatsächlich lachen über die Absurdität ihrer Gedankenwelt, und für einen Moment war ich glücklich, dass ich Erinnerungen wie diese besaß. Jetzt erst bemerkte ich wieder, dass sich der Sitz immer noch brav in der Liegeposition befand und dass meine Blase drückte. Also hielt ich am Straßenrand, fuhr ihn wieder nach oben und verließ den Wagen, um Johnny eine seiner Hauptaufgaben verrichten zu lassen. Es war ein angenehmer Morgen, und der Duft nach Erde, Wiesen und Sträuchern war ein willkommenes Frühstück. Ich atmete mich satt, dann stellte ich mich an den kleinen Wall neben der Straße und strullte einen weiteren See in Irlands Landschaft. Diesen kreativen Vorgang begleitete ich mit einem stimmhaften ›aaaaaaaaaahhhhhhhh‹. Was war es doch für eine gute Entscheidung gewesen, hierher zu fahren. Die heilende Kraft dieses wunderbaren Landes war ein Segen. Es gab keinen Ort auf der Welt, wo ich lieber sein mochte. Auf diese Weise erleichtert und gleichzeitig erfüllt, stieg ich in den Jag und drückte die Nummer sechs meines CD Wechslers. Die sanfte Geige des ›Prologue‹ von Neil Diamonds fantastischen Album ›Hot August Night‹ begann ihr Crescendo. Immer mehr gesellten sich dazu, bis ein ganzes Orchester spielte. Dann kam die Orgel und schließlich die Gitarre. Einen Moment verharrten sie auf einem Akkord, und die Spannung wurde schier unerträglich … und auf dem Höhepunkt setzten donnernd die Drums ein: BAM … BAM … BAM BAMBAM … BAMBADABADAMBAM und die Band rockte los. Es war die BESTE Musik für diesen Zustand, die es gab! Der Jaguar fuhr bissig und knackig, als spüre er die Energie, die Neil an diesem magischen Abend versprüht hatte.

»Drop your shrink and stop your drinkin'
Crunchie Granola's neat!«

Vielleicht hatte Neil ja Recht? Etwas weniger Alkohol würde mir wohl gut tun. Aber vielmehr sah ich die Aufforderung darin, nicht mehr alles so ernst zu sehen und das Leben zu genießen. Die positiven Aspekte in der Vordergrund zu rücken und sich an den kleinen Dingen zu erfreuen. Wie an einem Frühstücksmüsli eben. Auch wenn es mir wohl nicht lange gelingen würde, gerade jetzt ging es, und ich war gewillt, daran so lange festzuhalten wie möglich.

Ich bog in ›meine‹ Straße ein und stellte die Katze neben ihren Busch. Ich kämpfte mich zum Haus durch und begrüßte die Wohnküche mit einem: »Ich bin wieder daaaaahaaaa!« Um nicht von gleichgültiger Stille empfangen zu werden, stellte ich mir einfach ein ›Oh wie schön! Möchtest du etwas frühstücken, mein Kühlschrank ist voll‹, als Antwort vor. Dann setzte ich Wasser auf und holte die nötigen Zutaten für ein Sandwich. Während der Tee zog und ich das Brot mit Majonäse zukleisterte, überlegte ich, was ich mit dem noch jungen Tag anfangen wollte. Ich hatte noch nicht auf die Uhr geschaut, aber es musste noch vor zwölf sein. Ich ging einige Sightseeing-Optionen durch, überlegte kurz, ob ich es mit Schreiben versuchen sollte, als ich bemerkte, wie etwas in den hintersten Winkeln meines ausnüchternden Hirns zu nagen begann. War da nicht etwas gewesen, das ich gestern hatte erledigen wollen? Hm … Ich öffnete meinen Mund, um meine Zähne in Weißbrotweichheit zu versenken, als … Ashling! Sofort blockierte mein Körper die Nahrungsaufnahme, und für einen lächerlichen Augenblick saß ich mit offenstehendem Mund da, das Sandwich einen Zentimeter davon entfernt. Dann sanken meine Arme und das Sandwich endgültig außer Bissweite. Ich hatte vergessen, dass es da wohl immer noch ein Elternpaar gab, welches, völlig zurecht, zumindest eine Entschuldigung verdient hatte. Na ja, wenigstens wusste ich jetzt, wie ich einen Teil des Tages verbringen würde. Was sollte schon großartig anders sein als gestern, außer vielleicht, dass ich mich einmal mehr entschuldigen musste. Meine Tür war ja noch heile und es gab auch sonst keine Anzeichen dafür, dass jemand während meiner Abwesenheit hier gewesen war, um mich zur Rede zu stellen. Vielleicht waren die Eltern ja auch gar nicht so sauer, wie ich befürchtete. Diese Überlegungen ließen meinen Appetit wiederkehren, und ich hob neuerlich motiviert meine Arme. Dieses Mal durften sie die Bewegung zu Ende führen, und mein Belohnungszentrum signalisierte mir, dass dies eine gute Entscheidung gewesen war. Allerdings konnte ich den Bissen nicht lange genießen, denn mein Blick fiel auf das Handy, das noch immer auf dem Tisch lag, wo ich es nach der letzten unerfreulichen Nachricht hingeworfen hatte. Es war zum Verzweifeln. Sobald ich es erblickte, schien es eine Art Traktorstrahl auszusenden, der erst meinen Geist und dann meinen Körper erfasste. Vollkommen diesem blöden Teil hörig, beugte sich mein Oberkörper vor, und mein linker Arm streckte sich nach ihm aus. Schwarz glänzend wie ein hässlicher Dungkäfer lag es da und ich konnte nichts tun, als es mit flauem Magen und zaghafter Hoffnung aufzuheben. Nichts von der vorhin verspürten Leichtigkeit war geblieben. Mein Daumen drückte den Knopf fester als eigentlich nötig, als wolle er den Chitinpanzer des Mistkäfers eindrücken.

Sie hatte fünf Nachrichten gesendet! Ich öffnete das Dialogfenster:

Charlie? Warum antwortest du nicht?

Charlie! Du machst es nur noch schlimmer, wenn du nicht antwortest!!!

Gut, dann antworte halt nicht! Ich verstehe nicht, warum du immer recht haben sollst!

CHARLIE!!!!

Ich habe mich mit meinem Vater gestritten und es wäre wirklich schön, wenn du antworten könntest. MANN!!!!

Ich spürte, wie diese Zeilen wütende Energie in mich pumpten, diese aber gleichzeitig wie durch ein riesiges Abflussrohr wieder aus mir raus gesaugt wurde. Am liebsten hätte ich das Handy an die Wand geworfen. Sie schaffte es immer wieder, dass ich der Arsch war. Wenn es mich nicht direkt betreffen würde, hätte ich sogar so etwas wie Bewunderung für diese Unverfrorenheit gehabt. Diese Fähigkeit, sich einen kompletten Mikrokosmos zu schaffen, in dem die eigene Sichtweise die absolute Wahrheit war und andere einfach nicht existierten. Ich hatte jetzt genau zwei Möglichkeiten. Ich konnte meinem Impuls nachgeben und zurückschreiben, sie solle doch mit Raphael reden, wenn es ihr so schlecht ginge. Das bedeutete aber, dass ich ihr sehr weh tun würde. Leila redete mit genau zwei Menschen über ihre privaten Probleme. Der eine war Evi, ihre beste Freundin, im Prinzip eine Art Schwester für sie. Und der andere war ich. In der kurzen Zeit, in der unsere Amour-Feu brannte, hatte sie unglaublich und für ihre Verhältnisse geradezu nie dagewesen schnell Vertrauen zu mir gefasst. Was das für sie bedeutete, mochte ich mir gar nicht vorstellen. Mir war vollkommen klar, dass man mit einem solchen Geschenk überaus achtsam umzugehen hatte. Andererseits waren es genau diese Worte, die ich schon mehrfach an sie gerichtete hatte, wenn sie wieder einmal urplötzlich in einer Diskussion unfair wurde. Es war ja nicht nur ein Geschenk, dass einem ein Mensch vertraute, sondern auch, jemanden zu haben, dem man vertrauen kann. Aber nur weil sie oft nicht in der Lage war, behutsam mit unserem ›Ding‹ umzugehen, hieß das ja noch lange nicht, dass ich ihr bewusst weh tun musste, wenn ich mich noch unter Kontrolle hatte. Dann wiederum stellte sich mir die Frage, wie sie jemals bemerken sollte, was sie da eigentlich tat, wenn sie immer wieder weich fiel? Warum sollte ich den Spieß nicht endlich mal umdrehen? Ihre Unbeherrschtheit und Zerstörungswut machten mich schier rasend. Jetzt war die Gelegenheit, es ihr heimzuzahlen. Noch während ich mir vorstellte, wie toll und hart ich mich danach fühlen würde, griff ich zum Handy und wusste ganz genau, was ich schreiben würde. Ich wollte einfach kein Mensch sein, der anderen auf diese Weise ihre Grenzen zeigt. Wenn es in einem hitzigen Wortgefecht passierte, schön und gut! Dann war es halt so, und ich musste danach die Trümmer beseitigen. Jetzt aber hatte ich definitiv eine Wahl.

Tut mir leid, ich hatte mein Handy nicht dabei. Möchtest Du anrufen?

Ich legte das Telefon auf den Tisch und seufzte. Das war die zweite Möglichkeit gewesen, was aber nicht unbedingt bedeutete, dass sie mir nicht auch um die Ohren fliegen konnte. Mir des Damoklesschwertes über meinem ungewaschenen Haupthaar bewusst, setzte ich mein Frühstück fort. Ich schlürfte gerade etwas Barry's, als es sich in meinen Nacken bohrte.

Bestimmt nicht!

Interessanterweise spürte ich, dass es keinerlei wichtige Organe getroffen hatte. Es tat weh, sehr sogar, aber es ließ mich voll funktionsfähig und die Wut in ihrem Käfig.

Gut. Melde Dich, wenn Du wieder reden magst. Ich will Dir erzählen, was mir heute passiert ist. Hab trotz allem einen schönen Tag.

Auch nachdem sich diese Zeilen in den Äther verabschiedet hatten und ihre Reise über tausend Kilometer antraten, blieb ich ruhig. Es war ein angenehmes Gefühl, und ich beschloss, es lieber nicht zu sehr zu hinterfragen, sondern es einfach mal anzunehmen. Ich beendete die Nahrungsaufnahme und schaute auf die Uhr. Es war später, als ich gedacht hatte. Schon halb eins. Vielleicht gar keine schlechte Zeit, um zu Ashlings Eltern zu fahren. Ich war schon auf dem Weg zur Tür, als mir einfiel, dass es eventuell angebracht sein könnte, sich vorher die Zähne zu putzen. Also erledigte ich schnell die ›Morgen‹-Toilette, düngte die Brombeeren und begab mich dann zum Jag. Der Motor war noch warm, und so trat ich ohne Rücksicht aufs Gas und genoss das weiche Hochdrehen der Maschine. Ich überquerte die Kreuzung und folgte der Straße in Richtung Keash, wie Chuck es beschrieben hatte. Nach ein paar Minuten kam das Haus auf der rechten Seite in Sicht. Mit seinem Erscheinen krampfte sich der kleine Verräter zusammen, als säße ich in einer abwärtsfahrenden Achterbahn. Zu gerne hätte ich einen ›wänzigen Schlock‹ zur Beruhigung genommen, aber was für gestern galt, galt auch für heute. Ich trat auf die Bremse und das Lenkrad schüttelte sich, als wolle mir der Wagen abraten, mein Vorhaben in die Tat umzusetzen.

»Klappe zu, mein Bester«, presste ich hervor. »Ich habe dich nicht um deine Meinung gefragt!«

Ich bog in die recht frisch angelegte Zufahrt zum Haus ein. Das ganze Gelände zeigte immer noch die Spuren der Bauphase des typischen Steinhauses, dass noch nicht verputzt war. Ein Kleinwagen parkte davor. Ich stellte den Jaguar daneben, allerdings nicht ohne ihn vorher zu wenden, um für den Fall der Fälle schnell wieder vom Grundstück fliehen zu können. Kleine Angstkobolde begannen an meinem Magen zu ziehen, als veranstalteten sie einen Wettbewerb, wer ihn am weitesten dehnen konnte, während ich mich auf die Tür zubewegte. Ich atmete noch einmal tief durch, dann klopfte ich. Drinnen hatte man meine Ankunft wohl schon bemerkt, denn es dauerte nicht lange, bis eine schlanke Frau mit kurzen blonden Haaren in Ritas Alter die Tür öffnete und mich fragend aber freundlich anschaute.

»Yes, please?«

»Hello. Mrs. O'Mally?« Die Frau nickte und lächelte. »Mein Name ist Charlie. Ich wohne die Straße hinab auf der anderen Seite der Kreuzung.« Ich hielt einen Moment die Luft an, doch noch regte sich kein Erkennen im Gesicht der Frau. Ihr Lächeln blieb auf dem Gesicht und ihr Blick war weiter interessiert. »Ich … äh, es geht um ihre Tochter«, versuchte ich einen weiteren Vorstoß. Jetzt veränderte sich ihr Gesichtsausdruck. Doch anstelle von Wut, war darin Sorge zu lesen.

»Was ist mit ihr?«, fragte sie bestürzt. »Ist ihr etwas passiert?«

»Nein!«, beeilte ich mich zu versichern. »Also nicht, dass ich wüsste!« Die Kobolde verstärkten ihre Unternehmungen. Das war kein guter Anfang gewesen. Ich lachte dämlich. »Nein, nein. Ich bin gekommen, um mich für mein Verhalten ihr gegenüber zu entschuldigen.« Ich spannte mich an, doch noch blieb der Sturm aus. Die Frau schien noch nicht zu begreifen, wer ich war. Also blieb mir nichts anderes übrig, als ihr noch mehr Informationen zu liefern. Ich hatte zwar gehofft, diese Tortur bliebe mir erspart, aber es half nichts.

»Ja, als sie neulich wegen des Sturms bei mir übernachtet hat, da, nun ja, war ich in keinem guten Zustand und …«

»Meine Tochter hat WAS?« Ich sah, wie sich die Augen der Frau in Unglauben weiteten, und im nächsten Moment endlich der Zorn in ihr Gesicht trat, den ich schon so lange erwartet hatte. Ich bereitete mich auf den Einschlag mehrerer Vorwürfe vor. Wie in Zeitlupe sah ich, wie sich ihre Lippen in Bewegung setzten: »Das tut mir wirklich entsetzlich leid!«

»Ähm …«, machte ich, unfähig, etwas anderes hervorzubringen.

»Kayleigh! Komm sofort runter!«, schrie Frau O'Mally mit hochrotem Kopf über ihre Schulter ins Haus. »Kayleigh!« Dann wandte sie sich wieder an mich. »Sie brauchen kein Wort mehr zu sagen! **Wir** müssen uns bei **ih-**

nen entschuldigen! Wir dachten, dass dieses Verhalten endlich aufhört, wenn wir aufs Land ziehen, aber …«, sie stieß fassungslos die Luft aus.

»Was denn, Mom?«, nölte eine Stimme aus dem nicht einsehbaren Teil des Flurs. Kurz darauf erschien ein vielleicht vierzehnjähriges Mädchen, welches mit allen Mitteln versuchte, nicht als solches erkennbar zu sein, es dabei aber noch offensichtlicher machte. Ihre langen Haare waren schwarz gefärbt mit pinken Strähnen darin, die aussahen, als hätte sie sie einem Barbie-Plastikpferd aus dem Arsch gerissen. Dazu hatte sie einen mehr oder weniger passenden Lidschatten in der gleichen Farbe aufgetragen und schwarzen Lidstrich a la Amy Winehouse. Ihr Lippen ›zierte‹ irgendetwas, das den Anschein von Feuchtigkeit erwecken sollte. Ihre Brüste wurden von einem pinken Push-Up mindestens zwei Jahre älter gequetscht, den man unter dem nicht wirklich irgendetwas verhüllenden schwarzen Netz-Oberteil sehen konnte. Die ersten fünf Zentimeter ihrer Oberschenkel wurden von einem karierten Stöffchen bedeckt, dass wohl ein Rock hätte werden sollen, wenn man es nicht viel zu früh aus der Schneiderei geholt hätte. Der untere Teil ihrer leicht storchigen Beine steckte in schwarz-weiß gestreiften Kniestrümpfen. Meine der Überforderung geschuldete Schweigsamkeit nutzte die Mutter, um ihre Tochter anzufahren.

»Kayleigh! Good God, wie läufst du denn schon wieder herum?«

»Wie ich zu Hause rum laufe, ist doch meine Sache!«

»Wir haben einen Gast!«

»Dem hast **du** doch die Tür aufgemacht. Und **du** hast mich auch gerufen«, motzte die Möchtegern-Lolita. »Wer ist das überhaupt?«

Mrs. O'Mally riss die Augen auf. »Das frage ich dich!«, keifte sie. »Dein Vater musste seinen guten Job in Dublin aufgeben deinetwegen! Und wir sind kein halbes Jahr hier und du fängst schon wieder damit an? Was haben wir dir bloß getan, dass du uns das antust?«

»Ich habe überhaupt nichts gemacht!«, zickte die Kleine nun zurück. »Ich kenn' den Typen da gar nicht! Auch wenn ich jetzt wünschte ich würde ihn kennen, wenn du mich sowieso anschreist!« Sie funkelte ihre Mutter an, dann wendete sie ruckartig den Kopf zu mir und kam in einer Art, von der sie wohl annahm, sie sei lasziv, auf mich zu. »Hi, ich bin Kayleigh«, hauchte sie und lugte unter ihren langgetuschten Wimpern hervor.

»Kayleigh!«, rief ihre Mutter streng und sprang zwischen uns.

Ich bekam mehr und mehr das Gefühl, dass es sehr gut gewesen war, den Jag für einen schnellen Abgang bereitzustellen.

»Äh, Mrs. O'Mally …«, versuchte ich zwischen die Tiraden zu kommen, die sie jetzt auf ihre Tochter losließ, doch es war vergebens. Und kaum war sie fertig, setzte Kayleigh auch schon zum Gegenangriff an.

»Du glaubst mir ja eh nie! Dann kann ich auch machen, was ich will! Ich hasse es hier! Ich hasse euch!«, damit rannte sie außer Sicht und man hörte Schritte eine Treppe hinauf poltern. Kurz darauf schlug eine Tür und Dark Wave Musik erdröhnte. Mrs. O'Mally fuhr herum und ich zuckte unwillkürlich zusammen, doch sie sagte nur: »Ich entschuldige mich, auch im Namen meines Mannes, bei Ihnen, Charlie. Dass Sie zu uns gekommen sind, zeigt ja, dass Sie unsere Tochter richtig eingeschätzt haben. Glauben Sie mir, sie wird sich jetzt von Ihnen fernhalten! Aber bitte gehen Sie jetzt. Wie Sie sehen, muss ich mich um eine Familienangelegenheit kümmern.« Damit schloss sie die Tür. Einen Augenblick starrte ich die Tür an, dann schlenderte ich, den Impuls einfach loszurennen gerade so unterdrückend, zum Auto und fuhr ganz gesittet vom Hof. Kaum war das Haus hinter den Hecken verschwunden, trat ich das Pedal durch und suchte mit brüllendem Motor das Weite. Was, zum Teufel, war das denn gewesen? Ashling zumindest nicht! An der Kreuzung stieg ich auf die Bremse. Das Lenkrad zitterte, als schüttele sich der Jag vor Lachen. »Jaaaaaa, ich weiß, danke!«, schnauzte ich ihn an, während mein Blick links und rechts nach Querverkehr suchte. Erst hinter der Kreuzung fiel mir ein, dass ich das nächste Mal besser erst nach rechts schauen sollte. Aber es war ja nochmal gut gegangen. Nicht gut gegangen war das Gespräch, ach, die ganzen Aktion! Noch während ich den Wagen parkte, versuchte ich klarzubekommen, was eigentlich passiert war. Gut, im Prinzip war das nicht sonderlich kompliziert: Mrs. O'Mally war nicht Ashlings Mutter. Einfacher ging es nicht. Ich hatte aber einfach überhaupt nicht damit gerechnet. Es hatte mich völlig überrumpelt. Ich hoffte sehr, dass dies keine weiteren Konsequenzen haben würde, besonders für die offenbar in Schieflage geratene Kayleigh. Klar, sie war ein Früchtchen, wie es im Buche stand, aber erstens kannte ich die Gründe nicht, die sie so hatten werden lassen, und zweitens verdiente keiner, für etwas bestraft zu werden, das er nicht getan hatte. Und Kayleigh hatte nichts getan. Zumindest nichts, was mit mir zu tun hatte und ich war nicht gewillt, meine Nerven mit dem Spruch: ›wenn nicht das, dann halt etwas anderes‹, zu beruhigen. Andererseits hatte ich im Moment keine Möglichkeit, das Geschehene wiedergutzumachen. Da ich noch eine Weile hier sein würde, musste ich einfach darauf hoffen, dass sich irgendwann eine Gelegenheit bieten würde. Mein eigentliches Problem war ja auch noch nicht gelöst. Ich hatte immer noch keine Ahnung, wer Ashlings Eltern waren, und wie ich mich bei ihnen entschuldigen konnte. Ob das nach dem eben Erlebten überhaupt so eine gute Idee war, vermochte ich nicht mehr zu sagen. In diesem Fall lag die Sache aber ja etwas anders. Wenn ich Ashling glauben konnte, dann waren es ja ihre Eltern gewesen, die sie zu mir geschickt hatten. Ich hatte mich nur nicht wirklich gastfreundlich benommen.

Ich rummste die Tür auf und war froh, wieder in der nach kaltem Torffeuer riechenden Wohnküche zu sein. Mit immer noch leicht zitternden Knien wankte ich zum Cidervorrat und öffnete eine Dose. Erst nachdem sie zerquetscht neben dem Restmüll endete, fühlte ich mich wieder in der Lage, halbwegs sicher zu laufen. Eine Ironie in sich, aber das Ergebnis zählte. Besser noch einmal nachladen. Die zweite Dose in der Hand, ließ ich mich in den Leinensessel fallen und atmete erst einmal durch. Wie immer, wenn ich gerade versuchte, zur Ruhe zu kommen, sendete das Handy seinen dämonischen Sirenengesang aus, so dass ich mich eine Minute später fluchend wieder erhob und es vom Tisch klaubte. Das Display flammte in dem Moment auf, als ich saß und ihr Gesicht erschien. Zu verwundert über das Timing, kam es meinen Eingeweiden nicht in den Sinn, den üblichen Übelkeitsterror zu veranstalten.

»Hallo«, meldete ich mich.

»Hallo«, kam es etwas schüchtern zurück. »Das ging aber schnell.«

»Ja, ich habe gerade das Handy geholt, um zu gucken, ob du vielleicht geschrieben hast.«

»Echt?«

»Ja.«

»Cool.«

»Ja.«

»Was wolltest du mir erzählen«, lautete das Friedensangebot. Mehr konnte ich nicht erwarten, und ich wusste sehr genau, dass ich es besser annahm und nicht irgendetwas wie eine wörtliche Entschuldigung forderte, wenn ich noch eine Weile normal mit ihr reden wollte.

»Ich habe heute Morgen moderne Kunst gemacht«, orakelte ich in stiller Vorfreude auf die Reaktion.

»Wie bitte?«, kam es empört zurück.

»Ja! Und ich musste dabei an dich denken!«

»Tooooool! Das darf ja wohl nicht wahr sein.«

Ich kicherte und begann, ihr die Geschichte zu erzählen.

»Charliiiie! Das ist absolut widerlich!«, quiekte sie, als ich fertig war. Ein befreites Lachen, das einen leicht dreckigen Anklang hatte, fand seinen Weg nach Deutschland. Auch sie lachte.

»Du bist ein Idiot«, tadelte sie mich aus voller Seele, aber es klang warm und herzlich.

»Meinst du?«, fragte ich überflüssigerweise. »Ich finde es eine großartige Bereicherung des Kunstmarktes.«

»Mhm! Sag ich ja!«, versetzte sie.

»Ich wusste, dass dir die Idee gefällt«, missverstand ich sie absichtlich.

»Oah«, kam es auch sofort aus dem Telefon. »Ich rede nicht mehr mit dir.«

»Ja, is klar, dann tschüüüühüß«, schickte ich zurück mit der absoluten Gewissheit, dass gleich noch etwas kam.

»Neeeeeeeehehe!« – voilà –

»Was denn? Du hast doch gesagt, du redest nicht mehr mit mir«, gab ich mich unschuldig.

»Das muss dir gefälligst was ausmachen«, forderte sie.

»Aah, natürlich! Oh weh. Ich armer. Buhuhuh«, leierte ich gelangweilt.

»Charlie«, ermahnte sie mich in ihrer Gouvernantenstimme, um gleich darauf zu knurren: »Du sagst jetzt sofort, dass dir das was ausmacht!« – Natürlich klang ihr ›Knurren‹ wie das eines Welpen. Ich musste jedes Mal grinsen, wenn sie es versuchte. – »Und hör auf zu grinsen!«

»Oooookayyy«, spielte ich den Geläuterten, »es macht mir was aus! Zufrieden?«

»Ja«, kam es knapp zurück. »Brav!«

»Mhm«, machte ich wenig beeindruckt, und wir lachten beide.

»Was machst du heute noch so Schönes? Schreibst du noch?«

Ich zuckte mit den Schultern, obwohl ich ja wusste, dass sie es nicht sehen konnte. »Ich weiß noch nicht. Schreiben wohl eher nicht. Ich habe hier noch keine Zeile zu Papier gebracht.«

»Oh, das tut mir leid, Charlie«, sagte sie ehrlich. Sie wusste, wie viel mir meine Arbeit bedeutete, auch wenn sie der Meinung war, dass es keine ›richtige‹ Arbeit war. »Dann hoffe ich, dass du bald was schaffst.«

»Danke! Aber ich hab eh noch ein paar Dinge zu erledigen.«

»So, was denn?«

Natürlich hatte ich das auf die immer noch ausstehende Entschuldigung bei Ashlings Eltern bezogen, doch mit einem Male fiel mir etwas ein, das ich ebenfalls schleunigst in Angriff nehmen sollte, wollte ich nicht noch einmal im Sessel oder auf Stahlfedern schlafen. »Eine Matratze auftreiben, zum Beispiel«, lachte ich.

»Oh wei, Charlie! Das hast du immer noch nicht gemacht?«

»Nein«, gab ich zu. »Es war immer irgendetwas anderes los.« Oder ich war zu besoffen. Aber das sagte ich natürlich nicht.

»Na, dann wünsche ich dir viel Erfolg!«

»Das kann ich brauchen!« Alles in mir schrie, die nächste Frage an sie nicht zu stellen, doch selbstverständlich hörte ich nicht darauf. Wer war ich, mir von meinem eigenen Hirn was sagen zu lassen. »Und was hast du noch so vor?« Meine Hand schloss sich fest um die Druids-Dose, und alles in mir bereitete sich auf die anstehende Druckbetankung vor, als sie sagte: »Ich gehe heute Abend mit Wieland weg. Steht mal wieder an.« Ich war mir ziemlich sicher, dass bei Rita und Chuck gerade ein paar Gläser aus dem Regal gefallen sein mussten, so groß war der Stein, der sich von meinem Herzen löste und krachend auf dem Boden aufschlug. Mit Wieland hatte sie schon eine sehr innige Freundschaft geführt, bevor ich in ihr Leben getreten war. Auch wenn sie mit ihm nicht über ihre Familie redete, so tat er ihr doch unglaublich gut, einfach nur, weil er da war und sie zum Lachen brachte, und sie bei ihm alle Sorgen vergessen konnte. Und er passte auf sie auf, wenn sie feierte. Ich konnte mir keinen besseren platonisch-väterlichen Freund für sie wünschen. Auch, weil ich ihm schon mein Leid geklagt hatte, und er sich unglaublich gut auf Diplomatie verstand. Hey, niemals habe ich behauptet, ein kompletter Altruist zu sein!

»Na, da wünsche ich euch viel Spaß! Grüß' ihn bitte ganz lieb von mir!«

»Danke! Ja, mache ich.«

»Schön, dass du dich gemeldet hast, Leila!«

»Ja, finde ich auch, bis bald!« Es klickte, und sie war weg. Ich spürte, wie sich meine Mundwinkel langsam aber stetig in Richtung Ohren bewegten, bis ich schließlich breit und glücklich grinste. Obwohl es schon eine Weile her war, seitdem dieser Ausdruck nach einem Telefonat mit ihr auf mein Gesicht getreten war, so fühlte er sich doch sofort vertraut und vollkommen richtig an. So war es früher fast immer gewesen. Und so hätte es auch eigentlich bleiben sollen. Doch dann hatte es den Bruch im Raum-Zeit-Kontinuum gegeben. Eine andere Erklärung gab es für mich nicht.

»Schluss«, rief ich mich laut zur Ordnung und gab dem Zufriedenheitsgefühl Schützenhilfe aus der Ciderkanone. Die kühlende Perligkeit erfrischte mich, und nachdem auch diese Dose ihren Platz neben dem Restmüll gefunden hatte, war ich voller Tatendrang. Eine Matratze! Ich musste eine Matratze oder zumindest irgendetwas in der Richtung auftreiben. Wahrscheinlich war es das Beste, nach Sligo zu fahren und dort irgendwo ein Geschäft zu finden, das Matratzen führte. Ich hatte zwar überhaupt keine Ahnung, wo in Sligo ich da suchen musste – auf den mir bekannten Straßen hatte ich keines bemerkt – aber ich war zuversichtlich. Schließlich brauchten die Leute hier auch etwas zum bequemen Schlafen, und ich konnte mir nicht vorstellen, dass sie alle ihre Körper auf exklusiven Produkten aus Dublin oder Limerick zur Ruhe betteten. Ich ergriff den Schlüssel zum Jag und mein Telefon und begab mich zur Tür. Ich öffnete sie und erblickte Chuck, wie er gerade versuchte, mit einem riesigen, prall gefüllten weißen Plastiksack im Arm, den kleinen Abhang von der Straße hinunter in den Dschungel zu gelangen, ohne dabei hinzufallen. Es gelang ihm gerade so, allerdings purzelten ein paar längliche, wie leicht gebogene schwarze Ziegelsteine aussehende Brocken aus dem Sack.

»Oh boy«, rief er, als er sein Gleichgewicht wieder hatte und lachte. »Immer ein Abenteuer!«

»Hey, Chuck«, begrüßte ich ihn und beeilte mich, ihm entgegenzukommen. »Warte, ich helfe dir!«

»Charlie, wie geht's? Nicht nötig, nicht nötig, wo möchtest du ihn hin haben? Whuuups!« Er lachte erneut, nachdem er ein weiteres Mal beinahe der grünen Hölle entgegengestürzt wäre.

»Stell ihn einfach da hin!« Mein Finger deutete schnell auf einen Platz ziemlich nah bei Chuck, damit er nicht doch noch in meinem Vordschungel hinschlug und sich ein Bein brach oder gleich auf Nimmerwiedersehen unter einer Decke aus schnell wuchernden Pflanzen verschwand. Ich war mir nicht sicher, wie sie sich verhielten, wenn man Schwäche zeigte. Chuck schien, trotz seiner Bekundungen, dass Hilfe unnötig sei, etwas erleichtert, den Sack loszuwerden und stellte ihn auf den zugewiesenen Platz.

»Sorry, dass ich ihn erst jetzt bringe, aber gestern war bei mir die Hölle los. So viele abgerissene und eingewachsene Zehennägel! Keine Ahnung, welches Little Folk die geärgert haben.«

»Chuck, bitte, das macht doch nichts!«, versicherte ich. Ich fand es erstaunlich, in welcher Konsequenz einem die Iren vermittelten, sie schuldeten einem was, nur, weil man Ausländer war. Es war ja nicht so, dass ich den Torfsack bestellt, geschweige denn bezahlt hatte. »Ich war sowieso nicht zu Hause.«

»Oh, wirklich? Dann ist es ja gut! Hast du bei deinen Freunden geschlafen?«

»Äh, nein, tatsächlich oben bei Carrowkeel im Auto.«

»Tatsächlich? Wie toll! Wie war es?«

»Oh, es hat wirklich Spaß gemacht«, zumindest das, an was ich mich erinnern kann.

»Hast du dich von der aufgehenden Sonne wecken lassen?«

Nein, von Touristen und denen habe ich dann vor die Füße gereihert und deren Kinder traumatisiert. »Jaaaa, das war wirklich wundervoll.« Ich grinste so amerikanisch wie ich nur konnte.

»Das muss ich auch mal machen«, schwärmte Chuck. »Es ist so magisch da oben.«

Und voller Kotze. »Das stimmt«, pflichtete ich ihm aber dennoch ehrlich bei. Es war magisch dort oben. Und schafig. Eine schöne Kombination.

»Aber ich sehe, du wolltest gerade aufbrechen«, bemerkte Chuck, plötzlich meine Lederjacke. »Lass dich nicht aufhalten.«

»Oh, das ist schon okay.« Und völlig ohne mir der Folgen bewusst zu sein, fragte ich: »Sag mal, kennst du einen Laden in Sligo, wo man Matratzen kaufen kann?«

»Sicher, aber wozu willst du eine kaufen? Wir haben noch eine, die kannst du gerne haben.«

FUCK! Wie stand ich jetzt da? Das musste doch so wirken, als wäre ich darauf aus gewesen. »Oh, äh, das ist echt nett, aber das kann ich nicht annehmen! Das Haus ist feucht und nicht gerade sauber für normale Standards und …«

»Das ist überhaupt kein Problem«, fiel mir Chuck ins Wort. »Wir brauchen das Ding nicht mehr, es steht einfach nur in unserer Garage. Da ist es auch feucht und nicht sauber. Die Matratze allerdings schon, keine Sorge«, fügte er noch schnell mit einem Grinsen hinzu.

»Ich weiß nicht, was ich sagen soll, Chuck. Du bist unglaublich! Vielen Dank!«

»Ah, dafür nicht. Wirklich«, wiegelte Chuck ab. »Willst du eben mit zu unserem Haus kommen und mir helfen, sie zu verladen? Dann fahre ich sie dir hier runter, und du hast sie für heute Nacht.«

»Ähm, ja, aber nur, wenn es in deinen Zeitplan passt?«, stammelte ich.

»Ja, sicher«, beteuerte Chuck. »Dann kannst du gleich Tee mit uns trinken. Judith, meine Mutter, ist auch da.«

Oh neeein! Ich kam mir vor, wie der größte ›Moocher‹ Irlands.

»Ich möchte mich aber wirklich nicht aufdrängen!«

»Unsinn! Schau dich um. Meinst du, hier passiert viel? Nein!«, nahm er meine Antwort vorweg. »Ich denke, Rita, Judith und mir tut ein wenig Abwechslung ganz gut. Also, komm!« Er machte kehrt und stiefelte energisch – soweit die Vegetation es zuließ – wieder auf die Straße, wo sein Auto stand. Ich seufzte, rüttelte die Tür zu, schloss ab und folgte ihm. Nach kurzer Fahrt in seinem Avensis hielten wir vor seinem Haus auf dem Hügel.

»Hier ist das alte Ding«, kommentierte er seine Handbewegung zu einer natürlich neuwertig anmutenden Matratze, die in einem Plastik-Schonbezug hinten links an der Wand stand.

»Umh, die sieht aber noch echt super aus«, druckste ich. »Bist du sicher, dass du sie mir für mein Haus überlassen möchtest?«, fragte ich und betonte das ›mein‹ so, dass selbst jemand, der meine Behausung noch nie im Leben gesehen hatte, ein ziemlich gutes Bild von ihrem Zustand bekommen musste.

»Ah, das täuscht«, erwiderte Chuck. »Und selbst wenn: Wir brauchen sie nicht. Wir haben mehr als genug Matratzen und Schlafsofas. Mach dir mal keine Sorgen. Fass da drüben an!«, sagte er so überzeugt, dass ich jeglichen Protest als absolut sinnlos erachtete und tat, wie mir geheißen. Wir trugen sie zum Auto und stopften sie durch die Hecköffnung in den Innenraum, nachdem Chuck die Rücksitze umgelegt hatte. Gerade als wir fertig waren und der Kofferraumdeckel rummste, erschien Rita in der Eingangstür.

»Hey, Charlie!«

»Charlie nimmt uns die Matratze ab«, rief Chuck begeistert.

»Oh, das ist großartig! Danke, Charlie! Die frisst hier nur Platz«, stimmte Rita in das groteske Spiel mit ein.

»Ehehehe«, gepaart mit einem strunzdümmlichen Lächeln, war die einzige Reaktion, die ich zustande brachte. Rita schien das vollkommen zu genügen. »Fantastisch, dann kommt jetzt rein, der Tee ist fertig«, strahlte sie.

Ich trat ein und wurde von dem Hund nun schon wesentlich freundlicher – sprich leiser – empfangen. Schwanzwedelnd folgte er mir in die Küche. An dem Tisch, an dem ich gestern gefrühstückt hatte, saß eine ältere Dame. Sie trug ihr graues, leicht gewelltes Haar in ›Alter-Damen-Manier‹ etwas kürzer und ordentlich gelegt. Auf der Nase saß eine Brille, und ich erkannte sie sofort.

»Hellooo, ach nein, was für ein Zufall!«, rief ich vollkommen überrascht, sie hier zu sehen.

»Uuuuh, how lovely«, zirpte sie, als auch sie mich erkannte.

»Ich sehe, ich brauche euch nicht vorzustellen«, bemerkte Rita trocken.

»Das ist der junge Mann, in dessen Garten ich vor über zehn Jahren Tee mit Emma hatte. Ich habe euch doch davon erzählt«, flötete sie. »Das war schon was, oder nicht?« Sie schmunzelte. »Sehr interessant!«

»Oh ja«, pflichtete ich ihr bei und lachte. »Oh mann!«

»Wie geht es dem anderen young fella? Wollte er nicht Rechtsanwalt werden?«

»Jupp, und er hat es geschafft!«, verkündete ich nicht ohne Freude für seinen Erfolg. »Thorben lebt jetzt in Frankfurt, hat eine Tochter und eine hübsche Frau und scheffelt Tonnen von Geld!« Ich grinste.

»Ah, gut für ihn«, nickte Judith anerkennend. Um Rita auch an meiner Version der Geschichte teilhaben zu lassen, erzählte ich: »Thorben und ich waren gerade im Garten am Roden, als Judith und – wie war ihr Name noch gleich?«

»Emma, Emma Stone«

»Danke – Mrs. Stone mit ihren Hunden die Straße hinauf kamen. Wir kamen natürlich ins Gespräch, und ich glaube, ich wollte die irische Gastfreundschaft imitieren. Da habe ich sie kurzerhand zum Tee eingeladen. Erst nachdem ich das getan hatte, fiel mir ein, dass das Haus schon damals in keiner Weise für Gäste geeignet war. So haben Thorben und ich kurzerhand Tisch und Stühle nach draußen gestellt und den Tee unter freiem Himmel serviert. Wir hatten sogar noch Kuchen.« Ich kicherte.

»Am Anfang waren wir etwas überfordert«, gab Judith zu. »Aber dann war es sehr nett. Aber das Beste war die Reaktion von Jack, meinem Mann. Der hat damals noch gelebt. ›Wo warst du? Warum hat das so lange gedauert?‹, hat er gefragt, weil ich ja viel später zu Hause war als sonst. Er hat mir zuerst nicht glauben wollen, als ich es ihm erzählte. Er hat gedacht, wir hätten sonst etwas gemacht. Uuuh, es brauchte erst die Bestätigung von Emma, damit er mir die Geschichte abnahm.« Ihr Mund und ihre Augen bildeten eine verschmitzte Einheit.

»Was? Oh, mein Gott, das tut mir so leid.« Entschuldigte ich mich prompt.

»Überhaupt nicht nötig«, wehrte Judith lachend ab. »Der konnte ruhig mal auf sein Essen warten. Aaaaber«, fügte sie hinzu, »bis zu seinem Tod fragte er immer, wenn ich etwas später nach Hause kam als sonst: ›Warst du wieder auf einer Teeparty des verrückten Hutmachers?‹« Sie gluckste mehrfach. »Uuuh, das war wirklich etwas.«

»Was, im Ernst? Das ist ja großartig!«, rief ich begeistert. »Ja, stimmt, das hatte etwas davon: Die alte Teekanne, das verfallene Haus, der verwunschene Garten.«

»Na dann: Viel Glück zum Nichtgeburtstag!«, rief Chuck und hob seine Teetasse.

»Für mich, für euch«, ergänzte ich, und wir prosteten uns zu. Rita tischte Bananenbrot auf, und wir ließen es uns schmecken.

»Hast du eigentlich Erfolg gehabt bei den O'Mallys?«, fragte Chuck über den Rand seiner Tasse hinweg.

Ich war gerade dabei, einen Bissen des saftig schweren Gebäcks herunterzuschlucken. Natürlich betrog mich mein Körper nach dieser Frage, und es nahm den falschen Weg. Ich hustete laut, und erst nachdem mir Judith großmütterlich auf den Rücken geklopft hatte, fand die Luft wieder zurück in meine Lungen.

»Ich nehme an, das heißt nein«, schmunzelte Chuck.

»Ja, ich fürchte, das heißt es«, presste ich über die durch den Reiz noch unwilligen Stimmbänder.

»Wirklich? Das ist aber schade. Waren sie sehr sauer auf dich?«, fragte Rita besorgt.

»Können wir einfach sagen: Es waren weder die Leute, die ich erwartet hatte, noch die, die ich suchte und es dabei belassen?«, brachte ich mit einem schafigen Gesichtsausdruck hervor.

Keine Ahnung, ob Chuck ahnte, was passiert war, oder ob er einfach nur meine Mimik komisch fand, jedenfalls kam ein prustendes Geräusch aus der Teetasse vor seinem Mund, und sein Blick wanderte nach rechts unten.

»Oh, aber sicher, Charlie!«, versicherte Rita sogleich. »Ich wollte nicht neugierig sein.«

»Das ist schon okay«, gab ich zurück. Um aber nicht doch noch irgendwelche unangenehmen Fragen beantworten zu müssen, rief ich: »Oh, ist es schon so spät? Ich denke, ich sollte aufbrechen. Ich muss noch nach Ballymote, ein paar Lebensmittel kaufen!« Und Alkohol.

»Natürlich, Charlie. Kein Problem«, sagte Chuck und erhob sich.

»Judith, es war großartig, dich wiederzusehen«, verabschiedete ich mich, während ich ihr die Hand schüttelte.

»Uuuh, allerdings, ganz meinerseits. Was hältst du davon, wenn du die Tage mal zu mir kommst, zum Tee oder Dinner?«

»Wow, ja gerne! Aber nur, wenn es nicht zu viel Arbeit macht.«

»Aber nicht doch. Ich habe die nächsten Tage noch etwas zu tun. Lass mich einen guten Tag herausfinden und dann klopfe ich, wenn ich mit dem Hund unterwegs bin, oder klemm dir einen Zettel unter den Scheibenwischer.«

»So machen wir's, danke! Rita: Auf bald!«

»Hoffentlich, Charlie! Hoffentlich!«

Chuck und ich begaben uns zum Auto, und nachdem er mir die Matratze bis zur Tür getragen hatte – natürlich –, verabschiedete er sich, und ich war wieder allein. Ich schloss auf und versuchte, das Teil alleine ins Haus zu bekommen. Es schien zu ahnen, was auf es zukam, denn es bockte und glitschte mir immer wieder aus den Fingern, als versuche es, mit allen Mitteln zu verhindern, in diese Bruchbude getragen zu werden.

»Nun hab dich nicht so!«, blaffte ich die in Plastik gehüllte blütenweiße Diva an. »Du bleibst in deinem Regenmantel! Versprochen!« Wir standen uns einen Augenblick gegenüber wie ein Bauer und sein störrischer Esel, dann packte ich sie erneut und siehe da: Es klappte besser! Die Matratze ließ sich jetzt ohne Probleme in den Schlafraum tragen, wo ich sie auf das Drahtgestell floppte. »Irland«, murmelte ich. Dann machte ich mich auf den Weg nach Ballymote. Es dämmerte bereits, als ich die Dorfgrenze erreichte, und eine dicke schwarze Wolkenfront walzte heran, als hätten die Engel beschlossen, den Himmel kurzerhand zu teeren. Möglicherweise, um Gott eine Landebahn für die Apokalypse zu bauen. Ich parkte den Jag wie üblich an der kleinen Kirche und hastete in den Supervalue. Wenn dies meine letzte Nacht auf Erden werden sollte, dann wollte ich mit einem epischen Mal untergehen. Eine Flasche Jack Daniel's und drei Eight-Packs meines Standardgesöffs flogen in den Einkaufswagen. Ich hatte den Cider aus dem Kofferraum noch kaum angerührt, aber man konnte nie genug haben. Fertig! Eine Packung O'Haras machte einen Salto in den Gitterkorb, dann war ich bei den Meatproducts. Untermalt von einem unheilvollen Donnergrollen entdeckte ich mein Abendessen. Vier ›Pure Beef Patties‹ in einer Packung. Jedes 125 Gramm schwer, eineinhalb Finger dick und herrlich rot. Mit wässrigem Mund legte ich sie zu den anderen Sachen. Dann erblickte ich den Bacon. Ich zuckte mit den Schultern. Wenn schon, denn schon! Eine Packung flog dazu. Dann kamen rote Zwiebeln, Eisbergsalat, Cherrytomaten und … jaaaaaaaaaa … Barbecue Sauce! Ich freute mich tierisch über meine kulinarische Eingebungskraft. Für den Nachtisch holte ich drei Packungen

Jacobs Coconut-Marshmellow Tea Cakes. Hey, I'm a big guy, I gotta eat! Und es sind ja nur sechs in einer Packung drin. Dann holte ich noch drei Zweiliterflaschen Cola und begab mich zur Kasse.

Gibt 'ne Party heute, was?«, bemerkte die Kassiererin mit einem schrägen Blick auf den Alkohol.

»Jupp, so was Ähnliches«, grinste ich und machte, dass ich aus dem Laden kam.

Ein Blitz durchzuckte den Himmel, gefolgt von einem entfernten Donnern, als ich die Sachen in meinen Kofferraum wuchtete. Aber noch regnete es nicht. Die ersten Tropfen kamen, als ich, nach einem Abstecher zum Cornerstore unten an der T-Kreuzung, mit einem Quader Briketts den kleinen Berg hochhechelte. Ich hatte keine Lust, frierend meinem Schöpfer gegenüberzutreten, also lieber noch einen kleinen Vorrat anlegen. Ich hatte gerade die Tür des Jag geschlossen, als der Himmel seine Schleusen öffnete. Offenbar musste die Landebahn erst gereinigt werden, bevor sie benutzt werden konnte. Kaum hatte ich Ballymote verlassen, war es so dunkel, dass ich nicht schneller als dreißig oder vierzig fahren konnte. Der Regen bildete eine weiße Wand vor mir, und der Scheibenwischer kam kaum nach mit seiner Arbeit. Panisch wedelte er hin und her und versuchte, der Sintflut Herr zu werden, die auf die Scheibe pladderte. Ich liebte solche Fahrten, doch die Freude wurde getrübt von dem Gedanken, dass ich ja auch noch ins Haus kommen musste mit all den Sachen. Wenn ich es denn erreichte! Der Wagen rumpelte, als ich kurzzeitig von der Straße abkam und durch ein paar Löcher daneben fuhr.

»Fuck«, schrie ich gegen die tosenden Wassermassen an. Als Antwort erhielt ich einen grellen Blitz und einen ohrenbetäubenden Donnerschlag.

»Okay, okay! Entschuldigung!«, rief ich geläutert und konzentrierte mich lieber wieder auf die Straße. Gerade noch rechtzeitig, denn aus dem Nichts tauchte plötzlich eine Kuh von rechts auf und galoppierte über die Fahrbahn. Ich bremste so hart ich konnte. Das Lenkrad bockte und der Wagen zog urplötzlich nach links, als hätte die Kuh die Jagdinstinkte der Katze geweckt. Es gab ein hässliches Geräusch, und Büsche schlugen wütend an mein Fenster. Dann stand der Jag.

»Fuuuu...dge«, schrie ich, mich gerade noch an die eventuellen Konsequenzen des ›bösen‹ Wortes erinnernd und schlug auf das Lenkrad. Nachdem ich durchgeatmet hatte, war ich bereit, die Lage zu checken. Der Motor lief noch, und alle Fenster schienen heil. Die Kuh war verschwunden. Wohin, konnte ich nicht sagen. War mir auch egal! Hauptsache, das blöde Vieh war weg! Vorsichtig gab ich Gas. Natürlich kratzte das Grünzeug noch einmal rachsüchtig am Lack, doch der Jag kam frei. Am Fahrverhalten erkannte ich, dass alle Reifen noch intakt sein mussten. Immerhin! Die übrigen Schäden würde ich am Morgen begutachten können. Ich setzte meinen Weg fort und erreichte schließlich das Haus. Der Regen schien noch stärker geworden zu sein, aber er hatte einen Punkt erreicht, an dem das nicht mehr viel ausmachte. Ich zählte bis drei, öffnete die Tür, wurde nass bis auf die Knochen, noch bevor ich den Kofferraum geöffnet hatte, packte, so viel ich tragen konnte und hampelte zu meiner Unterkunft. Mit grotesken Verrenkungen versuchte ich, an meinen Schlüssel zu kommen, bis das Schicksal nicht länger zusehen konnte und mir die Ciderdosen aus der Armbeuge schlug. Augenblicklich fuhr ich herum und schrie Richtung Himmel, wo ich das Schicksal vermutete: »Okay! Sie sind weich ins Gras gefallen! Aber fasst du nochmal meinen Alkohol an, haben wir ein Problem, klar?« Es grummelte verächtlich, schien aber verstanden zu haben.

»Gut!« Damit wandte ich mich wieder der Tür zu, und es gelang mir aufzuschließen. Ich hob die Dosen in ihrem völlig durchweichten Karton auf und platzierte alles auf dem Küchentisch. Dann spurtete ich zurück zum Jag, rutschte auf dem Hang zur Straße aus und legte mich schön in den mich mit offenen Armen erwartenden Schlamm. Was soll's, dachte ich. Ich hatte es ja provoziert. Ich rappelte mich ohne ein Wort von mir zu geben wieder auf – was eine Meisterleistung der Beherrschung von mir war, wie ich fand – holte den Rest des Einkaufes aus dem Auto und war froh, als ich die Eingangstür endlich hinter mir schließen konnte. Erst jetzt hatte ich Zeit, an mir herunter zu schauen. »Oh Mann«, stöhnte ich. Nicht nur triefte das Wasser aus meiner Kleidung heraus, als wäre ich selber zu einer Wolke geworden: Meine gesamte Vorderseite war von lehmig-brauner Farbe. Aber auch jetzt verkniff ich mir die Flucherei. Ich hatte keine Lust, dass mir der Sturm auch noch das Dach abdeckte. Mit spitzen Fingern schälte ich mich aus den völlig unbrauchbaren Sachen. Selbst meine Unterhose war komplett nass.

»Du hast mich echt angepisst«, rief ich in Richtung Dach. Soviel musste doch wohl erlaubt sein. Dann trug ich das Zeug, nackt wie ich war, in mein Schlafzimmer und klatschte es in eine Ecke. Ich stellte die Elektroheizung auf volle Leistung und nachdem ich abgetrocknet war und frische Kleidung trug, ging es mir schon besser. Jetzt galt es, zwei Feuer zu entzünden. Das erste loderte nach einem Schluck aus Tennessee auf! Ahhhh, yeah! Das zweite brauchte etwas mehr Aufwand, war aber durchaus kooperativ und erwachte zügig zum Leben. Ich gab ihm Starthilfe mit Heißluft aus dem Fön, und schon bald hatte es eine dem Wetter angemessene Größe. Stolz starrte ich einen Moment in die Flammen. Es war immer wieder faszinierend. Ich hätte bestimmt noch länger geschaut, wenn sich nicht ein Grollen in mein Bewusstsein gedrängt hätte, das zwar nichts mit dem Sturm draußen zu tun hatte, jedoch nicht minder heftig war. »Schon gut, schon gut«, gab ich nach und begann mit den Essensvorbereitungen. Allerdings erst nachdem ich die Kerzen im Zimmer angezündet hatte. Sturm ohne Kerzen? Undenkbar!

»And Baconstrips and Baconstrips and Baconstrips«, sinnierte ich mantraähnlich, während ich einen nach dem anderen zischend und brutzelnd in einem See aus heißem Öl baden gehen ließ. »Awesome Baconbrutzel-POWER!«

Dann kamen die Zwiebeln. »Die schneidest du, bis es nichts mehr zu schneiden gibt, Motherfucker! Rotes Zwiebel-Massaker!« Ich liebte Epic Meal Time. Geniale Show! »Jetzt haust du die Dinger in das Baconfett! Zwiebel-Baconfett-MADNESS! Whiskey dazu! Nichts ist episch ohne Whiskey! Und jetzt: schön abgefackelt!« Eine Stichflamme schoss aus der Pfanne, als ich das Feuerzeug an die Alkoholdämpfe hielt. »Bacon und Zwiebeln auf einen Teller! Die müssen warten! Jetzt ist Pattie-Time! Die bestreichst du wie den Körper einer schönen Frau mit Barbecue-Ssaußßßß! Dann brätst du sie! Dann bestreichst du sie wieder! Dann wieder in die Pfanne! Schicht für Schicht für Schicht, bis dein Arm so schwer ist, dass du dir nicht mal mehr einen schleudern kannst, Motherfucker! Und dann? Was hast du vergessen? GENAU: WHISKEY! Zwei für dich und einen für die Pfanne!« Noch eine Stichflamme und: aaaah, fertig! Schnell wusch ich Salat und Tomaten und schnitt sie auf. »Jetzt wird gestapelt: Weißbrot, Bacon, Fleisch, nochmal Bacon, nochmal Fleisch und nochmal Bacon, klar?!!!, Zwiebeln, Tomaten, Barbecue-Ssssaußßßß, Salat und Weißbrot! Mega-sta-pel-Exercise!« Allein beim Anblick des Fett- und Saucetriefenden Burgers sabberte ich beinahe auf den Tisch. Und der Duft!!! Jetzt schnell noch einen Jackie-Cola gemischt, Elvis' Greatest Hits in den Player und los geht's: Weichheit, Saftigkeit, Knusprigkeit, Knackigkeit, Pupillen weiten sich: Gechmacksorgasmuuuuuuuuuuuuuussssss... Mh mh mhhhhhhhhhhh!

Schlucken! Jackie-Cola hinterher! Oh Mann! Amerikanische Burger-Orgie im irischen Sturm. Erst nach drei weiteren Bissen war ich in der Lage, das unglaubliche Gebilde lang genug aus den Händen zu legen, um dem mittlerweile beachtlichen Feuer fünf Briketts in den glutroten Rachen zu werfen. Die Hitze, die mir entgegenschlug, war stark, und trotz des Sturms schaffte es mein lodernder Vielfraß, die Wohnküche wohlig warm werden zu lassen. Zurück am Tisch, biss ich erneut von meiner Wonnekreation ab und leerte das Glas Jackie-Cola, um auch das innere Glühen auf Touren zu halten. Die Whiskey-Flasche gluckste, als kitzelte sie meine Hand um ihren Bauch wie eine alte Lady beim Tanzen, als sie zwei Fingerbreit ihres Inhaltes beraubt wurde. Dann gurgelte die Cola dazu, satt schwappend und am Ende verführerisch zischend. Hey, **mich** brauchst du nicht lang bitten, dachte ich. Ich setzte das Glas an, und schon war die Hälfte des köstlichen Getränks in einer malzfarbenen Kaskade meinen Schlund hinunter geflossen. Aber: Danke! Ich zwinkerte dem Glas zu, dann widmete ich mich dem Rest des Burgers. Das Bedauern, das sich mit dem letzten Bissen einstellte, wurde sofort sanft, aber mit Nachdruck von der Freude auf den Nächsten beiseitegeschoben. Es dauerte nur unwesentlich lang, und schon lag das nächste

Fleisch-Bacon-Barbecue-Sssssssaußßß-Monster auf meinem Teller, bereit, seinen letzten Gang anzutreten, meine Speiseröhre hinab in die endlosen Tiefen meines bodenlosen Magens. Aber erst das Glas leeren! Ein halbvolles Glas, das kann man doch so nicht stehen lassen. Weg damit! So, jetzt auffüllen das Ganze. Zwei Finger fürs Glas, zwei für mich! Hehehe. Brenne, Feuer, brenne heiß! Cola drauf. Jawoll. Essen! Oh Gott, waren diese Burger geil! Draußen tobte der Sturm, und ich hatte es so unglaublich gut hier drin.

›Uhuhu … uhuhu … yeahyeeeeeah, yeah‹, sang Elvis zur Bestätigung.

»Prost, mein schmalztolliges Genie«, rief ich in Richtung des CD-Players und trank das Glas auf ex. Und sofort war es wieder voll. Ich vertilgte den zweiten Burger. Mit dem letzten Happen ließ ich mich nach hinten fallen und streichelte meinen Wanst.

»Uuuuoah!«, stöhnte ich. »Das war gut, hm, mein Klein... äh Großer?« Ich tätschelte ihn etwas. »Aber da geht noch was, oder? Jaaaaa!« Ich erhob mich, und mit dem ersten Schritt spürte ich die Jackie-Colas, die sich in mir verbündet hatten. »Grooovy«, kicherte ich und holte eine Packung der Tea-Cakes. Auf dem Rückweg flogen noch drei Briketts in den Kamin. »Da, sollst auch nicht brennen wie ein Hund. Hehehe.« Gott, warum musste ich nur immer so dümmlich über meine eigenen Witze lachen, wenn ich allein und betrunken war? »Weil's Spaß macht und es sonst keiner tut!« Hehehe. Stimmt. Ich ließ meinen hamburgergestopften Körper wieder auf dem Küchenstuhl nieder und riss die Packung auf. Ein intensiver Duft aus Kokos und Schokolade strömte in meine Nüstern, und ich sog ihn gierig auf. Behutsam entnahm ich einen der halbrunden Hügelchen und führte ihn zum Mund. Schokolade knackte satt, Marshmallowfüllung gab sanft nach und quoll schaumig-cremig auf meine Zunge. Das Kokos-Aroma war perfekt, mischte sich mit der Milchschokolade und sorgte für ein wundervoll kratziges Gefühl im Hals. Der aus Kekskrümeln gemachte Boden lieferte die befriedigende Substanz beim Kauen. Was waren das für teuflisch gute Dinger! Zwei von ihnen fanden einen schnellen Tod. Heruntergespült wurden sie mit Jackie-Cola, der durch das meinen Mund umschmeichelnde Kokos-Aroma eine sehr interessante Südsee-Note erhielt. Ich wollte gerade zum dritten greifen, als mich meine Blase sehr eindringlich daran erinnerte, dass das, was reinkommt, auch wieder raus muss. Zumindest zum Teil. Als hätte der Sturm nur darauf gewartet, fauchte eine besonders heftige Böe um das Haus und rüttelte an der Hintertür. Ich seufzte und erhob mich. Vor der Tür blieb ich nochmal stehen, zählte bis drei, dann öffnete ich sie. Sie wurde mir augenblicklich aus der Hand gerissen und flog auf. Eine eiskalte Dusche empfing mich, obwohl ich noch nicht mal draußen stand. Schnell ergriff ich die Tür und zog sie zu, während ich hinaus in die tosende Natur trat. Ich hatte Johnny noch nicht ausgepackt, da war ich schon bis auf die Knochen durchgeweicht. Ich versuchte, mich so zu positionieren, dass ich den Wind halbwegs im Rücken hatte und legte los. Pipi und Regen mischten sich sofort zu einer nicht mehr auseinanderzuhaltenden Einheit, die mal hier und mal dorthin geweht wurde. Ob etwas mich traf, konnte ich auch nicht mehr sagen. Als ich spürte, dass nichts mehr kam, schüttelte ich Johnny überflüssigerweise ab, packte ihn so gut es ging weg und begab mich schleunigst wieder nach drinnen in die warme Stube.

»Woah«, atmete ich durch, als die Tür wieder an ihrem Platz war. »Nicht schlecht!« Ich schaute an mir herunter und entschied mich, die triefende Kleidung an Ort und Stelle von meinem Körper zu schälen. Schon in nüchternem Zustand nicht ganz so einfach, mit den Jackie-Colas zusammen ein kleines Wagnis. Sie schienen sich einen Heidenspaß daraus zu machen, mein Gleichgewicht zu stören, so dass ich immer wieder beim Ausziehen der Hose einen Fuß absetzen musste, was dazu führte, dass ich in den Hosenbeinen hängenblieb und mit auf Halbmast hängenden Beinkleidern durch die Gegend stolperte.

»Okay«, rief ich, als ich es endlich geschafft hatte und nackt im Raum stand. »Ihr wollt eine Show? Bitte sehr, nur noch einen Moment!« Ich hängte die Sachen über die Stühle, damit sie zumindest etwas trocknen konnten. Dann befüllte ich noch einmal das Glas, leerte es in einem Zug, ging zum CD-Player, wählte ›Viva Las Vegas‹ und drehte voll auf. Zu dem völlig überdrehten Gitarren- und Percussion-Intro tanzte ich vor den Kamin und stellte mich breitbeinig auf.

156

»Bright light city gonna set my soul, gonna set my soul on fire«, begannen Elvis und ich in schwülstiger Imitatorenstimme und Johnny schwang im Takt: links, links, rechts, rechts.

»There's a whole lotta money that's ready to burn so get those stakes up higher!« Johnny wiederholte seine Choreographie.

Jetzt kreiste mein Becken: »There's a thousand pretty women waiting out there, and they are all livin' devil may care. And I'm just a devil with love to spare so: Viva Las Vegas!« brüllte ich aus voller Kehle und ließ Johnny rotieren. Die verdammten Jackie-Colas und Kobolde und Elfen und all das Little Folk sollten schließlich was zu sehen bekommen. »Vivaaaaaaa Las Vegas!«

›Uiiii, er kann tanzen‹, hörte ich Leila in meinem Kopf. Ich hatte ihr meinen Johnny-Tanz einmal aus Übermut an einem wunderschönen Morgen nach einer noch schöneren Nacht vorgeführt, und sie hatte es geliebt. So sehr, dass sie sofort Evi davon erzählte. Das hatte sie mir eröffnet, kurz bevor ich diese dann kennenlernte. Ein tolles Gefühl! Ich musste lachen. Was für eine absurde Situation das gewesen war. Zum Rest der Strophen hampelte ich schwingenden Dings durch das Zimmer, machte den Travolta, den Gorilla und andere Verrenkungen, während draußen der Sturm versuchte, Irland wieder ins Meer zu spülen. Und bei jedem Refrain kreiste Johnny inbrünstig. Auf den letzten Schlag des Liedes reckte ich beide Fäuste gen Decke, warf den Kopf in den Nacken und schrie: »YEEEEEEEEEEAAH!« Dabei schleuderte ich Johnny nach oben und ließ ihn gegen meinen Bauch klatschen. Legendär! Einen Moment verharrte ich in der Pose, dann taumelte ich mehr, als dass ich ging, zum Tisch und ergriff das Handy. Sie hatte nicht geschrieben, was mich aber nicht weiter störte, sie war ja mit Wieland unterwegs. Wahrscheinlich hatte sie mindestens genauso viele Jackie-Colas intus wie ich. Leicht schwankend auf den Tisch gestützt schrieb ich

Johnny hst gefabtzt

was natürlich ›Johnny hat getanzt‹ heißen sollte, aber das Prinzip des Touchscreens war nicht mehr wirklich mit der in mir befindlichen Alkoholmenge vereinbar. Ich kicherte, als ich das Ergebnis sah, gab ein: ›Mir's egaaal‹ von mir und schüttete drei Finger Whiskey in das Glas … ups. Hihihi. Braun zu braun und dann ging es vor den Kamin. Warum anziehen? War doch so viel cooler. Ich spürte die Hitze des Feuers am ganzen Körper auf der Haut und fühlte mich frei und ungezwungen. Johnny rührte sich ein wenig, als mein mit süßer brauner Klebrigkeit geflutetes Gehirn Bilder erfand, wie ich Leila hier vor dem Kamin fickte, wir beide geil bis zum Anschlag, nackt, ins Feuer schauend. Sie auf allen Vieren, ich dahinter … mit Whiskey-Flasche an den Lippen … hahaha, nein, zu krass … obwohl … ist MEINE Fantasie, hehehe, ich kann tun, was ich will. Ich überlegte kurz, ob ich mir einen runterholen sollte, doch der Alkohol hatte auch meinem guten alten Johnny etwas zugesetzt, und er hing nur auf Halbmast. »Ist schon gut, mein Bester«, raunte ich ihm zärtlich zu. »Ein anderes Mal. Jetzt wird einfach nur noch gesoffen. Ich setzte das Glas an die Lippen und saugte die Mische in mich auf wie eine Fliege den Zuckersirup. Die braune Flutwelle schlug über mir zusammen und spülte mich fort in ein Reich voller erotischer Bilder und wohliger Wärme.

Irgendwann veränderten sich meine Träume, und ich war unterwegs in einem Kriegsgebiet. Ich suchte jemanden, konnte ihn aber nicht finden. Ich konnte die herannahenden Einschläge hören, während ich durch die verlassenen und teilweise zerstörten Häuser rannte, um die Person zu finden. Schließlich betrat ich ein Zimmer, an dessen Fenster ein Stuhl stand, die Lehne so hoch und mir abgewandt, dass ich nicht erkennen konnte, wer darauf saß. Langsam, das Gewehr im Anschlag, bewegte ich mich auf den Stuhl zu. Noch zwei Schritte, dann würde ich sehen, wer es war. Noch einen … Ashling! Es gab einen ohrenbetäubenden Knall. Trümmer flogen umher, und ich wachte auf. Doch das Grollen war noch da! Ich brauchte einen Moment zu realisieren, dass mein Alkoholschwamm von einem Gehirn das Gewitter in meinen Traum eingebaut hatte. Ich blinzelte in den schummerig erleuchteten Raum. Das Feuer hatte sich in einen tiefrot glühenden Haufen verwandelt, aus dem kleine violette Flämmchen hier und da aufzüngelten, und von den Teelichtern auf dem Kaminsims brannten nur noch zwei sehr schwach. Ich war immer noch vollkommen besoffen, aber wenn ich mir nicht eine fiese Erkältung holen wollte – ich war ja immer noch nackig – musste ich wohl oder übel aufstehen und das Feuer füttern. Bei der Gelegenheit konnte ich mir auch gleich eine Decke holen und das Glas auffüllen. Ich räkelte mich und seufzte, was lustigerweise wie ein Schnarchen klang. Ich wollte meinen nackten Arsch gerade aus dem Leinensessel bugsieren, als ich nochmal schnarchte. In einer Mischung aus sitzen und stehen, hielt ich inne und hielt den Atem an. Trotzdem schnarchte ich … oder es … denn jetzt war klar, dass ich es nicht sein konnte, es sei denn, mein Hinterteil oder sonst irgendetwas an mir hatte gelernt, ohne mich zu schlafen und dabei zu atmen. Ich spürte ein Kribbeln am ganzen Körper. Ganz langsam und vorsichtig richtete ich mich vollends auf und wendete den Kopf nach rechts, woher das Geräusch kam.

»Uah!«, entfuhr es mir, und ich taumelte ein paar Schritte zurück, als ich eine Gestalt zusammengerollt in dem zweiten Leinensessel erblickte. Erst auf den zweiten Blick erkannte ich sie. »Ashling!!!«, rief ich vollkommen perplex. Mein Gehirn arbeitete, so gut es konnte, aber es ließ ein paar wichtige Gesichtspunkte aus. Also sprach ich weiter: »Ashling! Wach auf!« Die Kleine bewegte sich etwas hin und her, dann schlug sie, soweit ich das bei dem Licht erkennen konnte, die Augen auf.

»Hallo Charlie«, piepste es verschlafen aus dem Sessel. »Hab ich dich wieder erschreckt?«

»Ja, zum Teufel! Was machst du hier?«

»Meine Eltern haben gesagt, ich soll nach dir sehen. Wegen des Sturms. Frierst du nicht?«

»Was? Hä, wieso sollte ich …« Ich schaute automatisch an mir herunter. »UAH!!!! Verdammt!« In einer lächerlichen Geste kniff ich die Beine zusammen wie ein entblößtes Schulmädchen und hielt meine Hände vor Johnny. »Warte hier«, befahl ich und krebste gekrümmt in mein Schlafzimmer, um mir was anzuziehen. Verdammtes Mädchen! Was wollte sie schon wieder hier? Das Licht funktionierte schon wieder nicht, also tastete ich im Dunkeln, bis ich eine Hose und ein T-Shirt gefunden hatte. Ich klemmte mir beinahe die Vorhaut im Reißverschluss, was meine Laune in Bezug auf Ashling nicht gerade steigerte. Hey, when it comes to a man's Penis …!!!! Unsicheren Schrittes begab ich mich zurück in die Wohnküche. Wenn ich doch nur nicht so verdammt besoffen wäre!

Ashling hatte ihre Position nicht verändert und lag noch immer, die Beine an sich gezogen, in dem Sessel. Ich ging zum Regal, holte ein paar neue Kerzen und machte Licht, so gut es ging. Danach merkte ich, dass ich mich besser hinsetzte und nahm einen der Stühle neben dem Kühlschrank, damit ich ihr schräg gegenüber saß. Sie schmunzelte, als sie mich von vorne sah.

»Was?«, fragte ich gereizt.

»Ich mag das, was du anhast«, kicherte sie.

Wieder schaute ich an mir herunter und sah, dass ich im Dunkeln aus Versehen das Schlaf-Shirt von Leila erwischt hatte, das ich aus sentimentalen Gründen mitgenommen hatte. Es war eigentlich mal weiß gewesen, mit Arielle darauf. Als sei das nicht schon peinlich genug, hatte sie es mit einer roten Unterhose zusammen gewaschen, und nun war es barbie-rosa. Ich seufzte. Fuck. Mit großer Mühe versuchte ich, einen klaren Gedanken zu fassen.

»Ashling, was, um alles in der Welt, machst du hier, und wie bist du hereingekommen?«, fragte ich gepresst von der Anstrengung. Das Mädchen blieb vollkommen entspannt.

»Hab ich doch schon gesagt: Meine Eltern meinten, ich solle nach dir sehen. Wegen des Unfalls und des Sturms. Ich habe geklopft, aber du hast nicht aufgemacht. Die Tür war nicht abgeschlossen, da bin ich reingegangen, um zu sehen, ob es dir gut geht. Du hast geschlafen, also habe ich mir die Sachen von neulich geholt und mich neben dich gesetzt, damit du nicht alleine bist und bin auch eingeschlafen.«

»Wegen des Unfalls?«, wiederholte ich monoton.

»Ja.«

»Den mit der Kuh?«

»Ja.«

»Den haben sie gesehen?«

»Ja.«

»Aha …« Ich wusste nicht, was ich denken, geschweige denn sagen sollte. »Und deine Eltern schicken ihre Tochter durch diese Wetter, um nach *mir* zu sehen«, sagte ich schließlich, weil mir nichts Besseres einfiel und legte meine ganzen Verfehlungen in die Betonung des Wortes ›mir‹.

»Ja«, antwortete Ashling. Gerade noch rechtzeitig, bevor ich sie fragen konnte, ob das alles sei, was sie heute Abend zu sagen gedachte, fuhr sie fort: »Sie mögen dich. Und ich kenne die Stürme, das Land, wie es sich bei diesem Wetter verhält, wie man sich selber verhalten muss. Du nicht. Du bist allein. Und du bist traurig.«

Ich war so baff über die Aussage, dass ich für einen Moment vergaß, Ashling misstrauisch anzufunkeln. Aber schon im nächsten Augenblick hatte ich mich wieder im Griff. Ich wollte mir von diesem Kind nicht die Butter vom Brot nehmen und mich schon gar nicht zum Narren halten lassen.

»Wenn deine Eltern mich so mögen – warum auch immer, sie kennen mich ja gar nicht – …«, ich lachte verächtlich über diese naive Behauptung Ashlings. Jetzt hatte ich sie! »… warum sind sie dann nicht selber gekommen, um nach dem Rechten zu sehen, hm?« Ich gab dem ›Hm‹ eine triumphierende Note.

»Weil du keine Angst vor mir hast«, versetzte Ashling trocken und wandte den Blick zum Feuer. Ich öffnete den Mund, um etwas zu entgegnen, es kam aber nur ein tonloses Keuchen. Die Nachwehen der Jackie-Colas feierten ein Fest in meinem Kopf und tanzten Ringelreihen mit meinen Gedanken. Dieses Kind war die Pest mit ihrer blöden Direktheit und vollkommen unangebrachten Weisheit. Es konnte doch nicht angehen, dass sie mich jedes Mal komplett auszog mit ihren Argumenten. Hatte sie Röntgenaugen, oder was? Einen Moment herrschte Stille zwischen uns, nur gefüllt vom Peitschen des Regens, Krachen des Donners und Tosen des Windes. Zahllose patzige Antworten formten sich in meinem gehandicapten Denkapparat – der auf dieser Ebene noch erstaunlich gut funktionierte – und zerflossen wieder in der braunen Suppe, die mein Gehirnwasser ersetzt hatte. An ihrer Stelle grunzte ich und sagte: »Möchtest du etwas trinken oder hast du Hunger? Wieder einen Tee?«

Ashling nickte, ohne den Blick vom Feuer zu lösen. »Tee wäre sehr nett.«

»Sehr wohl«, sagte ich und deutete einen Diener an, der mich dermaßen aus dem Gleichgewicht brachte, dass ich um ein Haar vornübergekippt wäre. Ashling kicherte.

»Du bist lustig.«

Nein, ich bin besoffen und ein Idiot, hätte ich am liebsten gesagt, änderte es aber noch rechtzeitig in: »Tatsächlich? Wie schön!« Wer war ich, ihr zu sagen, was sie lustig fand. Wenn besoffene Idioten ihr Freude bereiteten: wunderbar! Besser, als dass sie weinte oder was Kinder sonst noch so drauf haben. Ich setzte Teewasser auf und stopfte mir eine Pfeife, während ich darauf wartete, dass es kochte. Während der Tee zog, mischte ich mir noch einen Jackie-Cola. Heute hatte ich keine Lust, mich zurückzuhalten. Sie war hierher gekommen. Unangekündigt. Zum zweiten Mal. Warum sollte ich Rücksicht nehmen? Außerdem: Schlimmer konnte es eigentlich nicht mehr kommen.

»Der Tee ist fertig«, brummelte ich, die Pfeife zwischen den Zähnen und das Feuerzeug bereithaltend, nachdem ich ihr eine Tasse eingegossen hatte.

»Kommst du nicht vor den Kamin?«, fragte Ashling versonnen in die Glut blickend. »Hier ist es viel schöner.« Ich rollte die Augen und zog mit den Sachen um.

»Bitte schööön«, präsentierte ich ihr die Tasse und ließ mich in den Sessel neben sie fallen.

»Danke.« Sie nippte an ihrem Tee, während ich meine Pfeife in Gang brachte. Genüsslich blies ich den Rauch aus und vermischte dessen Ge-schmack mit einem Schluck aus meinem Glas. Schweigend rauchend und Tee trinkend blickten wir ins Feuer, jeder seinen Gedanken nachhängend. Also, sie ihren. In meinem Kopf herrschte ein wunderbar dumpf-leeres Ge-fühl, durch das sich kein Gedanke zu kämpfen vermochte.

»Warum bist du hier und nicht bei ihr?«, drang Ashlings Stimme plötzlich leise an mein Ohr. Ob es nun die betäubende Wirkung des Alkohols war oder einfach der Drang, endlich mal über das Thema sprechen zu können, vermochte ich nicht zu sagen. Ich spürte nur, dass die trotzige Wut, die ich eigentlich erwartet hatte bei so einer direkten Attacke-Frage in meinen wunden Punkt, einfach ausblieb. Ich zog an meiner Pfeife und ließ den Rauch über meine Lippen wabern.

»Weil ich den Zustand zwischen uns nicht mehr ausgehalten habe«, antworte ich dann.

»Welchen Zustand?«, fragte Ashling immer noch ins Feuer blickend. »Dass ihr euch liebt?«

»Ja«, antwortete ich, spürte aber, dass dies nicht stimmte. »Nein«, korrigierte ich mich also, »dass sie sagt, sie liebt mich nicht, aber mich auch nicht loslassen kann.«

»Sie liebt dich nicht?«, fragte Ashling verwundert. »Das sieht auf dem Foto aber ganz anders aus.«

»Ja, nicht wahr?«, bestätigte ich sie, wie man einen Kumpel bestätigt, der endlich mal die Wahrheit sagt und nahm einen Schluck Jackie-C. »Sie sagt aber, dass sie mich nicht liebt. Die Sache ist kompliziert.«

»Sie hat einen Freund«, schloss die Kleine so messerscharf, dass ich einen Moment innehielt und sie respektvoll ansah – soweit das durch den Whiskey-Cola-Nebel noch möglich war.

»Ja«, antwortete ich dann etwas bitterer, als ich eigentlich wollte. »Und sie hat mir gesagt, sie könne nie mit mir zusammen sein.« Ich spürte, wie meine Dämme brachen und ließ einfach los. Ich hatte keine Lust mehr, mich zurückzuhalten. Wenn Ashling schon fragte, dann bekam sie auch eine Antwort. Wenn sie sich mit einem erwachsenen, besoffenen Mann über seine Probleme unterhalten wollte, musste sie damit klarkommen! Ende Gelände! »Es ist total absurd. Ich weiß von ihr, dass sie den Typen nicht liebt. Sie **mag** ihn noch nicht einmal!« Ich stieß ein verächtliches Lachen aus. »Aber sie will ihn nicht verlassen! Das ist ja auch okay, auch wenn ich es nicht verstehen kann. Ich muss es akzeptieren. Sie liebt mich nicht, gut! Aber warum schreibt sie mir dann ständig und will hören, dass ich sie vermisse und all den ganzen Kram? Warum akzeptiert sie nicht, dass ich keine Freundschaft will?« Ich saugte das Glas leer.

»Weil sie dich liebt«, sagte Ashling schlicht. Ihre Stimme wurde immer leiser. Sie hatte sich wieder zusammengerollt und lag nun schräg auf dem Sessel.

»Hast du mir nicht zugehört?«, fragte ich barsch.

»Frauen sind kompliziert«, orakelte Ashling und lächelte mit geschlossenen Augen. Dann wurde sie wieder ernst. »Weißt du, dass Liebe Angst machen kann?«, flüsterte sie. Ich starrte sie an. Ich war so überrascht, dass ich all meine Wut vergaß.

»Was?«, fragte ich verwirrt, aber sie antwortete nicht mehr. Sie schlief. Sie sah so zerbrechlich und zufrieden aus, dass ich es nicht übers Herz brachte, sie zu wecken. Außerdem brummte mir selbst der Schädel, als hätte sich ein Schwarm Bienen dort eingenistet. Wirklich gut sehen konnte ich auch nicht mehr. Ich kniff die Augen mehrmals zusammen, doch mit wenig Erfolg. Aber ich hatte noch Durst. So leise ich, konnte erhob ich mich und taumelte zum Tisch. Nachdem das Glas wieder den gewünschten Füllstand erreicht hatte, schlurfte ich an Ashlings Seite. Sie konnten so süß sein, wenn sie schliefen. Dann erahnte mein Hirn das Problem, und meine Miene verfinsterte sich. Was sollte ich jetzt mit ihr machen? Sie konnte doch nicht schon wieder in diesem kack Stuhl schlafen. ›Und warum nicht? Ist doch ihr Problem, wenn sie morgen Rückenschmerzen hat‹, hörte ich eine leicht teuflische Stimme in meinem Kopf. »Stimmt eigentlich«, nickte ich zustimmend. ›Hol ihr wenigstens eine Decke, du Ogga‹, fistelte etwas, das wohl ein Engel sein wollte. »Hahaha«, lachte ich. »Das heißt ›Oger‹! Hast wohl schon einen im Kahn, wa? Aber: Ja, gut!« Ich seufzte. »Bin ja kein Unmensch.« Ich stellte das Glas neben meinen Sessel und ging ins Schlafzimmer, was durch diverse unnötige Kurven und Vor- und Zurückschwankereien ungefähr doppelt so lange dauerte wie sonst und kam mit meinem Schlafsack zurück. Ich öffnete ihn, nachdem ich zwei Minuten versucht hatte, den Reißverschluss zu fassen und breitete ihn so gut es ging über Ashling aus. Sie rührte sich kurz und flüsterte im Halbschlaf: »Du bist lieb, Charlie.«

»Pff«, machte ich, doch das hörte sie schon nicht mehr. Dann legte ich eine gefühlte Tonne Briketts nach und schoss mir in meinem Sessel mit dem letzten Glas die Lichter aus.

Einerseits liebte ich es, mich mit Mixgetränken à la Jackie-Cola oder Cuba Libre zu betrinken. Der unschlagbare Vorteil dieser Wahl der Waffen war, dass ich am nächsten Morgen so gut wie keinen Kater verspürte und gleich nach dem Aufwachen recht klar denken konnte. Der absolute Nachteil davon war jedoch, dass ich am nächsten Morgen so gut wie keinen Kater verspürte und gleich nach dem Aufwachen recht klar denken konnte. »Ooooooooh nein«, seufzte ich leise mit geschlossenen Augen, als sich sofort die Bruchstücke der vergangenen Nacht in meinem Schädel zu formieren begannen. Leider waren die Erinnerungen längst nicht so zersplittert wie erhofft, und somit setzte sich schnell ein Bild zusammen. Und natürlich fiel mir gleich als erstes ein, dass ich nackt vor Ashling herumspaziert war. Als zweites schenkte mir mein Hirn die Erinnerung daran, dass ich vor dem Kind weiter gesoffen und dann auch noch meine Probleme auf sie abgeladen hatte. Und dann hatte ich sie auch noch in einem Leinenstuhl schlafen lassen! Einem Leinenstuhl! Mein Gott, was war ich für ein gigantisches Arschloch. So ein gutes Frühstück konnte ich gar nicht herzaubern, dass ich das wiedergutmachen konnte.

»Ashling?«, fragte ich vorsichtig, nachdem ich die Augen geöffnet hatte, vorerst aber noch, ohne den Kopf zu drehen.

»Miau«, kam es neben mir aus dem Sessel. Jetzt war ich doch froh, dass ich keinen Kater hatte, denn mein Kopf flog so schnell herum, dass es an einem anderen Tag eine Katastrophe gegeben hätte. Auf dem Stuhl saß eine Katze. Nein, sie thronte eher. Sie hatte sich in die Falten des

Schlafsackes gekuschelt, die Vorderpfoten untergeschlagen und blinzelte mich aus fast geschlossenen Augen an.

»Uähäh«, machte ich, während ich aufsprang und um ein Haar beim Zurückweichen über den Karton mit dem Anfeuerholz fiel. Die Katze zeigte sich gänzlich unbeeindruckt. Zumindest in dieser Hinsicht ähnelte sie Ashling verblüffend. Dennoch bezweifelte ich stark, dass das Mädchen über Nacht eine feline Form angenommen hatte. Selbst in Irland.

»Wer bist du denn?«, fragte ich mein Gegenüber, als ich mich wieder einigermaßen in der Gewalt hatte. Die Katze blinzelte weiter über ihr leicht spitzes Schnäuzchen hinweg, auf dem eine rosa Nase saß. Sie selbst war hauptsächlich weiß mit ein paar schwarzen und braunen Flecken – Schildpatt. Es musste ein Mädchen sein … doch Ashling? NEIN! Ich schüttelte den Kopf. Nicht so was denken, du bist eh schon über eine gewisse Grenze hinweg. Behalte wenigstens etwas von deinem ehemals so rationalen und glorreichen Verstand!

Natürlich antwortete das Tier nicht, zumindest nicht auf eine Art, die ich verstand, und somit machte ich einen Schritt auf sie zu. Ihr Fell war relativ struppig für eine Katze und war an den Ohren leicht abgeschabt. Es musste sich um eine Streunerin handeln. Toll. Eine Straßenkatze und sie sitzt mit ihrem Arsch direkt in meinem Schlafsack. Ich war versucht, sie dort rauszuscheuchen, brachte es aber nicht übers Herz. Sie sah so zufrieden aus. Ich seufzte und begab mich zum Wasserkocher. Ich brauchte Kaffee und zwar eine Menge davon. Die Zeit bis das Wasser kochte nutzte ich, um die Pissbrombeeren daran zu erinnern, woher ihr Name rührte. Wie immer nach einem Sturm war die Luft noch klarer als sonst. Die Erleichterung der Natur schwang im Einklang mit meiner, als sich die Reste der Jackie-Cs über die stacheligen Ranken ergossen. Ein wenig Erleichterung kam auch von der Tatsache, dass Ashling schon wieder gegangen war, bevor ich aus meinem Koma erwacht war. So konnte ich erst einmal mit meinen Verfehlungen ihr gegenüber schwanger gehen und einen Teil sortieren, bevor ich mich bei ihr entschuldigte … und bei ihren Eltern … Autsch … weg war das gute Gefühl. Aber ich war zu gerädert, als dass ich mich lange damit aufhalten wollte. Ich hatte zwar keinen Kater, aber ich hatte auch nicht sonderlich gut geschlafen in diesem blöden Sessel. Die nächste Nacht würde ich auf der Matratze verbringen, Besuch hin oder her. Ich schüttelte Johnny die letzten Tropfen aus dem Hals und begab mich wieder ins Innere. Die Tür ließ ich offen. Frische Luft konnte nicht schaden, und ich hatte die heimliche Hoffnung, die Katze würde vielleicht ihren Freiheitsdrang wiederentdecken. Aber sie schien sich bei mir im Haus frei genug zu fühlen, denn sie blieb, wo sie war. Ich kommentierte das mit einer hochgezogenen Augenbraue und begab mich zum Wasserkocher, um das Kaffeegranulat seinem heißen Tode zuzuführen. Dann öffnete ich den Kühlschrank, um mir etwas Milch herauszuholen. Kaum hatte sich die Dichtung mit einem leicht schmatzenden Geräusch vom Gehäuse gelöst, hörte ich einen dumpfen Aufschlag und eine Millisekunde später ein hohes Maunzen direkt neben mir. Langsam wendete ich den Kopf. Die Katze schaute mich aus ihrem vorwitzigen kleinen Gesichtchen mit großen gelbgrünen Augen an und miaute noch einmal.

»Ich nehme an, das heißt, du hast Hunger?«, fragte ich. Die Katze hob die rechte Vorderpfote und griff damit dreimal in die Luft in meine Richtung. Ja, sie griff.

»Ja, schon gut, ich hab's kapiert«, lachte ich. Immerhin eine, die wusste, was sie wollte. Allerdings stellte mich dies vor das Problem, was ich ihr denn zum Frühstück kredenzen konnte. Katzenfutter hatte ich nicht – logisch – und vom Fleisch war auch nichts mehr übrig. Nach einem kurzen Trip down Memory Lane, fiel mir der ›Katz‹ ein. Der ›Katz‹ war von meinem Vater als junge Katze in einer Plastiktüte gefunden worden und residierte ein paar Wochen bei uns, bis Freunde meiner Eltern ihn bei sich aufnahmen. In dieser Zeit lernte er das Schwanzwedeln von unserem Hund und wir lernten, dass Butter ein sorgfältig ausgearbeitetes Loch in der Mitte aufweist, wenn man sie unbeobachtet auf einem Tisch in einem Raum zusammen mit einer Katze stehen lässt. Ich zuckte mit den Achseln. Warum nicht, einen Versuch war es wert. Ich holte die Butter aus dem Kühlschrank und bugsierte sie zum Tisch. Ich konnte gar nicht so schnell gucken, wie die Katze auf dem Stuhl und dann auf dem Tisch war.

»EYYY!«, rief ich und schubste sie herunter. Das Resultat war nicht besonders nachhaltig, denn schon eine Sekunde später saß sie wieder miauend auf dem Stuhl, die ständig greifende Pfote in Richtung Tisch gestreckt. Aber sie berührte ihn nicht und damit konnte ich leben. Ich holte ein Messer, ohne die Katze auch nur eine Sekunde aus den Augen zu lassen, trennte ein kleines Stück Butter ab und servierte es meinem Gast auf einer Untertasse. Sie hatte noch nicht ganz den Boden berührt, da stürzte sich das Tier mit einem krächzigen Geräusch vom Stuhl und machte sich darüber her.

»Holla«, entfuhr es mir überrascht. »Na dann: Guten … äh, hm«. Ich wollte ihr eigentlich guten Appetit wünschen, doch bevor ich dazu kam, war die Butter verschwunden und die Katze schaute mich erwartungsvoll an. »Vergiss es«, sagte ich entschieden. »Jetzt komme ich erst einmal dran.« Ich goss mir nun endlich etwas Milch in meinen Kaffee und schlürfte genüsslich ein paar Schlucke. Dann packte ich zu der Butter Käse und briet mir etwas Pudding. Als er fertig war, drehte ich mich wieder zum Tisch und sah, wie die Katze frech darauf saß und an dem Käse nagte!

»Woah!«, schrie ich und fegte sie abermals vom Tisch. Aber als ich die winzigen Zahnabdrücke im Cheddar sah, musste ich lachen.

»Okay, okay, hier«, gab ich nach, trennte großzügig das angefressene Stück ab und warf es ihr hin. Die Katze maunzte und war erst mal beschäftigt. Ich machte mir ein Pudding-Käse-Sandwich mit ein paar Tomatenscheiben und begann ebenfalls zu frühstücken und vor allem: über die vergangene Nacht nachzudenken. Neben all den Peinlichkeiten, die ich mir geleistet hatte, hielt sich vor allem ein Satz hartnäckig in meinen Hirnwindungen oder zumindest, was von ihnen noch übrig war. Ich hatte mal gelesen, dass bei anhaltendem Alkoholmissbrauch das Gehirn langsam aber sicher sozusagen glattgeschliffen wird. Einen Moment lang stellte ich mir meines vor wie einen wunderschönen ovalen Stein, weich und handschmeichlerisch wie die vom Strand, an dem kein Gedanke jemals wieder Halt würde finden können. Aber davon war ich noch weit entfernt. Der Satz hielt sich jedenfalls hervorragend: »Weißt du, dass Liebe Angst machen kann?«

Nein, wusste ich nicht! Ehrlich gesagt, wusste ich noch nicht mal, was ich mit dem Satz anfangen sollte. Ich warf ihn hin und her, betrachtete ihn von allen Seiten, kramte in den Tiefen meiner Seele nach einer Antwort, aber kam zu keinem Schluss. Liebe war doch etwas Wunderschönes! Wenn man geliebt wurde, hatte man einen Menschen, auf den man sich verlassen konnte, der für einen da war, für den man eine der wichtigsten, wenn nicht sogar **die** wichtigste Person auf dieser Erde war. Man hatte jemanden, der einen verstand, mit dem man alles teilen konnte, gut und schlecht, der einen ergänzte. Was, bitte, war daran ängstigend? Noch nie in meinem Leben hatte es mir Angst gemacht, geliebt zu werden. Noch nie. Na ja, vielleicht als Kind, als ich es komisch fand, wenn sich ein Mädchen für mich interessiert hatte, von dem ich nichts wollte. Aber das war eher leicht unheimlich und merkwürdig gewesen und weniger ängstigend. Außerdem war Leila mit ihren einundzwanzig Jahren kein Kind mehr, auch wenn sie sich manchmal kindisch verhielt. Wer tat das nicht? Apropos Leila! Ich stellte die Kaffeetasse zur Seite und holte mein Handy aus der Tasche. Das Display flammte auf und ich sah eine Nachricht.

Das hätte ich gerne gesehen ;) bin soooooooooo betrunken! Hihihihi! Wieland ist am tisch eingeschlafen! Wollte zu Raphael um dort zu schlafen aber der hat den schlüssel innen stecken lassen :(bin dann mit dem minicar nach hause. Aber der fahrer war nett! Hab nur fünf euro zahlen müssen weil er nicht wusste wo meine straße ist :D

Die SMS zeigte 5:56 als Uhrzeit. Ich musste unwillkürlich grinsen. Ja ja, die Abende mit Wieland! Gleichzeitig ärgerte ich mich über diesen Idioten Raphael! Warum gab er ihr einen Schlüssel, wenn er dann seinen innen stecken ließ?

Guten Morgen :D, schrieb ich zurück. Hahaha, da ging es dir wohl so wie mir :D zumindest was den Alkoholkonsum angeht! Hab mir einen amerikanischen Abend gemacht mit Barbecuesssauß-Bacon-Hamburgern und Jackie-Cola.

169

Mir war durchaus bewusst, wie gemein ich gerade war, denn sie liebte Hamburger und Bacon. Besonders, wenn sie einen Kater hatte und oder geil war. Und da sie offensichtlich keinen Sex gehabt hatte, traf wohl beides zu! Aber es bereitete mir eine gewisse Genugtuung, denn ich fand es wirklich blöd, dass sie tatsächlich noch zu Raphael gegangen war. Klar, es war wesentlich einfacher, zu ihm zu kommen, wenn man sowieso schon in der Stadt war, aber das war mir so was von egal!

Und ich habe einen Gast!, fügte ich noch hinzu und freute mich auf ihre Reaktion. Ich musste nicht lange warten. Es war zwar erst halb elf, aber sie schlief nie sehr lang, wenn sie viel getrunken hatte.

Oah!!!! Du bist soooo fies! Ich will auch!!! erschien ein paar Minuten später auf dem Bildschirm. Einen Gast????? Wen?????

»Hehehe«, machte ich amüsiert. Volltreffer!

Komm doch her! ;), provozierte ich ein wenig sinnlos. Jaaaa, ein Gast. Sie hat vier Pfoten, eine rosa Nase und hat meinen Cheddar angefressen.

Ne Maus????, kam zurück. Ich rollte mit den Augen. Aber natürlich musste ich zugeben, dass man diesen Schluss durchaus ziehen konnte. Doch bevor ich den Irrtum richtigstellen konnte, schrieb sie

Vielleicht sollte ich das wirklich machen!

Ich starrte den Bildschirm aus zusammengekniffenen Augen an, als könne sie dadurch meinen Unglauben sehen.

Meinst Du das ernst? Es verging einen Moment, dann schrieb sie

Ja... nein... ich weiß nicht! Ich fühle mich hier gerade total einsam und vermisse unsere Abende zusammen. Mit Filme schauen und Auflauf machen und ficken. ;D

Eigentlich hätte ich sie voll auflaufen lassen müssen, aber ich konnte und wollte auch nicht.

Ja, das vermisse ich auch. Sehr sogar. Komm doch her! Nur mit dem Filme schauen wird es etwas schwierig. Geht nur auf dem Computer ;)

Hm. Warum bist du auch so weit weg!

Jetzt wurde es doch etwas schwieriger für mich, meinen Unmut im Zaum zu halten. Ihre Art, ständig die Vergangenheit und Realität auszublenden, ließ mich manchmal verzweifeln. Was sollte ich darauf antworten?

Was erwartete sie jetzt? Dass ich schrieb, dass es mir leid täte? Dass ich mich entschuldigte, dass ich das ganze Hin und Her nicht mehr ertragen hatte? Darum ging es doch eigentlich! Wäre ich jetzt in Deutschland, dann würde sie zu mir kommen, wir hätten einen tollen Tag, großartigen Sex und viel Spaß. Aber sofort nach dem Orgasmus würde sich ihr schlechtes Gewissen melden – warum auch immer, bei diesem unsensiblen Klotz, der sie garantiert mindestens auch schon einmal betrogen hatte! – und ich würde wieder mit Abweisung gestraft. Ich würde zu Recht etwas sagen, sie würde mir Unverständnis vorwerfen, und es ginge alles wieder von vorne los. Ich beschloss, nicht darauf einzugehen und schrieb

Du musst schon herkommen. Es ist übrigens eine Katze und keine Maus.

Oh, wie süß! Ja, mal sehen. Ich muss jetzt gleich zu Raphael. Ich habe überhaupt keine Lust. Ist ganz komisch. Er hat sich eben entschuldigt. Er will mit mir das Wochenende verbringen... naja.

Nein, Charlie, du greifst jetzt nicht zu einer Ciderdose, ermahnte ich mich. Ich wusste überhaupt nicht, warum sie sich noch wunderte, dass sie keine Lust hatte, zu ihm zu gehen. Aber so war sie. Gewisse Zusammenhänge blieben ihr verschlossen.

Überleg's Dir, tippte ich mit etwas unruhigem Finger. Du bist hier wirklich willkommen. Ganz ehrlich!

Danke

Ich hoffte noch einen schmerzvollen Augenblick lang, dass noch was kam, dann legte ich das Handy weg. Vielleicht doch einen Cider? War ja schon fast Mittag. Ja, das klang gut. Die Dose zischte, und ich ließ eine beträchtliche Menge ihres Inhaltes in meinem Körper verschwinden. Gerade als ich sie absetzte, sprang das Katzenvieh auf meinen Schoß.

»Iiihaha!«, machte ich mit einer Mischung aus Ekel und Überraschung. Wer wusste schon, was sie so an Parasiten und dergleichen mit sich rumschleppte. Ich spreizte die Arme abwehrend von mir und registrierte mit Schrecken, wie sie begann, meine Brust hoch zu tapsen und mir ihre leicht verkrustete Nase in die Achsel zu stupsen, um gleich darauf in Milchtritt zu verfallen.

»Öhm, äh, das ist ja wirklich wunderschön, dass du mich so magst, meine Kleine, aber bitte, wir kennen uns doch noch gar nicht. Ich finde, das ist etwas zu intim für das erste Treffen«, stammelte ich, hin- und hergerissen zwischen Angst und Rührung. Es war ungefähr so, wie wenn ein Obdachloser einen umarmen möchte. Schließlich gelang es mir, sie zumindest wieder auf meinen Schoß zu bugsieren, wo sie sich niederließ und die Augen schloss, die linke Vorderpfote untergeschlagen, die andere unablässig greifend über meinen Oberschenkel drapiert. Ich nutzte die wiedergewonnene Bewegungsfreiheit, um meinen Cider-Pegel noch etwas anzuheben und meine Nerven zu beruhigen. Süß war das Vieh ja! Wenn es nur nicht in der Wildnis leben würde …

Wird sie ja jetzt nicht mehr, meldete sich mein Kopf.

Schnauze! Das Katzentier fliegt wieder raus! Sie kann mich gerne besuchen kommen, aber einziehen hier ist nicht drin! Ich bin und bleibe Junggeselle! Ohne Katze!

Jupp, schon klar!

Wart's ab!

Das Display meines Handys leuchtete auf und beendete das Streitgespräch zwischen mir und meinem Hirn fürs Erste.

Charlie! How r u? Tomorrow 4 o clock at our house! Be there! Love Deirdre xxx.

Das konnte nur bedeuten, dass die Party stieg! Ich freute mich riesig! Das war genau das Richtige! Nicht, dass ich nicht auch alleine Party machen konnte, hatte ich ja gestern wieder hinreichend bewiesen – mein Magen sackte leicht ab, als die Erinnerungen an mein nacktes Erwachen zurückkehrten – aber eine original irische Party zu meinen Ehren versprach doch etwas mehr.

I will! Thank you!!!, schrieb ich zurück und leerte die Ciderdose. Das bedeutete, dass ich noch einkaufen musste. Natürlich konnte ich das auch noch morgen machen, auf dem Weg zu Deirdre, aber wenn ich es heute tat, dann konnte ich gleich noch Katzenfutter besorgen … FUCK! Was war das denn jetzt schon wieder? Ich starrte die Katze auf meinem Schoß an, und in diesem Moment hätte ich geschworen, dass sie grinste. Leicht irritiert leerte ich meinen Kaffee und versuchte dann mit sanftem Druck das Tier dazu zu bekommen, auf den Boden zu springen. Hätte ich dies mit einem schweren Stein probiert, das Resultat wäre dasselbe gewesen. Die Katze schien auf einmal Tonnen zu wiegen und dachte nicht im Traum daran, auf sanfte Gewalt zu reagieren. Erst, als ich aufstand, und es ihr einfach zu ungemütlich wurde, sich mit ihren Krallen an meiner Hose zu halten, gab sie nach und hüpfte mit einem lauten Rumms auf die Dielen. Mit einer hochgezogenen Augenbraue behielt ich sie im Auge, während ich mir meine Jacke anzog und Schlüssel und Handy einsteckte. Da ich schon ahnte, wie es ablaufen würde, wollte ich sie aus dem Haus haben, ging ich zum Kühlschrank und kratzte mit meinen Fingern ein wenig von dem Pudding darin ab. Dann ging ich in Richtung Tür, fistelig ›Miez, Miez, Miez‹ rufend. Zunächst schaute sie mich nur indifferent an. Erst als ich mich draußen in die Hocke niederließ und den Finger ausstreckte, kam sie schnellen Schrittes angelaufen. Dabei verursachten ihre Tatzen so viel Lärm, dass man meinen konnte, ein mittelgroßer Hund käme aus dem Haus. Das Vieh war wirklich die trampeligste Katze, die ich je gesehen hatte. Während sie mir entgegenlief, entdeckte ich, dass sie vorne rechts tatsächlich einen Plattfuß hatte! Auch die anderen waren platter als bei Katzen sonst, aber vorne rechts war es am extremsten. Ob das vom ständigen Greifen kam oder anders herum, ich wusste es nicht. Toll: Die Katze mit der Plattatze. Und sie mag mich. Ich seufzte und ließ das Fitzelchen Pudding ins Gras fallen, wo sie sich sogleich gierig darüber hermachte. Die Zeit nutzte ich und schloss die Tür ab. Dann war es Zeit, sich einer anderen Katze zu widmen. Ich wappnete mich innerlich gegen den Anblick, der sich mir gleich bieten würde und verließ die grüne Hölle. Die Straße hinauf sah ich das Heck meines armen Kumpels. Hm, abgesehen von Schlammspuren, sah es ziemlich normal aus. Also tapfer hingelaufen! Langsam näherte ich mich dem Jag, und nach und nach offenbarte sich das Ausmaß meiner Havarie. Neben drei sehr hässlichen tiefen Kratzern verliefen noch unzählige leichtere die gesamte linke Seite entlang. An verschiedenen Ecken und Vorsprüngen an der Karosserie hatten sich Ästchen und

Grünzeug verfangen. Doch das Meiste hatte der vordere Kotflügel und der Scheinwerfer abbekommen. Dieser war zwar noch heile, aber mit Grasbüscheln ›verziert‹ und schielte jetzt leicht nach außen, genau in die Richtung, in der eine Delle prangte. Die mit dem Gras herausgerissene Erde hatte sich durch den Regen aufgelöst und war an dem Scheinwerfer heruntergelaufen wie das Make-up einer verweinten Schönheit.

»Oh nein«, murmelte ich betroffen. »Mein Gutster! Was hat dir diese doofe Kuh angetan?« Natürlich war letztendlich ich es gewesen, der ihm das angetan hatte, und wenn nicht ich, dann eben die Büsche, aber ich wollte, dass die Kuh die Schuld trug. Was hatte sie auch mitten im Sturm auf der Straße zu suchen? Sie gehörte in einen Stall oder auf die Weide! Von vorne betrachtet sah der Scheinwerfer mit seinem Erdring nun eher aus wie ein blaues Knetsch-Auge. »Ich verspreche dir, das bekommen wir wieder hin. Und wenn ich mit dir in den englischen Teil fahren muss, um eine Jaguar-Werkstatt zu finden«, flüsterte ich dem Wagen in die Stelle des abgerissenen Außenspiegels. Ich setzte mich in den englischen Patienten und ließ den Motor an. Ein schabendes Geräusch erklang, das aber sofort verschwand, als der Motor lief. Puh! Nachdem sich der erste Schreck gelegt hatte, schaffte ich es sogar, die Freude am Fahren dieses Wagens wiederzufinden und dabei die wärmenden Sonnenstrahlen zu genießen, die sich über das durchgepustete Land ergossen und die milliardenfach zurückgebliebenen Regentropfen aufleckten. Ihrem Licht nach zu urteilen, musste es um die Mittagszeit sein. Mein Blick wanderte zu der in das Armaturenbrett eingelassenen Analoguhr und gab meiner Vermutung Recht: halb eins. Mein Kopf begann durchzurechnen, was dies für meinen Tagesablauf bedeutete. Bis ich wieder zu Hause war, wurde es bestimmt halb zwei. Dann konnte es nicht schaden, wenn ich mich mal wieder wusch. Die relative Kühle Irlands, plus die gestrige Regenbrause sorgten zwar dafür, dass der Odor nur langsam zunahm, aber meine Kopfhaut fing an zu jucken und mein Haar fettig auszusehen. Nachdem ich nun auch den Kackeimer mehrfach benutzt hatte, war es an der Zeit, mit seinem Inhalt den Garten zu düngen und ihn für die kommenden Sitzungen wieder herzurichten. Dann sollte ich vielleicht mal nachschauen, wo sich eine qualifizierte Autowerkstatt befand, damit mein armer Gefährte nicht allzu lange in diesem unwürdigen Zustand durch das Land fahren musste. Das konnte ich mit dem Handy machen. Ich hoffte nur, dass der Empfang dafür ausreichte. Wenn nicht, würde ich Chuck und Rita fragen, ob ich ihren Computer nutzen durfte. Dann wäre es auch schon später Nachmittag. Also heute keine großen Exkursionen mehr. Na ja, was sollte es? Es war ja nicht so, als stünde ich unter dem Druck einer Pauschalreise: Entdecke Irland in 14 Tagen.

Ich passierte die Stelle, an der mir gestern das gehörnte Blödvieh vor die Katze gesprungen war. Die Büsche hatten schon gelitten, da aber ihr Pflegezustand sowieso eher in die wilde Richtung tendierte, fiel es nur auf, wenn man es wusste und die aufgerissene Grasnarbe des kleinen Walles darunter bemerkte.

»Dass mir das nicht noch einmal vorkommt«, tadelte ich den Wagen, als ich mich daran erinnerte, wie er einfach nach links ausgebrochen war wie ein Hund, der beim Gassigehen ein Reh entdeckt. »Ich weiß, du bist eine Raubkatze, aber so etwas geht nur, wenn ich es dir erlaube, klar soweit?« Der XJ ignorierte mich schmollend, aber ich wusste, dass er mich gehört hatte.

Schließlich erreichte ich Ballymote. Zuerst hatte ich ein leicht ungutes Gefühl, mit dem ramponierten Wagen dort aufzukreuzen, doch niemand nahm Notiz davon. Ich parkte vor der Kirche und begab mich in den Super Value, um mich den Party-Vorbereitungen zu widmen. Fünfzehn Minuten später checkte ich mit einem Wagen mit dreißig Druids-Dosen, drei Tüten Chips, sechs Döschen Katzenfutter – jupp, ich hatte es getan – und neuen ›normalen‹ Vorräten wieder aus. Ich verstaute alles im Heck des XJ und nachdem ich den Wagen zurückgebracht hatte, lief ich die abschüssige Straße hinunter zum Corner-Store an der Kreuzung. Dort gab es Brennstoff. Anstelle der Frau bei meinem letzten Einkauf dort, traf ich auf einen großen hageren Mann, um die vierzig, mit verschlossener Miene. Er begrüßte mich knapp. Sein Verhalten stand so im Gegensatz zu der Offenheit der ›privaten‹ Iren, dass ich mich unweigerlich fragte, ob er mich nicht mochte. Ich bestellte zwei Packungen Torfbriketts. Nachdem ich bezahlt hatte, kam die Frage: »Wo steht dein Auto?«

Ich stutzte, bis ich mich wieder daran erinnerte, dass es zum Service gehörte, die Dinger für den Kunden in den Wagen zu laden. Das war eine Sache, an die ich mich nie gewöhnen konnte.

»Ist schon okay«, wiegelte ich ab. »Ich habe ganz oben an der Kirche geparkt, das schaffe ich schon alleine.« Aber der Mann ließ sich nicht beirren.

»Das ist kein Problem«, sagte er, allerdings immer noch vollkommen emotionslos und kam mit nach draußen. Er schnappte zwei Packungen an den Kunststoffriemen, die sie zusammenhielten und lief die Straße hoch. Ich folgte ihm und kam mir vor wie ein Gutsherr, der seinem Hofknecht befohlen hatte, den Wagen zu beladen. Es war mir wirklich unangenehm. Warum, war mir nicht so ganz klar. In den USA hätte ich das eventuell anders gesehen und sogar ein kleines Trinkgeld gegeben. Aber hier passte es irgendwie nicht. Und bei diesem Mann schon gar nicht. Er strahlte einfach nicht diese Kundenfreundlichkeit aus, bei der ich diesen Service hätte bedenkenlos annehmen können. Besonders bei dem Auto, das ich fuhr. Aber er machte keine Bemerkung, als wir es erreicht hatten und auch sein Gesicht blieb weiterhin unbewegt. Ich dankte ihm, nachdem er die Dinger in meinen Kofferraum gelegt hatte, und er wünschte mir nichts, obwohl er sagte: »Have a nice day.«

Ich setzte mich in den Wagen und machte mich auf den Weg nach Hause. Wie in Irland üblich, hatte sich das Wetter innerhalb der halben Stunde, die ich in Ballymote verbracht hatte, verändert. Die Sonne schien zwar noch immer, aber jetzt türmten sich weiße Bauschwolken mit Teer-farbenen Unterseiten an einigen Stellen des Himmels, Regenschleier über das Land ziehend, welches das Glück oder eben Pech hatte, sich unter ihrem Weg zu befinden. Ballymote und Umgebung gehörten jedoch nicht dazu. So gelangte ich trockenen Autos und trockenen Körpers wieder in das Haus. Nur die Füße wurden etwas nass, weil der Dschungel noch völlig durchgeweicht war. Kaum hatte ich die Wohnküche betreten, fiel mein Blick durch das ge-

genüberliegende Fenster. Davor saß die Katze und tatzte mit ihrer ewig greifenden Pfote an die Scheibe, als winke sie mir zu.

»Ja, ja!«, rief ich. »Gleich doch! Lass mich wenigstens die Sachen abstellen.« Ich hörte eine gedämpftes ›Miau‹. Ich packte die Tüte auf den Stuhl neben den Kühlschrank und die Briketts neben den Kamin. Dann begab ich mich zu dem Küchenschrank, um nach einer geeigneten Schüssel zu suchen. Ich zog es vor, das Futter noch ohne die Katze im Haus vorzubereiten. Das Vieh war imstande, mir auf die Schulter zu springen, wenn es das Zeug roch. Ich entschied mich für ein altes, rissiges Modell und für die Variante mit Hühnchen. Dann ging ich durch die Vordertür wieder raus und rief: »Miiiiiiiiiieziiiiiiie!« Es dauerte nicht lange, da kam sie mit einem meckernden Geräusch um die Ecke geschossen und stürzte sich auf das dargereichte Mahl. Interessant war ihre Art zu fressen. Sie nahm immer drei Bissen, dann checkte sie die Umgebung nach möglichen Feinden oder Konkurrenten ab. Das funktionierte wie ein Uhrwerk.

»Na dann: Wohl bekomms!«, wünschte ich ihr und begab mich wieder ins Innere. Natürlich schloss ich die Tür. Mehr konnte und wollte ich für den kleinen Straßentiger nicht tun. Jetzt musste ich mich erst mal um meine Raubkatze kümmern. Ich brachte das Feuer in Gang, dann holte ich mein Handy. Es zeigte eineinhalb Balken, aber das genügte. Es musste ja nicht sonderlich schnell gehen. Ich surfte eine Weile durch das Netz und fand auch einige Adressen, die vielversprechend klangen – alle so ungefähr eine halbe bis dreiviertel Stunde entfernt – allerdings keine Jaguar-Werkstatt. Der nächste Händler befand sich in Galway, eineinhalb Stunden entfernt. Ich würde mich wohl doch an Chuck wenden, wenn ich übermorgen wieder hier war. Vielleicht hatte er einen Schrauber seines Vertrauens. Plötzlich fühlte ich mich irgendwie beobachtet und hob den Kopf. Aus den Augenwinkeln sah ich etwas vor dem Fenster und zuckte unweigerlich zusammen. Die Katze hatte wieder ihren Platz eingenommen und starrte mich durch die Scheibe an. Sobald ich Blickkontakt mit ihr hatte, hob sie ihre Pfote und miaute.

»Nein!«, schickte ich durch die Scheibe. Allerdings hätte ich ihr auch die Theorie der Zeit erklären können, der Effekt wäre derselbe gewesen: Sie blieb völlig unbeeindruckt. In enervierender Regelmäßigkeit drang ihr dünnes Stimmchen in die Wohnküche, und ihr Blick bohrte sich in mich, als wäre er ein Laser.

»OKAY!«, brüllte ich, als es mir endgültig zu bunt wurde. Die Katze zuckte nicht einmal. Ich sprang vom Stuhl auf und öffnete die Hintertür, durch die sie augenblicklich, aber in völliger Selbstverständlichkeit, hineingetrampelt kam. Ohne mich eines weiteren ihrer Laserblicke zu würdigen, lief sie an mir vorbei und sprang in den Leinensessel, in dem ich sie heute morgen gefunden hatte. Dort machte sie es sich mit Kopf in Richtung Feuer bequem und ließ eine Tatze lässig über den Rand hängen.

»Mhm«, machte ich. »Schön, dass ich helfen konnte!« Natürlich ignorierte sie die nicht ganz so subtile Ironie in meinen Worten. Wenn man es genau nahm, ignorierte sie meine Worte völlig und mich eingeschlossen. War aber auch ganz gut so. Besser, als sie in meiner Achsel zu haben. Da sich das auf Dauer aber bestimmt nicht verhindern ließ, überlegte ich, wie ich an eine Nummer von einem Tierarzt kam, um mal in Erfahrung zu bringen, was streunende Katzen so an Parasiten übertragen konnten. Tollwut gab es hier ja nicht. Natürlich fiel mir gleich Chuck ein, doch es gab noch eine bessere Alternative, die mir den Tierarzt vielleicht sogar ersparte: Becca und Olli! Becca und Olli waren Freunde von Moritz' Eltern und in den frühen Achtzigern nach Irland ausgewandert, um sich der Zucht von … jaaaa, ganz genau: Riesennasenhunden zu widmen. Ich musste schmunzeln. Olli war es, der mir erzählt hatte, dass zu ihrer Begrüßung der Bürgermeister gekommen war, und die Zeitung stolz einen Artikel über sie verfasst hatte. Damals waren Einwanderer wirklich ein Ereignis wie eine Sonnenfinsternis gewesen. Warum hatte ich sie eigentlich nicht schon längst angeschrieben? Egal! Jetzt war der richtige Zeitpunkt! Ich nahm mein Handy und teilte ihnen mit, dass ich wieder einmal in Irland war und mich sehr freuen würde, wenn wir uns zu einem Tee treffen könnten. Kurze Zeit später kam die Antwort, dass sie am Sonntag Zeit hätten und ich so gegen sechs bei ihnen aufschlagen sollte, dann würde aus dem Tee Dinner und man hätte genug Zeit für ein schönes Gespräch. Ich willigte ein und freute mich riesig auf die beiden und die Riesennasenhunde. Bis dahin war ich eh kaum zu Hause und würde es ja wohl schaffen, die Katze zumindest vom Esstisch fernzuhalten … hoffte ich.

Nun war es halb drei, und wenn ich mich an meinen Tagesplan halten wollte, dann musste ich nun langsam die Vorbereitung zur Körperreinigung treffen. Also setzte ich Wasser auf und begann mit dem Ritual. Die Katze nahm davon keine Notiz, was mir auch ganz Recht war, denn aus irgendeinem Grund wäre es mir unangenehm gewesen, wenn sie mich dabei beobachtet hätte. Als ich nackt war, überkam mich plötzlich eine heftige Geilheit, und Johnny erhob sich zu seiner vollen Größe. Einen Moment überlegte ich, ob ich ihn wieder ignorieren sollte, doch dann beschloss ich, dass er endlich mal wieder ein wenig Aufmerksamkeit verdient hatte. Ich begab mich auf den Treppenabsatz an der Hintertür. Es fühlte sich großartig an, so völlig nackt in der Natur. Entschlossen ergriff ich Johnny und ›würgte den Lurch‹, wie es so unschön hieß. Ich genoss das Gefühl eine Weile, wie es sich immer mehr aufbaute, zögerte es hinaus, geilte mich am Anblick meiner Hand an Johnny noch mehr auf, und schließlich feuerte er seine Glücksfontäne in die Pampa. Es war so unglaublich viel und der Orgasmus so heftig und befreiend, dass meine Knie leicht einknickten, und ich tatsächlich mit einem Tarzan-Schrei der Umgebung meine Gefühle mitteilte.

»What the bloody hell?«, hörte ich eine Männerstimme weit entfernt durch meine Ekstase dringen. Das reichte, um mich sofort wieder zurückzuholen und die nächsten paar Minuten einfach nur lachen zu lassen. Irgendwann hatte ich mich wieder einigermaßen eingekriegt und konnte mit dem Waschvorgang beginnen, der aber immer wieder von kleinen Ausbrüchen unterbrochen wurde, wenn verschiedene Bilder dieses Mannes, der, was auch immer er gerade getan hatte, plötzlich diesen Schrei hörte, durch meine Vorstellung geisterten. Von einer vor Schreck wegspringenden Kuh, die er gerade gemolken hatte, bis hin zu Feinarbeit an einem Modellschiffchen, dem er gerade den winzigsten und zerbrechlichsten Teil ansetzen wollte, war alles dabei. Die Katze schaute mich hin und wieder leicht abfällig an, wenn ich einem der Lachflashs anheimfiel, aber ich drehte den Spieß um und ignorierte zur Abwechslung mal sie.

Als ich fertig war, fühlte ich mich so entspannt wie lange nicht mehr. Zeit für ein schönes Pfeifchen und ein wenig Dosenglück. Vielleicht war ja jetzt der Zeitpunkt gekommen, etwas zu Papier, oder besser, zur Papierillusion auf dem Bildschirm zu bringen? Ich fühlte mich jedenfalls bereit, es zu versuchen. Ich legte Briketts nach und stopfte Rum Flake in die Butz-Choquin. Sie zählte zu meinen Lieblingspfeifen. Sie hatte echtes Silber, dort, wo Kopf und Mundstück Hochzeit feierten und war von außergewöhnlicher Leichtgewichtigkeit. Außerdem gab sie dem Tabak besonders gefällig Raum zur Entfaltung seines Aromas. Ich entschied mich seit längerem mal wieder für die Knick-Falt-Methode der Scheiben. Dies bedeutete zwar, dass ich unter Umständen öfters nachfeuern musste, garantierte aber einen schönen, langsamen Abbrand mit kühlem Rauch. Den Weg zum Dosenvorrat nutzte ich gleich, um ›I'm With you‹ von den ›Red Hot Chili Peppers‹ in den CD-Player zu befördern. Zum rollend pulsierenden Anfang von ›Monarchy Of Roses‹ nahm ich mit meinem Laptop im zweiten Sessel neben der Katze Platz. Nachdem die Pfeife wunderbare Silberfäden in die Luft spann, klappte ich den Rechner auf und die ersehnte und gleichzeitig so verfluchte weiße Seite starrte mich an. Verflucht, weil sie mich aufforderte, endlich was zu schreiben und mir klarmachte, dass noch nichts geschafft war. Ersehnt, weil ich ohne sie natürlich überhaupt nichts schaffen konnte. Sie bot den Raum zur Entfaltung. Wäre sie gefüllt, was hätte ich noch zu leisten? Ein herrlicher wie quälender Zustand. Diese Seite war beides. Willkommen heißend wie frischer Schnee, seine Spuren darin zu hinterlassen und gleichzeitig wie eine Mauer, die meine Sinne blockierte. Wenn ich sie mit aller Macht durchbrechen wollte, geschah gar nichts. Ich stieß mir den Kopf ein ums andere Mal! Wo rohe Sinne kraftlos walten … Die Kunst bestand darin, sie zu sehen, sie zu akzeptieren und es einem egal sein zu lassen, ob man sie überwand oder eben nicht. Der Weg bestand nicht darin, einen Weg zu finden, sie zu überwinden, sondern sich zu öffnen für alles was kam. Es auszuhalten, dass es nicht weiterging. Das war einfacher gesagt, als getan. Aber es gehörte dazu. Immerhin schaffte ich es schon, sie anzustarren und nicht gleich wieder etwas anderes zu tun. Natürlich konnte ich das als Fortschritt sehen. War es auch. Allerdings fühlte es sich zunehmend so an, wie nach dem Sex, mit noch halbsteifem Schwanz versuchen wollen zu pissen. Ja, man hatte den Weg aus dem warmen Bett zum Klo geschafft. Aber es kommt nichts. Man will, aber nichts geht. Die Minuten verstreichen, und immer, wenn man gerade denkt, jetzt könnte es klappen und die Muskeln dafür ansteuert, macht die Prostata einem einen Strich durch die Rechnung. Kein Pressen oder forciertes Relaxen hilft. Es macht einen wahnsinnig! Warum nicht einfach ins Bett? Weil man dann kurz vor dem Einschlafen doch noch muss! Immer! Und dann ist es noch schwerer, aus dem Bett zu kommen! Also sitzt man da, den Pinsel in die Schüssel hängend und wartet. Mit Druck! Es macht einen unruhig! Man kann nichts tun, also steht man auf, setzt sich wieder, versucht es nochmal, liest etwas … Genau so fühlte ich mich jetzt. Die letzten Klänge von ›Dance Dance Dance‹ waren verhallt, und der Cursor blinkte immer noch oben links auf der ersten Seite. Ich saugte an der Pfeife, als wäre sie ein Katalysator für Inspiration. Natürlich war sie das nicht. Ich rauchte sie nur heiß, etwas, das ich mindestens ebenso hasste, wie nach dem erfolgreich vollzogenen Beischlaf nicht pinkeln zu können! Außerdem hatte ich in meiner Anspannung zu fest nachgestopft, und der Zugwiderstand war zu hoch, was mich förmlich zur Weißglut brachte. Ich hätte die Pfeife am liebsten gegen die Wand geschmissen. Natürlich hätte ich einfach den Tabak ausräumen und von Neuem beginnen können, aber mein Stolz hielt mich davon ab. Toll! Innerhalb einer Stunde war meine herrliche Entspannung komplett ins Gegenteil gekippt. Natürlich war mir dieser Vorgang nicht unbekannt – in fünfzig Prozent der Fälle, wenn ich versuchte zu schreiben, lief es, mehr oder weniger intensiv, so ab – es machte es aber nicht erträglicher. Frustriert schmiss ich die mittlerweile versiegte Ciderquelldose zu ihren Brüdern. Mit lautem Scheppern landete sie auf ihnen. Die Katze zuckte zusammen, hob den Kopf und bedachte mich mit einem Blick, der mehr als klar machte, was sie davon hielt, wenn man die Contenance verlor, während sie gerade zu schlafen pflegte. »Sorry«, murmelte ich mit einem äußerst schuldbewussten Gesichtsausdruck. Erst dann realisierte ich, was ich da eben getan hatte. Mit heruntergezogener rechter Augenbraue und vorgeschobener Unterlippe, nickte ich anerkennend. »Nicht schlecht, meine Kleine, nicht schlecht!«

Die Katze signalisierte mir mit ihrer Körpersprache, dass sie auf mein Lob aber so gar nicht angewiesen war, es jedoch großzügig mitnahm, wenn es denn schon mal an sie gerichtet wurde. So geehrt stand ich auf und platzierte noch zwei Briketts im Ofen. ›Madame‹ sollte es ja schließlich schön warm haben. Ich wollte ihren Unmut nicht noch einmal auf mich ziehen.

––––––––––

Getrieben von der inneren Unruhe, die der gescheiterte Versuch des Schreibens in mir hinterlassen hatte, beschloss ich, noch einen kleinen Spaziergang zu machen. Ich schnappte mir zwei äpfelige Treibstofftanks und zog die Jacke an.

»Ich drehe noch eine kleine Runde, Schatz. Zum Essen bin ich wieder da«, rief ich der Katze zu und schloss die Tür hinter mir.

Draußen empfing mich die kühle Luft des beginnenden Abends. Der Himmel zeigte zwar noch ein paar Wolken, doch waren sie wesentlich kleiner als noch vor zwei Stunden und leuchteten nun golden im Licht der allmählich untergehenden Sonne. Einige Vögel zwitscherten, unter ihnen auch ein paar Amseln. Es war ideales Spaziergeh-Wetter. Auf Reserve bewältigte ich den Weg durch die grüne Hölle, dann, auf der Straße, zischte der erste Treibsatz. Während ich den Brennstoff einfüllte, überlegte ich, wo ich langlaufen sollte. Die üblichen Ziele schienen so abgedroschen. Aber vielleicht musste ich auch gar kein Ziel haben? Vielleicht reichte ja einfach die Bewegung? ›Der Weg ist das Ziel‹, hörte ich eine mir unbekannte väterliche Stimme hinter meiner Stirn, die so unerträglich klischeehaft war, dass ich die Dose sogleich noch einmal ansetzte, um sie in einem Cider-Tsunami fortzuspülen. ›Aber Sohn‹, hörte ich sie noch gurgeln, dann war Ruhe. So, jetzt nochmal: Wo sollte ich langlaufen? Fuck, noch nicht einmal das Spazierengehen lief ohne Frust ab. Na gut, was sollte es? Ich wendete mich nach links und lief die Straße hinunter in Richtung des alten Friedhofs. Ich brauchte ja tatsächlich kein Ziel. Hauptsache, ich bewegte meinen Arsch. Es herrschte eine merkwürdige Ruhe. Kein Auto kam die Straße entlang, kein Mensch war zu sehen. Nur die Vögel und ich schienen Aktivität an den sich verabschiedenden Tag zu legen. Es fühlte sich auf einmal so an, als sei ich völlig allein auf der Welt. Nicht der einzige Mensch, aber doch allein, ohne Familie, ohne Menschen, denen ich etwas bedeutete. Die Vorstellung, hier für immer zu leben, machte mir plötzlich Angst. Ich wusste ja, dass ich das nicht musste, aber dennoch stellte ich es mir vor, und mit dieser Vorstellung kam die Angst. Die Angst, dass ich eines Morgens hier aufwachen würde und, ohne es zu merken, uralt geworden war. Dass hier ein Tag dem anderen so ähnelte, dass die Zeit verstrich, ohne dass man es mitbekam. In Deutschland waren meine Eltern gestorben, meine Freunde, alle Menschen, die ich kannte, und ich hatte mein Leben hier verbracht, ohne etwas davon mitzubekommen und war allein. Ganz plötzlich allein und alt. Ich spürte, wie mein Körper von einem leichten Zittern erfasst wurde. Unwillkürlich schaute ich auf meine Hände und vergewisserte mich, dass sie noch jung und stark aussahen. Hätte ich in diesem Moment die Hände eines Greisen erblickt, es hätte mich nicht gewundert. Mit einem Male erschloss sich mir, warum die irische Musik war, wie sie war. Warum die Uilleann Pipes klangen, wie sie klangen. Diese Insel, mit all ihrer Schönheit, atmete die Traurigkeit und die Einsamkeit eines über die Jahrhunderte ausblutenden Landes. Generationen über Generationen hatten es verlassen, aus Not und Verzweiflung. Die, die blieben, kämpften ums Überleben. Sie trugen den Kummer der Zurückgebliebenen in ihren Herzen. Die, die zurückkehrten, taten es, um zu sterben. Selbst die Feenwesen waren immigriert. Unter die Erde. Irland war ein unendlich tragisches Land, und jede Faser meines Körpers spürte dies in jenem Moment. Und die Musik, der Alkohol, die Lebenslust der Iren waren ein immerwährender Kampf gegen die Geister der Vergangenheit.

Ein Seufzer entrang sich meiner Brust, und ich leerte die Dose, um zumindest in dieser Hinsicht ein wenig Widerstand zu leisten. Ich passierte die Bauruine in schlechtem Zustand, die gleich nach der Bauruine in gutem Zustand neben meiner Beinahe-Ruine kam und beschloss, nicht weiter zu laufen. Ich kletterte über das hier allgegenwärtige Gattertor und begab mich zu der kleinen Mauer, die der Besitzer noch hochgezogen hatte, bevor ihm das Geld ausging. Diese erklomm ich und setzte mich so, dass ich auf die von alten Steinmauern eingegrenzten Wiesen dahinter schauen konnte.

›Das wäre ideal für meine Mutter und die Hunde‹, hörte ich Leilas Stimme jubilieren. Ich konnte ihr nur Recht geben. Irgendwie wünschte ich diesem alten Haus, das nun schon so lange leer stand und verfiel, wieder jemanden, der es mit viel Leben und Chaos füllte. Ob ich allerdings der Wiese wünschte, dass sie von den sechs durchgeknallten Spinnern zugekackt wurde, wusste ich nicht so genau. Aber die Vorstellung, wie sie darüber tollten und sich ausgelassen jagten, zog meine Mundwinkel in Lächelposition.

Ich öffnete die zweite Dose und trank. Warum schaffte Irland es nicht, endlich wieder groß zu werden. Dauerhaft. Jedes Mal, wenn es zu florieren schien, passierte irgendeine Katastrophe, und die Landflucht begann von neuem. Aber vielleicht lag darin auch ein großes Glück? Ich mochte mir gar nicht ausmalen, wie die Insel aussehen mochte, hätte sie solche Boomzeiten wie Deutschland erlebt, mit Eisenverhüttung, Kohleabbau und Schwerindustrie, wo es nur ging. Man musste nur nach England schauen, und man sah, was so was anrichten konnte. Der Bauexzess der Celtic-Tiger-Zeit hatte ja schon extreme Spuren hinterlassen. Vielleicht wehrte sich die Seele Irlands auch gegen eine übermäßige Industrialisierung. Jetzt war das Kapital Irlands die nachhaltige Landwirtschaft. Und für Aussteiger wieder interessant. Ich leerte die Dose und fühlte mich wieder etwas besser. Ich atmete noch einmal tief durch und machte mich auf den Heimweg. Plötzlich realisierte ich, dass ich zum ersten Mal seit Beginn meiner Reise nicht in ein leeres Haus kommen würde, und mit einem Schlag war ich wieder froh.

»Honeyyy, I'm hoooohome«, rief ich überschwänglich, als ich die Wohnküche betrat. Tatsächlich sprang die Katze von ihrem Thron. Sie gähnte und streckte sich zwar ausgiebig, bevor sie mir dann gönnerhaft um die Beine strich, aber ich tat besser daran, mich darüber zu freuen und ihr zu sagen, dass sie eine gute Katze war. Ich legte Kate Bushs ›The Sensual World‹ in den CD-Spieler und begann mit dem Abendessen. Nach dem Überfluss des gestrigen Mahls beschloss ich, es heute wieder bei Nudeln zu belassen. Allerdings hatte ich Lust auf Aglio Olio – geiler Knoblauchscheiss!

»Bin gleich wieder da«, rief ich der Katze zu und verließ im Laufschritt das Haus. Einen Moment später brauste ich nach Ballymote. Knoblauch. Wie hatte ich ihn nur vergessen können? Zwanzig Minuten später parkte ich wieder vor dem Busch und schnappte mir meine Beute aus dem Kofferraum: eine herrlich große Knoblauchzwiebel und eine Flasche Connemara. Hey, es würde ein fettiges Essen werden, oder?

Ich war mir nicht sicher, ob die Katze meine Abwesenheit überhaupt bemerkt hatte, denn eine Begrüßung gab es nicht. Sie schlief wieder im Sessel vor dem Feuer. Schönes Leben! Ich startete die CD von vorn, und zu Kates gehauchtem ›Mmmmmmh yeeeess‹, das ganz und gar meine Vorfreude widerspiegelte, begann ich, den Knoblauch zu schälen. Drei Zehen entledigte ich ihrer Haut und hackte und quetschte sie, bis sie beinahe einen Brei ergaben, während das Wasser für die Nudeln schon auf dem Herd heiß wurde. Während die Nudeln kochten, erhitzte ich das Öl in einer Pfanne und röstete den Knoblauch. Der Duft ließ mich um ein Haar hinein sabbern. Und dann hatte ich den krönenden Einfall: BACON! Schnell holte ich den Rest, zerriss ihn in feine Fetzen und gab ihn zu dem Knoblauchöl. Das holte sogar die Katze von ihrem Ruhesitz. Die Resonanz des plumpen ›Rums‹ war noch nicht ganz verklungen, da tatze sie mich schon an und miaute in ihrer lieblichsten Stimme … oder zumindest was sie dafür hielt.

»Liebe geht durch den Magen, wa, du Platttatzentier?«, schickte ich nach rechts unten. »Na gut, komm.« Ich fischte ein schönes Stück aus dem Öl, pustete es kurz kalt und warf es dem Löwen zum Fraß vor. Anders konnte man es nicht nennen. Die Katze fiel darüber her, als müsste sie eine Gazelle erlegen. Mit zufriedenen Maunzgeräuschen schleppte sie es dann in eine Ecke und mampfte es auf. Das verschaffte mir wenigstens so viel Zeit, dass ich die Nudeln abgießen und sie mit dem Knoblauch-Bacon-Öl verheiraten konnte. Ein weiteres Stück ermöglichte mir, der Katze ihr Futter in die Schüssel zu füllen. Sie schaute mich zwar etwas indigniert an, als ich es ihr hinstellte, ließ sich aber dann doch dazu herab, es zu fressen. Also dinierten wir gemeinsam, die Katze und ich, in der um uns hereinbrechenden Nacht. Knoblauch-Bacon Double Feature.

Als ich so viel verdrückt hatte, dass ein Vampir von meinen Ausdünstungen schon an der Türe zusammengebrochen wäre, räumte ich schlurfend den Teller in die Spüle. Dabei stellte ich mir vor, wie ich meinen Bauch als Kugel vor mir her trug. Dann stopfte ich ein weiteres Mal mein Pfeifchen und gab ihm eine zweite Chance an diesem Tag. Ich füllte ein Glas randvoll mit Connemara und pflanzte mich vor den Kamin. Der Leinensessel protestierte mit knarzenden Geräuschen, doch er hielt. Gerade als ich saß, fiel mir auf, dass ich schon lange nicht mehr auf mein Handy geschaut hatte. Einen Moment lang war ich am Überlegen, aufzustehen und es zu holen, doch dann war es mir egal. Was würde mich denn erwarten, wenn ich es holte? Eine Nachricht von ihr? Wenn ja, was könnte sie mir schon geschrieben haben? Entweder, dass sie mich vermisste, was mich einen Moment lang freuen, dann aber in Ärger und Unverständnis umschlagen würde. Oder wie oft sie wieder ran musste, was zu Ärger und Unverständnis bei mir führen würde. Ultimativ war das Ergebnis das gleiche und ich hatte keine Lust darauf. Bedächtig entzündete ich meine Pfeife und sah dem Rauch nach, der wie geheimnisvoller Nebel in den Raum waberte. Die Katze tauchte zu meiner Linken auf und hüpfte auf meinen Schoß. Sie drehte sich einmal, tatzte ein paar Mal mit ihren Vorderpfoten auf meinen Bauch und rollte sich dann in der Kuhle zwischen Brust und Knien zusammen. Trotz dass ich sie immer noch ein wenig abstoßend fand, rührte mich die Selbstverständlichkeit dieses kleinen Tieres. Ich nahm einen Schluck des flüssigen Torffeuers, lehnte den Kopf an und rauchte eine Weile genüsslich. Leder, Torf, Salz, Teer, Holz, Tang, alle Aromen streichelten meine Zunge und Nase und beruhigten meine Gedanken. Sie holten mich ins Hier und Jetzt, in den Augenblick und hielten mich im nächsten. Keine Gedanken, nur ein wohliges Feuer, die Wärme der Katze, Whiskey und Rauch. Die Stille der Nacht und ich. Irgendwann war die Pfeife am Ende, und ich legte sie neben mich auf den Boden. Das Feuer lag ebenfalls in den letzten Zügen. Es war Zeit, ins Bett zu gehen. Ich realisierte, dass es die erste Nacht hier war, in der ich mich nicht zugesoffen hatte und tatsächlich auf einer Matratze schlafen würde. Irgendwie machte mich das ein wenig stolz. Ein wenig bedauerte ich es, dass Ashling ausgerechnet heute nicht auftauchte. Es wäre zur Abwechslung mal nett gewesen, wenn sie mich ›normal‹ angetroffen hätte. Aber bei meiner Knoblauchfahne wäre sie wahrscheinlich in ein Koma gesunken, und dann hätte ich das auch noch ihren Eltern erklären müssen, und ich hatte schon genug zu erklären. Also trank ich lieber die letzte Pfütze Connemara auf Ashlings Wohl und platzierte das Glas neben der Pfeife. Ich stellte mich gerade auf einen längeren Disput mit der Katze ein, weil sie ja jetzt von meinem Schoß musste, da sprang sie von selbst herunter und streckte sich. Sie ließ sich ohne Protest mit ein paar Kitty-Treats vor die Tür locken, fraß sie und verschwand in der Dunkelheit.

»Gute Nacht, bis morgen«, rief ich ihr hinterher. Eine Antwort bekam ich natürlich nicht. So weit ging es dann doch nicht zwischen uns. Nachdem ich mir die Zähne geputzt hatte, begab ich mich in das Schlafzimmer und zog mich aus. Es war ein merkwürdiges Gefühl, bei vollem Bewusstsein schlafen zu gehen. Einen Moment war ich versucht, das zu ändern, doch dann entschied ich mich, es einfach hinzunehmen. Ich löschte das Licht und kuschelte mich in den Schlafsack. Eine ganze Weile lauschte ich der Stille, die nur ab und zu von einem Knacken oder einem Rauschen unterbrochen wurde und glitt langsam in den Schlaf.

Ich erwachte mit einem flauen Gefühl im Magen und der Befürchtung, jemand hätte in der Nacht in meinem Mund Knoblauch kompostiert. Ich hatte im Schlaf geschwitzt, warum konnte ich selber nicht sagen, es war nicht sonderlich warm, aber es war auch egal. Das Resultat war, dass alles, was mich umgab, nach dem Amaryllisgewächs müffelte. Mein Schlaf-Shirt, mein Schlafsack, mein Mund, meine Haut, einfach alles.

»Uh boy«, stöhnte ich, als ich mich auf meine Ellenbogen rappelte. Es gab tatsächlich so was wie einen Knoblauchkater. Ich war sehr froh, dass ich nicht noch mehr dem Alkohol zugesprochen hatte. Unwillkürlich checkte ich das Zimmer auf eventuelle Koboldleichen. Ich hätte mich nicht gewundert, wenn ich welche gefunden hätte. Oder zumindest eine tote Maus. Glücklicherweise schienen alle dem C-Angriff rechtzeitig entkommen zu sein. Unbedachterweise öffnete ich mein hinteres Ventil, um den Überdruck abzubauen, der sich die Nacht über in meinem Körper angesammelt hatte. Im ersten Moment war es unglaublich erleichternd, doch dann machte ich eine Bewegung, die die Luft – oder besser, die gesammelten Faulgase in dem Schlafsack – aus der Öffnung, in der ich bis zur Brust steckte, entweichen ließen.

»Ay Caramba!«, entfuhr es mir in einer Mischung aus Entsetzen und einer gewissen Bewunderung dafür, was mein Körper so in der Lage war zu produzieren. Aber Bewunderung hin oder her, ich musste hier weg, wollte ich nicht mein Leben aushauchen. Also schälte ich mich in Windeseile aus dem Sack – in weiser Voraussicht die Luft anhaltend – schwang mich vom Bett und verließ, einem Soldaten gleich, der versucht, einer Explosion zu entkommen, das Zimmer. Im Hindurchlaufen packte ich die Tür und knallte sie ins Schloss. Hinter mir brandete die imaginierte Druckwelle gegen das Holz, das mich erfolgreich abschirmte. Mit einem breiten Grinsen begab ich mich zur Hintertür. Der Morgen fing schon mal gut an. Jetzt schön gestrullt und dann eine Tatortreinigung der Mundhöhle betrieben. Auf dem Weg zum Pipistrauch fiel mein Blick aus dem Fenster. Davor saß die Platttatzenkatze und spähte in die Küche wie Schnäppchenjäger in den noch geschlossenen Elektromarkt. Und genau so verhielt sie sich auch, als ich die Tür öffnete. Sie schoss an mir vorbei, als sei der Leibhaftige hinter ihr her. Begleitet von ihrem fordernden Miauen, entleerte ich meine Blase.

»Ja, Herrgott!«, schnauzte ich über meine Schulter durch den Türspalt. »Komm nach Irland, hat man mir gesagt. Da ist es ruhig und stressfrei, hat man mir gesagt«, murrte ich vor mich hin, während ich Johnny die letzte Tropfen von der Lippe schüttelte.

Ich entschied mich, noch vor dem Entfernen der Knoblauchleichenreste der Katze etwas zum Maulstopfen hinzustellen. Das tatsächliche Stopfen würde sie übernehmen, darauf konnte ich zählen, Hauptsache, sie hatte die Mittel dazu. Nachdem dies erledigt war, konnte ich mich endlich um frischeren Atem bemühen. Ich schrubbte alles übergründlich, inklusive der Zunge, dann setzte ich, wesentlich befreiter, den Wasserkocher in Gang. Die Frühstück-Routine lief ähnlich ab wie an den Tagen zuvor. Pudding, Beans, Eier, Bacon, Cheddar auf einem Bett von Weißfluff – Never change a winning Team! Frisch gefüllt besuchte ich den Eimer, um einen Teil meiner opulenten Mahlzeiten wieder loszuwerden. Danach fühlte ich mich leicht und fertig für den Tag. Der Katze schien es genau anders herum zu gehen. Sie hatte ihren Platz auf dem Sessel eingenommen und schlief. Unwillkürlich fragte ich mich, was sie die Nacht wohl so getrieben hatte. Sie verhielt sich jedenfalls, als hätte sie in einem Club durchgefeiert. Um ein Haar hätte ich kontrolliert, ob sie eine Fahne hatte. Ich grinste, als ich mir vorstellte, wie sie auf einer Tanzfläche zu House-Beats abging, die Platttatze empor gereckt, mit Sonnenbrille und in der anderen einen ›White Russian‹ – der Sahne wegen, natürlich! Amüsiert griff ich zum Handy, um die Uhrzeit zu checken: 11:31. Dabei registrierte ich, dass sie nicht geschrieben hatte. Eigentlich nicht ungewöhnlich, aber irgendwie schon. Aber vielleicht hatte ich es mir auch einfach nur gewünscht. Wahrscheinlich war sie einfach irgendwo, wo es kein Netz gab, oder hatte einfach keine ruhige Minute gehabt. Schließlich war es Freitag Nacht gewesen, und sie hatte ganz bestimmt gefeiert. Dem Typen gehörte immerhin ein Club. Die Gedanken echoten in meinem Kopf, und dann realisierte ich es. »Uah«, machte ich und starrte die Katze an. Erschreckend, die Parallelen! Ich kannte zwar die Theorie, dass man sich unbewusst immer wieder den gleichen Typ für eine Beziehung suchte, aber dass sie zutraf, und selbst auf weibliche Katzen, irritierte mich doch ein wenig. Na ja, versuchte ich mich zu beruhigen, ich hatte ja keine Beweise dafür, dass die Katze wirklich feiern war. Um mich abzulenken, erledigte ich den Abwasch und räumte die Asche aus dem Kamin. Währenddessen überlegte ich mir, was ich mit dem Tag bis zu meinem Aufbruch nach Roscommon noch anfangen konnte. Der Einkauf war ja schon erledigt. Schreiben? Nein, dazu hatte ich keine Ruhe. Ich wusste ja, dass ich schon in drei Stunden wieder aufbrechen musste. Ja, gut, drei Stunden, in denen ich die Chance hätte, endlich wieder etwas zustande zu bringen, aber ich fühlte mich ganz und gar nicht danach. Dann hatte ich die glorreiche Idee, dass ich vielleicht mal den ›Wurz‹ auf dem Dach ein wenig in seine Schranken verweisen könnte. Es gab noch die selbstgebaute Leiter, die Moritz mit einem Freund vor Jahren konstruiert hatte. Natürlich würde ich mich schmutzig machen und schwitzen, aber duschen musste ich so oder so bei Deirdre. Meine Waschaktionen mochten völlig ausreichen, wenn es um die Day-To-Day-Aufgaben und Begegnungen hier in diesem Land ging, auf einer Party zu meinen Ehren wollte ich mich so aber nicht blicken lassen. Also holte ich die Leiter aus der Rumpelkammer und verfrachtete sie nach draußen, was sich angesichts ihrer Länge und eher schweren Bauweise etwas umständlich gestaltete. Als dies geschafft war, legte ich sie an den Vorbau an und kletterte hinauf. Von dort aus konnte ich bequem das Dach hoch laufen. Auf dem Giebel angekommen, spreizte ich die Beine und ließ mich nieder. Gierig streckte mir die Pflanze ihre Tentakel entgegen, und ich bekam den Eindruck, dass sie sofort weiterwuchs, wenn ich sie auch nur eine Sekunde aus den Augen ließ. Ich ergriff einen der Ausläufer und löste ihn mit einem ratschenden Geräusch von den Schindeln. Allerdings klappte das nur bis der Punkt erreicht war, wo er sich mit seinen Brüdern verbündetet. Es war völlig illusorisch zu denken, hier etwas mit bloßen Händen alleine ausrichten zu können. Also verließ ich das Dach wieder und holte den alten Seitenschneider, der in dem Vorraum an einem Nagel hing. Mit dem Ding in der Hand, war es nicht ganz so ›bequem‹, das Dach wieder hinaufzukommen, doch es gelang. Ich schnitt und rupfte und machte und tat. Eine Ranke nach der anderen flog vom Dach. Ich stellte mir vor, wie ich am Ende stolz auf das kahle Dach blickte, das Haus aber, links und rechts, in schöner Simp-sonsmanier, völlig in Wurzmüll versank. Der daraus resultierende Lachan-fall machte die Weiterarbeit für einige Minuten unmöglich. Allerdings kam es ganz anders. Irgendwann schaute ich auf mein Handy, das ich mir vor dem Aufstieg in die Hosentasche gesteckt hatte und stellte fest, dass schon anderthalb Stunden vergangen waren. Ich schaute wieder auf meinen Ar-beitsplatz, zurück aufs Handy, dann wieder auf den Arbeitsplatz. Er sah bei-nahe genauso aus wie zu Beginn. Klar, ich hatte schon etwas geschafft, aber ich war weit davon entfernt, das Dach frei zu bekommen. Ich war ja noch immer damit beschäftigt, die Pflanze vom Schornstein zu lösen. Und dahin-ter befand sich ja noch das Dach, das das Schlafzimmer überdeckte. Grim-mig schaute ich den Wust an und er starrte entschlossen zurück. Wütend riss ich an einer der Ranken, und nun zeigte der Wurz seine Macht. Zwar löste sie sich, doch mit ihr brach ein Stein aus dem Schornstein.

»Ups!«, entfuhr es mir. Ich hatte den Punkt erreicht, an dem ich mit Grobheit nicht mehr weiterkam. Die nächste halbe Stunde verbrachte ich damit, ganz vorsichtig, kleine Stücke zu durchtrennen und zu entfernen, da-mit zumindest die Feuergefahr gebannt war. Dann konnte ich nicht mehr. Meine Geduld war am Ende. Aber ich musste ja sowieso los.

»I'll be back«, schwarzeneggerte ich und machte mich an den Abstieg. Ich hätte schwören können, hinter mir ein dämonisch-hämisches Lachen zu hören, doch ich gab dem Wurz nicht die Genugtuung, ihn noch einmal eines Blickes zu würdigen. Die Leiter legte ich einfach neben das Haus. Dann wechselte ich die Hose, die bei der Aktion doch etwas gelitten hatte, packte die Dreckwäsche in eine Tüte – ja, Deirdre hatte auch eine Waschmaschine – schmiss die Katze raus, und zehn Minuten später befand ich mich auf der N4.

Trotz der etwas unsanften Behandlung in der stürmischen Nacht und der Vernachlässigung der daraus resultierenden Wunden, schnurrte die Blechkatze die Straße entlang und fühlte sich sichtlich wohl, wieder einmal etwas schneller als sechzig bis siebzig fahren zu dürfen. Im Radio dudelte schreckliche Chart-Musik – wie so oft – doch dieses Mal störte sie mich nicht. Im Gegenteil: Die Vorfreude auf den kommenden Abend pulsierte in meinem Körper zu den pumpenden Beats. Die Sonne fiel zwischen driftenden Eisschollen am Himmel und tauchte die Straße in ein freundliches Nachmittagslicht. Die Tatsache, dass sie mir nicht geschrieben hatte und noch mehr die, dass ich es geschafft hatte, ihr nicht zu schreiben, erfüllte mich mit einem schon seit langem vermissten Freiheitsgefühl. Das Beste daran war, dass es mir nichts ausmachte. Ich dachte an sie und empfand weder Schwermut noch das Bedürfnis, ihr etwas mitteilen zu müssen oder etwas von ihr zu hören. Gott, war das schön. Ich genoss diesen Zustand in vollen Zügen, da mir klar war, dass er, höchstwahrscheinlich, nicht für ewig anhalten würde. In Boyle fuhr ich an die Tankstelle, um der Katze und mir etwas Futter zu gönnen. Die Luft war relativ warm und roch, trotz der Benzindämpfe, frisch und nach kommendem Sommer. Auch etwas, das man besser genoss, wenn es da war, hier in Irland. Ich stopfte den Rüssel in die Katze und blickte während des Tankvorganges die Straße hinunter. Es herrschte recht viel Verkehr. Die meisten Autos fuhren zu dem Super Value. Hauptsächlich wohl Hausfrauen, die den Einkauf fürs Dinner erledigten. Es war eine herrlich normale Szenerie, die mich mit Ruhe erfüllte und mir das Gefühl gab, dazuzugehören. Boyle war nicht groß, dennoch hatte man hier wesentlich weniger das Gefühl aufzufallen, als in Ballymote. Es war gerade diese scheinbare Anonymität, die mir das Gefühl vermittelte, kein Fremdkörper zu sein. Nicht sonderlich beachtet zu werden, kann auch bedeuten, nicht sonderlich aufzufallen, normal zu sein, akzeptiert zu sein.

Ein Klacken sagte mir, dass die Katze satt war und riss mich aus meinen Gedanken. Ich hängte den Rüssel an die Säule und begab mich zur Kasse. Dort bezahlte ich das Essen für mein Vehikel und einen Boost-Riegel für mich. Wieder im Auto, versenkte ich die Seitenscheiben und ließ die milde Luft meine Haare wuscheln und den Innenraum durchpusten. Die Frische belebte meine Sinne, und der Schokoriegel schmeckte nochmal so gut. Das Leder roch intensiver, die Teppiche, alles um mich herum schien die Vorboten des Sommers zu genießen. Nach einer Weile schloss ich die Fenster wieder, doch das Gefühl und die Gerüche blieben noch etwas. Die Zeit verging schnell, obwohl ich sie frei von definierten Gedanken verbrachte. Ich war tatsächlich etwas überrascht, als die Kreuzung von Tulsk vor mir auftauchte. Auch der Rest der Reise verlief entspannt, und so bog ich fünf vor vier, munter und voller Energie, in die Derrane Road ein. Ich trat aufs Gas und sah vor meinem inneren Auge, wie der Wagen, seinem felinen Vorbild gleich, geduckt und mit gespannten Muskeln, die Straße hinunterschoss. Ich hätte gerne eine Vollbremsung und vielleicht sogar einen kleinen Slide vor Deirdres Einfahrt hingelegt, aber den Schlag der Bremsscheibe und den daraus resultierenden Mambo in Erinnerung verzichtete ich darauf. Punkt vier Uhr setzte ich meinen Fuß auf Maloneschen Grund und Boden.

»Aaaaahhhh, die Dschörmens. Known für ihre Punktlirchkait«, hörte ich Guvs Stimme aus dem Ateliergebäude, mich stark an Orson Welles erinnernd, wie er einst versuchte, einen Werbespot für amerikanischen ›Champagner‹ zu drehen. Dann folgte Guv seinen Worten, und seine leichte Schlagseite ließ mich vermuten, dass er sich ungefähr im selben Promillebereich befand wie der verehrte Herr Welles damals. »Was ist denn mit deinem Auto passiert«, fragte er mit einem erheblichen Anteil an Schadenfreude in seiner Stimme und einer Betonung, die das Wort Auto mit Scheißhaufen gleichsetzte. »Vor einer Sinn-Féin-Versammlung geparkt?«

»Nein«, sagte ich mit grimmig zusammengezogenen Augenbrauen, »einen Leprechaun über den Haufen gefahren, um an sein Gold zu kommen! So geht das nämlich einfacher!«

Guv ließ ein Lachen erklingen, als würden Ketten über eine Schotterstraße gezogen. »Du hast bestimmt Hunger!«

»Ja, allerdings!«, bestätigte ich Guvs Verdacht. »Aber zunächst: Sag mir, was ich hiermit machen soll?« Ich öffnete den Kofferraum. Guvs Augen blitzten auf, als sie auf den Inhalt trafen.

»Einfach in mein Zimmer bringen!«, knurrte er und bleckte die Zähne zu seinem unnachahmlichen Grinsen.

»Ich wusste nicht, dass du jetzt im Auto wohnst, Guv«, zirpte Deirdre von der Eingangstür aus. »Denn da wird Charlie die Sachen jetzt hinbringen, nicht wahr, luv?«, Sie umarmte und küsste meine Wangen. »Und vergiss nicht, ihm zu helfen!«, ermahnte sie ihn.

Guv murmelte etwas, das ich nicht verstand und Deirdre nicht beachtete.

»Danach könnt ihr reinkommen«, fuhr sie fort. »Es gibt Sandwiches.«

»Wow, super, danke, Deirdre!«, rief ich begeistert, und Guv und ich machten uns an die Arbeit. Nicht viel später betrat ich die Küche. Auf dem Tisch stand ein großer Teller, voll mit Tomaten-Käse-Salat-Köstlichkeiten. Daneben eine Kanne mit dampfendem Tee. »Exzelleeeent«, gab ich von mir, als ich sie erblickte, die Fingerspitzen Mr. Burnsig aneinandertippend.

»Greif zu«, forderte mich Deirdre auf, die auf ihrem Platz saß und sich eine Zigarette drehte. Das ließ ich mir nicht zweimal sagen. Ich ergriff einen der dreieckigen Mundwässerer und versenkte meine Zähne darin. »Köftlick!«, schickte ich in Deirdres Richtung.

»Oh, das ist gar nichts, luv. Aber, danke!«, wiegelte sie ab und zog an ihrer Zigarette.

»Guv nimmt sein Abendessen lieber flüssig, was?«, witzelte ich, als ich ihn mit einer Dose Druids in der Hand im Ateliergebäude verschwinden sah. Deirdre verdrehte die Augen, fügte aber in einem liebevollen Tonfall hinzu: »Ja, er hat den Tag genutzt, um schon mal ein wenig vorzufeiern.«

»Ich freue mich auch schon sehr auf die Party«, sagte ich zwischen zwei Bissen. »Es ist echt toll, dass das geklappt hat!«

»Ja«, bestätigte Deirdre. »Es gibt nichts Schöneres, als die Anwesenheit eines guten Freundes gebührend zu feiern.« Sie lächelte mich an und sah für einen Moment aus wie ein irischer Kobold.

»Danke! Von ganzem Herzen!«, entgegnete ich gerührt.

»Wollt ihr das Schmalz auf Brote schmieren, oder nur hier in der Küche verteilen«, frotzelte Guv aus dem Vorraum. Einen Augenblick später betrat er die Küche und grinste breit.

»Oh, shut up, you big oaf!«, konterte Deirdre, nicht sehr elegant, aber wirkungsvoll. Guv lachte heiser und setzte sich zu uns an den Tisch, wo er erst mal die Dose leerte. Dann drehte auch er sich eine Fluppe.

»Wenn du fertig gegessen hast, kannst du in Ruhe duschen«, verkünde-te Deirdre. »Aber vorher kannst du mir noch deine Wäsche geben. Die kann schon mal durchlaufen, dann kann ich sie noch vor unserer Abfahrt, so ge-gen sechs, in den Trockner packen.«

»Sehr gerne, danke!«, gab ich nuschelnd zurück. Ich beendete mein Mahl, dann lief ich raus und holte den Beutel mit den Sachen.

»Tut mir leid, es ist etwas viel«, bemerkte ich mit einem entschuldigen-den Grinsen, aber Deirdre winkte ab. »Das ist kein Problem.« Wir stopften alles in die Trommel, und es passte gerade so rein. Die Waschmaschine gab bei der ersten Trommelumdrehung ein unzufriedenes Geräusch von sich, aber Deirdre meinte, dass sie solche Mengen gewöhnt sei, bei fünf Personen im Haushalt und nur einer Person, die sich der Wäsche erbarmte. Ich zuckte mit den Achseln und begab mich ins Bad. Wie immer achtete ich peinlichst genau darauf, zehn Minuten unter der Dusche nicht zu überschreiten, denn dann brauchte die Pumpe mindestens fünfzehn Minuten Pause, damit sie nicht den Geist aufgab. Eigenartige Technik. Als Höhlentier hatte ich das Bad betreten, als Mensch verließ ich es wieder. Zu meinem Glück fehlte nur noch ein Fön. Ich hatte eigentlich nichts dagegen, mein Haupthaar der Raumluft zum Trocknen zu übereignen, allerdings sah es danach einfach nur aus, wie an meinen Kopf geklatscht, ohne Volumen und so. Da ich heu-te Abend auf eine Party eingeladen war, schien mir das unakzeptabel.

»Hast du zufällig einen Fön für mich?«, fragte ich Deirdre, die sich eine weitere Zigarette drehte. Sie schaute etwas irritiert von ihrer Arbeit auf. »Einen Fön, luv? Die paar Haare, die du noch hast, trocknen doch auch so!«

Ich fühlte mich, als hätte sie mir mit diesen Worten gerade eine Glatze verpasst. Bis eben war ich eigentlich der Meinung gewesen, trotz der etwas hohen Stirn, wundervolles – mit der Betonung auf volles – Haar zu haben. Unwillkürlich tastete meine rechte Hand meinen Schädel ab, und aus mei-nem Mund kam ein: »Äh!« Dann fiel mein Blick auf Deirdre, die in ihren Tabakbeutel hineinkicherte.

»Oh, vielen Dank auch«, gab ich gespielt pikiert von mir. Ich war ihr auf den Leim gegangen.

»Der Fön ist in der obersten Schublade, luv«, lachte sie schelmisch.

Nachdem meine Haare in der Verfassung waren, die ich für eine Party angemessen hielt, tönte Guv: »Es ist noch etwas Zeit bis zum Shingding! Wie wär's, wenn du dich zu Deirdres Auto begibst und ein wenig für Nachschub sorgst, eh?«

»Aber selbstverständlich doch, mein Bester«, entgegnete ich, bevor Deirdre Guv ermahnen konnte und verließ die Küche. Mit sechs Dosen kehrte ich zurück. »Auf das Shingding!«, prostete ich zum Zischen der Kohlensäure. Gott, Cider war das Beste, was mir je passiert war! Halbleer traf die Dose auf den Tisch. Guvs Zähne traten an die frische Luft.

»So trinkt ein Mann, der guten Boogie will!«, grinste er.

»Oder vergessen«, fügte Deirdre hinzu und schaute mich tiefgründig an. Einen Moment war ich wie gefangen in ihrem Blick, und es schien, als schaue sie direkt auf den Grund meiner Seele. In die Stille hinein räusperte ich mich. »Nun, ähäm«, sagte ich, als ich meine Stimme wiedergefunden hatte, »ich tendiere in dieser Sache eher zu Guvs Meinung.« Rasch hob ich meine Dose, bevor Deirdre noch irgendetwas einwenden konnte. »Prost, Bruder!«

Sagen konnte Deirdre nichts, aber die Augen verdrehen. Sie schmunzelte allerdings dabei, und dieses Schmunzeln sagte mir, dass ich nicht mehr sehr lange ihren Fängen entkommen konnte. Sie hatte die Spur aufgenommen, und sie würde mich zur Strecke bringen. Schlimmer noch, ich würde mich freiwillig ergeben. Aber nicht jetzt. Dafür sorgte allein schon Guv.

»Was? Bruder?«, krakeelte er, »Fock off! No brother of mine would park that piece of junk on my sacred Irish ground!«

Ich starrte ihm in die Augen und knurrte: »Consider yourself invaded … again!«

»Hahaha, you fuckin' piece o' shite«, grölte er und wir hauten unsere Dosen aneinander in schönster Klingonen-Manier.

»Ahhh, herrlich!«, grunzte ich und öffnete eine neue Ciderbitch, wie Moritz sie voller Wonne getauft hatte.

»Hehehe«, hörte ich Guv und ich sah, wie er sich zum CD-Radio lehnte.

»Oh nein, bitte!«, protestierte Deirdre kläglich, doch es war zu spät. Johnny Cashs Trompeten erfüllten die Küche.

»This guy is fucking genius!«, verkündete Guv – mal wieder – und fletschte die Zähne.

»Yeah!«, stimmte ich ihm zu und hob die Ciderbitch.

»Und täglich grüßt das Murmeltier«, seufzte Deirdre. »Und, wie ist es **dir** so die letzten Tage ergangen?« Die Betonung, welche sie auf ›dir‹ legte, ließ keinen Zweifel darüber, wie oft sie dieses Lied hatte ertragen müssen.

»Ich hatte viel Abwechslung«, antwortete ich grinsend. Ich erzählte von den Dingen, die mir zugestoßen waren: meiner Nacht bei den Gräbern von Carrowkeel und der ›Kunstaktion‹ – Deirdre kommentierte diese, indem sie ihr Gesicht in ihren Händen vergrub – und dem Besuch der Katze. Deirdre amüsierte sich köstlich über den Zustand ihrer Pfoten und darüber, mit welcher Selbstverständlichkeit sie mich schon abgerichtet hatte.

»Ach, da fällt mir ein«, rief ich plötzlich. »Ich hatte dir doch von meinem Erlebnis in den Höhlen von Keash erzählt, von dem Gefühl, nicht alleine zu sein und ein Lachen zu hören.« Deirdre hob eine Augenbraue. »Es hat sich herausgestellt, ich war tatsächlich nicht allein. Noch in der Nacht, nachdem ich von euch zurück war, hat es an meine Tür geklopft, und ein völlig durchnässtes Mädchen stand da. Sie war durch den Sturm gelaufen, nur, um mir ein Foto zu bringen, das ich wohl in den Höhlen bei meinem Sturz verloren hatte! Kannst du dir das vorstellen, Deirdre?«

»Hm«, machte Deirdre, aber ich redete weiter: »Zugegeben, es war ein schönes Foto von mir und …«, ich stockte kurz und überlegte, welche Formulierung ich am besten benutzte, um nicht doch noch endlos erklären zu müssen, wer Leila war. Ich änderte einfach die Richtung: »Ein Foto, das mir viel bedeutet, aber selbst wenn man das vermutet, man lässt doch sein Kind nicht in einen Höllensturm hinaus laufen, wenn man davon ausgehen kann, dass der Typ, dem das Bild gehört, am nächsten Morgen auch noch da ist.«

»Hast du dich bei den Eltern bedankt?«, fragte Deirdre mit einem nicht zu deutenden Gesichtsausdruck.

»Hahaha, nein! Ich habe sie noch nicht ausmachen können. Aaaaber«, fuhr ich fort, dankbar für die Steilvorlage, die mir Deirdre geliefert hatte, »ich habe es versucht!«, und ich erzählte die Geschichte mit Kayleigh. Am Ende fiel Guv fast unter den Tisch vor Lachen, und auch Deirdre konnte nur aufhören, um ein: »Jeez«, von sich zu geben.

»Hi, ich bin Kayleigh«, äffte Guv das Mädchen nach, zwirbelte sich dabei an den Haaren und klimperte mit den Augen lasziv über seine Schulter. Er sah dabei aus, wie ich mir Lolita vorstellte … nach dem achten Alkoholentzug, in einer Bar, völlig blind der Tatsache gegenüber, dass ihr Alter und ihr Aussehen schon sehr lange den Punkt in ihrem Leben verlassen hatten, an dem sich ihr Verhalten immer noch befand.

»Vielleicht sollte ich ein Foto von dir machen und es Kayleigh zeigen«, schaffte ich es zu sagen, nachdem die erste Welle des Lachanfalls abgeebbt war.

»Hä? Warum?«, fragte Guv etwas irritiert.

»Als warnenden Blick in ihre Zukunft!«, versetzte ich. Jetzt war es Deirdre, die beinahe vom Stuhl rutschte vor Lachen. Aber auch Guv schüttelte es erneut. »Hahaha, was für eine tolle Idee«, krächzte er. »Stell dir nur mal vor, wie die gucken würde!« Er schlug mir auf die Schulter. »Du alter Bastard, du!« Unsere Dosen krachten zusammen. Während wir tranken, begab sich Deirdre zu der Waschmaschine und leerte sie in einen Korb darunter.

»Holt eure Jacken, wenn ich zurückkomme, geht es los!«, schickte sie im Vorbeigehen an uns, dann war sie aus der Tür.

»Yes, Ma'am!«, sagten Guv und ich wie aus einem Munde.

»Kommen die Kinder auch mit?«, fragte ich, während ich meine Jacke überstreifte.

»Die sind schon da«, antwortete Guv, nachdem der Rest seines Ciders in seinen Eingeweiden die letzte Ruhe gefunden hatte. »Sie haben bei den Vorbereitungen geholfen.«

»Ihr habt schon tolle Kids«, sagte ich bewundernd.

»Jupp«, nickte Guv. »Ab und zu!« Eine Autohupe ertönte. »Ah, die Missus ruft«, schnaufte er. »Never keep the ladies waitin'!«

Wir verließen die Küche, und eine Minute später saß ich auf dem Rücksitz von Deirdres Opel Astra. Als Guvs Hintern den Vordersitz berührte, hatte er bereits eine neue Dose in der Hand. Die Fahrt dauerte ungefähr eine viertel Stunde, dann hatten wir Jenn und Rogers Domizil erreicht. Sie bewohnten ein altes, reetgedecktes Farmhaus, das wesentlich größer war, als das von Deirdre und Guv. Warmes Licht fiel aus den sauber restaurierten Fenstern und dem geschmackvoll angepassten Wintergarten. Wir rollten auf den Hof und gerade als wir ausstiegen, öffnete sich die Tür und Roger erschien darin. Irgendwie schienen die Iren immer zu wissen, wann Besuch ankam. Roger war ein kleinerer, leicht untersetzter Mann mit Vollbart und einer sehr sympathischen Ausstrahlung.

»Willkommen, Charlie!«, rief er mir zu. »Willkommen! Hat ja lange genug gedauert!«

»Allerdings, allerdings!«, bestätigte ich. »Vielen Dank, dass ihr das hier möglich gemacht habt!«

»Ach, das ist doch gar nichts!«, beschwichtigte er sofort. »Du bist immer eine Party wert! Warte, ich helfe euch. Ich will ja nicht, dass der alte Mann da sich überhebt!«, frotzelte er, als er sah, wie Guv und ich die Alkoholvorräte zu entladen versuchten.

»Aren't you the charming one«, ätzte Guv grinsend. »Aber gut, ich habe sowieso die Hände voll.« Mit diesen Worten nahm er sich zwei Dosen und verschwand im Haus. Roger und ich folgten ihm, zusammen mit Deirdre, die das Knabberzeug mitbrachte.

»Chaaarlieeee!«, brandet mir eine exaltierte Stimme, zusammen mit einem wogenden Busen, enthusiastisch entgegen, als ich die große Küche betrat, die direkt hinter dem Windfang begann. Mary kam strahlend auf mich zu, ein Tuch über ihren Schultern, das hinter ihr wallte und ihrem Auftritt etwas von einer Operndiva verlieh.

»Wie schön, dass du endlich da bist! Jetzt kannst du endlich Paul kennenlernen.« Sie packte mich am Arm und beförderte mich zu einem Mann, der an dem Tresen stand, der die gesamte rechte Wand der Küche einnahm und von Neonröhren beleuchtet wurde, die unter den darüber hängenden weißen Schränken im Landhausstil angebracht waren. Ich kann nicht sagen, dass ich mich übermäßig viel damit beschäftigt hatte, wie Paul, die angebliche Liebe ihres Lebens, das fehlende Puzzle-Teil, der Seelenverwandte, wohl aussah. Allerdings hatten diese Umschreibungen ganz von alleine eine vage Erwartung in mir hervorgerufen. Mochte es Klischeedenken sein oder zu viele Filme oder einfach eine Einschätzung von Marys Vorlieben, ich hatte mich unbewusst darauf vorbereitet, einen großen, muskulösen, grau melierten Typen mit Dreitagebart zu erblicken. Paul entsprach dieser Vorstellung allerdings in keiner Weise. Vor mir stand ein kleiner, zwar schlanker, aber eher schmächtiger Mann Ende vierzig mit einer Halbglatze, die von einem kurzen braunen Haarkranz umrahmt wurde. Sein glatt rasiertes Gesicht, das mich ein wenig an Elvis Costello erinnerte, zierte eine Buddy-Holly-Brille. Durch sie hindurch lenkte er seinen Blick auf seine gerade zu bewältigende Aufgabe: eine ganze Wodka-Flasche in eine leere 1,5-Literflasche zu füllen. Dann nahm er eine andere 1,5-Literflasche, in der sich eine giftig-rote Flüssigkeit befand, die er nun zu dem Wodka kippte, bis nichts mehr ging.

»Paul«, sprach Mary ihn an.

»Ja, ich bin doch schon fertig, mein Schatz. Oder soll ich den Deckel gleich weglassen?«, antwortete dieser, ohne hochzuschauen.

»Paaahaul, Schaahatz«, wurde Mary etwas eindringlicher. »Ich möchte dir Charlie vorstellen.« Jetzt drehte sich der Mann um. »Paul, das ist Charlie, der Schriftsteller aus Deutschland!« – Sie sagte es so, als gäbe es nur einen dort, den man kennen müsste. Auch wenn ich ihr in diesem Punkt vielleicht Recht gab, so war ich mir nicht wirklich sicher, ob ich auch so vorgestellt werden wollte, noch dazu von jemandem, der garantiert noch nie ein Buch von mir gelesen hatte – »Charlie«, fuhr sie fort, bevor ich etwas sagen konnte, »das ist Paul, die Liebe meines Lebens!« Sie manövrierte sich hinter ihn und umschlang ihn mit ihren Armen, was ihr sehr leichtfiel, da sie mindestens einen Kopf größer war als er. Dabei blickte sie mich aus wild klimpernden Augen an.

»Ah, nett«, sagte Paul. »Willst du einen Schluck?« Er hielt mir die Flasche hin, die aussah, als enthielte sie Industriereiniger. Mir dämmerte, dass es sich bei ihm vielleicht wirklich um das fehlende Puzzleteil in Marys Leben handeln könnte: die Ruhe und stoische Gelassenheit. Beeindruckend.

»Ähm, ja, danke, warum nicht«, stammelte ich etwas eingeschüchtert angesichts der beißenden Farbe des Getränks. Aber ich wollte nicht unhöflich sein. Also nahm ich die Flasche und setzte sie an. Nichts auf der Welt hätte mich auf diesen Geschmack vorbereiten können. Das Zeug war unglaublich süß, mit einer gemischten Note aus künstlicher Erdbeere und ebenso künstlicher Himbeere, die sich aber, wie ein geprügelter Hund, furchtsam hinter dem beißenden Geschmack des Wodkas versteckte. »Uh, äh, mhm, was ist das rote Zeug?«, fragte ich, um irgendetwas zu sagen.

»Keine Ahnung, we just put it in there for colour!«, entgegnete Paul. Ich wollte gerade zu einem Lachen ansetzen, sah in einem Bruchteil einer Sekunde, dass Paul weit davon entfernt war, es mir gleichzutun und wandelte es gerade noch rechtzeitig – allerdings mehr schlecht als recht – in ein »Ahaaaaaa …« um.

»Magst du es?«, fragte mich Paul immer noch völlig unbewegt.

»Uhm, yyyyeeah«, stammelte ich, fügte aber schnell hinzu: »Ich bin aber eher der Cidertyp, ehe.« Das letzte Geräusch war ein dümmliches Lachen.

»Wie du meinst.« Paul zuckte mit den Schultern, so gut es unter den massigen Armen Marys ging, nahm mir die Flasche aus der Hand und kippte sich eine gehörige Menge in den Magen. Dann reichte er sie an Mary. »Hier, Honey, versuch's mal.«

Mary tat es ihm gleich. Kaum hatte sie geschluckt, leuchteten ihre Augen auf. »Wundervoll, Honey!«, exklamierte sie. »Oh Charlie, ist er nicht wundervoll? Ein Mann mit vielen Talenten!«

Paul drehte den Kopf zu ihr. »Oh, Honey, nur das Beste für dich.« Ihre Lippen fanden sich in einem sehr feuchten Kuss. Ich beschloss, sie alleine zu lassen und entfernte mich. Dass sie es nicht mitbekamen, bestätigte mich in meiner Handlungsweise.

Kaum hatte ich ihnen den Rücken zugedreht, erblickte ich Guv, seine Zähne zu einem Grinsen präsentiert. Er wackelte mit einer Dose Cider in der Luft.

»Ich denke, die brauchst du jetzt, was?«, erriet er meine Gedanken.

»Oh Gott, ja, her damit!« Ich entriss ihm den Lebensretter, öffnete ihn und trank erst einmal drei große Schlucke. Dann brachte ich meine Jacke zur Garderobe im Windfang, widerstand dem Drang, mein Handy herauszunehmen und ging zurück in die Küche. In diesem Moment erschien auch schon Jenn und begrüßte mich in ihrer reservierten, aber dennoch warmen Art: »Hey, Charlie, du kommst gerade richtig, das Buffet ist eröffnet.«

»Großartig, darauf freue ich mich schon den ganzen Tag. Ich bin seeeehr hungrig!«, antwortete ich, was Jenn mehr bedeutete, als hätte ich mich überschwänglich bedankt. Ich nahm mir einen Teller, belud ihn mit Nudelsalat, Fleischbällchen und einer Scheibe gefülltem Braten und begab mich in den Wintergarten, wo Deirdre und Guv schon Platz genommen hatten. Auch andere Menschen waren da, die ich noch nicht kannte. Eine Frau, vielleicht um die fünfzig, mit grauen, zu einem französischen Zopf gesteckten Haaren und geschmackvollen Kleidern, die ihr den Anschein verliehen, sie könne einen Landsitz in England bewohnen. Auf einem Sessel weiter hinten saß ein Mann, der etwas zu groß für das Möbel wirkte, auf dem er sich niedergelassen hatte. Er trug Jeans und ein hellgraues Hemd. Sein Gesicht war glatt rasiert, eher kantig, etwas verschlossen, aber nicht uninteressant. Beide hatten Teller vor sich. Die Frau hatte ihren auf den kleinen Tisch vor sich gestellt, der Typ balancierte seinen in der Kuhle seines Schoßes, die dadurch entstand, weil seine langen Beine einen steileren Winkel bildeten, als bei kleineren Menschen.

»Guten Abend, zusammen!«, rief ich in die Runde. »Für alle, die es nicht wissen: Ich bin Charlie!«, stellte ich mich vor und nickte der Frau und dem Mann zu.

»Oh, wie nett, der Grund unseres Hierseins«, rief die Frau entzückt. Alleine, wie sie sich dabei gab, ihre Körpersprache, ihre Sprachmelodie, identifizierte sie sofort als Amerikanerin – und natürlich ihr Akzent, aber dieser war weniger verräterisch prominent, als ihr Verhalten. »Ich bin Geena, freut mich sehr!«

»Ebenso, Geena. Du bist New Yorkerin?«, schoss ich mal so halb ins Blaue und traf mitten ins Schwarze.

»Oho, beeindruckend!« Die Worte spiegelten sich in ihrem Gesichtsausdruck wider. »Ja, in der Tat, das bin ich«, bestätigte sie. »Ich lebe zwar schon seit zwanzig Jahren in Irland, aber es ist offenbar so, wie man sagt: einmal New Yorker, immer New Yorker!«

»Ich denke, da gibt es wesentlich Schlimmeres«, zog ich die Charmekarte. Bäm, ASS! Vielleicht nicht das Kreuz Ass, aber immerhin Karo. Ich musste mich ja noch steigern können. Geena lachte warm. »Das mag sein«, stimmte sie mir zu. »Also, nochmal: Wirklich schön, dich kennenzulernen, Charlie.«

»Ich bin John«, sagte der Typ aus dem Sessel. Mehr sagte er nicht. Er wirkte nicht unfreundlich, nur wie ein Mann, der eben nur das Nötigste sagt.

»Hey, John«, gab ich zurück. »Guten Appetit!«

John tippte sich mit dem rechten Zeigefinger erst an die Schläfe und wies dann damit auf mich, was wohl soviel wie ›Danke, dir auch‹ heißen sollte. Dann widmete er sich seinem Teller. Ich sah einen Korbstuhl neben Deirdre und setzte mich.

»Ah, das lief geschmeidig«, sagte ich und platzierte meinen Teller auf meinen Knien. Ich hörte, wie Guv in seine Dose kicherte und musste ebenfalls grinsen.

»John ist ein Cousin meinerseits«, erklärte Deirdre. »Und er ist Musiker«, fügte sie hinzu. »Ist es nicht so, John?« – der Angesprochene nickte – »Er wird bestimmt später noch was spielen. Er ist in verschiedenen Bands aktiv.«

»Oh, super«, freute ich mich zwischen zwei Bissen. »Traditionell?«

»Rock«, antwortete John, ohne von seinem Teller aufzusehen.

»Ah, okay«, sagte ich. Als nichts weiter kam, fügte ich hinzu: »Dann wäre das ja geklärt.« Guv entkam ein pfeifendes: »Hihihi«, und auch Geena musste schmunzeln. John aß weiter. Ich musste zugeben, dass ich ihn echt bewunderte.

Während ich aß, erfuhr ich, dass Geena eine Galeristin war und schon einige Werke von Jenn und auch Guv ausgestellt hatte. Sie war eine sehr sympathische Frau, und wir unterhielten uns eine ganze Weile über New York und die politische Lage der USA. Ich bereitete in der Zeit drei Dosen Cider ihr Ende – Deirdre und Guv versorgten mich, damit ich das Gespräch nicht unterbrechen musste – und meine Laune stieg stetig. Es war einfach schön, endlich wieder nach all der Zeit auf so einer Party zu feiern und das Gefühl zu haben, nie weg gewesen zu sein. Ich bemerkte das Geena gegenüber. Sie freute sich und erzählte, dass dies mit ein Grund gewesen sei, nach Irland zu ziehen. Die Art, wie die Menschen unaufgeregt ihr Leben lebten.

»Das und natürlich die Liebe«, fügte sie hinzu. »Obwohl die leider nicht diese Ruhe behalten hat.« Sie rollte die Augen nach oben und lachte. Ich war versucht: »Wann tut diese verdammte Liebe das auch schon mal« zu sagen, beließ diese Worte aber in der geistigen Welt. Wir redeten noch ein wenig über unsere Wertschätzung Irlands und wie Ausländer dieses Land wahrnahmen. Irgendwann, allerdings, waren unsere Themen etwas erschöpft und ich stand auf, um meinen Teller in die Küche zu bringen. Dort lief Fifties Rock Musik. Mary und Paul legten eine beachtlich schwungvolle Sohle auf den Steinfußboden, Jenn und Roger standen mit Peter, der inzwischen auch eingetroffen war, beim Buffet und unterhielten sich und Guv angelte sich gerade eine weitere Dose Cider. Ich beschloss, es ihm gleichzutun. Wir grinsten uns nur an und klatschten ab, dann begab ich mich ins Wohnzimmer, um nachzuschauen, wo eigentlich die ganzen Kids abgeblieben waren. Tatsächlich fand ich sie dort. Órla, Sneachta und Fin saßen zusammen mit Nora – Jenn und Rogers Tochter – und einer Frau, die ich nicht kannte, auf dem Sofa. Meine Augen blieben unwillkürlich an ihr hängen. Es war, als wäre sie aus dem Kitschroman einer Schmalzautorin entsprungen, deren einzige Fähigkeit darin bestand, Klischees wirklich perfekt zu Papier zu bringen. Die Frau – oder eher das Mädchen, denn sie mochte vielleicht Mitte zwanzig sein – hatte eine feuerrote Mähne. Obligatorische Sommersprossen zierten ihre weiße Haut, und in ihren graugrünen Augen funkelte eine ursprüngliche Wildheit, die von einer stolzen Distanz im Zaum gehalten wurde wie bei einer Raubkatze, der man zufällig im Wald begegnet. Reserviert, aber keinesfalls ängstlich.

Für den Bruchteil einer Sekunde evaluierte mein Hirn die eben gezogenen Metaphern und sendete mir die Botschaft, dass mich vielleicht gar nicht so viel von der eingangs so kritisierten Autorin unterschied, aber ich beruhigte mich damit, dass ich ja schließlich schon einen im Tee hatte. Und außerdem hatte ich ja nur beschrieben, was die fantasielose Tippse eh schon ›kreiert‹ hatte.

»Ouh, Charlie!«, zwitscherte Órla, »du kommst genau richtig! Wir spielen Charade. Kennst du das?«

»Klar«, gab ich mich weltmännisch, um mir nicht anmerken zu lassen, dass ich einen Moment lang von dem Anblick gefangen gewesen war. Beim Überprüfen meiner vorschnell getätigten Aussage kam ich allerdings zu dem Schluss, dass ich nichts zu befürchten hatte. Charade war doch das Spiel, wo man einen Begriff körperlich darstellen musste. Das kannte und konnte ich.

»Super«, freute sich Órla. »Setz dich, Loughna ist dran!«

Ich tat, wie mir geheißen und setzte mich neben die unbekannte Schönheit. »Hi, ich bin Charlie«, stellte ich mich vor. Und aufgrund der mir durch die schon konsumierten Menge Cider anhaftende Scheißegal-Haltung, fügte ich hinzu: »Ehrengast des Abends.« Dabei formte ich mein Gesicht nach der Vorstellung, wie James Bond schauen würde, in der gleichen Situation.

Das Mädchen schmunzelte spöttisch, aber nicht abweisend.

»Freut mich, Charlie, Ehrengast des Abends, ich bin Roisin, einfach nur Gast«, antwortete sie, was mich prompt über mein albernes Verhalten lachen ließ. Dabei blieb es erst mal und wir wendeten uns Loughna zu, die gerade einen Begriff aus Guvs Hut gezogen hatte, der als Sammelbecken diente. Ich wartete darauf, dass sie nun damit begann, irgendeine Tätigkeit auszuführen, eine ›typische Handbewegung‹ oder eine Haltung, doch anstelle dessen legte sie zwei Finger auf den Unterarm und die Menge rief: »Zwei Worte!«, woraufhin sie nickte. Dann vollführte sie etwas anderes und sie riefen: »Fillem!«

»Fillem?«, murmelte ich. »Was ist denn Fillem?«

»A motion picture?«, antwortet Roisin in einer fragenden Haltung, als sei es das Normalste auf der Welt, einen Film ›Fillem‹ zu nennen. Und so ging das weiter: Keine Gebärden, nur irgendwelche Zeichen, die irgendeine Bedeutung hatten, die sich mir partout nicht erschließen wollten. Schließlich war es Fin, der rief: »Jurassic Park!« Wie er darauf gekommen war, blieb ein absolutes Rätsel für mich. Nun war er an der Reihe, und das Spiel wiederholte sich. Diesmal war es Sneachta, die den Begriff erriet. Ich schaffte es noch nicht einmal, ein »Äh« dazwischenzubekommen. Aller guten Dinge sind drei, beschloss ich und schaute nun ihr beim Fuchteln zu, aber auch jetzt gelang mir gar nichts. Órla rief: »Schneemann!«, noch bevor ich überhaupt verstanden hatte, dass das Wort zwei Silben hatte.

»Ich bin raus!«, verkündete ich, und Órla kringelte sich vor Lachen.

»Das hat dein Gesicht schon vor einer Weile verraten!«, kicherte sie. Auch Roisin schmunzelte.

»Schön, dass ich euch Ladies wenigstens etwas Spaß bereiten konnte«, gab ich den englischen Butler und trollte mich wieder in die Küche. Dort bot sich mir ein interessantes Bild. Mary hing sternhagelvoll auf Pauls Schoß, alle Viere schlaff herunterhängend, einer Puppe nicht ganz unähnlich. Ihr Kopf lag rücklings auf Pauls Schulter und seiner mit dem Kinn auf ihrer. Während Mary offenbar in eine Art Koma verfallen war, wachte Paul hingegen in unregelmäßigen Abständen auf. Diese bewegungsfähigen Momente nutzte er, ihren Hals zu küssen, bis er wieder einschlief.

John, der gerade am Tresen stand und sich puren Wodka in ein Glas schüttete, folgte meinem Blick und lachte verächtlich schnaubend, als er fand, worauf ich starrte.

»Haben die nicht eben noch wild getanzt?«, fragte ich etwas verwundert.

»Müssen die letzten Zuckungen gewesen sein«, mutmaßte John wenig freundlich und wandte sich wieder seinem Glas zu. Ich nickte ein wenig hilflos.

»Na ja, die haben halt auch schon zusammen die da gekillt, die hauptsächlich mit Wodka gefüllt war«, suchte ich nach einer Erklärung und deute auf die leere 1,5-Liter-PET-Flasche, die neben ihnen auf dem Boden lag. Jetzt lachte John mich aus.

»Ha, das reicht doch niemals, die beiden so außer Gefecht zu setzen. Du kannst davon ausgehen, dass sie zu Hause, vor der Party, mindestens schon einmal eine solche Flasche gesoffen haben!« Damit hob er sein Glas, trank mir zu und begab sich zu seiner Gitarre, die auf der andere Seite der Küche stand. Zum Intro von ›Pin Ball Wizard‹ schaute ich abwechselnd zu dem komatösen Paar und John. Zweierlei Dinge lernte ich in diesem Moment. Das Erste war, dass man nicht jedem Iren seine Trinkfestigkeit so ansah, wie zum Beispiel Guv. Das Zweite war, dass es zwar offenbar, nach Beendigung der Jugend, in Irland weiterhin akzeptiert war, sich vollkommen abzuschießen, nicht aber, auf einer Party volltrunken einzuschlafen. Ich zuckte mit den Schultern, prostete den beiden zu und murmelte dabei: »Willkommen in der Welt der Erwachsenen!«

Vielleicht lag Johns Abneigung auch in der schamlosen Zurschaustellung sexueller Lust der beiden – ich sah Paul schlafend in Marys Ausschnitt sabbern – nein, eher nicht.

John spielte mehrere Lieder und sang dazu. Er war nicht der beste Sänger, den ich je gehört hatte, aber er war vielseitig und leidenschaftlich und es machte Spaß, ihm zuzuhören. Jenn und Roger nutzten die Gelegenheit und tanzten, ebenso wie Peter und Geena. Als John ›500 Miles‹ von den

Proclaimers anstimmte, kam Guv dazu und versuchte, so gut es ihm noch möglich war, dazu zu twisten.

»Ah, great Boogie!«, verkündete er zufrieden, als das Lied verstummte. »Jetzt brauch ich erst mal eine Fluppe!«

»Ich komme mit«, rief ich und holte meine Jacke. Rauchen im Haus war verboten, und so gingen wir raus auf den Hof. Die kühle Nachtluft duftete nach Land und Frühling, und am Himmel hing ein rötlicher Mond. Trixie, der treue Golden Retriever der Familie, kam angewabbelt und freute sich, etwas Gesellschaft zu haben.

»Ah, du wirst auch immer fetter, was?«, begrüßte Guv sie und versetzte ihre Haut in Wellenbewegungen, indem er ihren Körper zwischen seinen Händen rollte wie eine überdimensionale Teigwurst. Trixie war sehr deutlich anzusehen, dass sie nix verstand, aber sehr glücklich darüber war, angesprochen und gewurstelt zu werden.

»Drehst du mir auch eine?«, fragte ich Guv, nachdem er mit seiner Zigarette fertig war.

»Sicher, hier, nimm die!« Er reichte mir seine und begann mit einer weiteren.

»Weißt du noch, wie Órla bei der letzten Party so furchtbare Angst vor Trixie hatte?«, fragte ich ihn und sah dabei den Hund, der so gutmütig und harmlos aussah, dass es selbst für seine Rasse außergewöhnlich schien.

Guv lachte kehlig. »Oh ja, sie hat immer noch Angst vor Hunden. Aber mit Trixie geht es jetzt mittlerweile. Ich hoffe, dass sich das Ganze gelegt hat, wenn sie vierzig ist.« Er kicherte und reichte mir Feuer. »Ich habe keine Lust, dass sie sich dann immer noch an meine Beine klammert, wenn so ein Vieh auftaucht.« Er bleckte die Zähne. Ich sah die Bilder vor mir, wie Trixie mit einem leicht dümmlichen Glücksgesicht auf uns zugetrabt war und Órla quiekend an Guvs Knie Schutz gesucht hatte. Panisch hatte sie verfolgt, wie Trixie meine und Guvs Hand abschlabberte.

»Hoffen wir das Beste«, sagte ich und zog an der Kippe. Ich rauchte nicht auf Lunge. Der Geschmack des Tabaks reicht mir vollkommen. Wir setzten uns auf eine kleine Mauer und starrten in den Himmel. Unwillkürlich wanderten meine Gedanken zu ›ihr‹. Die Weite des Universums hatte eine wunderbare Art, den persönlichen Standpunkt wieder in die richtige Perspektive zu rücken. Trilliarden von Sonnensystemen, Milliarden von Galaxien. Und alle existierten nach Milliarden von Jahren immer noch, kosmischen Stürmen trotzend, eine Beständigkeit, die nur mit der Liebe vergleichbar war. Es ging hoch her in der Liebe, Schwarze Löcher taten sich auf, Supernovae sprengten heiße Leidenschaftssonnen, aber die Liebe blieb. Sie transformierte sich nur. Wie das Universum. Und Ashling hatte Recht. Wir liebten uns. Leila hatte mir gesagt, dass sie der Weltraum depressiv machte, als ich einmal eine Dokumentation über die Geheimnisse des Universums beim Frühstück gesehen hatte. Und nicht nur das, er war ihr wirklich unheimlich. Sie hatte Angst davor. Was hatte Ashling gesagt? Weißt du, das Liebe Angst machen kann? War es ein Zufall, dass mich das Universum faszinierte, dass ich keine Angst vor dem Universum hatte, dass ich mehr wissen wollte darüber, mich gerne auf geistige Reisen dorthin begab und ihm mit einer freudigen Aufregung gegenüberstand, und es sich mit meiner Einstellung zur Liebe und Beziehung so ziemlich gleich verhielt? War für Leila die Liebe wie das Universum, genau wie für mich, nur eben mit einer völlig anderen Sichtweise? Ein Abenteuer, bei dem man überhaupt nicht wusste, was einen erwartete, wenn man sich darauf einließ? Weit und voller Urgewalt und absolut unmöglich zu kontrollieren? Ich konnte aufgrund der schon ingestierten Cider-Menge noch nicht klar ausmachen, was diese Analogie eventuell für uns bedeutete, aber ich hatte das Gefühl, etwas Wichtiges erkannt zu haben.

»Are you ›spacetruckin'‹?«, fragte mich Guvs heisere Stimme und holte mich zurück auf die Erde.

»Jetzt nicht mehr, danke«, frotzelte ich.

»Gut, dann können wir ja jetzt wieder reingehen, mir ist nämlich kalt!« Er grinste schnippisch. Dann wurde sein Lächeln warm. »Aber es ist schön, dass du den Sinn für den Zauber der Welt noch nicht verloren hast!«

»Hm«, machte ich und wiegte unentschlossen den Kopf hin und her. Aber es tat gut, diese Worte zu hören. Ich blies den Rauch des letzten Zuges an der Zigarette aus, zermalmte den Impel unter meiner Sohle und begab mich hinter Guv ins Haus. Während Guv bereits in die Küche ging, blieb ich noch kurz im Windfang und hängte meine Jacke auf. Ich langte in die Tasche und holte mein Handy raus. Ganz automatisch drückte ich auf den Knopf für das Display. Scheiß Automatismen. Es flammte auf, und ich sah das typische Blau einer Nachricht.

Er will, dass ich bei ihm einziehe!!! Ich hab ja gesagt!!!!!

Entgegen aller Erwartungen, fühlte es sich nicht an, wie von einem Stier in den Magen gestoßen zu werden. Es fühlte sich auch nicht so an, als würde man mein Herz nehmen und es zwischen zwei Eisenplatten zerquetschen. Nichts von dem, was man so in Liebesromanen liest, trat ein. Es fühlte sich nach gar nichts an. Es fühlte sich sogar so sehr nach gar nichts an, dass ich das dringende Bedürfnis hatte, sofort wieder in die Küche zu gehen und mit Guv oder Deirdre oder irgendwem zu sprechen, nur um zu wissen, dass ich überhaupt noch existierte.

Ich steckte das Handy wieder in die Jacke und ging zurück. Als ich durch die Tür trat, geschah etwas Merkwürdiges. Es war, als träte ich durch einen unsichtbaren Vorhang in eine völlig andere Welt. John spielte ›Hope Of Deliverance‹, einen offensichtlichen Lieblingssong von Paul, denn dieser nutzte nun seine kurzen Bewusstseinsrückkehrungen dazu, den Refrain, so gut es ihm möglich war, mitzusingen. Das gestaltete sich so, dass er ›Hope‹ laut hinausschrie und der Rest des Satzes immer leiser und verwaschener wurde, während sein Kopf wieder nach vorne sackte, bis er ihn zum nächsten ›Hope‹ wieder nach oben riss, und das Ganze von vorne begann. Mary regte sich noch immer nicht, abgesehen von den Bewegungen, die von Pauls Gerucke auf sie übertragen wurden.

Peter, Jenn und Roger tanzten im Kreis und warfen auf ›Hope‹ die Arme in die Luft. Geena stand klatschend daneben und tat es ihnen gleich. In der Tür, die zum Wohnzimmer führte, erblickte ich Roisin, die das Spektakel mit einem amüsierten Gesichtsausdruck verfolgte.

Alles, was eben noch im Windfang gewesen – oder eben auch nicht gewesen – war, fiel von mir ab in dem Moment, als ich in die Küche trat. Es war wie eine Phasenverschiebung. Ich war plötzlich ein anderer. Immer noch Charlie, aber ein anderer Charlie. Ich ging hinüber zum Tresen mit der Wodkaflasche, nahm ein Glas, goss es drei Finger voll mit der klaren Flüssigkeit, kippte diese in meinen Hals und begab mich zu dem irischen Klischee-Mädchen an der Tür. Neben ihr angekommen, neigte ich mich etwas zu ihr und sagte gerade so laut, dass sie, aber niemand anderes es gut hören konnte: »Ich könnte dir jetzt wer weiß was erzählen … wir könnten tolle Rollen spielen, aber die Wahrheit ist: Ich finde dich wirklich interessant. Und ich möchte mit dir schlafen. Einfach so.«

»Triff mich in fünf Minuten draußen in der Scheune«, sagte sie, ohne mich anzuschauen und verschwand aus meinem Blickfeld. Mit den Augen an die Stelle geheftet, an der sie eben noch gestanden hatte, jetzt nur noch Luft anstarrend, versuchte ich zu begreifen, was da eben geschehen war. Es hatte tatsächlich geklappt! Kein Drink in meinem Gesicht, noch nicht einmal ein mitleidiger Blick! Ich würde Dustin Hoffman schreiben müssen! Wodka-befeuerte Wärme durchströmte meinen Körper, und ich spürte, dass ich ein wenig schwankte. Das konnte allerdings auch damit zu tun haben, dass ein beträchtlicher Teil meines Blutes nicht mehr meinem Gehirn zur Verfügung stand. Manch eine Feministin würde zwar behaupten, dass jetzt das genaue Gegenteil der Fall war, doch ich sah das anders. Ich räusperte mich, obwohl ich gar nichts sagen wollte und drehte mich zu der Gruppe. Um die noch verbleibenden vier Minuten und fünfzehn Sekunden möglichst unauffällig zu überbrücken, bediente ich mich noch einmal an der Tresenflasche. John begann die ersten Akkorde von ›Summer Of '69‹, und die Anwesenden applaudierten laut. Das war meine Gelegenheit. Ich leerte mein Glas und jubelte ebenfalls. Ich trat zu ihnen, tanzte einen Augenblick mit und nutzte meine Bewegungen dazu, mich immer weiter in Richtung Tür vorzuarbeiten. Als ich sie erreicht hatte, drehte ich mich noch einmal um und checkte, ob mich jemand beobachtet hatte. Alle tanzten und / oder waren mit sich selber beschäftigt. Schnell witschte ich zur Tür hinaus und überquerte klopfenden Herzens und schabenden Johnnys den Hof. Die Tür zur Scheune war nur angelehnt, und ich trat hindurch, ohne ein allzu lautes

Geräusch zu verursachen. Drinnen war es so dunkel, dass ich zunächst nichts erkennen konnte.

»Roisin?«, fragte ich in die Dunkelheit und spürte sogleich, mehr als dass ich sie hörte, ihre Worte an meinem Ohr: »Hier bin ich.« Sie hatte direkt hinter dem Tor gewartet. Langsam gewöhnten sich meine Augen an die Dunkelheit, und ich konnte ihre Umrisse erkennen. Meine Hände ertasteten ihr Gesicht. Behutsam zog ich sie zu mir, und unsere Lippen fanden sich. Johnny zog noch mehr Blut, und ich presste sie an mich. Gerade, als meine Hände den Saum ihres Tops gefunden hatten, brach sie den Kuss abrupt ab. Einen Augenblick war ich irritiert, doch sie flüsterte sogleich: »Komm mit!« An ihrer Hand folgte ich ihr durch die Dunkelheit eine Treppe hinauf. Oben schien der Mond durch ein staubiges Fenster, und ich sah ein kleines Sofa in einer Ecke stehen, dass mit einem alten, mit Blumen und Mustern verzierten Tuch bedeckt war. Sie bedeutete mir, dort wo ich war, stehen zu bleiben und die Augen zu schließen. Ich tat es, und einen Augenblick konnte ich nichts hören, als meinen eigenen Puls, der durch mich jagte, wie Schockwellen nach einer Sprengung.

»Du kannst jetzt schauen«, hörte ich dann, und ich öffnete die Augen. Roisin lag auf dem Sofa. Nackt. Der Mond beschien ihren weißen Körper. Sie hatte ein Bein leicht angewinkelt, ihr Kopf ruhte auf der Armlehne. Ihre roten Haare fielen wie Flüsse von Feuer darüber. Unfähig, auch nur irgendetwas zu sagen, ging ich zu ihr und ließ mich neben ihr auf die Knie, nur, um sofort wieder aufzustehen, weil Johnny seine Freiheit vehement einforderte. Ich entledigte mich so hastig meiner Klamotten, dass Roisin kicherte und leise sagte: »Ich laufe nicht weg.« Mit der gewonnenen Freiheit kniete ich mich jetzt wirklich neben sie und ließ meine Augen ihren Körper erkunden. Ich konnte die feinen Härchen im Mondschein glitzern sehen, die ihre Haut bedeckten. Langsam streckte ich eine Hand aus und strich über ihren Bauch, mein Gesicht nur einen Zentimeter davon entfernt. Ich konnte sie riechen! Oh mein Gott, ich konnte sie riechen, obwohl ich erst am Bauchnabel war. Wie ein Wolf einer Wildfährte folgte ich der Spur ihrer Erregung. Sie stieß einen kurzen hellen Seufzer aus, als meine Finger die Grenze zum

Glück erreicht hatten. Wie ein Magnet, zog mich ihr Duft an, und dieses wunderbare Geräusch war der letzte Tropfen. Ich vergrub mein Gesicht in ihrem Schoß und saugte sie in mich auf, dass Grenouille stolz auf mich gewesen wäre. Nur, dass sie nicht welk wurde: Sie erblühte. Und Geruch war für mich erst der Anfang! Wie zufällig fiel ihr linkes Bein von der Sitzfläche und gab mir den Raum, das zu tun, woran Grenoullie, aus mir absolut unerfindlichen Gründen, nie Interesse gehabt hatte. Deshalb blieb er für mich auch nur ein Freak – von den Morden mal abgesehen. Wenn man ein leckeres Mahl vor sich hat, dann will man doch nicht nur dran riechen! Meine Zunge verließ ihre feuchte Behausung, um in eine andere vorzudringen. Millimeter für Millimeter bewegte sie sich Vorwärts wie eine Schlange, die sich ihrer Beute nähert. Gleich würde ich ihre Erregung schmecken, gleich würde …

Die Phasenverschiebung renkte sich ein, und es fühlte sich an, als erwache ich aus einem Traum. Nur, dass dies nicht der Fall war. Roisin war immer noch vor mir, meine Zunge immer noch kurz davor, ihre intimste Körperstelle zu berühren, ihre Erregung mittlerweile sichtbar, doch meine wie ausradiert. Johnny stand zwar noch, aber in meinem Kopf herrschte Leere. Hätte ich sie jetzt geleckt, hätte ich auch Pappe lecken können, es hätte dieselbe neutrale Wirkung auf mich gehabt. Ich drehte mich weg und setzte mich auf den Boden, mit dem Rücken an das Sofa und an ihr Bein gelehnt.

»Roisin«, sagte ich mit rauer Stimme, vor mich auf die Holzdielen blickend, die das Mondlicht in staubigem Grau erscheinen ließ, »ich … ich kann nicht.« Ich erwartete, dass sie nun sofort aufspringen und mir Vorwürfe machen würde oder zumindest ihr Bein hinter meinem Rücken abrupt wegziehen und erkalten, doch nichts von dem geschah.

»Ich wollte jemanden vergessen«, fuhr ich fort, vielleicht, weil ich wollte, dass sie sauer auf mich wurde. »Ich wollte auch mal ohne nachzudenken und Rücksicht zu nehmen meinen Impulsen folgen. Aber es geht nicht.« Noch immer spürte ich ihre warme Haut in meinem Rücken.

»Hast du wirklich geglaubt, ich hätte das nicht gewusst, Charlie?«, fragte sie sanft und ohne jeglichen Ärger in der Stimme.

»War das wirklich so offensichtlich?«, fragte ich perplex, allerdings auch etwas erleichtert. Roisin lachte, aber nicht spöttisch.

»Ach Charlie, nach dem Spruch?«

Jetzt musste ich lachen. »Komm, der war nicht so schlecht.«

»Das stimmt, deswegen bin ich auch hier. Wie heißt sie?«

»Leila«, antwortete ich.

»Möchtest du mir von ihr erzählen?«

Ich seufzte. »Nein, eigentlich möchte ich dir sagen, wie unglaublich geil du bist und dass ich, wenn wir uns in einem anderen Leben getroffen hätten, dir die Seele aus dem Leib gevögelt hätte.«

Roisin richtete sich auf, und ihr Gesicht erschien neben dem meinigen. Ihre roten Haare kitzelten auf meiner Schulter, und es war ein schönes Gefühl.

»Das brauchst du nicht«, sagte sie leise. »Das habe ich gesehen.« Sie neigte den Kopf etwas, und ihr Blick heftete sich auf Johnny, der jetzt ziemlich verschrumpelt da hing. Sie küsste mich auf die Wange. »Geh jetzt, Charlie, Ehrengast des Abends. Ich komme nach.«

»Du bist toll, Roisin, einfach nur Gast«, sagte ich. Dann stand ich auf und zog mich an. An der Treppe drehte ich mich noch einmal um und schaute zu ihr. Sie sah fantastisch aus, nackt auf dem Sofa im Mondlicht, ohne Scham und völlig frei. Aber sie war nicht Leila. Sie lächelte mir ermutigend zu, und ich stieg die Treppe hinunter.

Während ich den Hof überquerte, versuchte ich zu verstehen, was gerade passiert war. Aber ich spürte, dass der Drang, das Ganze einfach in einem Meer von Alkohol ertrinken zu lassen, wohl die Oberhand gewinnen würde.

Ich ging in die Küche, in der mittlerweile keiner mehr war. Alle saßen im Wohnzimmer und ich hörte sie angeregt diskutieren und lachen. Dankbar für diese Chance, schnappte ich mir eine frische Wodkaflasche, verließ das Haus wieder durch den Wintergarten, um Roisin nicht über den Weg zu laufen und setzte mich unter den alten Baum, der etwas weiter hinten im Garten stand, so, dass mich der Stamm gegen eventuelle Blicke aus dem Haus abschirmte. Der Boden war feucht, aber das kümmerte mich nicht. Ich setzte die Flasche an und trank das erste Drittel ohne abzusetzen. Einen Augenblick kämpfte ich gegen meinen Magen, der überhaupt keinen Lust hatte, diese Menge Wodka in sich zu behalten – ich war nie Fan dieses Schnapses in seiner Reinform gewesen – dann ließ ich meinen Kopf einfach nach hinten gegen den Stamm fallen. Ich spürte die kühle Luft nicht, denn der Wodka überzog meinen Körper mit einer pelzigen Betäubung, die nicht unbedingt angenehm, aber willkommen war. Ich nahm noch vier große Schlucke, dann wurde mir schwarz vor Augen. Ob es daran lag, dass mir die Lider heruntergefallen waren, oder einfach mein Gehirn aufgegeben hatte, konnte ich nicht sagen. Ich wusste nicht, wie lange ich dort gesessen hatte, in der Schwärze, meinem alkoholschweren Atemgeräusch lauschend, als mir plötzlich auffiel, dass sich zu meinem noch ein weiterer Atem gesellt hatte. Etwas in mir befürchtete, dass Roisin mich gefunden hatte, aber als ich es tatsächlich bewerkstelligte, die Augen zu öffnen, blickte ich in ein von zahllosen kleinen Fältchen durchzogenes Gesicht, das mich neutral anschaute. »D...Deirdre?«, schaffte ich zu artikulieren.

»Yes, luv«, hörte ich sie sagen. Sehen konnte ich es nicht, weil ich Mühe hatte, die Augen offen zu halten. »Wie lief es?«

Jetzt hoben sich die Lider von alleine. Ich sah zwar doppelt, aber immerhin. »Wwaas, bidde?«, fragte ich in einer Mischung aus Verwunderung und Entsetzen, die zwar durch den Alkohol wie eine Erinnerung an diese Gefühle wirkte, aber dennoch zu verspüren war.

»Mit Roisin«, bestätigte mir Deirdre meine Befürchtung.

Wie hatte sie denn das schon wieder mitbekommen? Ich war doch so vorsichtig gewesen. Mein Hinterkopf knallte an die Rinde. »Ohhh nneinnn!«, stöhnte ich.

»Keine Sorge, luv, ich bin die Einzige, die davon weiß«, sagte sie sanft, die Tatsache verkennend, dass dies mich zwar beruhigte, es aber deshalb ihr gegenüber nicht angenehmer wurde.

»Uhnd wohher?«

»A mother knows«, orakelte sie.

Mich freute zwar, dass sie mich offenbar als eine Art Sohn sah, aber die Peinlichkeit blieb. Ich sah jedoch ein, dass ich diesem Gespräch nicht entkam. Dafür hatte ich mit der erheblichen Intoxikation selbst gesorgt. Aufstehen und Weggehen würde in einem Sturz auf das Gesicht enden. »Aaaaaach, Deirdre«, seufzte ich, »ich weiß nicht, was ich da gemacht habe.«

»Ich schon, luv«, antwortete Deirdre ruhig.

Oh Gott!!! Wie ultra-peinlich!

»NEIIN!«, krakeelte ich, erinnerte mich gerade noch daran, dass es vielleicht gut wäre, etwas leiser zu sein und fuhr fort, »dasss isnich passiert! Ehrlich!«

»Das meinte ich nicht, Charlie«, hörte ich das Doppelbild von ihr sagen, das ich versuchte, so aufrichtig wie möglich, zu fixieren.

»Nich?«, fragte ich verwirrt. Mein Gesicht musste so doof aussehen, aber Deirdre schaffte es, nicht zu lachen.

»Na ja, schon«, sagte sie.

OH NEIN! Also doch!

»Aber nicht so, wie du denkst, luv«, fügte sie hinzu, was die Verwirrung ins Unermessliche steigerte.

»Abba …«, setzte ich an, doch sie unterbrach mich: »Ich bin nicht hier, um dich zu rügen, oder dir eine Lektion in Moral zu erteilen. Ich wollte einfach nur wissen, ob du deine Antwort erhalten hast.«

»A... Anword?«, lallte ich.

»Ja, Antwort«, sie strich mir über den Kopf. »Die hast du jetzt. Jetzt liegt es an dir, wie du damit umgehst, luv. Komm mit zum Auto. Roger wartet dort.«

Das war eine sehr gute Idee. Ich erhob mich, um hinter Deirdre herzulaufen, verlor das Gleichgewicht, stolperte drei Schritte nach vorne, in einem halb bewussten, halb reflexgesteuerten Versuch, es wiederzuerlangen und stoppte dann meine Vorwärtsbewegung mit meiner rechten Wange im Gras. Während des gesamten Vorgangs hatten meine Arme schräg nach hinten oben gezeigt. Freddy Frinton wusste schon, was er da gespielt hatte.

»Oh dear«, hörte ich Deirdres Stimme, dann sah ich ihre Schuhe in mein Blickfeld kommen. »Das einzig Gute an deinem Alkohol-Level ist, dass dir so was nicht mehr wehtut, was?«

»Damn straight«, nuschelte ich ins Gras, dann ergriff Deirdre meinen Arm, und einen Augenblick später stand ich auf den Beinen. Ich hatte mich komplett zusammengerissen, denn ich wollte mir nicht die Blöße geben, Deirdre zu Fall zu bringen.

Sie platzierte meine rechte Hand auf ihrer Schulter. »Wird es denn gehen?«

»Mmmmmmmmmhm«, machte ich, und gaaanz vorsichtig gingen wir Schritt für Schritt zum Auto. Auf halbem Wege kam uns Roger entgegen, der – trotz meiner Versicherungen, es würde schon klappen – meinen linken Arm um seine Schulter legte und seinen rechten um meine Hüfte. So gesichert wurde ich mehr zum Auto geschleift, als dass ich ging, aber es dauerte nur halb so lang.

»Hast dich wohl von unserem Traumpärchen inspirieren lassen, was?«, witzelte Roger mit von der Anstrengung leicht gepresster Stimme.

»Immerhin b...bin ichnoch bei Bewwussein!«, wehrte ich mich gegen diesen infamen Vergleich. Roger lachte.

»Gerade noch!«

»Un ich könne auchnoch laufn, wenn du michhh hhhier nichso durchie Gegend schleifn würdes!« Ich schaute energisch auf seinen Vollbart während dieses Satzes, meine Füße hilflos einen vor den anderen auf den Boden setzend, der schneller unter ihnen verschwand, als sie sich bewegen konnten.

»Sicher, sicher«, antwortete Roger, den Blick aufs Ziel gerichtet. »Aber wozu?« Er lachte erneut, als ich ein geschlagenes »Pfrch« von mir gab. Schließlich hatten wir das Auto erreicht und Roger stopfte mich auf die Rückbank.

»Bloody hell!«, begrüßte mich Guv mit verwaschener Artikulation vom Beifahrersitz aus. »Ich hätte nicht gedacht, dass ich heute nur Vierter werde!«

»Derhabend is noch nichzuende!«, verkündete ich. »Dann wurschtelte ich mich herum, damit ich die Fensterkurbel erreichen konnte, drehte sie ein paarmal, bis ich abrutschte und rief aus dem Spalt: »Dange für alles, Roscher! Suber Pardy!!! Suber, wirklich!«

»Gerne wieder! Der Rest des Ciders ist im Kofferraum!«, rief mir Roger nach, während Deirdre das Auto vom Hof fuhr.

»Oh, vielen Dank, Roger«, murmelte sie mit von Ironie triefender Stimme, kurbelte am Lenkrad und trat aufs Gas, als sie auf der Straße angekommen war.

»Wosinniekids«, fragte ich, als mir nach ein paar Minuten endlich auffiel, dass wir nur zu dritt im Auto saßen / hangen – Letzteres traf auf mich zu.

»Die schlafen bei Jenn und Roger«, antwortete Deirdre, und der genervte Unterton in ihrer Stimme war schon wieder verschwunden. Trotz meines Zustandes bekam ich das mit und bewunderte ihre Engelsgeduld mit mir und Guv.

»Danke, Deirdre«, versuchte ich so klar wie nur möglich herauszubringen. »Ehrlich!«

»Don't worry, luv«, schickte sie nach hinten. »Zwei Kinder mehr oder weniger ab und zu machen mir nichts aus.«

»Du bist ein Engel«, sagte ich, und mein Kopf kippte seitlich weg.

»Nein, nur einiges gewöhnt«, kam es von vorne.

»Hm«, machte ich und ließ mir den Fahrtwind, der durch das immer noch geöffnete Fenster hereinblies, ins Gesicht pusten, damit mir durch die Kurven nicht ein Malheur passierte. Bei aller Geduld, die Deirdre besaß: Wodka-Cider-Braten-Kotze im Auto wäre garantiert zu viel. Abgesehen davon, dass ich mir dann selbst nie mehr ins Gesicht würde schauen können.

Irgendwann hielten wir, und ich hörte wie Deirdre etwas unsanft rief: »Wach auf, wir sind da!«

»Ichabe nich geschlafn«, beeilte ich mich zu sagen und setzte mich schneller auf, als es gut gewesen wäre, aber ich konnte mich noch einmal beherrschen.

»Ich meinte auch nicht dich, dear«, sagte sie und erst jetzt sah ich, das Guvs Kinn auf seine Brust gesunken war. Er gab leise Schnarchgeräusche von sich, allerdings nur, bis Deirdre ihn am Arm rüttelte. Dann sog er grunzend die Luft ein und blinzelte verwirrt im Auto herum.

»Arrr, whaddafuck?«

»Wirsinnda, Guv«, tönte ich von hinten.

»Great, let's boogie«, rief er von plötzlicher Aktivität gepackt und schälte sich aus dem Auto. »Bring den Cider mit«, hörte ich noch, bevor er im Haus verschwand. ›Sein Wunsch, mein Wunsch‹, dachte ich und begab mich zum Kofferraum. Mit jeweils einem Sixpack unter jedem Arm taumelte ich in den Windfang und wurde schon von Mexikanischen Trompeten begrüßt.

»Ich geh ins Bett«, resignierte Deirdre. »Good night, luv.« Sie küsste mich auf die Wange.

»Good night, Deirdre. Und: Danke!«, sagte ich, ihr fest – na ja, so gut ich eben noch geradeaus gucken konnte – in die Augen schauend. Sie nickte und verschwand im Wohnzimmer.

»Okay, wo waren wir«, fragte ich dann, mich an Guv wendend, der an seinem Platz saß und sich eine Fluppe drehte.

»Boogie!«, antwortete er mit einem Blick auf die Cider-Sixpacks.

»Ah, ja, richtich, boogie«, rief ich und strauchelte zu den Packungen. In Anbetracht meines Zustandes schien es mir ratsam, gleich beide Packs mitzubringen, damit ich nicht so bald schon wieder aufstehen musste. Ich ließ sie mit einem lauten Geräusch auf dem Tisch nieder, kommentierte dies mit einem »Ups, hihihi«, dann schob ich Guv eine Dose zu und nahm mir selbst eine. »Boogie!«, prostete ich ihm zu und schüttete in mich rein, was ging.

»Du hättest sie ficken sollen«, überrumpelte mich Guv völlig aus dem Blauen – ich schmunzelte innerlich über meinen genialen, wenn auch unbeabsichtigten, Wortwitz – heraus.

»Woher weißt du?«, fragte ich, um Längen nüchterner als noch vor einer Sekunde.

»Ach komm«, krächzte Guv, begleitet von einer abfälligen Handbewegung. »Ich bin immer noch ein Mann mit 'ner ganzen Menge Leben hinter sich!« Er lachte rasselnd. »Und noch auffälliger als du kann man sich nicht davonschleichen. Und wenn man dich dann, besoffen wie ein irischer Poet, vom Rasen klauben muss, dann kann man sich eins und eins zusammenzählen.«

Ich musste angesichts dieses Vergleiches kichern. Es gefiel mir, so gesehen zu werden. Allerdings fiel mir auch gleich sein erster Satz wieder ein.

»Ich konnte nicht«, antwortete ich in die leere Luft vor mir.

»Alkoholschwanz, oder was?«, fragte Guv und ich freute mich über seine unnachahmliche Direktheit.

»Nein«, gluckste ich und wurde wieder ernst. »Nicht-Leila-Schwanz!«

»Oh Mann«, brummelte Guv. »Dich hat es ganz schön erwischt, hm?« Ich nickte. »Warum hast du dich dann überhaupt an die Rothaarige rangemacht?«, fragte Guv, nachdem er an seiner Zigarette gezogen hatte.

»Ach, was weiß ich?«, antwortete ich, aber sofort in der Sekunde, als die Worte über meine Lippen gekommen waren, war mir klar, dass ich die ganze Geschichte nicht mehr länger in mir behalten konnte. Wie Kotze aus einem mit Noroviren infizierten Kind sprudelte sie aus mir heraus, und ich erzählte Guv alles, angefangen von meiner ersten Begegnung mit Leila, über den leidenschaftlichen und absolut hervorragenden Sex bis zu der Tatsache, dass sie aber mit diesem Ekelpaket zusammen war und es auch bleiben wollte, obwohl sie ihn nicht liebte und der Sex auch nicht besonders bis schmerzhaft war, sie aber auch trotzdem nicht von mir loskam und ich auch nicht von ihr. Natürlich kamen die Worte verschliffen und teils stoßweise, aber das änderte nichts an ihrem Inhalt. »Sie lässt mich einfach nicht los!«, rief ich mit einer Mischung aus Empörung und Verzweiflung. »Sie sagt, dass sie nicht mit mir zusammen sein will, aber sie lässt mich auch nicht los. Ashling meint, dass die einfach Angst vor der Liebe hat, aber warum muss sie dann mit diesem Typen zusammenbleiben und sich ständig vögeln lassen und mir dann schreiben, wie sehr sie mich vermisst.« Ich machte eine Pause und schnaubte dann abfällig. Guv spürte wohl, dass noch mehr kommen musste, denn er zog nur an seiner Zigarette und machte keine Anstalten, etwas zu sagen.

»Und dann schreibt sie mir auch noch, dass sie mit dem zusammenziehen will«, murmelte ich und nahm einen Schluck. »Und dann war da Roisin, und ich habe mir gedacht: Warum soll ich nicht auch mal einfach das machen, was ich will? Warum soll ich nicht auch andere ficken, wenn sie es doch auch tut? Roisin war hübsch und sexy, und ich wollte mir Leila aus meinem Kopf vögeln.«

Guv ließ ein vom Tabakrauch geprägtes Lachen hören. »Du hättest sie richtig kräftig ficken sollen«, sagte er dabei.

»Ja, eben!«, stimmte ich ihm, emotional mitgerissen vom Alkoholstrom, zu. »Das wäre richtig gut gewesen!« Ich begann mich über meine blöde Zimperlichkeit in der Scheune zu ärgern. War Leila so zimperlich? Warum hatte ich nicht einfach Johnny gepackt und ihm mal klar gemacht, wer hier der Mensch am Pimmel war?! Guv hatte während meiner Tirade die ganze Zeit gelacht.

»Prost, mein Freund!«, rief er, hob seinen Druids und heiserte zusammen mit Johnny Cash: »And it burns, burns burns …«

»… the ring of fire, the ring of fire!«, stimmt ich mit ein, klackte meine Dose an seine und versuchte, den Besungenen mit einer Ladung Cider zu löschen, was natürlich nicht funktionierte.

»So, und nun genug davon!«, verkündete er, nachdem er sich mit dem Handrücken den Mund abgewischt hatte. »Ich weiß, was wir jetzt machen. Komm!« Er befreite sich umständlich aus seiner Ecke und tapste dann mit schwerer Schlagseite, aber einem festen Ziel vor Augen, zum Windfang. »Komm!«, rief er noch einmal, als ich ihm, behindert durch meinen eigenen Pegel, nicht gleich folgte. Ich hörte die Tür schlagen und beeilte mich, ihm nachzukommen. Dabei zog mich mein alkoholgeneigter Oberkörper leider schneller vorwärts, als meine Beine noch in der Lage waren zu gehen. Es wiederholte sich, was sich schon eine unbekannte Zeit vorher auf dem Rasen vor Rogers Haus abgespielt hatte. Nur schlug ich dieses Mal in der Wand neben der Tür von Deirdres und Guvs Windfang ein, wurde durch die

Wucht des Anpralls zurückgeschleudert und landete unsanft auf meinem Arsch, knapp neben der Stelle, wo eben noch die zugelaufene Katze der beiden etwas gefressen hatte. Diese machte, mit allen Vieren auf einmal in der Luft und einem nicht näher definierbaren Geräusch, einen Satz zur Seite und schoss dann wie eine puschelige Kanonenkugel aus der Katzenklappe in die Nacht.

»Stop chasing pussy, and come!«, knarrte Guv von draußen.

»Äh, ja, gleich!«, rief ich, noch bemüht zu begreifen, was gerade passiert war. Schmerzen hatte ich keine – zumindest noch nicht. Bei dem Versuch, wieder auf die Beine zu gelangen, packte ich mit der linken Hand ins Katzenfutter. »Hhhhhhirch«, machte ich, die braune Pampe an meinen Fingern betrachtend, aber eher, weil ich mich irgendwie daran erinnerte, dass es eklig sein musste, nicht weil ich es so empfand. Der Alkohol verteidigte mich gegenüber jedweden Gefühlen der Demütigung oder Peinlichkeit. Braver Apfelritter! Ich streifte das Katzenfutter an irgendetwas ab, was meine willkürlich tastende Hand zu fassen bekam, dann begab ich mich nach draußen. Dort erkannte ich, wie Guv gerade wieder aus der Tür zum Atelier herauskam, etwas, das aussah wie eine Decke, schabend und raschelnd hinter sich herziehend.

»Da bist du ja«, begrüßte er mich im Entgegenkommen, seinen Zigarettenstummel dabei zwischen den Lippen quetschend. »Folge mir!« Er lief in Richtung Vorgarten, das schabende Teil im Schlepptau, welches sich als halb zusammengeraffte Plastikplane entpuppte, als es an mir vorüberkam. Ich schloss mich den beiden an. Auf dem Rasen angekommen, breitete Guv die Plane aus. Trotz seines erheblichen Alkoholspiegels wirkten seine Bewegungen sicher und zielgerichtet.

»Leg dich schon mal hin, ich hole den Treibstoff!«, verkündete er und wankte wieder ins Haus. Ich war viel zu besoffen, um zu widersprechen, also tat ich einfach, wie mir geheißen und schaffte es sogar, dabei nicht aufs Gesicht zu fallen. Es musste aber doch länger gedauert haben, als es mir vorgekommen war, denn gerade, als ich mich auf meinen Arsch plumpsen ließ, tauchte Guv wieder neben mir auf mit zwei Ciderdosen in der Hand, und er bewegte sich nicht wirklich schnell.

»Guter Mann«, lobte er mich frotzelnd und reichte mir eine der Dosen. »Hier, nimm noch einen Schluck und dann: hingelegt!«

Ich folgte genau diesen Anweisungen, und als mein Rücken die Plane berührte, sah ich den Himmel. Viel intensiver, als ich ihn auf den Stufen hinter Rogers Haus gesehen hatte. Ich schaute in eine schwarze Unendlichkeit, in die ein höheres Wesen Abertrilliarden von Diamanten geworfen hatte. Der Alkohol wusste zu verhindern, dass ich so schlaue Sachen dachte wie bei Roger. Er ließ gerade so zu, dass das Bild einfach auf mich wirkte, meinen Geist dort hinaufzog und ihn zerstob, um ihn ein Teil der glitzernden Diamanten werden zu lassen.

»Ahhhhh, fantastisch!«, hörte ich Guvs raue, aber herzliche Stimme neben mir. Auch er hatte sich hingelegt, das konnte ich hören.

»Uhuh«, machte ich. Es war, als funke er mich von der Erde aus an, während mein Geist dort oben schwebte. Ich driftete durch die Leere, die so voll war mit den fantastischsten Dingen, alleine, und doch verbunden mit allem. Kurz kam ich mir vor wie der Embryo am Ende von ›2001 – Odyssee im Weltraum‹, dann wie eine aufgelöste Brausetablette. Ich wollte Guv anfunken, um ihm dafür zu danken, dass er mich wieder an die Schönheit des Universums erinnert hatte – wenn der Schmerz nicht so stark war, gelang es mir ja schon selbst, doch in Extremsituationen war es gut, wenn man Hilfe bekam – doch es ertönten nur knarzende Störungsgeräusche. Irritiert versuchte mein Gehirn, die Ursache der fehlerhaften Verbindung herauszufinden, bis es die Geräusche plötzlich identifizierte: Es war Schnarchen. Guv war eingeschlafen. Ein Lächeln stahl sich auf mein Gesicht. Jetzt, da ich wusste, was es war, klang es nicht mehr störend. Im Gegenteil. Wie Meeresrauschen oder das An- und Abschwellen des Windes lullte es mich ein und trug mich sanft hinüber, in einen traumlosen Schlaf.

———————

Je höher man fliegt, desto tiefer fällt man unter Umständen, und genau so fühlte es sich an, als ich irgendwann wieder erwachte: Mein Körper schmerzte, als sei er direkt aus dem All auf dem Boden aufgeschlagen. Offenbar hatte sich danach noch jemand gedacht: ›Hm, den kann man nicht mehr retten‹, und hatte versucht, meinem kläglichen Leben ein Ende zu setzen, indem er noch einige Betonplatten auf meinem Kopf zerschlug. Ach, hätte er sein Werk doch nicht vorzeitig abgebrochen. Wenigstens hatte sich jemand erbarmt und mir eine Decke übergeworfen. Trotzdem war mir schweinekalt. Gaaaanz langsam – ja, ich lernte mit jedem Kater dazu – drehte ich den Kopf und öffnete die Augen. So stach mir das Licht wenigstens nicht mit voller Wucht in die Augen. Guv war natürlich verschwunden. Ich stöhnte, halb vor Schmerzen, halb vor Peinlichkeit, und versuchte, auf meine Ellenbogen zu kommen. Keine Ahnung, wie spät es war. Keine Ahnung, wie viele Leute mich in Deirdres Vorgarten hatten liegen sehen wie einen Penner.

Kaum hatte ich es geschafft, mich halbwegs aufzurappeln, trat mir die Übelkeit in den Magen wie ein sich rächender Kickboxer. Eins wusste ich genau: Die Blöße, jetzt noch auf Deirdres Rasen zu kotzen, würde ich mir nicht geben. Also sprang ich auf, bezahlte meine Würde mit einem Säbelstoß in meine Stirn und taumelte so schnell ich konnte zu den Büschen. Kaum hatte ich sie erreicht, schoss eine Fontäne aus Cider, Wodka und Essensresten aus meinem Mund und verschwand zwischen den Blättern. Ich durchlebte einen kurzen Moment des Ekels, dann einen etwas längeren Moment der Erleichterung, dann packte eine unsichtbare, stählerne Hand meinen Magen erneut und quetschte den noch verbliebenen Inhalt in die Büsche.

»Oh Gott«, stöhnte ich spuckend, in einem verzweifelten Versuch, den Schleim loszuwerden, der sich in meinem Mund gebildet hatte. Eine Aufgabe, die Erschütterungen erzeugte, die sich so gar nicht mit den bohrenden Kopfschmerzen vertrugen. Ich fing gerade an darüber nachzudenken, warum Spucken unangenehmer für den Kopf war, als Kotzen, als ich Guvs amüsierte Stimme vernahm: »Der kann dir jetzt auch nicht helfen.«

Oh nein. Ich hatte so gehofft, dass wenigstens diese eine meiner mannigfaltigen Verfehlungen ungesehen geblieben wäre. Ich versuchte, mein ›kleiner Hund weiß nicht was er tut und ist ja sooo süß‹-Gesicht aufzusetzen, aber es gelang nicht wirklich. Guv lachte trotzdem.

»Ich weiß aber, was jetzt hilft«, verkündete er. »Komm mit ins Haus. Ich habe Frühstück gemacht.« Er klopfte mir auf die Schultern, was sicher freundlich gemeint war, allerdings tausende von glühenden Nadeln in meinen Kopf schickte.

»Wow, danke«, murmelte ich in echter Freude und begann, neben Guv in Richtung Haus zu schleichen. Ein paar Schritte später, sank mein Herz schon wieder. »Deirdre!«, presste ich hervor.

»Was ist mit ihr«, fragte Guv, immer noch königlich amüsiert.

»Ist sie sauer? Ich habe immerhin in ihren Garten gekotzt. Gott, ich bin so ein abgefuckter Penner!«

Guv stieß spöttisch die Luft aus. »Zunächst einmal: Du hast in *meinen* Garten gekotzt. *Ich* kümmere mich um das Grünzeug hier.« Ich riss unwillkürlich die Augen auf, blieb stehen und wollte mich tausendmal bei ihm entschuldigen, doch Guv fuhr einfach fort: »Und zweitens: Meinst du nicht, dass wir hier schon die ein oder andere Gartenparty hatten, bei der auch Mary anwesend war und …«, sein Blick wanderte nach links ins Leere mit einem genervt verknautschten Ausdruck, »Patrick O'Donnell?«

»Wer ist Patrick O'Donnell?«, fragte ich, auf meine Knie gestützt.

Guv kniff die Augen zusammen, sah so aus, als wolle er gerade zu einer Art Tirade ansetzen, überlegte es sich aber dann wohl doch anders und knurrte: »Lass uns einfach sagen, dass die Dinge, die Patrick mit diesem Garten angestellt hat, deine Sache hier weit in den Schatten stellen.«

»Oh«, machte ich.

»Ja«, entgegnete Guv. »Ich würde eher sagen, du bist kein Penner, sondern einfach irisch lebensfroh.« Er lachte, und Teer und Nikotin tanzten auf seinen Stimmbändern.

»Danke«, stöhnte ich und konnte tatsächlich schmunzeln über diesen herrlichen Witz.

»So, und nun lass uns endlich reingehen, das Frühstück wird kalt.«

Ich nickte ergeben.

»Ach, eins noch«, fügte Guv schelmisch ermahnend hinzu. »Es ist besser, Patrick gegenüber Deirdre nicht zu erwähnen, verstehst du, was ich meine?« Er zwinkerte mir zu.

»Oh ja«, sagte ich bestimmt.

Wir brauchten eine Weile, die Strecke zum Haus zurückzulegen, da mein Kopf keine wirklich schnellere Gangart zuließ. Als wir die Küche betraten, ging es mir aber schon gleich um Längen besser. Frischer Kaffeeduft stieg mir in die Nase, gepaart mit dem Geruch von Baked Beans, Bacon, Pudding, gebratenen Tomaten und Spiegeleiern. Alles stand schon auf dem Tisch, dazu noch frische Salatblätter, Butter und Weißbrot. Aus dem kleinen Kassettenradio tönte zur Abwechslung mal eine männliche Stimme, die gälisch sang. Gerade, als ich meinen durchgefrorenen Hintern auf einen der Stühle platzierte, kam Órla zur Tür herein.

»Oh, Charlie«, zirpte sie. »Du lebst!«

»Ehehehe«, machte ich. »Ganz die Tochter des Vaters, was?« Sie lachte und setzte sich zu uns an den Tisch.

»Ich nehme mal an, die anderen haben mich auch da draußen liegen sehen?«, fragte ich resignierend.

»Oh ja, sicher«, zwitscherte sie mit einem breiten Grinsen.

Ich wäre am liebsten mit dem Kopf auf die Tischplatte geknallt, aber ich fühlte mich auch schon so gestraft genug und musste das nicht noch durch Verstärkung der Kopfschmerzen herbeiführen. Außerdem hätte die schnelle Bewegung womöglich zu einem Zwischenfall geführt, der die Patrick-Ereignisse hätte vergessen lassen. So beließ ich es bei einem kläglichen Seufzer.

»Ooooch, mach dir nichts draus, Charlie«, tröstete sie mich. »Dad hat dir doch bestimmt von Patrick erzählt, oder?«

»Ja. Ja, in der Tat, das hat er«, gab ich zu.

»Órla! Hol Charlie Aspirin!« Deirdre stand in der Tür und durchbohrte ihre Tochter mit Blicken.

»Ja, Mam«, flötete diese und warf mir im Vorbeigehen einen verschmitzten Blick zu. »Ups!«

Deirdres Augen entließen sie, und ihr Blick wurde um etliche Grad wärmer, als sie mich fixierten. »Guten Morgen, luv!«, begrüßte sie mich. »Wenn es denn ein guter Morgen für dich ist.« Eine Augenbraue hob sich spitzbübisch.

»Das ist noch nicht entschieden«, frotzelte Guv.

»Na ja, doch, zumindest zur Hälfte. Seit ich das Frühstück gesehen habe, geht es aufwärts«, antwortete ich, ehe Guv noch mehr sagen konnte. »Und seitdem du zur Tür reingekommen bist.«

»Oh, ist er nicht ein kleiner Charmebolzen«, säuselte Deirdre. Dann verengten sich ihre Augen zu Schlitzen, und sie knurrte in einer Stimme, die sie vor meinen Augen in einen riesigen schwarzen Wolf verwandelten: »Iss dein Frühstück!«

»Yes, Ma'am!«, stieß ich durch den Kloß im Hals hervor und begann sofort, mir den Teller zu füllen und an einer Scheibe Brot zu nagen. Noch während ich das tat, umarmte sie mich von hinten, knuddelte mich und küsste mich auf die Wange.

»Oh Charlie, keine Sorge, dein Arsch ist sicher. Aber ein wenig Strafe musste sein.« Wir lachten beide und begannen mit dem Essen. Órla kam mit einem sprudelnden Glas zurück, das ich gierig hinunterstürzte und setzte sich ebenfalls.

»Wo sind denn die anderen?«, erkundigte ich mich, während ich mir ein Sandwich belegte.

»Sneachta ist oben und hat sich nochmal hingelegt«, antwortete Órla. »Loughna ist direkt von Jenn und Roger zu ihrem Freund gefahren.«

Ich wiegte unwillkürlich den Kopf hin und her. Wenigstens Loughna hatte mich nicht im Garten gesehen.

»Und Fin?«, fragte ich zwischen zwei Bissen, als nichts mehr folgte. Órlas Gesicht nahm einen merkwürdig verstohlenen Ausdruck an.

»Och, der wollte noch ein wenig bei Jenn und Roger bleiben«, sagte sie auffällig unbeteiligt, dann nahm sie schnell ihre Tasse und verbarg ihr Gesicht dahinter, so gut es ging. Deirdre rollte mit den Augen und Guv grinste breit.

»So, so«, sagte er.

»Hm?«, machte ich, begriffsstutzig durch mein alkoholgetränktes Gehirn und schlürfte etwas Kaffee.

»Ja, Rogers Scheune bietet so manchen interessanten Fund«, fügte er genüsslich hinzu.

Ich prustete in meine Tasse und schaute in die Runde.

»Im Ernst?«, fragte ich geschockt, aber Órlas roter Kopf und unterdrücktes Lachen und Deirdres Gesicht verrieten mir die Antwort.

»The boy got lucky!«, kicherte Guv.

»Daaaaahad«, quengelte Órla und verzog angewidert das Gesicht.

»Foxy Laydäää«, sang Guv und es klang, als hätte Jimmy zehn Packungen Filterlose und drei Flaschen Whiskey am Tag plattgemacht.

»**Dad**!«, quietschte Órla und ihr Kopf glühte, doch sie kämpfte gleichzeitig mit ihrem Lachen. Auch ich musste schmunzeln.

»Ihr seid ein Haufen Kindergartenkinder«, rüffelte Deirdre uns streng. »Freut euch für ihn und jetzt Schluss damit!«

»Yes Ma'am«, sagten Guv und ich, wie aus einem Munde und klatschten ab, als wir es bemerkten. Deirdre vergrub ihre Hände in ihren schwarzgrauen Locken und seufzte, aber man konnte sehen, dass sie nicht wirklich sauer war.

»Was planen denn meine drei Kinder für heute?«, fragte sie und schaute dabei jeden von uns am Tisch nacheinander deutlich an.

»Hinlegen und sterben ist nicht drin, hm?«, fragte ich, denn eine Welle von Übelkeit hatte mich gerade wieder überschwemmt, und mein Kopf pochte, als klopfe sie an, um herausgelassen zu werden.

»Ich fürchte, nein. Sorry, dear«, antwortete Deirdre mit einem süßlichen Lächeln.

»Wie wäre es dann heute mit der Cave Of The Cats?«, fragte ich und schaute in die Runde.

»Au ja«, freute sich Órla.

»Ich dachte, du hättest keine Lust auf dunkle, feuchte Löcher«, rasselte Guv.

»**Guv**!«, empörte sich Deirdre so laut, dass sich alle erschreckten. Dann sagte sie: »Aber gut: Warum sollte nur Fin heute unter die Höhlenforscher gehen.«

»**Mam**!«, winselte Órla. »Ihr seid beide ganz furchtbar!«

»Sieh an«, sagte ich nickend mit einem schlitzäugigen Blick. »Deirdre rollt das Feld von hinten auf.«

»Immer wieder ein Vergnügen, luv«, sagte sie, stand auf, knutschte mich noch einmal auf die Wange und ging dann in Richtung Wohnzimmer. »Ich schaue noch nach den E-Mails. Esst in Ruhe zu Ende, dann kann es meinetwegen losgehen.«

»Kann ich noch duschen? Ich glaube, ansonsten bin ich kein großes Vergnügen im Auto«, fragte ich zerknirscht. Obwohl die Nacht kalt gewesen war, konnte ich meinen Schweiß riechen, wenn ich den Kopf etwas in Richtung meiner Achseln bewegte. Wie ich aus dem Mund roch, wollte ich gar nicht wissen.

»Ich bestehe darauf«, flötete Deirdre, schon im Wohnzimmer.

»Wie schön«, seufzte ich erleichtert.

Ich stopfte den Rest meines Sandwiches in den Mund und spülte ihn mit Kaffee runter. Dann begab ich mich ans Auto, holte mir frische Unterwäsche und verschwand im Bad. Während das heiße Wasser über mich strömte, hatte ich Angst, dass ich von den Alkoholdämpfen, die ich ausdünstete, wieder besoffen wurde. Es war furchtbar. Bloß schnell mit Duschgel einreiben! Meine Gedanken wanderten zu Fin und Roisin. Ich spürte, wie sich in mir etwas regte, was nichts mit Freude für die beiden zu tun hatte. Ich konnte mit Sicherheit sagen, dass ich nicht eifersüchtig war. Warum auch? Ich hatte meine Chance gehabt. Nein, ich beneidete sie. Ich beneidete sie um ihre Unbefangenheit, und dass sie frei waren. Ich beneidete sie darum, dass sie Spaß haben konnten und ich offenbar nicht. Gott sei Dank, rettete mich das Duschzeitlimit vor dem weiteren Abstieg in die dunklen Bereiche meines Geistes. Ich beeilte mich mit dem Abtrocknen, und nachdem ich mir die Überbleibsel des alten und neuen Essens aus dem Mund geputzt hatte, fühlte ich mich bereit, die Höhle zu besuchen. Als ich das Bad verließ, schaute Guv grinsend zum Küchenschrank. Ich folgte seinem Blick und sah, dass dort der Fön schon bereit lag.

»Für das wallenden Haupthaar unserer kleinen Prinzessin«, raspelte er.

»Ach, du wolltest dir auch die Haare fönen?«, konterte ich, hörte wie Órla kicherte, sah, wie Guv zu einer Antwort ansetzte und schaltet den Fön ein. »Sorry, ich kann dich leider nicht hören. Aber du kommst gleich dran. Hab ein wenig Geduld«, rief ich über das Heulen des Elektromotors. Dann drehte ich Guv den Rücken zu und freute mich. Kurz bevor ich fertig war, kam Deirdre herein und brachte ein paar Gummistiefel mit.

»Hier«, sagte sie, als ich den Fön verstummen ließ. »Die kannst du anziehen. Es sind Fins. Die müssten dir passen.« Sie behielt Recht, und wir verließen die Küche. Guv holte die Plane vom Rasen und verstaute sie im Kofferraum, zusammen mit unseren Wechselklamotten und Schuhen. Órla und ich machten es uns auf der Rückbank bequem, während Guv, wie immer ›gut behütet‹, auf dem Beifahrersitz Platz nahm.

Wir nahmen die N61 nach Tulsk. Die dreißig Minuten, die es dauern sollte, unser Ziel zu erreichen, vertrieben Órla und ich uns damit zu versuchen, abwechselnd die gefalteten Hände des anderen zu schlagen. Wenn man traf, durfte man nochmal, wenn nicht, wechselte die Attacke. Trotz des rammdösigen Gefühls in meinem Schädel, schaffte ich es wesentlich öfter als Órla. Als wir in den Feldweg einbogen, an dessen Ende sich unser Ziel befand, sahen ihre Handrücken aus, als hätte sie einen Sonnenbrand. Sie hatte aber partout nicht aufgeben wollen, was wohl auch an Guv gelegen haben mochte, der seine Tochter wieder damit aufzog, dass sie von einem ›drunken German guy‹ besiegt wurde.

»Du schlägst wie ein Mädchen!«, frotzelte ich.

»Ich **bin** ein Mädchen!«, rief sie empört.

»Genau mein Punkt«, versetzte ich grinsend.

»Warte nur, auf dem Rückweg gibt es Rache!«, grollte sie mit etwas, das sie vermutlich für einen finsteren Blick hielt.

»Ich werde da sein«, sagte ich betont gelassen, was sie zum Vorschieben ihrer Unterlippe veranlasste.

Deirdre parkte an einem verlassenen Haus, und nachdem wir ausgestiegen waren, wies sie ein Stück nach vorne: »Dort ist es!«

Ihr Finger zeigte auf eine unscheinbare Wiese hinter einem bebuschten kleinen Wall. Nichts wies darauf hin, dass sich hinter dem Zaun der Eingang zur Feen-Welt verbarg.

»Ich bin jedes Mal beeindruckt davon, wie gut die Höhle versteckt ist«, bemerkte ich.

»Ja, mal sehen, wie lange das noch so bleibt«, antwortete Deirdre resignierend. »Seit die Ausgrabungen und die Forschungen bei Rathcroghan begonnen haben, verändert sich hier alles rasend schnell.«

»Ist das nicht auch eine Chance?«, fragte ich, etwas verwundert über die Trauer in ihrer Stimme. »Irland kann das Geld aus dem Tourismus doch gut gebrauchen.«

»Das stimmt wohl«, gab sie zu. »Doch die Art, wie das alles geschieht, ist mehr als traurig. Es geschieht ohne Seele. Kalte Wissenschaft. Sie zerstören den Zauber, der von diesen Orten ausgeht.«

»Wie meinst du das?«

»Wenn Dinge erschlossen werden, beschildert, offengelegt, für jeden sichtbar, wo bleibt dann das Mysterium? Zum Beispiel: Was ist spannender für dich? Eine Burg zu besichtigen, die hergerichtet wurde, in der es Tafeln und Führungen gibt oder eine, die du aufgrund eines alten Buches erforschst oder einer Sage, eine Ruine, die Geschichte atmet, voller Geheimnisse, die du nur entdecken kannst, wenn du die alten Geschichten kennst?«

Ich brauchte nicht lange zu überlegen, um zu verstehen, was sie meinte. Ich nickte langsam.

»Aber lass uns jetzt nicht daran denken«, schloss sie das Thema ab. »Noch ist es nicht soweit.«

Guv holte die Plane aus dem Kofferraum, und wir machten uns daran, den Stacheldraht zu überwinden, der allerdings schon von anderen Besuchern vor uns auf ein gutes Maß zusammengedrückt worden war. Trotzdem schaffte es Órla, sich mit ihrem linken Hosenbein darin zu verfangen. Ein reißendes Geräusch und einen belächelnden Blick Guvs später, war sie wieder frei.

Wir stiegen den Hang hinab und drehten uns um. Da war sie. Unscheinbar, unter etwas Gestrüpp, führte ein Loch unter den Wall. Es war nicht sonderlich groß. Der Durchmesser reichte gerade, um auf allen Vieren hindurchkriechen zu können. Man hätte es für einen etwas zu groß geratenen Dachsbau halten können, wäre da nicht der Steinbalken gewesen, der parallel zum Boden über der Öffnung zu sehen war wie das Überbleibsel einer Türzarge. Guv legte den Eingangsbereich mit der Plane aus, denn aus irgendeinem Grund, ließ das Gras dort eine lehmig-matschige Stelle frei. Eigentlich hatte ich immer gedacht, dies sei das Werk der zahllosen Stiefel der Besucher, die jahrein, jahraus zur Höhle kamen. Doch als ich länger darüber nachdachte, fiel mir auf, dass ich eigentlich noch nie jemanden dort gesehen hatte, wenn ich dort gewesen war.

»Okay, du kennst das ja«, holte mich Guv aus meinen Überlegungen. »Rücklinks auf Händen und Füßen und Arsch durch den Eingang. Dahinter wird es etwas geräumiger.« Ich nickte und machte mich auf den Weg. In Spinnenhaltung zwängte ich mich durch die Öffnung unter dem Balken hindurch. Auf der anderen Seite wurde der Gang etwa so breit, dass zwei Personen gut nebeneinander Platz fanden und so hoch, dass man bequem hocken konnte. Dort wartete ich auf die anderen. Währenddessen richtete ich meinen Blick auf die Rückseite des Balkens. Die Keilschrift dort, die mir Deirdre bei meinem ersten Besuch in der Höhle gezeigt hatte, war immer noch gut zu erkennen. Kein Moos oder Flechten waren darüber gewachsen. Ogham war der Name der Schrift, hatte mir Deirdre erklärt. Was genau dort stand, war bis jetzt noch nicht entschlüsselt. Nur FRAECH und SON OF MEDB war übersetzt. Ein eigenartiges Gefühl beschlich mich, diese uralten Symbole zu sehen. Es wurde zwar weithin behauptet, dass diese Schrift im vierten oder fünften Jahrhundert nach Christus benutzt wurde, doch irgendwie konnte ich mich des Eindrucks nicht erwehren, dass sie noch viel älter war. Queen Maeve war Teil des Ulster Cycles, und dieser spielte im ersten Jahrhundert nach Christus. Aber vielleicht hatten hier frühe Historiker das getan, was Deirdre nun denen unterstellte, die etwas weiter weg die Tafeln aufstellten.

»Achtung, ich komme!«, kündigte Guv sich an, und seine Füße schoben sich zu mir in den Gang. Er reichte mir eine Taschenlampe, als er es durch den Engpass geschafft hatte. Ich zog mich etwas weiter nach hinten zurück, um Platz für Deirdre und Órla zu machen. Je weiter man nach hinten kam, desto geräumiger wurde es. Nach ungefähr drei oder vier Metern machte der Gang einen Knick und wurde schnell abschüssig. An dieser Stelle wartete ich und leuchtete vor mich, damit der Unterschied von Hell zu Dunkel für die Nachrückenden nicht zu groß ausfiel. Zunächst kam Órla und wurde von Guv zu mir ›durchgereicht‹.

»Hihihi, kuschelig«, kicherte sie, als wir nebeneinander auf dem lehmigen Boden in der feuchtkalten Luft hockten. Nachdem Deirdre und Guv bei uns angelangt waren, leuchtete ich den Abstieg hinab. Zunächst konnte man das Gefühl haben, dass es sich einfach um eine Höhle handelte, die natürlich entstanden war und bei der nur jemand den Eingang befestigt hatte. Doch zwischen den Felsen etwas weiter unten konnte man das Steintor sehen, ganz eindeutig von Menschenhand geschaffen und dieses Mal hoch genug, um stehend hindurchzugelangen. Es bildete den Eingang zur eigentlichen Höhle, die das Tor zur Unterwelt beinhalten sollte. Das Tor zur Welt, in die sich die Tuatha Dé Danann zurückgezogen hatten, nachdem sie das obere Land an die Milesier, die Vorfahren der heutigen Menschen, verloren hatten. Wir stiegen hinab, und es war tatsächlich, als beträte man eine andere Welt, wenn man durch dieses Tor ging. Dahinter öffnete sich die schmale, aber relativ lange und hohe Höhle. Das Besondere an ihr war, dass sie auf mich viel höher wirkte, als sie eigentlich hätte sein dürfen, verglichen mit dem Abstieg, den man hinter sich hatte. Zusätzlich verlor ich darin jedes Mal den Orientierungssinn. In ihr war ich absolut unfähig, ihre Lage zu der Oberfläche zu bestimmen.

Deirdre übernahm die Taschenlampe und leuchtete die linke Wand der Höhle ab, in der sich ein paar faustgroße Löcher befanden und ein paar Namen und Worte, die jemand dort hineingeritzt hatte. Die meisten waren unleserlich auf den ersten Blick, aber ›Sean was here‹ machte klar, dass sie aus unserer Zeit stammten.

»Das ist ein weiteres Problem, das die Ausgrabungen und die damit verbundene Aufmerksamkeit auf dieses Gebiet mit sich bringen«, erklärte sie. »Menschen kommen hier runter und bringen Sachen mit, die nicht hierher gehören.« Sie leuchtete in eines der Löcher. Darin lag eine merkwürdige, bleiche Pflanze, die aber noch zu leben schien und etwas, das aussah, wie eine Münze oder ein Amulett. »Ich habe große Bedenken, was dies mit den feinen Energien der Höhle macht.«

»Es ist doch nur eine Pflanze und eine Münze«, bemerkte ich, spürte aber gleichzeitig, dass es eben so einfach nicht war.

»Eine Bierdose in einem Wald ist auch nur eine Bierdose«, antwortete Deirdre. »Trotzdem stört sie und hat einen Einfluss auf das Leben dort. Alles hat eine Aura, und hier herrschen Kräfte, die man nicht beeinflussen sollte.« Ein Schauer lief mir über den Rücken, als sie diese Worte sprach. Sie hatte Recht. Ich fragte mich, warum ich überhaupt diese Bemerkung gemacht hatte. Ich konnte es doch deutlich spüren. Dieser Ort beherbergte große Kraft. Sie war nicht bedrohlich – im Gegenteil, ich fühlte mich absolut sicher hier – doch spürte ich auch, dass diese Ruhe aus einem Gleichgewicht heraus entstand. Ein Gleichgewicht, das über Jahrtausende bestand und seine eigenen Gesetze hatte.

»Die Energie hier ist wie der Strom eines Flusses. Er durchfließt das Land, und die Natur darum hat sich auf ihn eingestellt. Alles lebt mit ihm. Doch was passiert, wenn man den Lauf des Flusses verändert, sagen wir durch Steine, die man ins Flussbett wirft?«, fasste Deirdre meine Gedanken in Worte. Ich nickte.

»Iiiek«, tönte es plötzlich, gefolgt von einem Platschen. Deirdre richtete die Taschenlampe in Richtung des Geräusches, und der Strahl erfasste Órla, die sich gerade wieder hochrappelte.

»Hast du dir wehgetan, Kind«, fragte sie etwas erschrocken. Órla grinste verlegen und schüttelte den Kopf.

»Nein, aber mein Hintern ist nass.«

»Och, du kleiner Tollpatsch«, rügte Deirdre ihre Tochter liebevoll. »Na, dann sollten wir jetzt wieder hoch, bevor du dir noch eine Blasenentzündung holst. Es ist kälter hier, als man denkt.« Órla widersprach nicht.

»Ich glaube, ich bleibe noch einen Moment«, erklärte ich.

Deirdre musterte mich mit einem schwer zu deutenden Blick, aber nickte dann. »Wie du willst, Charlie. Wir warten oben.«

»Danke«, sagte ich. Wahrscheinlich hatte sie einfach nur Sorge, dass ich mich alleine hier unten verletzen könnte. »Ich bin vorsichtig.«

Ich begleitete sie bis zu der Stelle, an der das Tageslicht die Taschenlampe unnötig machte, dann kehrte ich um und stieg wieder in die Höhle. Ein Erlebnis wollte ich noch haben. Eines, das mich schon immer fasziniert hatte. Als ich in der Mitte der Höhle angekommen war, schaltete ich die Taschenlampe aus. Absolute Dunkelheit umfing mich. Obwohl der Gang, durch den man in die Höhle gelangte, nicht sehr lang war, war er so angelegt worden, dass kein Lichtstrahl je von außen ihre Dunkelheit durchdrang. Mit einem Schlag fühlte ich mich, als wäre die Höhle ganz klein geworden. Mein Atem klang um ein Vielfaches lauter und es war, als hätte die Luft mehr Substanz bekommen, als säße ich in einem Glas voll Sirup, das sich aber bei der kleinsten Bewegung sofort wieder in Gas verwandelte und somit keinen Widerstand bot. Nach einer Weile legte sich die Anspannung, die mit dem plötzlichen Verlust des Sehsinnes und der Veränderung der anderen einherging. Ich lauschte meinem Atem, wie er sich beruhigte, ein- und ausströmte … und erstarrte. Mein Nacken begann zu prickeln, und mein Magen fühlte sich an, als befände ich mich in freiem Fall. Ich hörte noch etwas anderes! Neben mir atmete noch jemand! Sofort schaltete ich die Taschenlampe wieder an. Nichts. Mit klopfendem Herzen sprang ich auf und leuchtete umher.

»Hallo?«, fragte ich, da ich einige Winkel der Höhle nicht einsehen konnte. Ich bekam keine Antwort, was ich in diesem Augenblick als nicht so logisch empfand, wie es vielleicht war. Einen Moment war ich komplett unschlüssig, was ich machen sollte. Dann erinnerte ich mich daran, wie sicher ich mich eigentlich immer hier gefühlt hatte, und mit einem Mal wurde ich wieder ganz ruhig. Bedächtig setzte ich mich und löschte, nach einem kurzen Blick umher, die Taschenlampe. Ein weiteres Mal schwappte die Dunkelheit auf mich. Aber jetzt fühlte es sich gut an. Wie eine kühle Decke aus Samt. Vielleicht sollte ich einfach hier sitzen bleiben. Für immer. Hier unten existierten meine Probleme nicht. Einfach hier sitzen, die Dunkelheit genießen und meinem Atem lauschen, der sich wieder neben mir befand. Es musste mein Atem sein. Es war ja sonst niemand hier. Einfach hier sitzen und müde werden. Einfach hier sitzen und …

»Charlie?«

Es dauerte einen Moment, bis ich realisierte, dass es Deirdres Stimme war, die den Weg von oben in die Dunkelheit gefunden hatte. Sofort schaltete ich die Taschenlampe wieder ein und hastete in Richtung Ausgang. Ich hatte völlig vergessen, dass sie ja auf mich warteten. »Ich komme!«, rief ich und machte mich an den Aufstieg. Das Sonnenlicht blendete mich, als ich mich unter dem Balken hervorschob, und so konnte ich Deirdre nur als schwarzen Schemen im Gegenlicht erkennen. Es fühlte sich komisch an, wieder an die Oberfläche zu kommen. So, als müsste ein Teil von mir erst noch zu mir aufschließen.

»Meine Güte, Charlie«, tadelte sie mich, noch bevor ich wieder auf den Beinen war. »Ich habe mir schon Sorgen gemacht!«

»Wieso?«, fragte ich verwundert. »Ich habe doch gesagt, dass ich noch unten bleibe.«

»Ja, aber eine halbe Stunde?«

Meine Augen hatten sich wieder an die Helligkeit gewöhnt, und so sah ich, dass Deirdre mich scharf beobachtete. Keine meiner Reaktionen entging ihr. Somit bestimmt auch nicht, wie sehr mich ihre Bemerkung schockte. Dennoch versuchte ich, dies zu überspielen.

»Oh, ach, echt?«, sagte ich in einem beiläufigen Tonfall und zuckte mit den Schultern. »Das tut mir leid.«

Sie ergriff meine Hand und zog mich hoch.

»Himmel, Charlie! Deine Hände sind eiskalt, frierst du nicht?«

Jetzt, wo sie es sagte, spürte ich es auch.

»Ja, doch. In der Tat«, sagte ich gleichgültig.

»Komm mit zum Auto, luv! Genug der Abenteuer für heute!«

Ich produzierte ein spöttisches Lächeln. »Na, nun tu mal nicht so, als hättest du mich dem Schlund der Hölle entrissen.«

»Nein«, murmelte sie ernst, ohne mich dabei anzusehen. »Ich habe dich wohl eher wieder reingezogen.«

»Hey, da ist ja unser Höhlenforscher«, tönte Guv, als wir die Straße erreichten und riss die merkwürdige Stimmung auf, die sich zwischen uns ausgebreitet hatte, ohne dass ich noch etwas sagen konnte. Ich winkte ihm zu.

»Save and sound!«, rief ich zurück und grinste. Dieses Grinsen verbreiterte sich gewaltig, als ich zu Órla auf den Rücksitz stieg. »Rosa Herzen? Im Ernst?«

Ihre Augen weiteten sich. »Oah, halt's Maul, Charlie«, piepste sie und verschränkte die Arme über ihrem Schoß. »Mam, wollte den Schlamm nicht auf ihren Sitzen!«

»Seid friedlich da hinten! Sonst stecke ich euch beide wieder in die Höhle!«, schoss Deirdre über ihre Schulter, als sie hinter dem Steuer Platz nahm. Dass diese Drohung für mich keine war, behielt ich für mich.

Ich schaute gedankenverloren aus dem Fenster, als das Auto sich in Bewegung setzte und erst, als wir wieder auf die N61 bogen, gelangte ich wieder in die Gegenwart. Ich konnte gar nicht sagen, worüber ich nachgedacht hatte. Ich war einfach mit dem Auto durch die Landschaft gedriftet, umhüllt von einer warmen Müdigkeit.

»Bekomme ich jetzt meine Revanche?«, fragte Órla, das Kinn kühn nach vorne gereckt, als sie sah, dass ich wieder ansprechbar war.

Ich musterte sie mit einer hochgezogenen Augenbraue und stieß spöttisch die Luft aus. »Du meinst wohl: deine zweite Niederlage. Aber«, gab ich mich großspurig, »natürlich verweigere ich mich nicht, dir eine wichtige Lektion zu erteilen.« Ich grinste so pomadig, dass ich förmlich spüren konnte, wie sich meine Haare fettig glänzend nach hinten schleimten. Órla sagte nichts, sondern hielt nur ihre gefalteten Hände vor mich. Ich seufzte mitleidig und positionierte meine an ihren.

»Du darfst anfangen«, gab ich den Gönner und richtete meinen Blick auf unsere Hände. Dahinter sah ich Órlas Beine. Und diese öffneten sich. Was zum …? KLATSCH, KLATSCH KLATSCH, KLATSCH! Órla traf mich drei Mal mit voller Wucht an den Händen und ein viertes Mal, wesentlich leichter wie eine Warnung, im Gesicht.

»Auuuiiii«, quietschte ich vollkommen überrascht und wusste gar nicht, welche zwiebelnde Stelle ich zuerst reiben sollte. Órla hatte nun wieder die Arme über ihrem Schoß und blickte mich hämisch funkelnd an.

»Ich schlage vielleicht wie ein Mädchen, aber ich kämpfe auch wie eines. Lektion gelernt?«

Ich nickte, einen Flunsch ziehend, während ich meine Hände massierte und hätte beinahe angefangen, am Daumen zu nuckeln. Wo war der siebzehnjährige Teenager, der vorhin noch rot wie eine Christbaumkerze geworden war, als es um Sex ging?!

»That's my girl!«, feierte Guv sie, und im Rückspiegel sah ich, wie Deirdre mühsam ein Schmunzeln unterdrückte.

»Ihr seid alle ganz, ganz gemein!«, schmollte ich, konnte aber selber das Lachen nicht länger zurückhalten. In der Tat: Lektion gelernt. Ab und zu tat es ganz gut, auf seine tatsächliche Größe zurückgestutzt zu werden. Und es freute mich, wie Órla sich entwickelt hatte. Sie wurde immer ein wenig belächelt, für ihre Tollpatschigkeit und die einfachen Dinge, für die sie eine Freude in sich trug, wie stinkige Blümchen und dergleichen. Die perfekte Tarnung, wie sich herausstellte. Ich bedauerte schon jetzt die armen Tölpel, die mit ihr irgendwann geschäftlich zu tun haben würden. Jetzt saß sie wieder da und schaute aus dem Fenster, als könne sie kein Wässerchen trüben.

»Hihihi, guckt mal, wie die Kühe da drüben rennen! Kühe sind so lustig.«

Die perfekte Tarnung.

––––––––––

Kurz nachdem wir bei Deirdre und Guv zu Hause angelangt waren, hatte Órla wieder eine Hose an und ich meine Sachen gepackt und im Auto verstaut. Guv, Deirdre und Órla standen daneben.

»Ihr Liebsten der Lieben«, begann ich und sowohl Guv als auch Deirdre verdrehten die Augen. »Jaaa ja ja, da müsst ihr jetzt durch!«, rief ich entschlossen. »Ich danke euch, für eure Liebe und unglaubliche Gastfreundschaft. Es hat mir wieder unendlich viel Spaß gemacht. Danke!«

»Ach, come on, Charlie«, wiegelte Deirdre ab. »Das ist nichts! Verstehst du? Jederzeit und für immer!«

»Lass ihn doch«, amüsierte sich Guv. »Kann doch nicht schaden, wenn er denkt, er stünde in unserer Schuld.«

»Shut up, Guv«, sagten Deirdre und Órla wie aus einem Munde. Wir lachten und ich umarmte Órla. »Danke, little one, für die wichtige Lektion heute und dafür, dass du du bist.«

»Mach's gut, Charlie«, sagte sie. »Und wenn du es nochmal versuchen willst, weißt du ja, wo du mich findest.« Als ich zurücktrat, sah ich, dass Rot ihre Wangen färbte. Ich schmunzelte innerlich. Da war sie vorhin wohl doch etwas über sich hinaus ›erwachsen‹. Schön.

»Komm gut nach Hause, Charlie«, brummte Guv, als mich seine überraschend starken Arme umschlangen. »Und bekomm' den Kopf klar, mein Freund.« Ich hätte gern genickt.

Als ich vor Deirdre trat, schaute sie mich fest an. »Bist du sicher, dass du nicht vielleicht doch noch eine Nacht bleiben möchtest?«, fragte sie.

Ich erwiderte den Blick tapfer lächelnd und fühlte mich wie ein Junge, der zum ersten Mal die Heimat verlässt. »Ganz sicher«, antwortete ich. Im Prinzip war ich gar nicht mal so sicher. Es hätte mir wahrscheinlich sogar sehr gut gefallen, noch länger bei den Malones zu bleiben. Doch für mein Empfinden hatte ich ihnen einfach schon zu viel zugemutet, um noch guten Gewissens ihre liebevolle Gastfreundschaft in Anspruch nehmen zu können. Sie mochten das vielleicht nicht so sehen, doch ich tat es, und das alleine machte es mir unmöglich zu bleiben.

»Gut«, sagte Deirdre und rückte mir den Kragen meines Pullis zurecht, was mir endgültig das Gefühl gab, ich zöge in den Krieg, »dann pass auf dich auf, versprich mir das.«

»Klar doch!«, sagte ich strahlend, immer noch hoffend, dass sie ebenfalls ihre ernste Miene fallenließ und eine bissige Bemerkung hinterherschickte. Doch ich hoffte vergebens. Sie umarmte mich und küsste mich auf die Wange, wie sie es immer tat, doch was war mit ihren Augen? Sah ich dort Tränen?

»Aber, aber«, sagte ich ehrlich verwirrt. »Ich bin doch nicht aus der Welt!«

»Geh jetzt, Charlie, and God bless!«, sagte sie und drehte mich zum Auto. Da war sie wieder, die Deirdre, die ich kannte. Erleichtert stieg ich in die Katze. Guv und Órla winkten mir, bis ich die Straße erreicht hatte. Deirdre folgte mir bis dorthin. Ich hob die Hand zum Abschied und brauste los. Ein ganzes Stück weit die Straße runter, schaute ich noch einmal in den Rückspiegel und sah Deirdre, wie sie mitten auf der Straße stand und mir nachschaute. Sie blieb dort, bis die leichte Krümmung der Straße sie aus meinem Blickfeld zog.

Die Gesellschaft der drei begleitete mich wie ein Echo auf meinem Nachhauseweg. Die Sonne schien, und die Wolken scheckten das Land, als führe ich auf der Haut einer riesigen Kuh. Ich genoss es, nichts zu denken und einfach die Wärme zu spüren, die die Sonne und das Echo gleichermaßen in mir erzeugten. Um so härter traf mich die Einsamkeit, als ich die Tür zum Haus aufschloss und in den kalten, feuchten Raum trat, der mich mit einer schimmeligen Stille empfing. Es war, als hätte die Anwesenheit von Deirdre und all den anderen wie eine schützende Isolierschicht gewirkt. Es war sehr schlimm gewesen, die Nachricht von Leila auf der Party zu lesen. Aber erst jetzt schien ich sie wirklich zu begreifen. Oder besser gesagt: zu spüren! Meine Knie gaben nach und sackten auf die Dielen. Einen Augenblick später traf mein Gesicht das Holz. Dort blieb es. Es war mir durchaus bewusst, dass die Tür noch offen stand, aber es war mir gleich. Ich konnte nichts daran ändern und wollte es auch nicht. Alles was ich konnte, war dort zu liegen und zum Kamin zu starren, der genauso gut in einem anderen Universum hätte sein können. Ich verlor jegliches Gefühl für Zeit und für meinen Körper. Es gab nur mich und diesen merkwürdigen Schmerz in meiner Brust. Keine Gedanken, nur dieser Schmerz, den ich noch nie zuvor gespürt hatte. Er war zwar da, doch war er nicht greifbar. Unantastbar. Außerhalb meines Einflusses. Irgendwann schob sich von links ein Katzenkopf ins Bild. Die Trampelkatze war zurückgekehrt und schnupperte mit ihrem rosa Näschen an meinem Zinken. Sofort zog sich der Schmerz zurück, als hätte er Angst vor dem kleinen Tier. Dies ermöglichte mir, zumindest aufzustehen und weitere Gegenmaßnahmen in Form einer hastig geleerten Ciderdose zu ergreifen. Erst danach richtete ich das Wort an meinen Gast.

»Na, meine Gute, du hast bestimmt Hunger«, murmelte ich matt und stellte ihr etwas zu fressen hin. Sie maunzte glücklich und attackierte es, als hätte sie seit Wochen nichts mehr bekommen. Ich schleppte mich zu einem Küchenstuhl mit einer weiteren Dose und holte das Handy heraus. Ich hatte es völlig vergessen. Oder verdrängt. Das Display leuchtete auf und wurde zu einem realen Beweis dafür, dass Probleme, die man verdrängt, keineswegs verschwinden, sondern, im Gegenteil, sich aufstauen und dann mit geballter Wucht zuschlagen. Ich hatte sieben Nachrichten. Alle von ihr.

Charlie, was sagst du dazu?

Charlie, bist du sauer, oder was?

Charlie?

Wenn du mich ignorierst machst du es nur noch schlimmer!

Für mich ist das auch nicht leicht! Du kannst wenigstens auf meine Frage antworten!

Charlie!!!!!

Okay, dann halt nicht!!!

Ich starrte auf die Zeilen in völligem Unglauben. Ich spürte, wie Wut in mir aufflackern wollte, aber sofort von der schrecklichen Kraftlosigkeit niedergerungen wurde, die mir nicht erlaubte, irgendetwas zu fühlen, außer diesen Schmerz, der grausam monoton blieb. Kein Anschwellen, kein Abschwellen. Nichts, was ich tat, beeinflusste ihn. Ganz langsam stand ich auf und begab mich zur Tür. Jeder Schritt kostete mich immense Kraft, und doch kam ich nur unendlich langsam voran. Als ich am Auto angelangt war, hatte ich das Gefühl, eine Weltreise hinter mich gebracht zu haben. Ich ließ mich in den Ledersitz fallen und musste erst einmal durchatmen. Irgendwann schaffte ich es, den Schlüssel, der Tonnen wog, in die Zündung zu stecken und zu drehen. Mit zusammengebissenen Zähnen zog ich den Wählhebel in D, als müsse ich ihn durch zähflüssigen Teer bewegen. Der vorhin noch so freundliche Himmel war nun in schmutziges Schwarz-Rot getaucht, als hätte ein gigantischer Koksofen seine Schlote geöffnet und eine glühende Aschewolke in den Himmel geblasen. Wie ich nach Ballymote gekommen war, konnte ich nicht mehr sagen. Erst, als ich den Super Value betrat, nahm ich wieder etwas wahr. Doch kam es mir so vor, als bewege ich mich durch ein riesiges 3D-Kino. Alles war zwar da, trotzdem war es von mir getrennt. Ich ergriff drei Flaschen Connemara und es war, als würden sie erst real, als ich sie berührte. Als holte ich sie zu mir herüber. Das Phänomen wiederholte sich mit einer weiteren und drei Jack-Daniels-Flaschen, Cider und Cola. Wortlos bezahlte ich. Die Kassiererin reichte mir mein Wechselgeld, und das Fenster nach draußen schloss sich wieder. Alles um mich herum schien sich wie im Zeitraffer zu bewegen, während ich Schritt für Schritt, Zentimeter um Zentimeter zu meinem Auto zurückkehrte.

Es donnerte und ich bemerkte, dass ich am Tisch in der Küche saß. War ich überhaupt weg gewesen? Der Torfgeschmack in meinem Mund und die angebrochene Flasche Whiskey vor mir in der Dunkelheit des Raumes bestätigten dies. Alles andere hatte sich nicht verändert. Auch nicht der monotone Schmerz in mir. Ich ergriff die Flasche und setzte sie an. Während ich sie halb leer trank, taumelte ich zum Leinensessel vor dem kalten Kamin. Dann holte ich mein Handy aus der Tasche und schrieb:

Das freut mich für Dich. Ich hoffe, dass es das ist, was Du willst.

Ich hatte irgendwie erwartet, ja sogar gehofft, dass diese Zeilen meinen Schmerz verstärkten, doch er blieb so unerträglich monoton wie zuvor. Das Rauschen des einsetzenden Regens mischte sich mit dem Rauschen des Alkohols in meinen Ohren, ab und zu unterbrochen vom lauten Krachen der Donnerschläge und dem Schlagen der Äste an die Hütte. Es war, als würde die Natur die Wut in mir zum Ausdruck bringen, die ich nicht fähig war zu empfinden. Halb bewusstlos bemerkte ich ein fahles Licht, hob mein Handy auf und las

Fick dich!!!

Ich ließ es aus der Hand gleiten, und noch bevor es den Boden berührt hatte, klappten meine Augen zu, als hätte ich mir die dreiviertel Flasche Whiskey nicht einverleibt, sondern auf den Kopf gehauen.

———————

Wärme. Wärme war das, was ich als Erstes spürte, als der Alkohol seinen stählernen Griff um mein Gehirn wieder etwas gelockert hatte, gerade so viel, dass ich zu mir kam. Orangenes Licht fiel durch meine geschlossenen Lider. Ein Blitz! Ein Blitz ist eingeschlagen und die Bude brennt! Ich fuhr hoch und riss die Augen auf. Durch den Schleier, den der Whiskey über meine Sinne gelegt hatte, blickte ich in ein loderndes Torffeuer im Kamin. Trotz des Schwindels, der mich überfiel wie eine Horde hungriger Wegelagerer, die nur auf diesen Moment gewartet hatten, zwang ich mich dazu, den Kopf zu drehen und mich zu vergewissern, dass dies das einzige war, was brannte. Erst nachdem das offensichtlich der Fall war, bemerkte ich, dass der Sessel neben mir nicht mehr leer war.

»Ashling«, stöhnte ich erleichtert. Der ganze Raum schwankte und schwappte, als schwämme ich auf der Oberfläche eines Whiskey-Ozeans wie auf einem Rettungsfloß. Am liebsten wäre ich einfach wieder zurück in mein Koma gefallen, doch irgendetwas in mir war auch froh darüber, dass sie da war und wollte wach bleiben. »Ashling«, wiederholte ich, »wach auf.«

Die Kleine lag zusammengerollt in dem Sessel. Sie trug wieder die Klamotten, in die ich sie bei unserer ersten Begegnung gesteckt hatte. Die viel zu langen Ärmel des Pullovers hingen gekreuzt über den Rand der Sitzfläche, und ihre schwarzen Haare verdeckten das meiste von ihrem blassen Gesicht, so dass sie beinahe aussah, wie ein schlafendes Hündchen. Sie rührte sich nicht. Ich nahm einen Schluck Whiskey und versuchte es erneut: »Ashling!« Jetzt endlich gab es eine Reaktion. Sie schlug die Augen auf und blinzelte unter ihren Haarsträhnen hervor.

»Hallo, Charlie«, murmelte sie schlaftrunken. Eine besonders starke Windbö wummerte gegen das Haus und ließ den Regen gegen die Scheiben prasseln wie Hagelkörner. »Wie geht es dir?«

»Blendend«, log ich, ohne mich der Illusion hinzugeben, dass Ashling mir glaubte und untermalte die Lüge mit einem großen Schluck Whiskey. Ashling blickte mich ohne Vorwurf, aber undefinierbar an.

»Ach, was soll's«, seufzte ich und erhob mich mit einer unvorstellbaren Kraftanstrengung aus dem Sessel.

»Wohin gehst du, Charlie?«, hörte ich Ashling in meinem Rücken fragen, als ich zum Herd taumelte. Ihre sanfte Stimme setzte sich wundersamerweise sehr gut gegen das Brausen des Sturmes durch.

»Nanu? Du weißt doch sonst alles«, ätzte ich in einem Rückfall von Ärger darüber, dass ich dieses Kind schon wieder am Hals hatte. Aber ich bedauerte das in der nächsten Sekunde schon wieder und fügte wesentlich wärmer hinzu: »Ich mache dir Tee. Den trinkst du doch immer.«

»Hm«, machte Ashling zufrieden, meine Unfreundlichkeit zuvor völlig ignorierend. Sie hatte neben dem Feuer noch einige Kerzen entzündet, und so musste ich nur mit den Beeinträchtigungen durch den Alkohol kämpfen, während ich den Tee zubereitete. Eine Weile war nichts zu hören als das Aufkochen des Wassers und der Sturm, der tobte, als wäre es seine letzte Chance, dem Land zu zeigen, was ein wirklicher Sturm war. Schließlich kam ich mit der Tasse zurück und hielt sie Ashling hin. Sie setzte sich auf und ergriff sie, ihre Hände vollständig in den Ärmeln verschwunden. »Danke«, sagte sie leise und lächelte.

»Danke **dir**, für das Feuer«, entgegnete ich abwehrend und ließ mich wieder in den Sessel fallen.

»Ja, es ist schön, oder?«

Ich starrte abwesend in die Flammen. »Ich nehme an, deine Eltern haben dich wieder geschickt?«, vermutete ich, ihre Frage übergehend, obwohl sie Recht hatte. Es war ein wunderschönes Feuer.

»Nein«, antwortete sie, und es klang etwas verwundert.

»Nein?«, mein Gesicht verkniff sich, soweit ihm das in seinem betäubten Zustand möglich war. »Weswegen bist du dann hier?«

»Das weißt du doch, Charlie«, entgegnete sie ruhig.

Ich zuckte mehr innerlich als äußerlich mit den Schultern.

»Ja, ja, weil der Sturm so schlimm ist und so«, antwortete ich resignierend. Ich hatte es wirklich aufgegeben, aus diesem Kind schlau zu werden. Musste ich auch nicht. Sie machte ja sowieso, was sie wollte. Ich starrte wieder in die Glut. Der monotone Schmerz kehrte zurück. Eigentlich war er nie weg gewesen, doch das noch in mir klingende Echo des Schlafs hatte ihn kurzzeitig aus meinem Bewusstsein verbannt. Ich stutzte. Irgendetwas hatte sich verändert. Aus irgendeinem Grund, schien er nicht mehr ganz so stark an mich heranzukommen. Die Veränderung war minimal, dennoch nahm ich sie wahr. Was sie ausgelöst hatte, konnte ich nicht sagen. Jedenfalls nichts, was ich getan hatte.

»Es ist jedenfalls schön, dass du da bist«, hörte ich mich sagen und runzelte gleichzeitig die Stirn. Nicht, weil ich log, sondern weil ich mich darüber wunderte, dass es stimmte.

»Ich liebe Feuer«, sagte Ashling. Ob sie meine Aussage nicht gehört hatte oder nur überging, war nicht klar. »In langen Winternächten sitzen meine Eltern, meine Großeltern, meine Geschwister und ich oft vor unserer Feuerstelle und erzählen uns Geschichten.«

»Du hast Geschwister?«, fragte ich mit schwerer Zunge. Irgendwie hatte ich immer angenommen, Ashling sei ein Einzelkind.

»Ja«, antwortete sie. »Zwei Brüder, doch sie sind schon groß.« Stolz schwang in ihrer Stimme mit. Das erklärte zumindest ein Stück weit, warum sie keine Scheu vor erwachsenen Männern hatte.

Sie lachte. »Einmal hat mir meine Großmutter erzählt, wie plötzlich eine Kuh bei ihr aufgetaucht ist.«

»Eine Kuh?«, echote ich.

»Ja! Sie lief plötzlich durch die Gänge, kannst du dir das vorstellen?« Sie kicherte noch einmal. »Kurz danach tauchte auch noch eine Frau auf, die immer wieder ›Oona‹, rief. Die Kuh hieß Oona!« Sie amüsierte sich königlich. »Sie sind einfach durch unser Haus spaziert, ohne ein Wort zu meinen Großeltern. Stell dir das doch mal vor!«

Brauchte ich nicht, denn Ashling sprang auf und begann, mit weit aufgerissenen Augen und vor sich gestreckten Armen durch die Stube zu laufen. Mit hoher, zitternder Stimme rief sie immer wieder: »Ooooooona, OOOOOOOOOONA!« Dabei schlumpelten die Ärmel hin und her. Blitze tauchten sie in ein weißes Licht, und der Donner krachte wie im besten Gruselfilm. Einen Moment bekam ich wirklich Angst vor ihr.

»Ashling!« Ruckartig drehte sie sich zu mir und kam mit seltsam eckigen Bewegungen auf mich zu. »OOOOOOOOOOOOOONAAAAAAAA!«, klagte sie. Ein weiterer Blitz durchschnitt die Nacht und zauberte dunkle Schatten unter ihre Augen und in ihre hohlen Wangen. Eine Eiseskälte erfasste mein Herz und jagte meinen Rücken hinunter.

»ASHLING! Hör auf damit!«, mein Organ überschlug sich, von plötzlicher Panik gepackt. Von einer Sekunde auf die andere war es vorbei. Ihr Gesicht strahlte bis über beide Ohren.

»Gruselig, nicht wahr?«, freute sie sich und hopste zurück zum Sessel.

»Na ja«, grummelte ich peinlich berührt und griff nach der Flasche, um mein Zittern zu verbergen. »Viel gruseliger finde ich, dass du bei dieser Kälte schon wieder barfuß rumläufst«, versuchte ich, wieder die Oberhand zu gewinnen. Sie hatte tatsächlich keine Socken an.

»Das findest du gruselig?«, fragte sie und es blitzte spitzbübisch in ihren Augen.

»Mhm«, machte ich leicht vorwurfsvoll.

»Ooooh, ich glaube, das haben sie gehört«, singsangte Ashling und schaute auf ihre nackten Füße. »Ja, haben sie, nimm dich in Ahacht, sie kommen!« Sie hob sie vom Boden und streckte sie langsam in meine Richtung. »Pass auf, Charlie«, rief sie mit spöttisch ängstlicher Stimme. »Die bösen nackten Füße kommen!« Sie bewegte ihre Zehen, als würden sie nach mir greifen. Schon hatte ich den Ersten im Gesicht.

»Hey!«, protestierte ich und versuchte die Attacke abzuwehren, doch sie war schnell und erstaunlich stark und ich betrunken. Der Zweite fand sein Ziel und ich ruderte hilflos mit den Armen.

»Charlie gruselt sich vor Mädchenfüßen!«, kicherte Ashling.

»Okay! Das reicht!«, rief ich und schlang meinen rechten Arm um ihre Beine. »Jetzt bist du fällig!« Mit einem dämonischen Grinsen begann ich ihre Fußsohlen zu kitzeln.

»Uiiiiiiiiihihihihi«, kreischte Ashling und strampelte, doch ich hielt sie wie in einem Schraubstock. »Charlie! Nein, bitte!«, flehte sie und schnappte nach Luft, nur, um überhaupt weiter lachen zu können.

»Bist du brav?«, fragte ich beschwörend.

»Ja!«, stieß Ashling auf eine Lachsalve hervor. Ich kitzelte weiter.

»Wie bitte? Ich kann dich nicht hören!«

»JA, JA! CHARLIE, BITTE, ICH BIN BRAV!«, schrie sie, von Lachkrämpfen geschüttelt.

»Na bitte, geht doch«, sagte ich salopp und ließ sie los. Es dauerte, bis sie sich beruhigt hatte und für eine Weile füllte unser beider abebbendes Gelächter den Raum.

»Das war lustig«, sagte sie schließlich und seufzte.

»Ja«, sagte ich und gluckste. »Ich bin brav, ich bin brav«, fistelte ich schielend mit wild klimpernden Lidern.

»Pfff«, machte Ashling und imitierte mit schlafwandlerischer Sicherheit meinen Tonfall: »ASHLING, hör auf damit!«

»Okay, okay«, gab ich mich geschlagen. »Friede!«

Ashling lächelte in spöttischer Zufriedenheit, sagte aber nichts.

»Aaaaaahhhhh«, machte ich und schloss die Augen. Ich fühlte mich warm und entspannt und komplett besoffen. Zwar war noch ein Rest in der Flasche, aber ich hatte seit meinem Besuch bei Deirdre nichts gegessen. Als triebe ich auf einer Luftmatratze auf dem Meer und die Sonne schiene mir ins Gesicht.

›Fick dich‹, schoss wie ein Blitz durch meinen Kopf, doch dieser Gedanke konnte mir nichts mehr anhaben. Mit einem weiteren Seufzer überließ ich mich dem Alkoholkoma.

›Fick dich‹, war der erste Gedanke, als ich wieder daraus hervorkam.

Die Worte hatten nicht im Traum daran gedacht, meinen Kopf zu verlassen. Sie hatten gewartet, bis ich wieder soweit Herr meiner Sinne war, dass sie den gewünschten Effekt auf mich hatten. Und sie hatten einen Kumpel mitgebracht: den monotonen Schmerz. Ich stöhnte unwillkürlich und verzog das Gesicht, das sich irgendwie ›zu‹ anfühlte. Manchmal schwollen meine Nebenhöhlen an, wenn ich gesoffen hatte. Ich öffnete langsam die Augen, um ihnen einen Lichtschock zu ersparen, nur um festzustellen, dass dies gar nicht nötig gewesen war. Es war düster im Raum. Als wäre dies ein Zeichen für meine anderen Sinne gewesen, ebenfalls aufzuwachen, hörte ich das Wummern des Windes und das Prasseln des Regens gegen die Fenster und auf dem Dach, als ließe ein Scherzbold Millionen von Murmeln darauf fallen. Für einen Augenblick drängte sich mir die Vermutung auf, ich hätte gar nicht lang geschlafen, doch ein Blick in den Kamin zeigte mir, dass ich falschlag. Das imposante Feuer, das Ashling gebaut hatte, war bis auf ein paar kleine Glutnester niedergebrannt. Ashling. Ich drehte den Kopf und war nicht verwundert darüber, dass der Sessel neben mir leer war. Nun fühlte ich mich nicht nur äußerlich kalt. Darüber wunderte ich mich. Mit einem gewissen Widerwillen musste ich feststellen, dass sie mir zum ersten Mal fehlte. Als hätte ich nicht schon genug zu ertragen. Warum musste mir jetzt auch noch dieses blöde Mädchen fehlen?

»Ach fuck«, seufzte ich und ließ meine Hände links und rechts neben den Sessel fallen. Meine Rechte touchierte dabei die Whiskeyflasche. Ich erwischte sie, bevor sie umkippen konnte, hob sie hoch, starrte sie einen Moment an und trank sie leer. Dann erlaubte ich ihr, sich rollend aus dem Staub zu machen. Sie ahnte wohl, dass ihr sonst das Schicksal geblüht hätte, im Kamin zu zerschellen, denn sie beeilte sich, aus meiner Reichweite zu kommen und wurde erst von der Wand unter der Spüle gestoppt. Ich wäre am liebsten wieder eingeschlafen, doch ein Stechen unterhalb meines Magens machte mir klar, dass ich dann – wenn es mir überhaupt gelungen wäre – neben einer neuen Hose und Unterhose auch noch einen neuen Sessel gebraucht hätte. Also quälte ich mich hoch. Auf dem fast geraden Weg zur Hintertür schnappte ich mir eine volle Flasche Connemara vom Esstisch und nahm einen Schluck. Diese kleine Pause reichte aus, um es mir anders zu überlegen. Anstelle der Hintertür öffnete ich die Tür zum Nassraum und pinkelte einfach in einen der dort stehenden Eimer. So blieb ich wenigstens trocken. Dafür, dass ich schwankte, traf ich ganz gut. Als ich fertig war, sorgte ich erst einmal dafür, dass die Blase nicht lang leer blieb. Die Natur war die geborene Dramatikerin, denn sie begleitete den Whiskey mit einem Donnergrollen meine Speiseröhre hinunter. Ich packte Johnny weg und schlurfte zurück in die Küche. Ich hatte keine Lust, irgendetwas zu tun, also bugsierte ich mich wieder in den Sessel, setzte die Flasche an, die in der Kälte das Feuer ersetzen musste und trank so viel ich konnte. Als bestünde der Whiskey aus purer Müdigkeit, fielen mir die Augen wieder zu, und ich schipperte auf Wellen des goldenen Flusses, immer haarscharf an der Grenze zur Bewusstlosigkeit. Wirre Bilder, die absolut keinen Sinn ergaben, wirbelten wie Herbstblätter durch meinen Kopf, als hätte der Sturm einen Weg gefunden, in meinen Geist einzudringen. Irgendwann hörte ich Klappern wie von Töpfen oder Pfannen. Dann ein Zischen. Als wäre mein Schiffchen gegen Land gestoßen, holte mich das Geräusch zurück in die Wohnküche. Ich öffnete die Augen und schummeriger Kerzenschein begrüßte mich. Das Zischen blieb. Es kam aus Richtung des Herdes. Trotz des immensen Gewichtes, das auf meinem Körper zu lasten schien, als hätte ein Whiskeyfluss-Angler mich als Depot seines sämtlichen Senkbleis benutzt, hievte ich mich herum und schaute an dem Sessel vorbei. Vor dem Herd stand eine zierliche Gestalt in meiner Jeans und dem Arielle-T-Shirt und legte Baconstrips in die gusseiserne Pfanne.

»Ashling!«, entfuhr es mir, und zum ersten Mal klang es wirklich freudig, trotzdem ich es mehr lallte, als wirklich aussprach. Sie war noch da! Ich konnte es kaum glauben.

Die Kleine zuckte zusammen, dann drehte sie sich um. »Oh, Charlie, du bist wach.« Es klang etwas enttäuscht. »Ich wollte dich mit dem Frühstück überraschen.« Mit einem schuldbewussten Blick fügte sie hinzu: »Tut mir leid, dass ich dich geweckt habe.«

»Die Überraschung ist dir so oder so gelungen«, beruhigte ich sie. Ein zaghaftes Lächeln trat auf ihr Gesicht.

»Wirklich?«

»Ja«, sagte ich so ernst, wie es mein alkoholbeeinträchtigtes Sprachzentrum zuließ.

»Schön«, freute sie sich.

»Mhm«, machte ich. »Aber ich glaube, du solltest dich wieder der Pfanne zuwenden.« Ich reckte das Kinn in Richtung des Herdes, von dem mehr Rauch aufstieg, als gut sein konnte.

»Oh«, machte Ashling, als sie sah, worauf ich hinauswollte und nahm sie hastig von der Flamme. Sie stocherte mit einer Gabel in der Pfanne, dann holte sie sie wieder hervor und hielt sie hoch. Ein Blitz erhellte ungnädig deutlich ein längliches, halbverkohltes Etwas. »Oh nein«, seufzte sie, während der Donner grollte.

Ich gab einen amüsierten Laut von mir. »Ist nicht schlimm, es ist genug da.« Ich erhob mich mühsam aus dem Sessel. »Aber bevor du es nochmal versuchst, solltest du die Flamme kleinerstellen. So, siehst du?« Ich schwankte heran und drehte den fauchenden Gasbrenner auf eine angemessene Stärke.

»Ich kann kochen!«, beteuerte Ashling und schaute verzweifelt auf den Herd. »Es ist nur … zu Hause koche ich mit Holz.«

»Puh, Respekt!«, murmelte ich anerkennend. »Du willst nicht wissen, wie es aussähe, wenn ich mit Holz kochen müsste.« Der Raum um mich herum begann sich zu drehen. »Sorry, Ashling, ich muss mich setzen«, presste ich hervor. »Versuch's einfach nochmal.« Ich rette mich zu einem Stuhl am Tisch.

»Ist gut«, piepste sie.

Während sie neu motiviert ihr Werk verrichtete, kämpfte ich einen stummen Kampf mit der rotierenden Umgebung. Als ich ihn schließlich gewonnen hatte, trat Ashling an den Tisch und stellte einen Teller mit Spiegeleiern, Bacon, Pudding und Beans vor mich. Ich schaute zu ihr auf und blickte in ein stolzes Gesicht. Ich lächelte schwach.

»Gut gemacht«, flüsterte ich. Sie strahlte und huschte zum Herd, um sich selbst etwas aufzutun. Erst jetzt fiel mir auf, dass sie meine Hose gar nicht mehr festhalten musste.

»Bist du gewachsen?«, fragte ich sie irritiert.

»Was?«, fragte sie verwundert. »Nein, ich glaube nicht, warum?«

Ich hob einen Finger und deutete auf Höhe ihres Bauches. »Die Hose, sie rutscht nicht mehr.«

»Ach so, das!« Ashlings Gesicht bekam einen verlegen verschmitzten Ausdruck, dann hob sie das Arielle T-Shirt, was ihr bis zu den Oberschenkeln ging, hoch zum Bauchnabel. Mein Blick fiel auf meine Wäscheleine, die sie mehrfach durch die Gürtellaschen der Jeans gezogen und mit einer großen Schleife zusammengebunden hatte.

»Schlaues Kind«, lachte ich spöttisch, aber warm.

Ashling kehrte mit ihrem Teller und dem Wasserkessel zurück. Ich füllte etwas von dem Instantkaffee in meine Tasse und goss zur Hälfte Wasser drauf. Die andere Hälfte ergänzte ich mit Connemara, den ich einfach aus der dritten Flasche nahm, da ich zu faul war, mir die offene neben dem Sessel zu holen.

»Irish Coffee«, feixte ich, doch Ashling schien einen anderen Sinn für Humor zu besitzen, denn sie schaute mich nur fragend an. Was dachte ich mir auch? Ich nahm einen Schluck von dem Zeug und es schmeckte, wohlwollend ausgedrückt, interessant. Aber auf den Geschmack kam es mir auch nicht an. Der Duft des Essens stieg mir in die Nase, doch hätte ich genauso gut an Plastik oder Glas riechen können. Es löste nichts in mir aus. Da ich

Ashlings Gefühle nicht verletzen wollte, nahm ich etwas Bacon und Ei auf die Gabel und schob es in meinen Mund. Das Kauen war mühsam. Nicht, weil das Essen zäh gewesen wäre, sondern weil einfach alles mühsam war. Ich nahm einen weiteren Schluck ›Kaffee‹ und stocherte in den Bohnen. Draußen war es so dunkel, dass ich kaum die Bäume im Garten erkennen konnte. Der heftige Regen tat sein Übriges.

Irgendwann stand Ashling auf und ging zum Kamin, um das Feuer wieder in Gang zu bringen. Ich hörte sie rumoren, während ich in die Kerze vor mir auf dem Tisch starrte. Warum, um alles in der Welt, hatte ich meine Chance bei Roisin vergeigt? Was hatte ich mir davon erhofft, dass ich widerstanden hatte? Dass Leila schrieb: ›Oh, du mein Held, jetzt sehe ich ein, dass ich wirklich zu dir gehöre‹?

Fick dich

Ja, hätte ich doch mal Roisin gefickt.

»Warum hast du es nicht getan, Charlie?«

Trotz der Unmengen an Alkohol in meinem Blut zuckte ich zusammen. Hatte ich meine Gedanken etwa laut ausgesprochen? Oh Gott, nein! Ich mutete diesem Kind wirklich alles zu, was möglich war.

»Vergiss es!«, lallte ich schnell. »Das war nicht für dich bestimmt!« Ashling ignorierte meinen Befehl.

»Warum hast du es nicht getan?«, fragte sie noch einmal, völlig ruhig, ihren Blick in die Flammen gerichtet, die gierig an den Briketts leckten. Mein erster Impuls war, ihr zu sagen, dass ich nicht glaubte, dass es angebracht war, dieses Thema mit ihr zu diskutieren, doch irgendetwas in ihrer Stimme ließ mich ihn verwerfen. Wie hypnotisiert antwortete ich: »Ich konnte nicht.«

»Warum? War sie nicht hübsch?«

Ich schnaubte verächtlich. Für Kinder war immer alles einfach. »Doch, und wie! Daran lag es nicht.«

»Woran lag es also?«

Ich schüttelte verärgert den Kopf und leerte meine Tasse. »Ich wollte nicht, okay?«, schnappte ich. Ich spürte, dass diese Antwort nur ein weiteres

›warum‹ zur Folge haben würde, also kam ich ihr zuvor: »Es hat sich einfach nicht richtig angefühlt. Ich konnte es nicht mit mir vereinbaren. Ich hätte mich bestimmt schlecht gefühlt am nächsten Morgen. Ich konnte es nicht mit mir vereinbaren! Es war nicht das, was ich wirklich wollte! Es wäre falsch gewesen!«

»Für dich?«

»Ja, verdammt nochmal! Für mich! Für mich wäre es falsch gewesen! Zufrieden?!«

»Du bist dir also treu geblieben.«

»Herrgott …«, keifte ich, erst dann realisierte ich, was sie gesagt hatte, »… was?« Ich war wie vor den Kopf gestoßen.

»Du bist dir also treu geblieben«, wiederholte Ashling.

»Äh … ja … ich glaube schon«, stammelte ich verblüfft.

»Dann ist doch alles gut«, sagte Ashling.

Ja, wenn es denn mal so wäre.

Fick dich

Ich spürte, wie in mir die Dämme brachen, die all den Frust der letzten Monate und Wochen mühsam eingedämmt hatten. Und ich hatte keine Kraft mehr, es zu verhindern. Ein Schluchzen entrang sich meiner Brust und ich begann bitterlich zu weinen.

»Sie zieht mit ihm zusammen«, wiederholte ich immer wieder. »Wir lieben uns und sie zieht mit ihm zusammen! Ich verstehe das nicht! Warum, warum?« Ich weinte und stammelte vor mich hin. Ich konnte nicht aufhören.

»Du musst loslassen, Charlie«, hörte ich ihre Stimme. Panik erfasste mich. Zitternd tastete ich nach der Connemaraflasche und trank.

»Ich kann nicht!«, heulte ich. Wie ein verletztes Tier im Käfig tigerte ich durch die Stube. Dieser Schmerz! Nichts beeinflusste ihn! Nichts! Verzweifelt trank ich die Flasche leer und ließ sie fallen. Ich stand da, wie eine Vogelscheuche im Regen, wimmernd und schluchzend, dem Schmerz ausgeliefert, der durch meinen Körper floss, als sei mein Blut zu Säure geworden.

»Du musst loslassen, Charlie«, wiederholte Ashling. Ich spürte, wie sie behutsam meine Hand ergriff. Es fühlte sich schön an. Ich öffnete die Augen und blickte sie durch den Schleier von Tränen an. Sie trug wieder das Kleid, in dem sie bei unserer ersten Begegnung vor der Tür gestanden hatte.

»Komm«, sagte sie zärtlich.

»Wohin«, fragte ich mit erstickter Stimme. Ich fühlte mich plötzlich ganz klein und hilflos.

»Zu mir, nach Hause«, antwortete sie liebevoll.

Ich schluckte. Ich folgte ihr an der Hand wie ein kleiner Junge zur Tür. Kurz davor stoppte ich. »Aber der Sturm«, wandte ich ein.

»Ich verspreche, dir wird nichts geschehen, Charlie«, sagte sie und drückte meine Hand. »Aber du musst mir versprechen, mich nicht loszulassen. Versprichst du mir das?« Ich nickte, und wir traten hinaus. Eisiger Wind erfasste uns und riss an unseren Kleidern und Haaren. Sein Tosen klang wie Schreie aus tausenden Mündern. Innerhalb von Sekunden waren wir nass bis auf die Knochen, doch Ashling schritt unbeirrt vorwärts. Die Wärme ihrer Hand gab mir die Kraft, ihr zu folgen. Ich konnte kaum was erkennen. Nur, dass wir auf keiner Straße gingen. Die Bäume um uns herum ächzten und krachten. Blätter und abgebrochene Zweige trafen mich. Immer wieder verfing ich mich in Wurzeln und stolperte über Steine, doch Ashlings Hand hielt meine fest umklammert.

Irgendwann liefen wir durch Hecken hindurch und traten auf eine Wiese, die steil anstieg. Hier war der Sturm so stark, dass mir das Atmen schwerfiel. Ashling zog mich weiter, den Hang hinauf. Ihre nackten Füße fanden sicheren Halt auf dem rutschigen Gras und mehrfach bewahrte sie mich davor hinabzustürzen. Weiter oben tauchte plötzlich etwas aus dem Regen auf. Eine gigantische Felswand und in ihr gähnten schwarze Schlünde. Ashling hielt auf den größten davon zu. Gerade, als sie hineingehen wollte, erfasste mich unbeschreibliches Grauen. Ich hielt sie zurück.

»Da hinein?«, schrie ich verzweifelt. Ashling nickte und trat in die Höhle. Einen Moment lang war ihre Hand in meiner das Einzige, was ich noch von ihr sehen konnte. Einen winzigen Augenblick war ich versucht, sie loszulassen. Doch dieser Gedanke machte mir noch mehr Angst, als ihr zu folgen. Also trat ich ein.

Sofort ließ der Sturm nach und verebbte zu einem dumpfen Heulen. Ich hörte leises Plätschern und meinen Atem und spürte ihre warme Hand. Sehen konnte ich nichts. Gemeinsam liefen wir durch die Dunkelheit. Je weiter wir gingen, desto stiller wurde es. Auch in mir. Dann blieb Ashling stehen. In völliger Finsternis stand ich da. Das Geräusch meines Atems umschloss mich und … ihres. Ich schluckte.

»Das warst du, neulich in der Höhle«, flüsterte ich, mein Hals trocken.

»Ja«, flüsterte sie. Ein warmer Schein erglomm in der Dunkelheit. Sie hielt eine Kerze. Ihr Licht erhellte eine schmale Höhle, deren Wände höher hinaufragten, als es reichte. In der mir gegenüberliegenden Wand sah ich ein paar faustgroße Löcher, Worte und Namen, die jemand in den Stein geritzt hatte.

»Sind wir da?«, fragte ich unsicher. Sie lächelte milde.

»Nein, es ist noch ein kleines Stück.« Sie deutete auf meine durchnässte Kleidung. »Aber das muss hier bleiben.«

Eine Woge der Trauer umspülte mein Herz wie Eiswasser. Unwillkürlich schüttelte ich den Kopf wie ein kleines Kind, in einem letzten sinnlosen Versuch, die Puppe zu behalten, die es gefunden hat.

»Ich kann nicht«, stammelte ich.

»Doch, Charlie, du kannst«, flüsterte Ashling liebevoll. »Schau, es ist ganz einfach.« Mit diesen Worten löste sie ihre Hand aus meiner und streifte ihr Kleid ab.

»Aber ich friere«, schluchzte ich.

Ashling schaute mir in die Augen. Ihre Hand berührte meine Wange. »Das wird gleich besser. Vertrau mir, Charlie. Lass los, dann wird alles gut.« Tränen liefen mir das Gesicht hinunter. »Zuerst die Schuhe, die sind das Schwerste«, flüsterte sie. Ich nickte. Gegen einen unendlich großen Widerstand beugte ich mich hinunter und begann sie zu öffnen. Es war, als sei jedes Schnürband Kilometer lang und mit dem Schuh verwachsen. Schließlich hatte ich es geschafft. Ich schloss die Augen und sammelte all meine

Kraft. Dann begann ich, sie von den Füßen zu ziehen. Jeder von ihnen schien Tonnen zu wiegen und für einen Augenblick glaubte ich, ich würde es nicht schaffen, doch dann, ganz plötzlich, löste sich erst der eine, dann der andere und mit ihnen die Socken. Und es war, wie Ashling gesagt hatte: Eine immense Last hob sich von mir. Ich seufzte und bereitete mich innerlich auf die Aufgabe vor, den Pullover auszuziehen, doch das gelang mir schon wesentlich leichter. Stück für Stück legte ich meine Kleidung ab, und mit jedem Teil, das meinen Körper verließ, wurde mir wärmer. Das Teil, von dem ich gedacht hätte, dass es mir am meisten Probleme bereiten würde, meine Unterhose, fiel beinahe von selbst von mir ab. Und mit ihr, der letzte Rest Trauer. Ein Lächeln stahl sich auf mein Gesicht. Es wurde breiter, entwickelte sich zu einem Grinsen und schließlich lachte ich. Ashling strahlte mich an. Wir standen voreinander, nackt, ohne jegliche Scham, frei und glücklich und lachten. Völlig überwältigt von Dankbarkeit strahlte ich sie an. Mit einem wissenden Ausdruck umarmte sie mich und wir hielten uns fest, während unser Lachen und Juchzen die Stille erhellte. Irgendwann löste sie sich von mir und schaute mich an.

»Ich bin stolz auf dich, Charlie. Komm jetzt.« Sie deutete in den hinteren, dunklen Teil der Höhle. Ich spürte, wie mein Herz sank, und ich begann zu zittern. Ashling lächelte mich noch einmal an, dann löschte sie die Kerze, ergriff meine Hand und zog mich sanft vorwärts. Schritt für Schritt folgte ich ihr durch die pechschwarze Dunkelheit. Plötzlich hatte ich das Gefühl, mich mit jedem Schritt ein wenig mehr aufzulösen, und es war schrecklich.

»Ashling … ich …«

»Schhhh«, hörte ich ihre beruhigende Stimme. »Du hast es gleich geschafft. Hörst du die Musik?« Sie klang plötzlich froh und erleichtert.

»Musik?«

»Ja, hörst du sie nicht?«

Angestrengt lauschte ich in die Finsternis. Und tatsächlich, da war sie! Musik! Zunächst ganz leise, als wäre sie mehr Vorstellung als real, doch mit jedem Schritt, den wir machten, gewann sie an Substanz. Es waren Uilleann Pipes, und sie spielten eine Melodie, so schön, so sehnsuchtsvoll und gleichzeitig so voller Freude und Hoffnung, wie ich sie noch nie zuvor gehört hatte.

»Ashling«, rief ich. »Ich höre sie! Ich höre sie!« Etwas schimmerte in mir. Golden, warm und friedvoll.

»Was ist das?«, fragte ich ehrfurchtsvoll.

»Die Musik.«

»Aber sie ist in mir.«

»Sie ist ein Teil von dir. Und sie ist ein Teil von mir. Man muss sie nur finden.«

Ich schaute zu ihr. »Ich … kenne dich!«

»Du kennst alle von uns.«

»Von uns«, wiederholte ich strahlend. Sie nickte und lächelte zärtlich.

»Lass uns weitergehen«, drängte ich überschwänglich.

»Das brauchen wir nicht, Charlie. Wir sind da.«

Epilog

DER POLIZIST klappte den Laptop zu. Ein Seufzen begleitete seinen Daumen und Zeigefinger, als sie seinen Nasenrücken entlangfuhren. Vieles von dem, was er gelesen hatte, stimmte mit den Aussagen überein, die er seit der Vermisstenanzeige vor drei Tagen aufgenommen hatte, doch einiges auch nicht. Natürlich! Er suchte ja nach einem Schriftsteller. Es wäre mehr als töricht von ihm, anzunehmen, er habe gerade ein Tagebuch gelesen.

Nichts hier im Haus war verändert worden, seitdem er vor drei Tagen zum ersten Mal durch die Fenster gespäht hatte, um sicherzustellen, dass der Gesuchte nicht tot im Haus lag. Nichts deutete darauf hin, dass zwischenzeitlich jemand hier gewesen war. Nach der Feststellung, dass dort keine Leiche auf ihn wartete, hatte er mit den Befragungen begonnen. Erst, als diese keine wirkliche Spur brachten, hatte er sich entschlossen, die Tür aufzubrechen, in der Hoffnung, vielleicht im Haus auf entscheidende Hinweise zu treffen. Das Erste, was er gesehen hatte, waren die Unmengen an leeren Dosen und Flaschen, die im ganzen Haus verteilt waren, teils sorgfältig aufgereiht, teils einfach nur herumliegend. Und dann den Laptop. Nach drei Rufen und einer weiteren Sichtkontrolle der vorhandenen Räume hatte er ihn aufgeklappt und zu lesen begonnen. Und wieder einmal war er seiner Mutter zu Dank verpflichtet gewesen, die darauf bestanden hatte, dass er ein Jahr in Deutschland verbrachte, bevor er zur Polizei ging. Natürlich hätte er den Computer mit zu sich in sein Büro nehmen können und vielleicht sogar müssen, doch hatte er die Hoffnung nicht aufgeben wollen, dass der Besitzer plötzlich doch noch in der Tür stand und ihn fragte, was er hier eigentlich suchte. Jetzt, mehrere Stunden später, bestand diese Hoffnung nicht mehr. Er kratzte sich am Kopf. Zumindest waren einige der Zeugenaussagen jetzt bestätigt. Und er hatte einige Hinweise erhalten, die er verfolgen konnte. Aber nach allem, was er gelesen hatte, wurde er das Gefühl nicht los, dass dieser Charlie vielleicht gar nicht gefunden werden wollte. Und wenn das der Fall war, dann konnte er es eigentlich gleich sein lassen. Irland war nicht groß, aber groß genug, um für immer darin zu verschwinden, wenn man es darauf anlegte. Seine Gedanken wanderten noch einmal zu den letzten Passagen, die er gelesen hatte. Was für ein abgedrehtes Zeug. Der Typ war offensichtlich durchgeknallt. Aber er hatte auch keine Lust, sich nachher von seinem Chef anzuhören, er sei nicht jeder Spur nachgegangen. Also holte er widerwillig sein Handy hervor und wählte die Nummer der Kollegen in Tulsk. Nachdem er ihnen erklärt hatte, was er von ihnen wollte und ihr Missmut an ihm abgeperlt war, legte er auf und erhob sich. Er packte den Laptop zusammen und wollte gerade gehen, als sein Blick etwas streifte, das halb versteckt hinter einem der Sesselbeine lag. Es war ein Handy. Er hob es auf und drückte die Taste, um es zu aktivieren. Es war tot. Wahrscheinlich war der Akku leer. Er überlegte kurz, ob er nach dem Ladekabel suchen sollte, hörte dann die Spurensicherung fluchen, dass er noch mehr Spuren vernichtet hätte und entschied sich dagegen. Sein Sohn hatte ein Ladekabel für dieses Modell. Er steckte seinen Fund in die Tasche, verständigte die Kollegen und verließ das Haus.

Eine Stunde später parkte er seinen Wagen vor seiner Garage. Weder seine Frau, noch sein Sohn waren zu Hause, also begab er sich einfach in dessen Zimmer und holte sich das Ladegerät. Er war auf dem Weg nach unten, als sein Telefon klingelte.

»O'Keefe«, meldete er sich, während er mit der freien Hand in seiner Tasche nach dem Fundtelefon suchte.

»Patterson, hier«, hörte er die Stimme des Kollegen aus Tulsk. »Wir haben tatsächlich etwas gefunden.« O'Keefe war etwas überrascht, ließ es sich aber nicht anmerken.

»Ich höre?«, sagte er kühl, während er versuchte, mit einer Hand das Telefon an das Ladekabel anzuschließen.

»Einen kompletten Satz Kleidung. Hose, Pulli, Unterhose, Socken, den ganzen Kram. Es lag einfach in der Höhle. Darf man fragen, was es damit auf sich hat?«

Eine kalte Hand legte sich um O'Keefes Herz. Sollte an diesem Geschreibsel doch mehr dran sein, als er gedacht hatte?

»War ein Kleid dabei?«, fragte er betont sachlich, die Frage seines Kollegen einfach übergehend. In diesem Moment schaffte er es endlich das Telefon einzustöpseln. Er überging die SIM-Karten-Entsperrung und tippte auf die Nachrichten.

»Ein Kleid?«, fragte Patterson hörbar genervt. »Was denn für ein Kleid? Da war kein Kleid!«

O'Keefe registrierte das beiläufig. Er war mit Lesen beschäftigt. Die letzte Nachricht stammte von dieser Leila.

Ich habe einen riesen fehler gemacht. Ich komme nach irland. Ich liebe dich!!!!

»Ach, schon gut. Vergiss es. Danke«, sagte er schnell und legte auf, bevor der andere noch mehr Fragen stellen konnte. Es war ihm unangenehm, dass er, ein gestandener Polizist, tatsächlich einen Augenblick den wirren Fantasien eines Schriftstellers aufgesessen war. Es war wohl so, wie er schon in dem Haus geahnt hatte. Der Typ wollte nicht gefunden werden. Der Teil in dem Text mit dieser Leila entsprach offensichtlich der Realität. Wenn sie nach Irland gekommen war, dann war er höchstwahrscheinlich mit ihr durchgebrannt und begann gerade irgendwo ein neues Leben. O'Keefe dachte an seine verkorkste Ehe, seinen sich immer mehr von ihm entfernenden Sohn, seine Arbeit, die tagein, tagaus mehr von ihm verlangte, als er geben konnte und stieß ein leises, bitteres Lachen aus. Hoffentlich war es so. Er wünschte es diesem Charlie.

Nachweise

My Lagan Love – Original lyrics by John Carder Bush

The Missus, Her Mother, the Bulldog and Me – Traditional

Der Autor

Christian Bulwien erblickte als preußisch-keltische Mischung in Lahn-Gießen das Licht der Welt und wuchs in Kassel auf. Nach Stationen in den USA und Berlin kehrte der Umtriebige in die Documenta-Stadt zurück. Er ist ausgebildeter Schauspieler und Sänger und widmet sich mit Leidenschaft dem Schreiben. Seine Fantasy-Kurzgeschichte ›The Dragon's Stone‹ wurde vom irischen Künstler Noel Molloy als Hörspiel adaptiert und durch den in Roscommon ansässigen Sender RosFM ausgestrahlt. Mit der grünen Insel verbinden ihn nicht nur die Gene, sondern auch eine innige Liebe, die immer wieder Eingang in sein Schaffen findet.